POÉSIES ET AUTRES TEXTES

MALLARMÉ

Poésies

et autres textes

ÉDITION ÉTABLIE, PRÉSENTÉE ET ANNOTÉE PAR JEAN-LUC STEINMETZ

LE LIVRE DE POCHE
Classique

Ouvrage publié sous la direction de
Michel Zink et Michel Jarrety.

Poète et professeur à l'université de Nantes, Jean-Luc Steinmetz
est l'auteur d'une récente biographie de Mallarmé (Fayard, 1998).
Il a également procuré au Livre de Poche plusieurs éditions
d'œuvres poétiques du XIXe siècle.

© Librairie Générale Française, 2005, pour la présente édition.
ISBN : 978-2-253-08102-9 - 1re publication LGF

PRÉFACE

*« Avec le rien de mystère, indispensable,
qui demeure, exprimé, quelque peu. »*
« L'Action restreinte »
(Divagations)

« Né pour le délice des uns, pour le scandale des autres, et merveille pour tous : pour ceux-ci, de démence et d'absurdité ; pour les siens, merveille d'orgueil, d'élégance et de pudeur intellectuelle, il lui avait suffi de quelques poèmes pour remettre en question l'objet même de la littérature [1]. »

Par cette phrase publiée en 1923, Valéry résume au mieux les impressions mêlées, souvent contradictoires, que produit Mallarmé, dont l'intervention dans ce qu'on nomme la littérature marque un moment décisif, qu'aucun poète ne peut ignorer. Il ne suffit point, par goût du lieu commun, de l'affliger d'un hermétisme à tout jamais incurable. Bien au contraire. Parler de lui aujourd'hui exige qu'un tel mot, quasi diffamatoire, soit remis en question, pour que l'on accède enfin, le plus librement du monde, à une œuvre, difficile, certes, mais qui ne demande qu'à être lue. Alors s'en révèlent peu à peu l'essentielle beauté et l'intelligence extrême, indispensable désormais pour que soit estimée dans toute sa justesse le « fait littéraire ».

---

1. « Dernière visite à Mallarmé », *Le Gaulois*, 17 octobre 1923, repris dans *Variété*, II (Gallimard, 1929) et *Œuvres complètes* (coll. « Bibliothèque de La Pléiade » [abrégée *OC* par la suite], I, p. 632).

I

Est-il un destin qui préside à l'apparition du poète ? « Moi, sylphe de ce froid plafond[1] », écrit, pensant peut-être à lui-même, Mallarmé. Ou encore : « Orphelin, j'errais en noir et l'œil vacant de famille[2]. »

Dans son enfance parisienne, les deuils se succèdent. Sa mère meurt quand il n'a que cinq ans. Son père se remarie vite. Maria, sa sœur, décède à son tour. Pensionnaire à Passy, puis au lycée de Sens, où M. Numa Mallarmé exerce la fonction de conservateur des Hypothèques, Stéphane ne montre aucune disposition particulière, et le cahier de vers *Entre quatre murs* qu'il écrit et qui restera longtemps inédit[3] ne permet pas de deviner en lui le poète qu'il va devenir. Adolescent, il imite Lamartine, Musset, le Hugo des *Contemplations* et celui de *La Légende des siècles*, trop grand pour lui. Dans cette jeune existence promise à une carrière de fonctionnaire, la passion de la poésie représente néanmoins la seule évasion possible. Ses vagues aspirations sont bientôt confirmées par la lecture qu'il fait de Baudelaire et de Poe. Au contact des *Fleurs du Mal*[4] et des traductions de l'auteur d'*Eureka*, il acquiert une lucidité dont il ne se départira plus, bien qu'il en ressente les dangers. Plusieurs amitiés, celle d'Emmanuel des Essarts, nouvellement nommé au lycée de Sens, celle d'Henri Cazalis[5], ami de des Essarts et poète, celle d'Eugène Lefébure[6], féru lui aussi de Poe, nourrissent sa pensée en formation ; et le milieu que bientôt il fréquente est précisément celui dans lequel sera créée la revue anthologique de la poésie nouvelle, *Le Parnasse contemporain*. Après une année passée à

---

1. Voir p. 227 (dans *Poésies*). 2. Voir p. 287 (dans *Anecdotes ou poèmes*). 3. Première publication dans le livre d'Henri Mondor, *Mallarmé lycéen* (Gallimard, 1954). Le recueil date de 1859-1860. 4. Édition des *Fleurs du Mal* de 1861. Voir le catalogue écrit par C. Pichois et J.-P. Avice, *Baudelaire/Paris*, éd. Paris-Musées, Quai Voltaire, 1993, p. 220. 5. Voir *Correspondance de Mallarmé avec H. Cazalis*, recueillie par C. P. Barbier et L. A. Joseph, Documents « Stéphane Mallarmé », VI, Nizet, 1977. 6. Voir *Eugène Lefébure*, par Henri Mondor, Gallimard, 1951.

Londres avec celle qui devait devenir sa femme, Mallarmé, professeur d'anglais à Tournon en Ardèche (« art » et « dèche », remarque-t-il amèrement pour l'un de ses correspondants[1]), vit, loin de Paris, un véritable exil.

Cette période ingrate sera marquée par diverses phases dépressives, une suite de crises qu'il a décrites dans ses lettres. La première année passée à Tournon redouble en lui le sentiment de spleen qu'il n'éprouvait déjà que trop auparavant. « L'ennui est devenu chez moi une maladie mentale et mon atonique impuissance me rend douloureux le plus léger travail[2]. » Il en résulte néanmoins un certain nombre de poèmes (« L'Azur », notamment), bientôt suivis d'un projet théâtral, une *Hérodiade* vite interrompue par la naissance de sa fille Geneviève. Découragement, apathie, tels sont les mots les plus fréquents par lesquels il caractérise son état. Cependant, l'idée d'un « intermède héroïque[3] », première ébauche de *L'Après-midi d'vn favne*, le sort provisoirement d'un tel désespoir. Même si cette courte pièce en vers lue à Paris devant Banville et Coquelin ne reçoit pas leur assentiment, l'Impuissance est pour un temps vaincue. Un court séjour à Cannes, auprès de Lefébure, pendant les vacances de Pâques, lui apporte même un profond bonheur que rappellera peut-être par la suite ce qui deviendra la « Prose (pour des Esseintes) ». La rédaction de l'« Ouverture ancienne[4] » d'*Hérodiade* le replonge toutefois dans ses anciennes inquiétudes – et c'est avec angoisse qu'il découvre simultanément deux abîmes[5] en lui : celui du Néant et celui qui se terre au fond de sa poitrine. Les hommes – il le sait désormais – sont de « vaines formes de la matière », sublimes pourtant pour avoir inventé l'âme et Dieu. Une espèce d'exaltation s'ensuit : « Mon esprit se meut dans l'Éternel et en a eu plusieurs frissons[6] », assure-

---

1. « Ce nom me fait horreur. Et pourtant il renferme les deux mots auxquels j'ai voué ma vie », lettre à Cazalis et des Essarts, 30 août 1864 (*Correspondance. Lettres sur la poésie*, Gallimard, coll. « Folio » [abrégée *C* « Folio » par la suite], p. 199).   **2.** Lettre à Cazalis, 11 avril 1864 (*C* « Folio », p. 175).   **3.** Voir p. 61.   **4.** Voir p. 56.   **5.** Lettre à Cazalis, 28 avril 1866 (*C* « Folio », p. 297-298).   **6.** Lettre à Cazalis, 21 mai 1866 (*C* « Folio », p. 305).

t-il. Ou : « Je suis depuis un mois [*juillet 1865*] dans les plus purs glaciers de l'Esthétique[1]. »

Un si bel enthousiasme ne résiste pourtant pas à la déception que lui cause la publication défectueuse de ses poèmes dans *Le Parnasse contemporain*, lourde, qui pis est, d'une plus fâcheuse conséquence. Certaines de ces pièces, en effet, ont été jugées scandaleuses par ses supérieurs hiérarchiques et lui valent d'être déplacé à Besançon, exil dans l'exil. Quelques lettres rétrospectives témoignent alors de ce qui se passe en lui : « Ma Pensée s'est pensée et est arrivée à une Conception Pure[2] », processus mystérieux, certes, et mal éclairci encore, mais où il affirme que « la Destruction fut [sa] Béatrice[3] », autant dire son guide spirituel. Quoi fut détruit ? L'idée de Dieu, d'abord, par lequel l'univers recevait une justification trop facile, sans doute. Longtemps, il a engagé une « lutte terrible avec ce vieux et méchant plumage[4] ». Il en est résulté un autre lui-même : « [...] je suis maintenant impersonnel, et non plus Stéphane que tu as connu, – mais une aptitude qu'a l'Univers Spirituel à se voir et à se développer, à travers ce qui fut moi[5]. »

Sa dure mise à l'écart à Besançon s'achève en octobre 1867, quand il est nommé au lycée d'Avignon, ce qui le rapproche du groupe des félibres (Mistral, Aubanel, Roumanille) avec lesquels il avait déjà sympathisé. Il est loin cependant d'avoir rasséréné son esprit : « [...] Arrivé à la vision horrible d'une Œuvre pure, j'ai presque perdu la raison et le sens des paroles les plus familières[6] », note-t-il pour François Coppée, le 20 avril 1868, cependant que le mois suivant il informe en ces termes Lefébure : « Je passe

---

1. Lettre à Cazalis, 13 juillet 1866 (*C* « Folio », p. 310). **2.** Lettre à Cazalis, 14 mai 1867 (*C* « Folio », p. 342). **3.** Lettre à Lefébure, 27 mai 1867 (*C* « Folio », p. 349). **4.** Lettre à Cazalis, 14 mai 1867 (*C* « Folio », p. 342). **5.** À juste titre, on a soupçonné ici une connaissance de la philosophie de Hegel. S'il n'est pas sûr que Mallarmé en ait lu les livres, il est plus que certain qu'il en sut quelques éléments par sa lecture de quelques œuvres de Villiers de l'Isle-Adam : *Isis* (1862), où domine le personnage de l'hégélienne Tullia Fabriana, et *Elën* (1865). **6.** Lettre à François Coppée, 20 avril 1868 (*C* « Folio », p. 380).

d'instants voisins de la folie entrevue à des extases équili-
brantes [...] [1]. » Il s'agit d'un état de crise régulièrement provoqué par la disjonction qu'il éprouve entre le réel le plus
immédiat et une forme d'absolu littéraire inaccessible, entre
son moi subjectif et son moi devenu impersonnel. La psychanalyse, si elle avait existé, aurait eu son mot à dire [2].
Mallarmé, quant à lui, doit se contenter de séances chez un
homéopathe, le docteur Béchet [3], pour un résultat incertain,
du reste.

Il écrit, ou plutôt songe à écrire (*Hérodiade*, le *Faune* sont
laissés de côté, avec toujours l'espoir d'y revenir). Il construit,
mais en rêve, tourne autour d'un mirage. Le seul témoignage
qui demeure de ce temps consiste dans le « Sonnet allégorique
de lui-même [4] » qu'il envoie à Cazalis.

L'année 1869 voit le moment de sa plus grave dépres-
sion : « [...] sous l'influence de ma crise la plus funeste [...]
tout l'édifice patient d'une année [...] s'est écroulé [5]. » Il en
est au point de ne plus pouvoir tracer le moindre mot et,
pour certaines lettres à ses correspondants, de confier à sa
femme, Marie, le soin de tenir la plume. « Ma pensée, occupée par la plénitude de l'Univers et distendue, perdait sa
fonction normale [6]. » Le mot d'« hystérie » revient dans
l'analyse qu'il fait de son mal, mal non pas physique, mais
ontologique, dont il s'acharne à détailler les manifestations :
« Mon cerveau, envahi par le Rêve [...] allait périr dans son
insomnie permanente ; j'ai imploré la Grande Nuit, qui m'a
exaucé et a étendu ses ténèbres. La première phase de ma
vie a été finie. La conscience, excédée d'ombres, se réveille,
lentement formant un homme nouveau, et doit retrouver mon
Rêve après la création de ce dernier. Cela durera quelques

---

1. Lettre à Lefébure, 3 mai 1868 (*C* « Folio », p. 384). 2. Elle le
dira par la suite. Voir, de Charles Mauron, *Introduction à la psychanalyse de Mallarmé*, La Baconnière, 1950. 3. *Igitur* sera qualifié de
conte « homéopathique ». 4. Voir p. 74. Sonnet envoyé dans une
lettre à Cazalis, le 18 juillet 1868 (*C* « Folio », p. 394). 5. Lettre à
Cazalis, 27 décembre 1868 (*C* « Folio », p. 415). 6. Lettre écrite de
la main de Marie, à Cazalis, 4 février 1869 (*C* « Folio », p. 423) ; nous
avons restitué l'orthographe correcte.

années pendant lesquelles j'ai à revivre la vie de l'humanité depuis son enfance et prenant conscience d'elle-même [1]. »

Mallarmé, plusieurs fois mort, plusieurs fois ressuscité, n'est parvenu à être lui-même que par une suite de remodelages intérieurs, au cours desquels sa subjectivité, mise à l'épreuve de l'impersonnel, a failli définitivement l'abandonner. Il semblerait néanmoins qu'en 1869 il perçoive enfin clairement le cap qu'il est en train de franchir. « L'homme nouveau » qu'il voit en lui essaie de se donner les moyens de ne plus retomber dans son « absence cataleptique [2] ». D'où plusieurs résolutions : faire un conte par lequel « terrasser le vieux monstre de l'Impuissance [3] », préparer une licence de Lettres, voire une thèse, tout en étudiant la linguistique.

En 1870, il demande un congé pour mieux se consacrer à ses nouvelles études et griffonne à son usage personnel des notes [4] apparemment rattachées au champ scientifique qu'il entend parcourir, en espérant que « cet effort spécial ne [sera] pas sans influence sur tout l'appareil du langage, à qui semble en vouloir principalement [sa] maladie nerveuse [5] ». Il médite aussi *Igitur, ou la Folie d'Elbehnon*, dont il fera la lecture à Catulle Mendès, Judith Gautier et Villiers de l'Isle-Adam [6] – ce qui tendrait à prouver l'achèvement de ce texte à pareille date, sous une forme vraisemblablement différente de celle que nous connaissons aujourd'hui. De tels projets indiquaient son désir de changer le cours de son existence en lui donnant une autre destinée professionnelle et en souhaitant présenter noir sur blanc la crise spirituelle qu'il avait subie auparavant (comme Rimbaud, rédigeant *Une saison en enfer*). Or l'Histoire événementielle (la France déclare la guerre à la Prusse) allait rattraper Mallarmé, plus préoccupé, quant à lui, par l'Histoire de l'humanité ; et cette circonstance, par sa brutalité même, semble l'avoir replongé dans le réel et placé sur le chemin d'une apparente guérison.

---

1. Lettre à Cazalis (de la main de Marie), 19 février 1869 (*C* « Folio », p. 425).   **2.** Lettre à Cazalis, 31 décembre 1869 (*C* « Folio », p. 457).   **3.** Lettre à Cazalis, 14 novembre 1869 (*C* « Folio », p. 451).   **4.** *OC*, I, p. 503-514.   **5.** Lettre à Lefébure, 20 mars 1870 (*C* « Folio », p. 466).   **6.** Voir p. 75.

Après tant de luttes et de débats intimes qui l'avaient mené au seuil de la folie, il peut annoncer à Cazalis, le 3 mars 1871 (alors que se prépare la Commune !) : « Je redeviens un littérateur pur et simple. Mon œuvre n'est plus un mythe[1]. »

Le moment était venu pour lui de quitter la province. Mis en disponibilité sur sa demande, il parvient, non sans mal, à se faire nommer au lycée Fontanes (actuel lycée Condorcet). Le monde de nouveau lui était offert : les retrouvailles avec ses anciens amis parisiens, dont le plus aimé, Villiers de l'Isle-Adam (mais son *Après-midi d'vn favne* sera refusé par le comité de lecture du *Parnasse contemporain* de 1876[2]), les dîners des Vilains Bonshommes, le salon de Nina de Villard, le milieu des peintres dits « indépendants », bientôt impressionnistes. Les rares plaquettes qu'il publie : *L'Après-midi d'vn favne*, sa traduction du *Corbeau* de Poe, toutes deux illustrées par Manet, dont il sera l'ami pendant presque dix ans[3], lui valent l'estime de quelques-uns, presque charmés de n'y rien comprendre. Un peu moins d'une décennie va s'écouler, au cours de laquelle il aime se manifester de diverses façons. La luxueuse revue de *La Dernière Mode*[4] qu'il signe de pseudonymes, féminins la plupart, est, en réalité, une prestation littéraire déguisée où, sous prétexte de toilettes et autres frivolités, s'affine définitivement son style. Ailleurs, dans l'*Athenaeum*, pour un public d'outre-Manche, qui doit peiner quelque peu pour le suivre, même traduit, il dispense ses potins (*gossips*)[5] aux couleurs du Tout-Paris. À l'affût de « travaux alimentaires », le voici, qui plus est, confectionnant un ouvrage sur *Les Mots anglais* ou traduisant *Les Dieux antiques* de W. Cox. Alors que maints projets (de théâtre, surtout) se pressent dans sa tête,

---

1. Lettre à Cazalis, 3 mars 1871 (*C* « Folio », p. 496). **2.** Voir p. 69 et voir aussi *Histoire d'un faune*, d'Henri Mondor, Gallimard, 1948. **3.** Voir *Mallarmé, Peinture, musique, poésie*, de Jean-Michel Nectoux, Adam Biro, 1998. **4.** Voir *Mallarmé et la Mode*, de Jean-Pierre Lecercle, Séguier, 1989, et le collectif « Mallarmé et *La Dernière Mode* », Musée Mallarmé, 2003. **5.** *Les « Gossips » de Mallarmé. « Athenaeum » 1875-1876*, éd. H. Mondor et L. J. Austin, Gallimard, 1962.

il ne récuse pas le plaisir de la conversation que matérialisent, à partir de 1877, ses soirées du mardi [1] données dans son modeste appartement du 89, rue de Rome. Il y a là, courageuse escouade d'esprits indépendants (Marius Roux, Émile Blémont, Léopold Dauphin, Gustave Kahn, etc.), une dizaine d'auditeurs qui écoutent passionnément l'hôte en veine d'improvisations magiques.

Le secret enseignement de cet étrange professeur d'esthétique finit par faire effet. Tour à tour, Verlaine, de nouveau présent sur la scène littéraire, et Huysmans, connu dans les milieux naturalistes, lui réservent une place de choix et présentent plusieurs extraits de l'œuvre ignorée, l'un dans ses *Poètes maudits* [2] (d'abord publiés dans la revue *Lutèce*), l'autre dans son roman spiritualiste *À rebours* [3], dont l'insolite héros des Esseintes « aimait les œuvres de ce poète qui, dans un siècle de suffrage universel et dans un temps de lucre, vivait à l'écart des Lettres, abrité de la sottise environnante par son dédain, se complaisant loin du monde, aux surprises de l'intellect [...] ». De nouveaux lecteurs découvrent Mallarmé. Parmi eux, l'entreprenant Édouard Dujardin, le directeur de *La Revue wagnérienne* et de *La Revue indépendante*, encourage celui qu'il appelle « maître » désormais, à donner une « chronique dramatique » – ce dont le poète s'acquittera [4] comme il l'entend, en champion d'un théâtre mental injouable défiant toutes les représentations réalistes à l'ordre du jour.

À partir de 1884, ceux de la génération montante viennent en nombre aux mardis [5]. On voit là Henri de Régnier, Vielé-

---

1. Voir les premières lettres signalant ces mardis, à Roux le 11 décembre 1877, à Blémont le 17 février 1878 (*Correspondance générale* [abrégée *C* par la suite], Gallimard, II, p. 157 et 165). 2. *Les Poètes maudits*, Vanier, 1884.   3. *À rebours*, Charpentier, 1884, chap. XIV.   4. « Notes sur le théâtre », neuf articles du 1er novembre 1886 au 1er juillet 1887 dans *La Revue indépendante*. L'ensemble, recomposé, sera repris sous le titre « Crayonné au théâtre » dans *Divagations*. Voir *OC*, II, p. 285-298.   5. Sur les mardis, voir Geneviève Mallarmé, « Mallarmé par sa fille », *Nouvelle Revue française*, novembre 1916 ; Camille Mauclair, *Mallarmé chez lui*, Grasset, 1935 ; Édouard Dujardin, *Mallarmé par un des siens*, Messein, 1936.

Griffin, René Ghil, Jean Moréas, Charles Morice, Ferdinand Herold, Rodolphe Darzens, André Fontainas, Stuart Merrill, Pierre Quillard, les Belges Albert Mockel, Rodenbach, Verhaeren, bientôt rejoints par Pierre Louÿs, Gide, Valéry, Claudel, etc. Les soirées prennent l'allure d'un rite. Grogs et cigarettes. Chacun trouve sa place. Adossé au poêle de faïence, Mallarmé, à propos de tout et de rien, de l'actuel et de l'immémorial, fait jouer entre elles des idées, se mue en prestidigitateur mental. Une si secrète féerie (mais gestes et intonations nous manqueront à jamais) se prolonge dans ses articles du *National Observer*[1] et les « Variations sur un sujet »[2] qu'il va confier à *La Revue blanche*[3] des frères Natanson, fervents inconditionnels d'une modernité où il fait figure d'emblème. Mallarmé a beau choyer une existence du retrait (à toute occasion, il s'évade dans la petite maison qu'il loue à Valvins, en bord de Seine), prôner l'« action restreinte », il n'en devient pas moins une présence mondaine que se plaît à fréquenter l'élite, un Robert de Montesquiou, par exemple. Son amitié pour les peintres, Manet d'abord, puis Berthe Morisot et les hôtes de ses dîners : Degas, Renoir et Monet, le très aimé Whistler, le plus expansif Gauguin, le discret Odilon Redon[4], intensifie cette relation entre deux arts, inaugurée par le romantisme et qui sera si féconde au siècle suivant. Non moindre est l'intérêt qu'il montre pour la musique dont il aime l'abstraction, la composition, la puissance symphonique. Il assiste aux concerts dominicaux que donnent Colonne ou Lamoureux, et le spectacle des ballets l'enchante, où la danseuse « *n'est pas une femme qui danse* [...] mais une métaphore[5] ». Si toujours persiste en lui le mirage d'une œuvre décisive qu'il faudrait montrer à ses contemporains, l'ajournement constant de cette même œuvre ne l'empêche pas de procéder, en atten-

---

1. Douze articles publiés en 1892-1893, en partie repris dans *Divagations*. Voir *OC*, II, p. 299-322. **2.** Onze « variations sur un sujet » du 1er février 1895 au 1er septembre 1896. Repris, modifiés, dans *Divagations*. Voir *OC*, II, p. 323-335. **3.** Voir « *La Revue blanche* », *ses amis, ses artistes*, de Georges Bernier, Hazan, 1991. **4.** Voir *Mallarmé, Peinture, musique, poésie, op. cit.* de Jean-Michel Nectoux. **5.** Dans « Ballets » (*Divagations*).

dant, et presque par devoir, à plusieurs regroupements significatifs, qui finalement vont représenter l'essentiel de sa fiction. En 1887, *La Revue indépendante* publie à 47 exemplaires *Les Poésies de Stéphane Mallarmé* – ce qui est un défi et forme déjà un trésor inestimable convoité par certains. La même année, en Belgique, le mince fascicule *Album de vers & de prose*[1] ne parvient à satisfaire qu'un nombre restreint d'amateurs. En revanche – et toujours à Bruxelles –, une édition enfin abordable sera bientôt publiée par les soins du très clairvoyant Edmond Deman. *Pages*, en 1891, rassemble des proses jusqu'alors introuvables[2], tandis que l'on envisage un volume de *Poésies*[3], dont les inlassables exigences de Mallarmé lui-même repousseront, hélas ! la date de publication, si bien que l'ouvrage paraîtra posthume en 1899, légèrement différent de ce qu'il souhaitait. Entre-temps, un autre ensemble, *Vers et prose*, véritable anthologie plus à la portée de tous, avait été constitué[4], et le volumineux recueil des *Divagations* (1897) allait paraître, contenant, révisés et recomposés, non seulement les « Anecdotes ou poèmes » en prose, mais les « Médaillons et portraits en pied » (l'équivalent des « Réflexions sur quelques-uns de mes contemporains » de Baudelaire) et la quintessence des articles donnés en revues jusque-là.

Outrageusement critiqué ou porté aux nues, sujet de scandale ou d'adoration, Mallarmé devient presque un homme public, dont on se gausse ou que l'on vénère. Il prononce quelques conférences : en Belgique, sur Villiers

---

1. In-12 de seize pages, publié par Albert de Nocée, comprenant huit poèmes (dont quatre sonnets) et quatre poèmes en prose. **2.** Douze poèmes en prose, le « Morceau pour résumer *Vathek* », un texte « Divagation », cinq « crayonné au théâtre », « Richard Wagner. Rêverie d'un poète français ». **3.** Voir p. 99. **4.** Librairie académique Perrin et Cie, in-12, 222 p., tiré à 1 300 exemplaires. Le livre paraît le 15 novembre 1892, avec la date de 1893. Il comprend un ensemble de vers, trois traductions de Poe (dont *Le Corbeau*) et « Plusieurs pages » – huit poèmes en prose, « Morceau pour résumer *Vathek* », « Villiers de l'Isle-Adam (Souvenir) » et « Divagation première. Relativement au vers », « Divagation seconde. Cérémonials ». Voir l'édition de ce livre établie par J.-L. Steinmetz, Le Castor astral, 1998.

de l'Isle-Adam[1], en Angleterre, à Oxford et Cambridge, sur « la Musique et les Lettres[2] ». Rien à voir avec des « tournées européennes » ; mais ces prestations rapides signalent assez l'étendue croissante de sa notoriété. D'Angleterre, bien sûr (Arthur Symons, George Moore), d'Italie (Vittorio Pica), d'Allemagne (Stefan George), mais aussi des États-Unis (Sadakichi Hartmann) et même d'Australie (Christopher J. Brennan[3]) on vient le voir, et dans tous les pays des extraits de ses poèmes sont publiés ; il est considéré, à côté de Verlaine, comme « le » poète français, exquis et incompréhensible. *The Chap Book* de Chicago a la primeur de son étude sur Rimbaud et de ses « Loisirs de la poste », la *Gazetta letteraria* de Milan, celle de son « Ecclésiastique ». L'affabilité de l'homme et l'obscurité de l'écrivain (dénoncée par le jeune Marcel Proust[4]) forment une contradiction étrange que l'on doit accepter, mais qui n'en finit pas de surprendre. Et l'on devine, en l'occurrence, un « jeu suprême[5] », voire un accès possible au mystère de la création. Mallarmé sait qu'il remplit un office dans une période d'« interrègne[6] » où le religieux fait défaut. Il produit des signes avant-coureurs. Progressivement se met en place un dispositif révélateur par lequel il entend donner enfin la preuve de ses intuitions les plus fortes. Alors qu'il entasse les notes sur « le Livre », les allusions qu'il fait à celui-ci se multiplient. *Les Noces d'Hérodiade*, « mystère », sont annoncées à maintes reprises. *Un coup de Dés jamais n'abolira le Hasard*, bien que publié en revue (l'internationale *Cosmopolis*), produit l'éclatante typographie d'un poème cinétique sans pré-

---

1. Du 11 au 18 février 1890. **2.** Le 1er et le 2 mars 1894. Voir ici p. 317. **3.** Voir l'article de Jill Anderson, « Mallarmé en Australie », *Magazine littéraire*, numéro spécial Mallarmé, septembre 1998. **4.** Voir notice de « Le Mystère dans les Lettres », p. 362. **5.** « À quoi sert cela – / À un jeu. » Voir *La Musique et les Lettres*, p. 327. **6.** Voir, d'Antoine Compagnon, « La place des fêtes », dans *Mallarmé, ou l'Obscurité lumineuse* (collectif), Hermann, 1999, p. 70-80. La notion d'« interrègne » apparaît dans « Le Genre ou des modernes » (*Notes sur le théâtre*), « Crise de vers » (p. 355) et la réponse de Mallarmé à Jules Huret (sur « l'évolution littéraire »).

cédent, élevant « enfin une page à la puissance du ciel étoilé[1] ».

Le 9 septembre 1898, éprouvante surprise ! Mallarmé meurt, emporté par un spasme de la glotte. Le rideau de son théâtre mental, près de s'écarter, se referme. Trop tôt. Et tout lecteur est laissé à ses conjectures. « Tu ne connaîtras jamais bien Mallarmé[2]. » Telle est la formule déceptive dont on pourrait se contenter, malgré tous les indices laissés à notre portée. Mais une telle méconnaissance n'est pas sans produire un savoir *par défaut*, égal au secret que la pratique artistique montre sans l'expliquer.

*
* *

Cette première rétrospective d'une vie consacrée à la littérature, toute nécessaire qu'elle paraisse, n'est point suffisante sans doute. Car on ne saurait estimer Mallarmé si l'on se borne à parler de son œuvre effective, tangible, telle qu'on peut la lire plus loin dans ce livre. Ces pages, en effet, ne se conçoivent que si l'on évoque, à côté, ce que fut le mirage de l'œuvre. Elles ne sont le plus souvent que des élans vers elle. On ne nous en voudra donc pas de nous attarder un moment sur ce rêve, avant de commenter plus précisément les textes réels et indubitables.

De 1866 à 1870, un programme variable est énoncé par Mallarmé, et c'est en termes d'Œuvre, voire de Grand Œuvre alchimique, qu'il raisonne, en promettant de cet idéal plusieurs avatars : un volume lyrique, *La Gloire du mensonge* ou *Le Glorieux Mensonge*[3] ; puis un livre sur le *Beau*, avec trois courts poèmes et un nombre égal de « singuliers poèmes en prose[4] ». Quelques mois plus tard, il assure qu'il a « jeté les fondements d'une œuvre magnifi-

---

1. Valéry, « Lettre au directeur des *Marges* » (à propos du *Coup de Dés*), *Les Marges*, 15 février 1920 (repris dans *Variété*, II).   **2.** Je reprends ici, en l'adaptant, le vers final du « Poème océan » d'Apollinaire, dans son livre *Calligrammes* : « Tu ne connaîtras jamais bien les Mayas. »   **3.** Lettre à Cazalis, 28 avril 1866 (*C* « Folio », p. 298).   **4.** Lettre à Cazalis, 21 mai 1866 (*C* « Folio », p. 304).

que », « le plan de l'Œuvre entier, après avoir trouvé la clef de lui-même », et il imagine une suite de cinq livres qu'il mettra vingt ans à composer et qui comportera *Hérodiade*, « colonne salomonique du Temple ». Il est aussi question pour lui d'élaborer une Esthétique de la Poésie[1]. En 1867, la synthèse de l'Œuvre prétend regrouper trois poèmes en vers, dont *Hérodiade* serait l'ouverture, et quatre poèmes en prose sur la conception spirituelle du Néant[2]. La même année, le projet change. Deux livres sont envisagés : l'un, absolu, *Beauté* ; l'autre, les *Allégories somptueuses du Néant*[3]. L'œuvre pure continue d'être conçue dans sa genèse, jusqu'à la crise d'Avignon dont il parvient à sortir (comme nous l'avons vu) grâce au conte « homéopathique » d'*Igitur*.

En 1871, l'Œuvre n'est plus un mythe (c'est du moins ce qu'il affirme). Elle est détaillée avec netteté : « Un volume de Contes, rêvé. Un volume de Poésie, entrevu et fredonné. Un volume de Critique, soit ce qu'on appelait hier l'Univers, considéré du point de vue strictement *littéraire*[4]. » Ce qui ne l'empêche pas de songer à composer également un drame. Ce drame, voulu mélodrame, va le préoccuper pendant presque une décennie. Il pense parfois le faire jouer à époques fixes et semble le concevoir sous une triple forme : magique, populaire et lyrique[5]. De ce vaste projet, rien, toutefois, ne subsistera. Mais la « campagne théâtrale » qu'il mène dans *La Revue indépendante* de 1887, en dessine encore allusivement la teneur. Devait-il faire partie de l'Œuvre ? Était-ce le moyen de conquérir Paris pour abandonner la carrière de professeur et avoir tout son temps par la suite pour écrire des vers lyriques ?

Qu'en était-il cependant de sa poésie ? Il semble que Mallarmé l'ait momentanément remisée, après le travail de deuil

---

1. Lettre à Armand Renaud, 20 décembre 1866 (*C* « Folio », p. 335). La précision des « cinq livres » est donnée dans une lettre à Aubanel, le 28 juillet 1866.   2. Lettre à Cazalis, 14 mai 1867 (*C* « Folio », p. 343).   3. Lettre à Villiers de l'Isle-Adam, 24 septembre 1867 (*C* « Folio », p. 367).   4. Lettre à Cazalis, 3 mars 1871 (*C* « Folio », p. 496).   5. Lettre à Sarah Helen Whitman, 18 ou 28 mai 1877 (*C*, II, p. 151).

que représentent ses notes « pour un tombeau d'Anatole[1] ».
Lorsque, en 1883, Verlaine lui demande des vers inédits,
Mallarmé précise bien qu'il n'en a pas (or, il n'a publié à ce
moment-là qu'une cinquantaine de pages) et que, par ailleurs, il s'occupe de l'armature de son œuvre, « qui est en
prose[2] ». Certes, un an auparavant, il pensait bien présenter
un « volume significatif[3] ». Mais qu'entendait-il par là ? Il
faut attendre encore pour le voir s'exprimer de façon quasi
définitive sur la question. Alors qu'il assure à Maurice
Barrès, le 10 septembre 1885, que le seul Drame à faire est
celui de l'Homme et de l'Idée[4], deux mois plus tard il
expose à Verlaine l'essentiel de son programme : un livre,
et même plutôt « le Livre », « explication orphique de la
Terre », « architectural et prémédité », dont il aimerait montrer, avant de disparaître, « un fragment d'exécuté[5] ». Le
reste serait formé de ses poèmes. Il paraît d'ores et déjà
considérer ceux-là comme des lambeaux, et le volume qui
les rassemblerait ne mérite guère plus à ses yeux que le titre
d'album « nom condamnatoire », puisqu'il signifie blanc.

Vers la même époque apparaît sous sa plume l'idée de
lectures, façon Poe ou Whistler, selon un programme (quatre
lectures, par exemple[6]) qui lui donnerait l'occasion de jon-
gler en public avec le contenu d'un livre.

Fort de la confidence faite à Verlaine, on peut se risquer
à dire cependant que le Mallarmé des dix dernières années
a tenté d'accomplir simultanément une œuvre critique
(esthétique) et « le Livre ». De l'œuvre critique, face
externe du projet, annoncée et convoitée depuis longtemps
(le 7 août 1891, le titre *C'est*[7] révélé à Vielé-Griffin semble

---

1. Son fils Anatole est mort le 8 octobre 1879, à l'âge de huit ans.
Première publication des notes par Jean-Pierre Richard, éd. du Seuil,
1961. Voir aussi *OC*, I, p. 513-545.   **2.** Lettre à Verlaine,
3 novembre 1883 (*C* « Folio », p. 557).   **3.** Lettre à John Payne,
9 octobre 1882 (*C*, II, p. 231).   **4.** Lettre à Maurice Barrès, 10 septembre 1885 (*C* « Folio », p. 582).   **5.** Lettre à Verlaine,
16 novembre 1885 (voir p. 92).   **6.** Lettre à Berthe Morisot,
1er novembre 1888 (*C*, III, p. 275).   **7.** Lettre à Vielé-Griffin, 7 août
1892 (*C*, IV, p. 292-293) : « titre d'une interminable étude et série de
notes ». « Tout le mystère est là : établir les identités secrètes par un
deux à deux qui ronge et use les objets, au nom d'une centrale pureté. »

la nommer), nous possédons un échantillon avec les chroniques du *National Observer* et les « Variations sur un sujet » de *La Revue blanche* qui, toutes, seront recueillies, modifiées et articulées entre elles, dans *Divagations*, « un livre comme je ne les aime pas, ceux épars et privés d'architecture ». Elles autopsient le corps social en ses manifestations artistiques, parfois idéologiques et, circonscrivant la place du « Livre, instrument spirituel [1] », en préparent l'avènement. Dudit « Livre », la correspondance de Mallarmé et certains propos de ses familiers permettent de croire qu'il le méditait de longue date. Mais les papiers retrouvés par Jacques Scherer [2] en désignent plutôt le fonctionnement (où seraient entrés en relation hymne, ode, drame et mystère). Édouard Dujardin, proche de Mallarmé, parlera dès 1886 d'un poème en vingt volumes [3]. Plus tard, René Ghil précisera que ces vingt volumes auraient compris quatre volumes de propositions génératrices reliés entre eux, chacun en commandant à son tour quatre autres [4]. Le tout aurait composé une philosophie du monde. Ghil révèle, en outre, l'une de ces quatre propositions : « Moi n'étant pas, rien ne serait. » L'une des trois autres n'aurait-elle pas été, en ce cas, *Un coup de Dés jamais n'abolira le Hasard*, dont Gustave Kahn, de son côté, assure qu'il devait être suivi de neuf autres poèmes [5] ?

Eu égard à ce programme, l'Œuvre de Mallarmé telle que nous la connaissons apparaît singulièrement incomplète. Seul, le *Coup de Dés*, corrigé sur maintes épreuves, mais jamais imprimé par Firmin-Didot pour former un livre à part, semble l'avoir manifestée *in extremis*. Le reste, ses *Poésies*, n'aura été estimé par lui qu'avec modestie et, au sens le plus fort du mot, réserve : des « études en vue de mieux, comme on essaie les becs de sa plume avant de

---

1. « Variation sur un sujet. VI » dans *La Revue blanche* du 1er juillet 1895. **2.** Voir *Le « Livre » de Mallarmé*, Gallimard, 1952, et « Notes en vue du "Livre" » (*OC*, I, p. 549-622). **3.** *Revue de Genève*, 25 juillet 1886. **4.** René Ghil, *Les Dates et les Œuvres*, 1925, p. 234-235. **5.** Gustave Kahn, *Les Origines du symbolisme*, Messein, 1936, p. 24.

se mettre à l'œuvre », des « projets », des « points de repère ».

II

Mallarmé forge son écriture dans un moment bien précis[1]. Le « père dans l'île », Hugo en exil à Guernesey, brillait encore d'une incontestable suprématie. Mais Baudelaire venait de donner ses *Fleurs du Mal*, tutélaire poison, et plusieurs échantillons de ses petits poèmes en prose. Tous admiraient alors la plastique des *Émaux et camées* de Gautier et son idée de l'art pour l'art anti-utilitaire, croyant en la seule puissance du beau. « Le buste/Survit à la cité. » On aimait aussi la fantaisie de Banville et l'on respectait l'altier Leconte de Lisle, rêvant des mythologies barbares et contempteur d'un présent décevant. Mallarmé lui-même dans sa « Symphonie littéraire[2] » avait évoqué sa trinité protectrice : Gautier pour sa « science mystérieuse du Verbe » permettant d'atteindre « *la plus haute cime de la sérénité* » ; Baudelaire pour ses étranges couchers de soleil, fard et sang, significatifs d'une décadence, mais autant pour son « hymne élancé mystiquement comme un lys » ; Banville enfin, « vivant parmi la gloire oubliée des héros et des dieux ». Le Parnasse regroupe des jeunes qui n'ont guère de doctrine ; mais tous affichent leur profond dégoût pour un romantisme sentimental au style relâché, dont Musset leur semble figurer le plus navrant exemple. À la recherche du Beau, ciseleurs de sonnets, exigeants versificateurs, ils se veulent impersonnels, et Mallarmé ne dépare pas leur troupe (« Nous sommes d'une école ; nous vivons dans la mode[3] »), même si l'extrême condensation de sa pensée et la complexité de sa syntaxe déconcertent déjà certains. Son « Château de l'espérance » et son « Pitre châtié » sont écartés du *Parnasse contemporain* de 1866. Celui

---

1. Voir *Parnasse et symbolisme*, P. Martino, A. Colin, 1965, et *La Génération poétique de 1860*, L. Badesco, 2 vol., Nizet, 1971. **2.** *L'Artiste*, 1er février 1865.   **3.** Lettre à Cazalis, mai 1864 (*C* « Folio », p. 181).

de 1876 repousse sans hésitation son *Après-midi d'vn favne*. Loin de se corriger, il délaissera l'« enseigne un peu rouillée [1] » de ce premier havre et ne cessera d'accentuer ce que d'autres prenaient pour les plus graves défauts. Son expression se fait plus rare, plus sinueuse. Son art du symbole et de l'allégorie s'efface au profit d'une suggestion souvent mal comprise. L'écriture se met en miroir. Le poète « cède l'initiative aux mots », comme si la Littérature pouvait parler d'elle-même, strictement anonyme, sous l'influx d'une pensée ouverte à l'universel (ce n'est pourtant pas l'Esprit de Hegel ni celui de Vigny). Une telle « disparition élocutoire [2] » n'a d'ailleurs plus rien à voir avec l'impassibilité parnassienne. Elle correspond bien davantage au phénomène linguistique qui distingue le parleur physique de celui qui grammaticalement s'exprime dans l'écrit. Rien n'empêche, au demeurant, que se marque, « air ou chant sous le texte », la singularité par laquelle chacun affirme le temps (le rythme) de sa personne. Mais celle-ci, dans la pensée de Mallarmé, si elle peut prétendre au titre d'auteur, concourt surtout à l'élaboration du texte universel de la Littérature où chacun apporte sa pierre ou sa note, en vue d'une vaste symphonie aux dimensions de l'humanité. De façon décisive aussi est affirmé le « double état de la parole, brut ou immédiat ici, là essentiel » : l'échange utilitaire des lieux communs et la découverte calculée de l'expression – si bien que le terme même de « Littérature » en reçoit une justification (« un sacre ! ») inexpliquée jusqu'alors.

*
* *

Dès 1864 se met en place ce que Jacques Scherer a pu appeler la « grammaire de Mallarmé [3] » : tournures valorisant participes et infinitifs comme dans la langue grecque

---

1. Citation extraite du *Villiers de l'Isle-Adam* de Mallarmé, première publication à la Librairie de l'art indépendant, 1890.   **2.** Voir « Crise de vers », p. 358.   **3.** *Grammaire de Mallarmé*, J. Scherer, Nizet, 1977.

ou latine, nombreuses appositions et incidentes, disjonction du sujet et du verbe, du verbe et du complément, etc. Le moment décisif est atteint, lorsque le poète rédige l'« Ouverture ancienne », marquée par un degré de complexité rarement égalé par la suite : « J'en étais à une phrase de vingt-deux vers, tournant sur un seul verbe, et encore très effacé [...] [1] », puis quand il agence le « Sonnet allégorique de lui-même » (18 juillet 1868), « sonnet nul et se réfléchissant de toutes les façons [2] ». S'il sait que l'expression compose avec le négatif, car elle se produit dans l'univers des signes où les choses réelles ne sont qu'absence, il pense aussi que le vers doit « rémunérer le défaut des langues [3] » et par l'unité de ses composants se substituer à l'imperfection des mots inaptes à coïncider avec les choses.

Ce qui frappe les jeunes poètes (Régnier, Moréas, Vielé-Griffin, Kahn, Ghil, Mockel) en l'année 1886, où naît officiellement le symbolisme [4], tient à la qualité des textes mallarméens dont ils ne connaissent pourtant qu'un petit nombre. Manière de l'expression. Façon de suggérer. Or il est presque certain que Mallarmé à ce moment ne pratique plus guère le vers (il ne publie que deux ou trois poèmes par an). Environné par les tenants du vers libre – officialisé par Gustave Kahn [5] dans la lignée de Rimbaud et de Laforgue qui vient de mourir –, il considère leurs œuvres avec attention, mais, pour sa part, demeure fidèle à l'alexandrin [6]. De fait, il est parvenu beaucoup plus loin que ne le laissent entendre ses poésies (que chacun presque religieusement se répète), puisqu'il a découvert (et tout autant par l'élaboration

---

1. Lettre à Catulle Mendès, 24 avril 1866 (*C* « Folio », p. 295). **2.** Lettre à Cazalis. **3.** Voir « Crise de vers », p. 354. **4.** Le « Manifeste du Symbolisme » a été publié par Jean Moréas dans le supplément littéraire du *Figaro* du 18 septembre 1886. Mallarmé, pas plus que Verlaine, ne se reconnaîtra « symboliste » ni décadent. Voir à ce sujet l'ouvrage de Jean-Nicolas Illouz, *Le Symbolisme*, Le Livre de Poche, coll. « Références », 2004. **5.** Voir *Les Palais nomades*, Tresse et Stock, 1887. Sur les premiers poètes du vers libre, voir E. Dujardin, *Mallarmé par un des siens*, Messein, 1936. **6.** Voir « Crise de vers », p. 352 et également l'article « Mallarmé forgeant » de J.-L. Steinmetz dans *Les Réseaux poétiques*, Corti, 2001.

de ses textes en prose et la composition d'*Igitur*) que la littérature suppose une prosodie[1] indépendamment des rimes, la « possibilité [...] de se moduler », une arrivée particulière des mots selon la mobilité d'une syntaxe plus ou moins déstabilisée, mais qui offre, en dernier lieu, la garantie d'intelligibilité minimale : « [...] la forme appelée vers est simplement elle-même la littérature », affirme-t-il avec netteté. « Vers il y a sitôt que s'accentue la diction, rythme dès que style[2]. » Proposition qu'il poursuit dans *La Musique et les Lettres* : « [...] toute prose d'écrivain fastueux [...] vaut en tant qu'un vers rompu, jouant avec ses timbres et encore les rimes dissimulées[3]. » De là, un énoncé plus impératif à l'égard des lecteurs de *L'Écho de Paris*, où Jules Huret l'interroge sur « l'évolution littéraire » : « [...] mais, en vérité, il n'y a pas de prose[4]. »

La prééminence qu'il accorde à la Musique ne frappe pas moins dans ses réflexions esthétiques. Elle correspond certes à une sensibilité d'époque. La sensation musicale est repérable dès ses premiers textes, mais elle prend une dimension inattendue en 1885, quand son ami Dujardin l'entraîne dans le sillage de *La Revue wagnérienne*. Cette opportunité, Mallarmé, d'abord réticent, ne tardera pas à s'en saisir pour affiner sa « doctrine » et, distinct en cela de Baudelaire, assurer la place du poète face au *Gesamkunstwerk*, le « drame total », de Wagner[5]. La Musique est donc là, toute-puissante dans sa pensée, non point pour inspirer une musicalité du vers, bien plutôt à titre d'exemple structural, comme en propose la symphonie. Si, du reste, il tient à ce que la poésie reprenne à la musique son bien, encore engage-t-il à com-

---

1. Cet aspect a particulièrement été mis en valeur par Henri Meschonnic dans sa Préface aux *Écrits sur le « Livre »* de Stéphane Mallarmé, éd. de l'Éclat, 1986. **2.** Voir p. 348. **3.** Voir *La Musique et les Lettres*, p. 322. **4.** *L'Écho de Paris*, 14 mars 1891. **5.** Voir « Richard Wagner. Rêverie d'un poète français » dans *La Revue wagnérienne*, août 1885. Baudelaire avait écrit « Richard Wagner et *Tannhaüser* à Paris » en 1861. Voir aussi la réponse de Mallarmé à la première lettre que lui envoya Valéry, le 5 mai 1891 (*C* « Folio », p. 611-612).

prendre le mot « *Musique*, dans le sens grec, signifiant Idée, ou rythme entre des rapports [1] ».

Appelé à répondre à une enquête de Léo d'Orfer, il avait, dès 1884, clairement offert cette définition : « La Poésie est l'expression, par le langage humain ramené à son rythme essentiel, du sens mystérieux des aspects de l'existence : elle doue ainsi d'authenticité notre séjour et constitue la seule tâche spirituelle [2]. » La poésie, selon lui, consiste donc en une mise en relation, où chaque élément compte : le motif qui participe de l'univers, le langage refait selon un rythme, l'« estampe [3] » qui redit l'attitude de l'objet, de l'événement, de la pensée, par des procédés singuliers en chaque circonstance. Faute d'avoir envisagé ces trois éléments, beaucoup ont enfermé Mallarmé dans une enceinte explicative : formalisme ou philosophisme ; or il se tient au centre d'une toile dont on ne peut distraire aucun des fils : ni la lettre, ni la prosodie, ni la sensation, ni l'univers. Leur liaison (lisible dans le « sonnet en -yx » ou le *Coup de Dés*) forme le poème, mais aussi le substrat de ses méditations esthétiques. Et sans doute pour le justifier n'est-il besoin de ce qu'il appelait des « besognes propres », ses *Mots anglais* ou ses *Dieux antiques*. L'« explication orphique de la Terre [4] », par laquelle à plusieurs reprises il a défini son intention majeure, correspond à ce que, nouveau poète, avec des moyens hérités de quelques devanciers (Poe, Baudelaire) et à la faveur d'une expérience : descente au néant, où la Destruction fut sa Béatrice, il était en mesure désormais de déplier (ou replier) dans ses vers ou dans les lignes de sa prose.

Que l'œuvre effective soit réduite par rapport à de telles perspectives, on ne saurait le regretter qu'en vertu d'un espoir excessif, au nom duquel Mallarmé aurait pu exhiber la preuve décisive. La reconnaissance menée par lui dans le

---

1. Lettre à Edmund Gosse, 10 janvier 1893 (*C* « Folio », p. 614).
2. Lettre à Léo d'Orfer, 27 juin 1884 (*C* « Folio », p. 572).
3. Notion développée à deux reprises (voir la notice précédant *Un coup de Dés...*, p. 390) et sur laquelle J. Rancière a attiré le regard (*Mallarmé. La politique de la sirène*, Hachette, 1996).   **4.** Lettre à Verlaine, 16 novembre 1885 (voir p. 92).

domaine de la littérature (mot qu'il a revêtu d'une définitive dignité et teinté d'absolu) constitue un instant pivotal. Avec lui, et sans ironie, il est permis de penser que le monde est fait pour aboutir à un livre[1]. La poésie, en ce cas, n'est plus un exercice formel (parnassien), ni l'expression de l'intime (romantique), ni même la découverte de la modernité. Elle est une nécessité pour comprendre et se comprendre, sans que l'idée participe d'un système. Et la pureté qui s'en dégage, loin d'être l'indice d'une désincarnation funeste, authentifie une quintessence du réel, perçu au plus vif de ses contradictions et mobilités.

*
* *

Il faut, à coup sûr, revenir sur l'*effet produit*[2] par Mallarmé, puisque celui-ci très tôt se donna un tel objectif. C'était, en quelque sorte, revendiquer une lucidité extrême à la place de la trop vague et toute-puissante inspiration. Mallarmé refuse toute forme d'écriture innocente. La crise qu'il subit quand il était en province dans les années 1866-1870 traduit cependant l'incapacité qu'il éprouva devant le réel, celui du langage commun et des occupations courantes. Il lui fallait donc se démettre, abandonner, ou se transformer, trouver une langue. Les périodes de découragement qu'il traverse alors auraient pu le mener à la plus sévère impasse, mais il ne s'y est pas résigné. Le passage par le négatif, qui risquait de le conduire au suicide, l'a fait déboucher enfin sur une forme de certitude qu'il ne remettra plus en question par la suite : d'une part, l'univers existe à l'extérieur de l'homme dans son immanence matérielle qui ne dit mot ; d'autre part, nous sommes des êtres de langage, et ce lan-

---

1. Fin de la réponse à l'enquête de Jules Huret, voir p. 23. Mallarmé précise « un beau livre ». Voir aussi « Le Livre, instrument spirituel » dans *La Revue blanche* du 1er juillet 1895. **2.** « *L'effet produit*, sans une dissonance, sans une fioriture, même adorable, qui distraie, – voilà ce que je cherche » (lettre à Cazalis, janvier 1864, *C* « Folio », p. 160-161). Plus tard, Mallarmé parlera non plus de l'effet à produire, mais de l'effet produit sur lui par l'élément incitateur du poème.

gage s'édifie aussi sur une certaine absence des choses singulières placées dans le monde. Dans ces conditions, le
constat d'une impossibilité aurait pu se faire. Ce n'est pourtant pas à une telle difficulté qu'il se heurte, puisque, riche
de l'unique force que représente la faculté de nommer et,
bien plus, de configurer des fictions, il n'a pas reculé devant
le « nouveau devoir[1] » qui s'imposait à lui : énoncer le
monde en ses situations les plus remarquables ou les plus
frivoles, tout en admettant qu'on ne pourra mieux produire
qu'un « glorieux mensonge ».

Que la poésie dise une quelconque vérité, non, par conséquent. Ni qu'elle enseigne, ni qu'elle moralise. Mais elle
donne des « vues » (et non des « visions ») du séjour comme
de la circonstance ; elle en propose le blason, l'estampe,
selon ce qu'accorde le langage (qui cependant ne saurait
qu'équivaloir à...) par une suite d'opérations capables de saisir ce qu'il nomme « la notion[2] ».

Il s'ensuivra une recherche plus ou moins harassante. Les
premiers résultats obtenus se déchiffrent – on l'a vu – dans
l'« Ouverture ancienne » d'*Hérodiade*[3], intime révolution de
l'expression, à partir de laquelle Mallarmé peut être estimé
incompréhensible, alors qu'il affirme un autre degré de
compréhension, dont il faudra attendre des années pour
reconnaître la validité. Cette découverte d'expression ne fut
assurément pas le fait du poète seul, quoique son travail sur
le vers, précisément à ce moment, atteste plus que tout le
lieu privilégié où portait son effort. Il est presque certain
qu'au même instant se transforma son style de prosateur,
comme le montrent par ailleurs quelques poèmes en prose,
non publiés alors, la correspondance de ces années et plusieurs surprenants articles de *La Dernière Mode*.

Les reproches que l'on adresse le plus communément à
l'œuvre de Mallarmé concernent l'obscurcissement du sens,

---

1. Voir « Prose (pour des Esseintes) », p. 183, « Toast funèbre »,
p. 179, et la réponse à Léo d'Orfer où Mallarmé parle de « tâche spirituelle ». **2.** Sur ce mot, voir « Crise de vers », p. 360, passage repris
de l'Avant-dire au *Traité du Verbe* de René Ghil (1886), et *La Musique
et les Lettres*, p. 328. **3.** Il ne cessera de penser à la compléter. Voir
notice sur *Les Noces d'Hérodiade*, p. 375, et *OC*, I, p. 1079-1136.

dont la réalité paraît échapper, voire se disséminer, à moins qu'à l'occasion il n'offre des endroits de concrétion impénétrables. Une tendance des années 1960, celles du structuralisme triomphant, attira l'attention sur la polysémie de ces textes où comme pudiquement s'ajourne la compréhension. Nombreuses furent les interprétations qui se donnèrent libre cours pour déployer à l'infini lettres, mots et significations, dans l'espoir d'en épuiser le sens ou plutôt d'en promouvoir la « signifiance ». Certes, Mallarmé éprouva quelque bonheur à faire se réverbérer phonèmes ou graphèmes, à produire des entrelacs, à favoriser des équivoques ; mais aucune lecture (cette « pratique ») ne saurait se développer si l'on défie l'articulation calculée par lui des mots entre eux, si l'on ne décèle, déplacée la plupart du temps, leur obligatoire fonction grammaticale [1]. Toute entreprise de compréhension échoue dès lors qu'on s'abandonne à la seule séduction de virtuosités splendides. Le sens mallarméen, qui se génère mot à mot, repose sur un principe de retardement qui diffère l'élucidation finale par une succession d'indices de plus en plus irrécusables.

De poème en poème, la lecture repère vite, en outre, un ensemble de mots et de situations auquel, selon d'infinies variantes, il est resté fidèle [2], sa vie durant, et qui, dès les textes du *Parnasse contemporain*, s'est mis en place. S'il recoupe souvent des motifs déjà surexploités (fleurs, azur et cygnes), il leur confère une teneur nouvelle, parce qu'il ne s'agit plus en pareil cas du seul usage de tels mots, mais de miroitements (sons et sens confondus). Nous n'avons plus affaire à des entités, mais à des schèmes dynamiques, jamais réductibles à leur figuration, ni judiciables d'une allégorie courante. Nous accédons bel et bien à un « univers imagi-

---

1. Il y a donc une mesure à garder, celle qu'ont observée, allant jusqu'aux confins, Julia Kristeva (*La Révolution du langage poétique*, 1972) et Robert Greer Cohn (voir Bibliographie, p. 431). Dans la voie syntaxique se sont engagés Albert Thibaudet, Émilie Noulet et, plus récemment, Paul Bénichou (*Selon Mallarmé*, Gallimard, coll. « Bibliothèque des Idées », 1995).   2. Voir le livre exemplaire de Jean-Pierre Richard, *L'Univers imaginaire de Mallarmé*, éd. du Seuil, coll. « Pierres vives », 1961.

naire ». Du tombeau aux astres, du bouquetier au coucher de soleil, de l'onyx à la chevelure, un cosmos (univers et parure, « glorieux mensonge ») nous reçoit, où la pureté domine, mais rarement frigide, de plus en plus sensible, puisque la littérature s'emploie à nous montrer les « preuves nuptiales de l'Idée[1] ». Même s'il fut d'abord marqué par le refus de l'ici-bas, l'univers mallarméen est devenu peu à peu le dispensateur d'impressions que toute interprétation trop intellectuelle de son œuvre risque de manquer. Et si la négation insiste dans chacune de ses poésies, elle n'en semble pas le principe, mais le tremplin, afin que l'on accède plus matériellement à la présence du mystère.

Que le poème de Mallarmé soit fait de mots, nul n'en disconviendra[2]. Mais leur intensité ne s'imposerait pas à ce point, s'ils ne répondaient à une visée précise. Très tôt, Mallarmé a proposé la formule fameuse : « Peindre, non la chose, mais l'effet qu'elle produit[3]. » La chose (c'est-à-dire tout objet capable de susciter la création) est à considérer dans *son rapport avec*. Cela doit être dit : non pas « la forêt », ni « le bois intrinsèque des arbres », mais « l'horreur de la forêt » ou « le tonnerre muet épars au feuillage[4] ». Mouvement, attitude, *aura*. Dès lors, le poème aussi va produire un effet par des mots liés en phrases et mobilisés selon un rythme, convenu ou individuel. Mallarmé échappe ainsi à la tyrannie de la *mimèsis* (l'imitation[5]). Quoiqu'il se dise appliqué à *peindre*, nous devinons qu'il capte des forces plutôt qu'une forme stable. Si l'on a bien vu (lecture plurielle) qu'il substituait à un espace linéaire apparent (les vers se succédant) un espace tabulaire, encore doit-on penser que dans le cadre résistant de ce tableau opèrent des lignes vibratoires sans lesquelles le texte ne saurait tenir. Quelque chose se présente à nous, endroit où le monde advient à bien plus que sa nomination, puisque s'élève de nouveau, par le pou-

---

1. Voir « Le Mystère dans les Lettres », p. 371.   **2.** Voir le mot de Mallarmé rapporté par Valéry dans son *Degas Danse Dessin* (A. Vollard, 1936) : « [...] Ce n'est pas avec des idées qu'on fait des vers, Degas... C'est avec des mots. »   **3.** Lettre à Cazalis, 30 octobre 1864 (*C* « Folio », p. 206).   **4.** Voir « Crise de vers », p. 356. **5.** De là, la notion de « transposition » à laquelle il recourt.

voir du langage, une sensation autant qu'une signification
– non pas le sens du mot *rose*, donné par tout dictionnaire
et confiné dans le lexique, mais le sens d'*une rose*, à savoir
la raison d'être d'une telle réalité, ni absurde, ni nécessaire,
évidente cependant.

D'autant plus inimitable est le ton de Mallarmé que l'ac-
tive, à partir d'une certaine époque, une espèce d'humour[1].
Elle apparaît à l'occasion des premières proses critiques et
répond à une tendance du genre. Mais, de plus en plus émi-
grant de la correspondance, où elle oscille entre l'urbanité et
la désillusion, elle s'insinue dans les poèmes en prose,
pénètre les poésies, imprègne le genre nouveau du « poème
critique[2] » quasi inauguré par lui. Dans le chassé-croisé que
l'humour entretient habituellement avec l'ironie, on perçoit
bien que cette dernière menace plutôt le poète, durement soumis à celle de l'Azur. Or, face à cette loi qui est celle aussi
de Dieu, « méchant plumage », il dispose des ressources du
langage et de la prosodie, qui ne l'aident pas seulement à
construire à sa guise des formes de beauté, mais servent à
montrer toute chose fragilisée par quelque fissure de néant.
L'apparente préciosité de Mallarmé (le fard du « pitre »), la
visible arabesque de ses phrases, sa technique de la suggestion lui permettent de contourner l'agressive objectivité des
choses (qu'il laisse aux réalistes, aux naturalistes) pour susciter par passes, emprises, sorcellerie des tropes, leur attitude,
leur idée, leur notion. Étonnant principe de délicatesse qui
éloigne d'une pseudo-présence intouchable (« solide et prépondérante[3] », dit *La Musique et les Lettres*), allège ou musi-
calise. Aussi, face à toute grandeur surplombante, s'emploie-
t-il à poser le minime, l'éphémère, voire le frivole[4]. Il y a

---

1. A. Thibaudet a consacré un chapitre de sa *Poésie de Mallarmé*
(éd. de la *NRF*, 1926) à l'ironie de Mallarmé. Je pense qu'il convient,
bien davantage, d'en atteindre l'« esprit », à la fois principe et effusion.
2. Le « poème critique », défini dans la Bibliographie des *Divagations*,
est cité ici p. 346.   3. Voir p. 327.   4. Voir la préface d'Yves
Bonnefoy aux *Vers de circonstance*, Gallimard, coll. « Poésie », 1996.

bien là ce « terrorisme de la politesse » dont Sartre[1] le crédi-
tait, mettant dans cet énoncé plus de reproches que de
louanges. Non que Mallarmé refuse l'abrupt, le sublime.
Mais il devine que le meilleur moyen pour les appréhender
doit recourir à l'allusion (voire l'illusion) et qu'une sorte
d'entrelacs infiniment délié (pensons au thyrse de Baudelaire[2]) vaut mieux que le sévère rail d'une ligne directrice.
Le labyrinthe est préféré aux promenades rectilignes, le sous-
entendu au vacarme publicitaire. Et l'alliance d'un sourire se
doit de briller près des affres de la mort, comme la marque
apprivoisée d'une *néantisation* partout à l'œuvre. La finitude,
l'angoisse s'expriment par des procédés obliques qui, sans
traduire une vaine coquetterie, s'avèrent les seuls moyens
pour tenter de dire ce qui, bien entendu, frôle l'indicible.

III

Si l'ère de la poésie moderne fut indubitablement inaugurée par Baudelaire, les deux voix de Rimbaud et de
Mallarmé n'ont cessé depuis de s'y propager, différentes
assurément, nullement complémentaires, mais l'une et l'autre
de présence incontestable. Rimbaud, selon toute évidence,
n'a pas eu connaissance des poèmes de Mallarmé, ou ne
les a pas remarqués[3]. Il n'en va pas de même pour ce dernier qui, après avoir rencontré Rimbaud dès 1872, a découvert quelques-uns de ses textes dans la série des « Poètes
maudits » où lui-même allait figurer par la suite. Les *Poé-*

---

1. Jean-Paul Sartre, *Mallarmé. La lucidité et sa face d'ombre*, Gallimard, coll. « Arcades », 1966, p. 181.   **2.** Voir « Le Thyrse »,
poème du *Spleen de Paris*, première publication dans la *Revue nationale et étrangère*, 10 décembre 1863. Mallarmé l'évoque dans *La
Musique et les Lettres*, p. 322.   **3.** Dans sa lettre dite « du voyant »
du 15 mai 1871 à P. Demeny, Rimbaud, qui passe en revue bon nombre
de poètes publiés dans les livraisons du *Parnasse contemporain* de
1866 et dans celles du second *Parnasse* parues à cette date, ne mentionne pas Mallarmé. Indifférence ou ignorance ? E. Delahaye cependant dans ses *Souvenirs familiers* (Messein, 1925, chap. IV) montre
Rimbaud en 1870 criant ces vers des « Fleurs » : « Hosannah sur le
cistre et sur les encensoirs ! »

sies, *Une saison en enfer*, *Illuminations* lui viennent bientôt
sous les yeux, et l'article qu'il consacre à Rimbaud, « anarchiste par l'esprit », dans *The Chap Book*, témoigne de sa
clairvoyance[1] à l'égard de celui qu'il appelle « le passant
considérable ». La sédentarité de Mallarmé, son calme, sa
conscience critique s'opposent, à première vue, à la perpé-
tuelle activité de Rimbaud que consacrent sa marginalité,
sa violence, son silence enfin. Beaucoup de ceux qui admi-
rent le poète du « Bateau ivre » ne voient en Mallarmé
qu'un littérateur, fonctionnaire de surcroît, dont ils dénon-
cent l'intellectualisme et les paroles absconses. Notre
siècle, qui raffole des oppositions sommaires, est loin
d'avoir entériné un tel débat aux allures de parallèle obligé.
Retenons, du moins, que Mallarmé, par ses seuls vers, fit
scandale, comme si la déstabilisation qu'il avait imposée
au sens, son opacification avaient valu, pour ses immédiats
contemporains, comme une véritable agression morale.
L'informel cénacle qu'il tenait rue de Rome, le milieu juif
de *La Revue blanche* qui lui était favorable devaient donner
lieu, tout naturellement, à diverses accusations selon lesquelles l'ordre était menacé, la raison attaquée, puisque
l'on avait « touché au vers ». À son corps défendant, Mallarmé le causeur, dont les disciples pratiquaient le vers
libre, était transformé en chef occulte d'une sorte de secte
propageant l'anarchisme littéraire[2].

---

1. En dehors de sa « lettre à Harrison Rhodes » publiée dans *The
Chap Book* où il parle de sa courte rencontre avec Rimbaud lors d'un
dîner des Vilains Bonshommes, Mallarmé entra en relation avec
Paterne Berrichon, futur époux d'Isabelle Rimbaud, à propos duquel
Mme Rimbaud lui avait demandé des renseignements de moralité. Il
lui fut demandé d'être témoin au mariage de Berrichon et d'Isabelle,
en mai 1896 (*C*, IX, p. 151). Il accueille les *Œuvres de Jean-Arthur
Rimbaud*, publiées en 1898 par Berrichon, en ces termes : « Le voici,
l'incomparable livre, l'aérolithe chu de quels espaces. »   **2.** Voir *La
Musique et les Lettres*, p. 334. En 1894, Mallarmé témoigne au procès
des Trente, en faveur de Félix Fénéon, secrétaire de rédaction de *La
Revue blanche*. Quatre ans plus tard, Camille Mauclair dans son roman
à clef *Le Soleil des morts* présentera Mallarmé sous les traits d'un chef
d'école, Calixte Armel, dont les disciples préparent une révolution,
d'ailleurs sans lendemain.

Tous les derniers témoins de la rue de Rome ont parlé de lui en termes admiratifs. On ne pouvait pas ne pas aimer Mallarmé. Valéry, si proche qu'un moment il songea à s'effacer devant cette haute intelligence et ne plus écrire, lui a voué un culte exclusif[1], et Mallarmé, à coup sûr, se représente à nous par ses yeux. Claudel, l'un de ses profonds lecteurs, en a gardé le plus affectif souvenir, même si la révélation tardive d'*Igitur* a soulevé en lui une brusque irritation[2] quand il découvrit le « vieux maître » rétif à déchiffrer le Livre de la création et douloureusement confiné dans le cabinet des signes. Jarry lui a emprunté une pratique de l'oblique et le pressentiment d'un univers où tout serait par blason. « Suggérer au lieu de dire, faire dans la route des phrases un carrefour de tous les mots », peut-on lire dans le « linteau » des *Minutes de sable mémorial*[3]. Gide, tenté dès l'adolescence par le genre romanesque, n'en a pas moins vu en Mallarmé un « héros » et perçu l'incantatoire sonorité de ses vers : « les mots ne valent plus ni par pittoresque, ni par un pathétique direct », mais par « l'effrayante densité que leur laisse la méditation intérieure[4] ».

La poésie de l'après-Mallarmé, celle de ses disciples vers-libristes, devait être incarnée, jusqu'à la veille de la Première Guerre mondiale, par de médiocres épigones. Ces noms qui peuplent les anthologies du temps ne sont plus pour nous que des fantômes, même si quelque curiosité érudite pousse encore à feuilleter leurs innombrables recueils. Peu à sauver parmi les textes de Vielé-Griffin, de Régnier, de Ghil, de Kahn, et même de Moréas... sinon par scrupule de mémoire ou par sympathie. Les appréciations dont Mallarmé lui-même les combla montrent bien, du reste, qu'il préféra gloser la forme de leurs vers, sans se prononcer sur les vagues idées qu'ils contenaient.

La désaffection progressive de l'alexandrin (malgré son

---

1. Voir les nombreux textes repris dans *Écrits divers sur Stéphane Mallarmé* (1950). **2.** « La Catastrophe d'*Igitur* », dans le numéro de la *Nouvelle Revue française* de novembre 1926 consacré à Mallarmé. **3.** *Les Minutes de sable mémorial*, Fasquelle, 1894. **4.** Hommage à Mallarmé paru dans *L'Ermitage*, octobre 1898.

maintien chez Valéry et de notables résurgences chez Apollinaire, par exemple) allait, d'autre part, placer la poésie de Mallarmé, respectueuse du mètre traditionnel, dans un relatif isolement. On en exceptera, bien sûr, le *Coup de Dés*, toujours chéri des avant-gardes[1]. Mais le surréalisme, valorisant Lautréamont et Rimbaud, n'accordera qu'une place réduite à un auteur qu'il savait être celui de la lucidité, à l'heure où l'on s'exerçait à l'écriture automatique plus ou moins incontrôlée. Si le *Manifeste* de 1924 le nomme malgré tout, c'est en tant que « surréaliste dans la confidence » (allusion certaine au « Démon de l'analogie » et à la phrase répétitive de la « pénultième »). Il faudra donc attendre qu'une nouvelle écriture de méthode et de conscience poétique apparaisse, et cela sous la plume de Francis Ponge[2], pour le voir réestimé à sa juste valeur, en pugiliste herculéen vainqueur des idées reçues.

Parallèlement, à partir de textes publiés posthumes : *Igitur* en 1925, les *Propos sur la poésie* en 1945, la correspondance avec Lefébure, à quoi il convient d'ajouter la *Vie de Mallarmé* d'Henri Mondor en 1941, une nouvelle forme de pensée philosophique va s'exprimer. Tour à tour Sartre et Maurice Blanchot réfléchiront dans ces marges, le premier à travers une étude plus ou moins identificatoire qui ne sera pas achevée et qui tente de comprendre au moyen d'une sorte de psychanalyse existentielle le personnage de l'« être-pour-l'échec[3] » qu'incarnerait Mallarmé, le second au cours de plusieurs textes[4] valorisant l'expérience d'*Igitur* (qui confronte le langage à la mort et au silence) ou manifestant le souci du « Livre » infini.

Bientôt, l'accent mis sur la linguistique saussurienne (tout à la fois celle du signe et de l'anagramme), la découverte

---

1. Pour ses recherches typographiques, le poème est aimé des dadaïstes et futuristes. **2.** Voir les « Notes d'un poème (*sur Mallarmé*) » dans la livraison déjà signalée de la *Nouvelle Revue française*, novembre 1926. Texte repris dans *Proêmes* (Gallimard, 1948). **3.** Voir *Mallarmé. La lucidité et sa face d'ombre* de Sartre, Gallimard, coll. « Arcades », 1986, reprenant notamment l'essai de 1952. **4.** Voir *Faux pas* (1943) ; *La Part du feu* (1949) ; *L'Espace littéraire* (1955) ; *Le Livre à venir* (1959) ; *L'Entretien infini* (1969).

des formalistes russes engagent à réévaluer les *Divagations*, où l'activité de la chose littéraire est constamment décrite en des termes alliant réflexion et création. La notion de texte formulée à maintes reprises, la « disparition élocutoire de l'auteur » cédant « l'initiative aux mots » prennent alors une actualité renouvelée. Des thèses, considérables et parfois divergentes, *L'Univers imaginaire de Mallarmé*[1] de Jean-Pierre Richard, *La Révolution du langage poétique*[2] de Julia Kristeva génèrent à leur tour, dans le sillage du Mallarmé théoricien qu'elles relisent avec acuité, des méthodes : la thématique et la sémanalyse, cependant que Jacques Derrida, connu alors pour sa *Grammatologie*, insiste sur le matérialisme scriptural du poète[3] et le soustrait ainsi, non sans violence, à l'idéalisme dans lequel on n'avait eu que trop tendance à le confiner. L'heure est aux poéticiens, aux philosophes[4]. Un regain d'attention se porte sur les textes en prose, les « poèmes critiques », encore mal lus de nos jours et dans lesquels on croit discerner (la crise se poursuivant, le tunnel se prolongeant) une réponse à l'inquiétude de notre âge d'athéisme, tout entier livré à des phénomènes médiatiques, où la lettre risque de se perdre, où le nombre et le sens commun triomphent. Face au Mallarmé d'autrefois, taxé d'élitisme et relégué dans sa tour d'ivoire, se dessine – signe des temps – un Mallarmé communicationnel dont on aime commenter « Conflit » et « Confrontation » pour en faire un citoyen responsable.

Non moindre apparaît l'influence continue du Mallarmé scriptural dont se réclame un secteur de l'actuelle poésie. André du Bouchet dans l'abrupt de son écriture n'a pas caché ce qu'il devait à l'espacement du *Coup de Dés* et c'est

---

1. *Op. cit.*　　**2.** *La Révolution du langage poétique. Avant-garde à la fin du XIXe siècle : Lautréamont et Mallarmé*, éd. du Seuil, coll. « Tel Quel », 1974.　　**3.** Voir « La double séance », dans *La Dissémination*, éd. du Seuil, coll. « Tel Quel », 1972.　　**4.** Voir les textes de Lucette Finas, *Centrale pureté. Quatre lectures de Mallarmé*, Belin, 1999 ; Alain Badiou, *Conditions*, éd. du Seuil, 1993 ; Philippe Lacoue-Labarthe, *Musica ficta (Figures de Wagner)*, éd. Bourgois, 1991 ; Jacques Rancière, *Mallarmé. La politique de la sirène*, Hachette, 1996.

à la même œuvre, à son spiritogramme qui brille, noir sur blanc, entre l'irréfutable et l'aléatoire, que continuent de se référer Anne-Marie Albiach, Claude Royer-Journoud, Jean Daive, Alain Veinstein[1], à l'épreuve du moindre mot posé sur la page et du silence que la parole convoque. On n'en finit pas d'assister à d'étranges relances du texte mallarméen, comme si les dés projetés refusaient de s'arrêter « à quelque point dernier qui le sacre ». Des essais de Daniel Oster[2] aux poèmes de Philippe Beck[3] une pensée se poursuit, émouvant les formes.

Il faut croire que l'*hermétisme* de Mallarmé est incomparablement ouvert[4]. S'il est justifié de prononcer ce mot à propos de l'auteur d'*Hérodiade*, encore convient-il de percevoir là plutôt un nouveau régime du sens, non pas une vaine tentative d'obscurcissement (à moins d'estimer que fût touchée ainsi une certaine obscurité fondamentale, sans laquelle le langage n'aurait pas sa raison d'être). À la muette simplicité du monde (« n'est que ce qui est[5] ») répond une série d'impressions produites dans l'esprit de l'homme. Et l'on aurait tort d'attribuer à Mallarmé plus que le désir de manifester ce phénomène à tout instant renouvelé. Que signifie le monde ? Ou bien : « Quelque chose comme les Lettres existe-t-il[6] ? » On comprend qu'à pareilles questions la réponse n'ait pu être légère. Du moins fut-elle envisagée. Du moins dans le texte le plus humblement circonstanciel nous a-t-il reconduits jusqu'au principe. Il importe qu'à sa suite et par son aide nous puissions reconstruire chaque chose, chaque événement, loin de

---

1. Sur ces poètes, voir l'essai de Jean-Marie Gleize, *A noir. Poésie et littéralité*, éd. du Seuil, 1992.   **2.** Voir *Stéphane* de Daniel Oster, P.O.L., 1991 ; *La Gloire*, P.O.L., 1997.   **3.** *Dernière mode familiale*, Flammarion, 2000 ; *Aux recensions*, Flammarion, 2002.   **4.** À repenser ici, cette remarque d'Antonin Artaud : « Il y a l'hermétisme où l'on n'entre pas parce qu'il est fermé, celui où l'on entre et qui vous enferme, / celui qui vous invite à entrer pour ouvrir ce qui est fermé » (*Suppôts et suppliciations*, *OC*, XIV (2), p. 123).   **5.** Voir *La Musique et les Lettres*, p. 327.   **6.** « Mallarmé est le premier qui se soit placé devant l'extérieur [...] comme devant un texte, avec cette question : *Qu'est-ce que ça veut dire ?* » (P. Claudel, « La Catastrophe d'*Igitur* », art. cit.).

l'usage courant, de la surdité et de l'aveuglement, pour qu'ils s'exaltent en interrogation première, provoquant une fois encore la naissance de l'homme au langage et à son étonnement.

Jean-Luc STEINMETZ.

NOTE SUR LA PRÉSENTE ÉDITION

Ce volume des *Œuvres* de Mallarmé ne pouvait prétendre à l'exhaustivité (certains textes comme « Richard Wagner. Rêverie d'un poète français », ou les réflexions « Quant au Livre », n'y figurent pas). Il diffère des éditions données jusqu'à ce jour par le parti pris chronologique qui est le sien et sans lequel (pour les *Poésies*, par exemple) le lecteur doit constamment se reporter en fin d'ouvrage pour lire les premiers états de poèmes majeurs.

En ce sens, la première partie apparaît essentielle. Nous avons choisi d'y présenter (sans les commenter, puisqu'ils le sont par la suite) les poèmes publiés dans le *Parnasse contemporain* de 1866 (augmentés des deux textes envoyés par Mallarmé, qui n'y furent pas retenus), l'« Ouverture ancienne » d'*Hérodiade* (1866) et les premiers états du *Faune* (1865), la première version du sonnet en -yx : « Sonnet allégorique de lui-même » (1868), une notice résumant *Igitur*, la première publication du « Tombeau d'Edgar Poe » (1877), l'ensemble de sept poèmes anciens révélés par Verlaine dans *Lutèce* en 1883-1884, la fameuse lettre dite « Autobiographie » de novembre 1885, enfin le sommaire des neuf fascicules de l'édition photolithographiée des *Poésies de Stéphane Mallarmé* de 1887, tiré en tout et pour tout à 47 exemplaires.

Suit le volume *Poésies*, tel que Mallarmé, dès 1894, en avait confié le manuscrit à l'éditeur belge Edmond Deman. Il est ici augmenté des pièces qui, traditionnellement, depuis l'édition Gallimard de 1913 établie par Geneviève Mallarmé, le complètent.

Se lisent ensuite les *Anecdotes ou poèmes* qui recouvrent une période allant de 1863 à 1891 (pour « Conflit »). Ces poèmes en prose, toujours regroupés par Mallarmé depuis

1891 (*Pages*), préludent, en quelque sorte, à ses proses critiques. Celles-ci sont représentées par *La Musique et les Lettres* publié dès 1894 et que ne reprend pas le volume tardif des *Divagations* (1897). En revanche, de ce livre, nous donnons « Crise de vers » et « Le Mystère dans les Lettres ».

L'ensemble ainsi constitué, divisé en six parties, est introduit par des notices générales. La difficulté du texte mallarméen (prose ou poésie) implique toujours un choix quant aux notes qui peuvent l'accompagner : ou réduire ces dernières au minimum, en faisant confiance à l'intelligence et à la sensibilité du lecteur – c'est le choix des éditions proposées par Bertrand Marchal (Gallimard, coll. « Poésie », ou « Bibliothèque de La Pléiade ») et de Lloyd James Austin (Garnier-Flammarion) ; ou définir certains mots et surtout démêler les articulations syntaxiques, déterminer les fonctions grammaticales – parti que nous avons adopté, notre intention étant d'« apprendre à lire » Mallarmé (si faire se peut), c'est-à-dire à se confronter à la neuve distribution des mots dans les phrases qu'il construit et, pour les poèmes en prose ou proses critiques, à percevoir au plus près la « prosodie de sa prose ».

Le désir de conserver aux *Poésies* de Mallarmé (p. 107 à 263) l'espace blanc qui leur convient nous a conduit à placer en face de chacune (sur la page de gauche, donc) les notes d'explication ou de commentaire qui s'y rapportent. Le même soin explique la raison pour laquelle sont donnés après le texte du *Coup de Dés* les éléments de commentaire qui le concernent.

Les indications sur la publication des textes ne mentionnent que la date de leur première publication.

Nous avons gardé la graphie donnée par Mallarmé pour les mots « poëte », « hazard » et « naguères », et conservé le plus souvent l'orthographe d'époque. De même, nous avons respecté son usage particulier de la ponctuation : le deux-points, très fréquent au lieu du point-virgule, et les deux points de suspension, à la place des trois habituels (dans la plupart des *Poésies*, 1899, et dans les proses).

I

Suites de poèmes et projets
(1865-1887)

Les poèmes de Mallarmé donnés dans Le Parnasse contemporain, *« Recueil de vers nouveaux » présentant, par fascicules, les principaux poètes de ce temps, constituent le premier regroupement publié de ses textes. Sollicité par Catulle Mendès, qui avait pris l'initiative de cette publication, Mallarmé lui avait confié treize poèmes, dont dix seulement paraîtront dans la onzième livraison du 12 mai 1866 (« Tristesse d'été » figurera dans la livraison collective du mois de juin de la même année[1]). Se trouvaient donc éliminés « Le Château de l'espérance » (qu'il ne reprendra plus par la suite) et « Le Pitre châtié » (qu'on peut lire, profondément modifié, dans l'édition photolithographiée des* Poésies de Stéphane Mallarmé *de 1887). Ce regroupement, mûrement médité, apparaît selon un ordre que Mallarmé modifiera par la suite. Toutes les éditions de ses poèmes reprendront ces textes qui témoignent des premières réussites de son génie. Si l'influence de Baudelaire y est prépondérante, on voit cependant l'originalité du jeune écrivain, tant dans l'expression que dans la pensée. Le spleen domine, l'Azur semble inutile, Dieu est mort, même si certains poèmes gardent quelque trace de satanisme : « Le Sonneur », « À un pauvre ». Le désir d'évasion se résout dans l'opération poétique (« Épilogue »), minutieuse et purifiante comme l'art de peindre des porcelaines. Quant au style, il présente déjà un travail qui vise à créer une langue autant par la syntaxe que par le vocabulaire et l'étrangeté du jeu métaphorique.*

---

1. Dans l'une des deux lettres du « voyant », celle du 15 mai 1871, Rimbaud évoque la plupart des poètes des livraisons du *Parnasse contemporain*, mais il ne nomme ni Cazalis, ni Mallarmé. Peut-être n'avait-il pas lu la onzième livraison de 1866. Quant à celle contenant le « fragment » d'*Hérodiade*, elle ne devait sortir qu'en juin 1871, dans la onzième livraison du second *Parnasse contemporain*.

Le titre envisagé d'abord était Atonies[1], *et Mallarmé souhaitait que chaque poème portât sa date de composition (« d'autant plus que ces vers ayant surtout pour moi valeur de souvenirs, je tenais à ce que tous gardassent leur date », écrit-il déjà à Catulle Mendès le 24 avril 1866[2]) – vœu qui ne sera pas respecté dans la publication finale.*

Dans ce premier état, différent déjà de celui que présentent les cahiers de 1864 et 1865, nous n'avons commenté aucun de ces poèmes puisqu'ils se retrouvent tous dans Poésies *(p. 107 et suiv.).*

---

1. Lettre à Catulle Mendès du 24 avril 1866 (*C* « Folio », p. 294) : « Que pensez-vous du titre ? J'ai hésité entre *Angoisses* et *Atonies*, qui sont également justes, mais j'ai préféré le premier qui met mieux en lumière *l'Azur*, et les vers dans la même note. »   **2.** *Ibid.*, p. 293.

Livraison du 12 mai 1866.

LES FENÊTRES

Las du triste hôpital et de l'encens fétide
Qui monte en la blancheur banale des rideaux
Vers le grand crucifix ennuyé du mur vide,
4 Le moribond, parfois, redresse son vieux dos,

Se traîne et va, moins pour chauffer sa pourriture
Que pour voir du soleil sur les pierres, coller
Les poils blancs et les os de sa maigre figure
8 Aux fenêtres qu'un beau rayon clair veut hâler.

Et sa bouche, fiévreuse et d'azur bleu vorace,
Telle, jeune, elle alla respirer son trésor,
Une peau virginale et de jadis ! encrasse
12 D'un long baiser amer les tièdes carreaux d'or.

Ivre, il vit, oubliant l'horreur des saintes huiles,
Les tisanes, l'horloge et le lit infligé,
La toux. Et quand le soir saigne parmi les tuiles,
16 Son œil, à l'horizon de lumière gorgé,

Voit des galères d'or, belles comme des cygnes,
Sur un fleuve de pourpre et de parfums dormir
En berçant l'éclair fauve et riche de leurs lignes
20 Dans un grand nonchaloir chargé de souvenir !

Ainsi, pris du dégoût de l'homme à l'âme dure,
Vautré dans le bonheur, où tous ses appétits

Mangent, et qui s'entête à chercher cette ordure
24 Pour l'offrir à la femme allaitant ses petits,

Je fuis et je m'accroche à toutes les croisées
D'où l'on tourne le dos à la vie, et, béni,
Dans leur verre lavé d'éternelles rosées
28 Que dore le matin chaste de l'Infini

Je me mire et me vois ange ! Et je meurs, et j'aime
– Que la vitre soit l'art, soit la mysticité, –
À renaître, portant mon rêve en diadème,
32 Au ciel antérieur où fleurit la Beauté !

Mais, hélas ! Ici-bas est maître : sa hantise
Vient m'écœurer parfois jusqu'en cet abri sûr,
Et le vomissement impur de la bêtise
36 Me force à me boucher le nez devant l'azur.

Est-il moyen, mon Dieu qui voyez l'amertume,
D'enfoncer le cristal par le monstre insulté,
Et de m'enfuir, avec mes deux ailes sans plume,
40 – Au risque de tomber pendant l'éternité ?

LE SONNEUR

Cependant que la cloche éveille sa voix claire
À l'air pur et limpide et profond du matin
Et passe sur l'enfant qui jette pour lui plaire
4 Un angelus par brins de lavande et de thym,

Le sonneur effleuré par l'oiseau qu'il éclaire,
Chevauchant tristement en geignant du latin
Sur la pierre qui tend la corde séculaire,
8 N'entend descendre à lui qu'un tintement lointain.

Je suis cet homme. Hélas ! de la nuit désireuse,
J'ai beau tirer le câble à sonner l'idéal,
11 De froids Péchés s'ébat un plumage féal,

Et la voix ne me vient que par bribes et creuse !
Mais, un jour, fatigué d'avoir enfin tiré,
14 Ô Satan, j'ôterai la pierre et me pendrai.

À CELLE QUI EST TRANQUILLE

Je ne viens pas ce soir vaincre ton corps, ô bête
En qui vont les péchés d'un peuple, ni creuser
Dans tes cheveux impurs une triste tempête
4 Sous l'incurable ennui que verse mon baiser.

Je demande à ton lit le lourd sommeil sans songes
Planant sous les rideaux inconnus du remords,
Et que tu peux goûter après tes noirs mensonges,
8 Toi qui sur le néant en sais plus que les morts.

Car le Vice, rongeant ma native noblesse,
M'a comme toi marqué de sa stérilité,
11 Mais tandis que ton sein de pierre est habité

Par un cœur que la dent d'aucun crime ne blesse,
Je fuis, pâle, défait, hanté par mon linceul,
14 Ayant peur de mourir lorsque je couche seul.

VERE NOVO

Le printemps maladif a chassé tristement
L'hiver, saison de l'art serein, l'hiver lucide,
Et dans mon être à qui le sang morne préside
4 L'impuissance s'étire en un long bâillement.

Des crépuscules blancs tiédissent sous mon crâne
Qu'un cercle de fer serre ainsi qu'un vieux tombeau,
Et, triste, j'erre après un Rêve vague et beau,
8 Par les champs où la sève immense se pavane.

Puis je tombe, énervé de parfums d'arbres, las,
Et creusant de ma face une fosse à mon Rêve,
11 Mordant la terre chaude où poussent les lilas,

J'attends en m'abîmant que mon ennui s'élève...
– Cependant l'Azur rit sur la haie en éveil,
14 Où les oiseaux en fleur gazouillent au soleil.

L'AZUR

De l'éternel Azur la sereine ironie
Accable, belle indolemment comme les fleurs,
Le poëte impuissant qui maudit son génie
4 À travers le désert stérile des Douleurs.

Fuyant, les yeux fermés, je la sens qui regarde
Avec l'intensité d'un remords atterrant
Mon âme vide. Où fuir ? Et quelle nuit hagarde
8 Jeter, lambeaux, jeter sur ce mépris navrant ?

Brouillards, montez ! versez vos cendres monotones
Avec de longs haillons de brume dans les cieux
Que noiera le marais livide des automnes,
12 Et bâtissez un grand plafond silencieux !

Et toi, sors des étangs Léthéens, et ramasse
En t'en venant la vase et les pâles roseaux,
Cher Ennui, pour boucher d'une main jamais lasse
16 Les grands trous bleus que font méchamment les oiseaux.

Encor ! que sans répit les tristes cheminées
Fument, et que de suie une errante prison
Éteigne dans l'horreur de ses noires traînées
20 Le soleil se mourant, jaunâtre, à l'horizon !

– Le ciel est mort. – Vers toi, j'accours ! Donne, ô Matière,
L'oubli de l'Idéal cruel et du Péché
À ce martyr qui vient partager la litière
24 Où le bétail heureux des hommes est couché,

Car j'y veux, puisque enfin ma cervelle, vidée
Comme le pot de fard gisant au pied d'un mur,
N'a plus l'art d'attifer la sanglotante idée,
28   Lugubrement bâiller vers un trépas obscur...

En vain ! l'Azur triomphe, et je l'entends qui chante
Dans les cloches. Mon âme, il se fait voix pour plus
Nous faire peur avec sa victoire méchante,
32   Et du métal vivant sort en bleus angelus !

Il roule par la brume, indolent, et traverse
Ta peureuse agonie ainsi qu'un glaive sûr.
Où fuir, dans la révolte inutile et perverse ?
36   *Je suis hanté*. L'Azur ! l'Azur ! l'Azur ! l'Azur !

LES FLEURS

Des avalanches d'or du vieil azur, au jour
Premier, et de la neige éternelle des astres,
Mon Dieu, tu détachas les grands calices pour
4   La terre jeune encore et vierge de désastres ;

Le glaïeul fauve, avec les cygnes au col fin
Et ce divin laurier des âmes exilées
Vermeil comme le pur orteil du séraphin
8   Que rougit la pudeur des aurores foulées ;

L'hyacinthe, le myrte à l'adorable éclair,
Et, pareille à la chair de la femme, la rose
Cruelle, Hérodiade en fleur du jardin clair,
12   Celle qu'un sang farouche et radieux arrose !

Et tu fis la blancheur sanglotante des lys
Qui, roulant sur des mers de soupirs qu'elle effleure,
À travers l'encens bleu des horizons pâlis
16   Monte rêveusement vers la lune qui pleure !

Hosannah sur le cistre et sur les encensoirs,
Notre Père, hosannah du jardin de nos limbes !

Et finisse l'écho par les mystiques soirs,
20 Extase des regards, scintillement des nimbes !

Ô Père, qui créas, en ton sein juste et fort,
Calices balançant la future fiole,
De grandes fleurs avec la balsamique Mort
24 Pour le poëte las que la vie étiole.

SOUPIR

Mon âme vers ton front où rêve, ô calme sœur,
Un automne jonché de taches de rousseur,
Et vers le ciel errant de ton œil angélique,
Monte, comme dans un jardin mélancolique,
5 Fidèle, un blanc jet d'eau soupire vers l'Azur !
– Vers l'Azur attendri d'octobre pâle et pur
Qui mire aux grands bassins sa langueur infinie,
Et laisse, sur l'eau morte où la fauve agonie
Des feuilles erre au vent et creuse un froid sillon,
10 Se traîner le soleil jaune d'un long rayon.

BRISE MARINE

La chair est triste, hélas ! et j'ai lu tous les livres.
Fuir ! là-bas fuir ! Je sens que des oiseaux sont ivres
D'être parmi l'écume inconnue et les cieux !
Rien, ni les vieux jardins reflétés par les yeux,
5 Ne retiendra ce cœur qui dans la mer se trempe,
Ô nuits ! ni la clarté déserte de ma lampe
Sur le vide papier que la blancheur défend,
Et ni la jeune femme allaitant son enfant.
Je partirai ! Steamer balançant ta mâture,
10 Lève l'ancre pour une exotique nature !
Un Ennui, désolé par les cruels espoirs,
Croit encore à l'adieu suprême des mouchoirs !
Et, peut-être, les mâts, invitant les orages,

Sont-ils ceux que le vent penche sur les naufrages
15   Perdus, sans mâts, sans mâts, ni fertiles îlots...
Mais, ô mon cœur, entends le chant des matelots !

À UN PAUVRE

Prends le sac, Mendiant. Longtemps tu cajolas
– Ce vice te manquait – le songe d'être avare ?
3   N'enfouis pas ton or pour qu'il te sonne un glas.

Évoque de l'Enfer un péché plus bizarre.
Tu peux ensanglanter les sales horizons
6   Par une aile de Rêve, ô mauvaise fanfare !

Au treillis apaisant les barreaux de prisons,
Sur l'azur enfantin d'une chère éclaircie,
9   Le tabac grimpe avec de sveltes feuillaisons.

Et l'opium puissant brise la pharmacie !
Robes et peau, veux-tu lacérer le satin,
12   Et boire en la salive heureuse l'inertie ?

Par les cafés princiers attendre le matin ?
Les plafonds enrichis de nymphes et de voiles,
15   On jette, au mendiant de la vitre, un festin.

Et quand tu sors, vieux dieu, grelottant sous les toiles
D'emballage, l'aurore est un lac de vin d'or,
18   Et tu jures avoir le gosier plein d'étoiles !

Tu peux même, pour tout répandre ce trésor,
Mettre une plume noire à ton feutre ; à complies
21   Offrir un cierge au Saint en qui tu crois encor.

Ne t'imagine pas que je dis des folies.
Que le diable ait ton corps si tu crèves de faim,
24   Je hais l'aumône utile et veux que tu m'oublies.

Et, surtout, ne va pas, drôle, acheter du pain !

ÉPILOGUE

Las de l'amer repos où ma paresse offense
Une gloire pour qui jadis j'ai fui l'enfance
Adorable des bois de roses sous l'azur
Naturel ! et plus las sept fois du pacte dur
5 De creuser par veillée une fosse nouvelle
Dans le terrain avare et froid de ma cervelle,
Fossoyeur sans pitié pour la stérilité,
– Que dire à cette Aurore, ô Rêves, visité
Par les roses, quand, peur de ses roses livides,
10 Le vaste cimetière unira les trous vides ? –
Je veux délaisser l'Art vorace d'un pays
Cruel, et, souriant aux reproches vieillis
Que me font mes amis, le passé, le génie,
Et ma lampe qui sait pourtant mon agonie,
15 Imiter le Chinois au cœur limpide et fin
De qui l'extase pure est de peindre la fin
Sur ses tasses de neige à la lune ravie
D'une bizarre fleur qui parfume sa vie
Transparente, la fleur qu'il a sentie, enfant,
20 Au filigrane bleu de l'âme se greffant.
Et, la mort telle avec le seul rêve du sage,
Serein, je vais choisir un jeune paysage
Que je peindrais encor sur les tasses, distrait.
Une ligne d'azur mince et pâle serait
25 Un lac, parmi le ciel de porcelaine nue,
Un fin croissant perdu par une blanche nue
Trempe sa corne calme en la glace des eaux,
Non loin de trois grands cils d'émeraude, roseaux.

Livraison du 30 juin 1866.

TRISTESSE D'ÉTÉ

Le soleil, sur le sable, ô lutteuse endormie,
Pour l'or de tes cheveux chauffe un bain langoureux,
Et, consumant l'encens sur ta joue ennemie,
4 Il mêle avec les pleurs un breuvage amoureux.

De ce blanc Flamboiement l'immuable accalmie
T'a fait dire, attristée, ô mes baisers peureux,
« Nous ne serons jamais une seule momie
8 Sous l'antique désert et les palmiers heureux ! »

Mais ta chevelure est une rivière tiède,
Où noyer sans frissons l'âme qui nous obsède
11 Et trouver ce Néant que tu ne connais pas.

Je goûterai le fard pleuré par tes paupières
Pour voir s'il sait donner au cœur que tu frappas
14 L'insensibilité de l'azur et des pierres.

POÈMES ENVOYÉS À CATULLE MENDÈS

Les deux poèmes suivants envoyés à Catulle Mendès dans le « Treizain » initial étaient destinés au Parnasse contemporain, *mais n'y furent pas insérés.*

Le sonnet ci-dessous correspond au premier état du « Pitre châtié », tel qu'il apparaît dans le cahier de 1864 envoyé à des Essarts, à Lefébure et à Cazalis.

LE PITRE CHÂTIÉ

Pour ses yeux, – pour nager dans ces lacs, dont les quais
Sont plantés de beaux cils qu'un matin bleu pénètre,
J'ai, Muse, – moi, ton pitre, – enjambé la fenêtre
4 Et fui notre baraque où fument tes quinquets,

Et d'herbes enivré, j'ai plongé comme un traître
Dans ces lacs défendus, et, quand tu m'appelais,
Baigné mes membres nus dans l'onde aux blancs galets,
8 Oubliant mon habit de pitre au tronc d'un hêtre.

Le soleil du matin séchait mon corps nouveau
Et je sentais fraîchir loin de ta tyrannie
11 La neige des glaciers dans ma chair assainie,

Ne sachant pas, hélas ! quand s'en allait sur l'eau
Le suif de mes cheveux et le fard de ma peau,
14 Muse, que cette crasse était tout le génie !

LE CHÂTEAU DE L'ESPÉRANCE

Ta pâle chevelure ondoie
Parmi les parfums de ta peau
Comme folâtre un blanc drapeau
4 Dont la soie au soleil blondoie.

Las de battre dans les sanglots
L'air d'un tambour que l'eau défonce,
Mon cœur à son passé renonce
8 Et, déroulant ta tresse en flots,

Marche à l'assaut, monte, – ou roule ivre
Par des marais de sang, afin
De planter ce drapeau d'or fin
12 Sur ce sombre château de cuivre

– Où, larmoyant de nonchaloir,
L'Espérance rebrousse et lisse
Sans qu'un astre pâle jaillisse
16 La Nuit noire comme un chat noir.

HÉRODIADE : « OUVERTURE ANCIENNE » (1866)

Hérodiade *présente un grand projet mallarméen, longtemps poursuivi et jamais totalement réalisé. L'intention de Mallarmé était d'abord de conquérir la scène par une de ces pièces poétiques comme il s'en donnait beaucoup alors.* Le Passant *de François Coppée avait été un franc succès.*

*Il est difficile de savoir au juste pourquoi Mallarmé choisit un tel sujet (l'*Hérodias *de Flaubert, la « Salomé » de Laforgue sont postérieurs[1]) et jusqu'où il comptait en traiter le motif. Le fait divers biblique[2] ne l'intéressait guère, même s'il retient la virginité de Salomé (nom qu'il change en Hérodiade pour des raisons purement phoniques[3]) et le sacrifice de saint Jean-Baptiste, dont la mort à venir pèse comme une prémonition sur l'« Ouverture ancienne ».*

Conçu d'abord pour être joué (voir le « fragment de l'étude ancienne » recopié pour Mme Bonaparte-Wyse, qui porte l'indication de didascalies), le texte, d'abord imaginé comme tragédie[4] (début 1865), sera ensuite conçu comme poème : « Je gagne ainsi l'attitude, les vêtements, le décor, l'ameublement, sans parler du mystère » (lettre à Aubanel du 16 octobre 1865[5]). Le degré de concentration poétique le plus dense sera atteint quand, après avoir composé le dialogue avec la nourrice, fragment qui sera publié dans Le Parnasse contemporain *de 1869-1870 et repris ensuite dans les* Poésies *(p. 151), Mal-*

---

1. « Hérodias » dans *Trois contes* (1877) et « Salomé » de Laforgue dans ses *Moralités légendaires*, première publication aux éditions de *La Revue indépendante*, 1887.   **2.** Évangile selon saint Marc, VI, 16-19.   **3.** « Si mon héroïne s'était appelée Salomé, j'eusse inventé ce mot sombre et rouge comme une grenade ouverte » (lettre à Lefébure du 18 février 1865, *C* « Folio », p. 226). Le nom apparaissait déjà dans son poème « Les Fleurs », voir p. 47. Banville avait évoqué Hérodiade dans un sonnet de ses *Poésies de Théodore de Banville (1841-1854)*, Poulet-Malassis et De Broise, 1857.   **4.** Lettre à Cazalis, début 1865 (*C* « Folio », p. 220).   **5.** Lettre à Aubanel (*C* « Folio », p. 253).

larmé écrira l'« *Ouverture ancienne* » qui montre, à coup sûr, une tentative extrême, face à laquelle il ne put, momentanément, que reculer par la diversion du Faune, puis par le conte d'Igitur. Jamais cependant il n'allait tout à fait renoncer à cette vision profonde, ni au style philosophal qui tendait à l'exprimer (*voir* Les Noces d'Hérodiade, *p. 378*).

Contrepoint d'une période de crise, l'« *Ouverture ancienne* », rédigée après la « *scène dialoguée* », dont la compréhension n'offre pas de difficultés majeures, atteint une forme d'abstraction baroque remarquable, et la distribution des mots, répétitive et contraire à l'usage courant, y est surprenante. À cette occasion, Mallarmé précisera pour son ami Cazalis le 28 avril 1866 : « J'ai écrit l'ouverture musicale, presque encore à l'état d'ébauche, mais je puis dire sans présomption qu'elle sera d'un effet inouï [...]. Malheureusement, en creusant le vers à ce point, j'ai rencontré deux abîmes, qui me désespèrent. L'un est le Néant [...] l'autre vide que j'ai trouvé, est celui de ma poitrine[1]. » Il va de soi que ce dernier problème de santé n'était rien auprès de la révélation du Néant, sans laquelle une partie de la poétique mallarméenne ne serait pas concevable, puisqu'elle engage le mouvement même de la fiction.

---

1. Lettre à Cazalis (*C* « Folio », p. 297-298).

OUVERTURE ANCIENNE D'*HÉRODIADE*

[Premier état manuscrit, 1866.]

Abolie, et les trous de l'aile sur les larmes
Du bassin, étalés, qui mire des alarmes,
De l'or nu harcelant un oubli cramoisi,
Une Aurore a, plumage héraldique, choisi
5 La cinéraire tour et sacrificatrice,
Seigneurial écrin du nénuphar, caprice
Inutile d'Aurore et de plumage noir...
Ah ! des pays déchus et tristes le manoir !
Pas de feuillage ! l'eau fatale se résigne,
10 Que ne visite plus la plume ni le cygne
Inoubliable ! L'eau reflète l'abandon
De l'automne éteignant en elle son brandon,
Quand du cygne parmi le pâle mausolée
Et la plume, plongea la tête, désolée
15 Par ses rêves, avec un chant d'étoile, mais
Antérieure, qui ne scintilla jamais.

Pourpre ! bûcher ! Aurore ancienne ! supplice !
Rougeur ! tisons ! Étang de la rougeur complice !
Et sur les incarnats, grand ouvert, ce vitrail.

20 La chambre, singulière en un cadre, attirail
De siècles belliqueux, orfèvrerie éteinte,
A le pâle jadis pour ancienne teinte,
Et la tapisserie, antique neige, plis
Inutiles avec les yeux ensevelis
25 De sibylles, le soir, offerte par les Mages.
Une qui marche, avec un passé de ramages
Sur sa robe blanchie à l'ivoire fermé

Au ciel d'oiseaux parmi l'argent noir parsemé,
Semble, de vols partis costumée et fantôme,
30 Un arôme qui porte, ô roses ! un arôme,
Loin du lit vide qu'un cierge obscurci cachait,
Un arôme d'os froids rôdant sur le sachet,
Un arôme de fleurs parjures à la lune,
À la cire expirée, encor ! s'effeuille l'une,
35 De qui le long regret et les tiges de qui
Trempent en un seul verre à l'éclat alangui...
Et l'Aurore traînait ses ailes dans les larmes !

Ombre magicienne aux symboliques charmes !
Une voix, du passé longue évocation,
40 Est-ce la sienne prête à l'incantation ?
Encore dans les plis jaunes de la pensée
Jetée, antique, avec une toile encensée,
Sur un splendide amas d'ostensoirs refroidis,
Par les oublis à jour, séniles et roidis
45 Disjoints selon les trous et les dentelles pures
Du retable laissant par ses belles guipures
Désespéré monter le vieil éclat voilé,
S'élève, (ô quel lointain en ces appels celé !)
Le vieil éclat voilé du vermeil insolite,
50 De la voix languissant, nulle, sans acolyte,
Qui jettera son or par dernières splendeurs,
Elle, encore, une antienne aux versets demandeurs
À l'heure d'agonie et de luttes funèbres !
Et, force du silence et des noires ténèbres,
55 Tout rentre également en l'immortel passé,
Fatidique, vaincu, monotone, effacé
Comme l'eau des bassins anciens se résigne.

Elle disait, parfois incohérente, signe
Lamentable !
　　　　　　le lit aux pages de vélin,
60 Tel, inutile et si claustral, n'est pas le lin !
Qui des rêves par plis n'a plus le cher grimoire,
Ni le dais sépulcral à la déserte moire,
Le parfum des cheveux endormis. L'avait-il ?
Froide enfant, de garder en son plaisir subtil,
65 Au matin grelottant de fleurs, ses promenades,
Et quand le soir méchant entr'ouvre ses grenades !

Le croissant, non des soirs, mais au cadran de fer
De l'horloge, pour poids suspendant Lucifer,
Toujours blesse, toujours une nouvelle année,
70 Par la clepsydre à la goutte obscure damnée,
Que, délaissée, elle erre, et, sur son ombre, pas
Un ange accompagnant son indicible pas !
Il ne sait pas cela, le roi qui salarie
Depuis vingt ans la gorge ancienne et tarie !
75 Son père ne sait pas cela, ni le glacier
Farouche reflétant de ses armes l'acier,
Tandis que sur un tas de cadavres, sans coffre
Odorant de résine, énigmatique, il offre
Ses trompettes d'argent obscur aux vieux sapins !
80 Reviendra-t-il un jour des pays cisalpins !
Assez tôt ? car tout est présage et mauvais rêve !
À l'ongle qui parmi le vitrage s'élève
Selon le souvenir des trompettes, le vieux
Ciel brûle, et fait le doigt en un cierge envieux.
85 Et bientôt sa rougeur de triste crépuscule
Pénétrera du corps la cire qui recule !
De crépuscule, non, mais de rouge lever,
Lever du jour dernier qui vient tout achever,
Si triste se débat, que l'on ne sait plus l'heure
90 La rougeur de ce temps prophétique qui pleure
Sur l'enfant, exilée en son cœur précieux
Comme un cygne cachant en sa plume ses yeux,
Comme pâle, les mit avant sa fuite antique
Le cygne légendaire et froid, mélancolique,
95 De l'automne fuyant les bassins désolés
D'une étoile, éteinte, et qui ne brillera plus !

Et...

ÉTATS ANTÉRIEURS DE *L'APRÈS-MIDI D'UN FAUNE*

*En alternance avec la composition d'*Hérodiade, *qui tout à la fois le comble et l'accable, Mallarmé choisit d'écrire un « intermède héroïque », bien dans la note parnassienne*[1], *à première vue : l'histoire d'un faune qui souhaite s'emparer d'un couple de nymphes. Il veut alors faire une œuvre « absolument scénique, non possible au théâtre, mais exigeant le théâtre*[2] *» et parle d'« un vers dramatique nouveau, où les coupes sont servilement calquées sur le geste, sans exclure une poésie de masse et d'effets, peu connue, elle-même. Mon sujet est antique, et un symbole*[3] *». Il écrit donc plusieurs scènes pour trois personnages : le Faune, figure déléguée du poète, et Iane et Ianthé, l'une brune et l'autre blonde. Le manuscrit en est présenté à Banville et à l'acteur Coquelin, puis lu devant le comité de lecture du Théâtre-Français qui – on pouvait le présumer – refuse l'intermède en question.*

Ce refus ne désespère pas tout à fait Mallarmé. Il le conforte plutôt dans l'idée de supprimer les personnages trop réels des nymphes et de présenter le Faune seul avec ses fantasmes et son art évocatoire. Une nouvelle version, rédigée pour être incluse dans le troisième Parnasse contemporain *(1876), sous le titre « Improvisation d'un faune », se voit rejetée par le comité de lecture de la revue constitué de Banville, Coppée et Anatole France, le plus opposé des trois, qui profère à la lecture de ce texte : « On se moquerait de nous*[4] *! » Cependant,* L'Après-midi d'vn favne, églogve *(on remarquera le* v *latin du titre et du sous-titre), qui reproduit, encore modifiés, les vers de 1875, est publiée sous la forme d'un luxueux livret illustré*

---

1. Voir surtout la *Diane au bois*, comédie héroïque en deux actes de Théodore de Banville, représentée à l'Odéon le 16 octobre 1863, où l'on voit le personnage du satyre Gniphon et deux nymphes, Mélite et Eunice. **2.** Lettre à Cazalis, jeudi 15 ou 22 juin 1865 (*C* « Folio », p. 242). **3.** Lettre à Lefébure, 30 juin 1865 (*C* « Folio », p. 244). **4.** Voir *Histoire d'un faune*, d'Henri Mondor, Gallimard, 1948.

par Manet. La même version sera donnée dans Poésies *(voir p. 165).*

Nous n'avons pas cru devoir éclairer par des notes l'intermède héroïque de 1865, ni les six fragments suivants, ni l'« Improvisation d'un faune » de 1875, puisque la plupart de ces vers sont commentés dans la version finale des Poésies. *On laisse donc au lecteur le soin de comparer, le cas échéant, les différentes versions de cette œuvre.*

1. Intermède héroïque

[1865]

Scène I

MONOLOGUE D'UN FAUNE [1]

(Un faune, assis, laisse de l'un et de l'autre de ses bras
s'enfuir deux nymphes. Il se lève.)

J'avais des nymphes !

            Est-ce un songe ? Non : le clair
Rubis des seins levés embrase encore l'air
Immobile,

*   (Respirant)*

      et je bois les soupirs.

*   (Frappant du pied)*

              Où sont-elles ?

*   (Invoquant le décor)*

Ô feuillage, si tu protèges ces mortelles,
5   Rends-les-moi, par Avril qui gonfla tes rameaux
Nubiles, (je languis encore des tels maux [sic] !)
Et par la nudité des roses, ô feuillage !

Rien.

*   (À grands pas)*

     Je les veux !

*   (S'arrêtant)*

        Mais si ce beau couple au pillage
N'était qu'illusion de mes sens fabuleux ?

---

1. Doucet, MNR, Ms. 1161.

10 L'illusion, sylvain, a-t-elle les yeux bleus
Et verts, comme les fleurs des eaux, de la plus chaste ?
Et celle... qu'éprenait la douceur du contraste,
Fut le vent de Sicile allant par ta toison ?
Non, non : le vent des mers versant la pâmoison
15 Aux lèvres pâlissant de soif vers les calices,
N'a, pour les rafraîchir, ni ces contours si lisses
À toucher, ni ces creux mystères où tu bois
Des fraîcheurs que jamais pour toi n'eurent les bois !...

Cependant !

(Au décor)

        Ô glaïeuls séchés d'un marécage
20 Qu'à l'égal du soleil ma passion saccage,
Joncs tremblant avec des étincelles, contez
Que je venais casser les grands roseaux, domptés
Par ma lèvre : quand sur l'or glauque de lointaines
Verdures inondant le marbre des fontaines,
25 Ondoie une blancheur éparse de troupeau :
Et qu'au bruit de ma flûte où j'ajuste un pipeau,
Ce vol... de cygnes ? non, de naïades, se sauve.
Je suis...

        Mais vous brûlez dans la lumière fauve,
Sans un murmure et sans dire que s'envola
30 La troupe par ma flûte effarouchée...

(Le front dans les mains)

        Holà !
Tout ceci m'interdit : et suis-je donc la proie
De mon désir torride, et si trouble qu'il croie
Aux ivresses de sa sève ?

        Serais-je pur ?
Je ne sais pas, moi ! Tout, sur la terre, est obscur :
35 Et ceci mieux que tout encore : car les preuves
D'une femme, où faut-il, mon sein, que tu les treuves ?
Si les baisers avaient leur blessure : du moins,
On saurait !

        Mais je sais !

            Ô Pan, vois les témoins
De l'ébat ! À ces doigts admire une morsure
40 Féminine, qui dit les dents et qui mesure
Le bonheur de la bouche où fleurissent les dents

(Au décor)

Donc, mes bois de lauriers remués, confidents
Des fuites, et vous, lys, au pudique silence,
Vous conspiriez ? Merci. Ma main à ravir lance
45 En l'éternel sommeil des jaunes nénuphars
La pierre qui noiera leurs grands lambeaux épars :
Comme je sais aussi brouter sa verte pousse
À la vigne alanguie et demain sur la mousse
Vaine !
        Mais dédaignons de vils traîtres !
                        Serein,
50 Sur ce socle déchu je veux parler sans frein
Des perfides et par d'idolâtres peintures
À leur ombre arracher encore des ceintures :
Ainsi, quand des raisins j'ai sucé la clarté,
Pour que mon regret soit par le rêve écarté,
55 Rieur, j'élève au ciel d'été la grappe vide,
Et soufflant dans ses peaux lumineuses, avide
D'ivresse, jusqu'au soir je regarde au travers !
                              (Il s'assied)

Naïades, regonflons des souvenirs divers !

Mes yeux, trouant les joncs, suivaient une encolure
60 Immortelle, qui noie en l'onde la brûlure
Avec un cri de rage au ciel de la forêt :
Et la troupe, du bain ruisselant, disparaît
Dans les cygnes et les frissons, ô pierreries !
J'allais, quand à mes pieds s'entre-mêlent, fleuries
65 De la pudeur d'aimer en ce lit hazardeux,
Deux dormeuses parmi l'extase d'être deux.
Je les saisis, sans les désenlacer, et vole
À des jardins, haïs par l'ombrage frivole,
De roses tisonnant d'impudeur au soleil,
70 Où notre amour à l'air consumé soit pareil !
                              (Se levant)

Je t'adore fureur des femmes, ô délice
Farouche de ce blanc fardeau nu qui se glisse
Sous ma lèvre de feu buvant, dans un éclair
De haines ! la frayeur secrète de la chair,
75 Des pieds de la mauvaise au dos de la timide,
Sur une peau cruelle et parfumée, humide
Peut-être des marais aux splendides vapeurs.
Mon crime fut d'avoir, sans épuiser ces peurs

Malignes, divisé la touffe échevelée
80 De baisers que les dieux avaient si bien mêlée :
Car à peine j'allais cacher un rire ardent
Sous les replis heureux d'une seule, et gardant
Par un doigt frêle afin que sa blancheur de plume
Se teignît aux éclats d'une sœur qui s'allume,
85 La petite, candide et ne rougissant pas,
Que, de mes bras défaits par de lascifs trépas
Cette proie, à jamais ingrate, se délivre,
Sans pitié des sanglots dont j'étais encore ivre !

                                        (Debout)

Oublions-les ! Assez d'autres me vengeront
90 Par leurs cheveux mêlés aux cornes de mon front !
Je suis content ! Tout s'offre ici : de la grenade
Ouverte, à l'eau qui va nue en sa promenade.
Mon corps, que dans l'enfance Éros illumina,
Répand presque les feux rouges du vieil Etna !
95 Par ce bois qui, le soir, des cendres a la teinte,
La chair passe et s'allume en la feuillée éteinte :
On dit même tout bas que la grande Vénus
Dessèche les torrents en allant les pieds nus,
Aux soirs ensanglantés par sa bouche de roses !

                              (Les mains jointes en l'air)
100 Si !..

              (Comme parant de ses mains disjointes une
                                foudre imaginaire)
        Mais ne suis-je pas foudroyé ?

                                  Non : ces closes
                                  (Se laissant choir)
Paupières et mon corps de plaisir alourdi
Succombent à la sieste antique de midi.

Dormons...

                                        (Étendu)
        Dormons : je puis rêver à mon blasphème
Sans crime, dans la mousse aride, et comme j'aime
105 Ouvrir la bouche au grand soleil, père des vins.
                          (Avec un dernier geste)
Adieu, femmes : duo de vierges quand je vins.

[Frag. 1]   *Scène II*

FRAGMENT D'UNE SCÈNE
ENTRE IANE ET IANTHÉ, LES DEUX NYMPHES

Le faune dort.

IANE *(seule)*

Adieu.
     S'il entendait !
              Je vins,
Et s'il ne m'entend pas, ô ciel, j'étais restée
Dans les feuilles touchant ma gorge détestée
Confuse de soupirs si jeunes que je meurs,
5 Pour deviner, parmi le méchant en rumeurs,
Si c'était expirer de charme ou de tristesse !
Mais je n'écoutai pas, trop inquiète, était-ce
D'une enfance qui s'enfuyait avec de longs
Fleuves et je tremblai, sans voile, dans les joncs ?
10 Oui, depuis cette main du faune, Ianthé, même
Ô soirs d'or, Ianthé que ma chevelure aime,
S'isole vers l'oubli désert du souvenir
Et, je m'étonnerais, si je voyais venir
Ses grands yeux reflétant les violettes, noire
15 Source où la nuit d'hier encore je fus boire !

[Frag. 2]

IANE
Je songe,

Ianthé

IANTHÉ
Vers la lune adorable, qui plonge
Parmi l'aile et scintille au col des cygnes ?

IANE
                        Oui
Je me demandais si dans le parc enfoui,
5 De musique et de nuit la cascade rêveuse

N'était que les sanglots blancs de cette buveuse
De l'encens endormi sur les tiges, ou si
La lueur argentant le feuillage adouci
Émanait à la fois du rossignol qui pleure !

                                    (silence)

IANTHÉ

[Frag. 3]

(Faut-il donc être implacable ?) Vois
Cette flûte... À l'horreur ténébreuse les voix
Seules des grands roseaux murmuraient sous la brise.
L'homme, sa rêverie interdite te brise,
5 Les coupa pour verser en eux ses chants sacrés.
Les femmes sont les sœurs des roseaux massacrés.
Quand sa lèvre s'inspire à nos seins qu'il renie
Enfant, l'amour est plus cruel que le génie !

[Frag. 4]

                    IANE
Alors si cette flûte a le mal adoré
Qui m'enivre, ce mal jaloux, je le saurai,
                    (elle ramasse la flûte)
Et pourquoi le ciel bleu de l'été me regarde !
                    (elle la met à sa lèvre, et joue)
Pardon, à toi, pardon ! –

                    IANTHÉ
                    Ô folle, viens ! Ne tarde
5 Plus ! Ma sœur, l'ennemi s'éveille, et tu me suis
Dans les glaïeuls vermeils.

                    IANE

                    Non, pars seule ! je suis
Celle qui dois errer sous l'épaisse ramure
Des forêts !
                    (elle s'en va du côté opposé)

[Frag. 5]   *Scène III*

AUTRE MONOLOGUE D'UN FAUNE

LE RÉVEIL DU FAUNE
                              (avec ravissement)

      Doux éclat par quoi cesse un murmure !
                          (redoublant de ravissement)
Cypris ne visitant mon songe, ni ramiers,
L'eau parlait avec l'eau dans ses   premiers,
Quand une mélodie à sept notes roucoule.
                                          (rêvant)
5 Mélodie ô ruisseau de jeunesse qui coule !
                                    (rêvant plus)
Ma jeunesse coula par les flûtes, j'offrais
À la fleur entrouverte un solo que le frais
Vent de la nuit jetait en transparente pluie.
                                    (rêvant plus)
Encore, à mon lever, quand notre être s'ennuie
10 De cheveux lacérés et de robes, je vais
Au lac, sans le savoir, briser des joncs mauvais
Que je délaisse après la rage et l'avanie,
Et le couchant obscur ramène ma manie.
                          (commençant à être charmé)
L'art, quand il désigna l'un des faunes élus,
15   ne le déserte plus.
À des sons, dans le vice inutile, il recule.
Et, l'impuissant fuyant dans un vil crépuscule,
Le remords sur sa lèvre amènera, fatal
Les stériles lambeaux du poème natal.
20 Et la voix part des joncs unis, que nous n'osâmes
Briser, pour demander le reste de nos âmes.

Mais, pendant ce sommeil de brute, je sentis
Mes doigts, de volupté mornes, appesantis
Par une vase qui retient mon souffle inerte...

[Frag. 6]

....

Vers un éveil nacré d'immortelle rosée,
Ô   , faunes, qui,   d
Par les sables, calmez avec des airs
Le doux hennissement des aurores marines
5 Élevant sur la vague humide les narines,
Si mon natif roseau parmi la Grèce plut,
Vous encore, tritons illuminés, salut
Des conques au quadrige effaré, de la brume
Vainqueur, et secouant les perles et l'écume,
10 Prélude ruisselant, plages, dauphins, lever,
Je veux, dans vos clartés limpides, innover
Une âme de cristal pur que jette la flûte,
Et, natif, je fuirai, vainqueur de cette lutte
Les femmes qui pour charme ont aussi de beaux pleurs.

15 N'est-ce pas moi qui veux seul, et sans tes douleurs
Amères, Idéal limpide ?

                              À la piscine
Des sources, à l'horreur lustrale qui fascine
L'azur, je vais déjà tremper l'être furtif
Qui de leur glace va renaître, primitif !

2. Improvisation d'un faune [1]

[1875]

Ces Nymphes, je les veux émerveiller !
                               Si clair,
Leur naïf incarnat qu'il flotte dans tout l'air
Encombré de sommeil touffu.

                         Baisais-je un songe ?
Mon doute, loin ici de finir, se prolonge
5 En de mornes rameaux ; qui, demeurés ces vrais
Massifs noirs, font qu'hélas ! tout à l'heure j'ouvrais
Les yeux à la pudeur ordinaire de roses.
Réfléchissons.

                   Que si le couple dont tu gloses
Atteste le souhait de tes sens fabuleux...
10 Faune, l'illusion s'échappe des yeux bleus
Et froids, comme une source en pleurs, de la plus chaste :
Mais, l'autre au tiède aveu, dis-tu qu'elle contraste
Comme brise du jour vaine dans ta toison ?
Oui-dà ! Sous l'anxieuse et lasse pâmoison
15 Suffoquant de clarté le matin frais s'il lutte,
Ne vagabonde d'eau que ne verse la flûte
Au bosquet rafraîchi de chant : et le seul vent
Hors de mes tuyaux prompt à s'exhaler avant
Qu'il disperse la voix dans une pluie aride,
20 C'est, à l'horizon pas remué d'une ride,
L'invisible et serein souffle artificiel
De l'inspiration qui regagne le ciel.

---

1. Fondation Martin Bodmer, Genève. Texte proposé « pour le 3e *Parnasse contemporain* ».

Ô bords siciliens du sacré marécage
Qu'à l'égal de l'été ma déraison saccage,
25 Tacites avec des étincelles, contez
« Que je cassais en deux l'un des roseaux domptés
Par le chanteur ; quand, sur l'or glauque de lointaines
Verdures dédiant leur vigne à des fontaines,
Ondoie une blancheur animée au repos :
30 Et que, dans le prélude où partent les pipeaux,
Ce vol de cygnes, non ! de naïades se sauve
Et plonge... »

                    Inerte, tout brûle dans le temps fauve
Sans faire un salut ni dire que s'envola
Tant d'hymen par mon art effarouché. Holà !
35 M'éveillerai-je donc de ma langueur première,
Droit et seul, sous un flot d'ironique lumière,
Lys ; et parmi vous tous, beau d'ingénuité ?

Autre que ce doux rien par leur moue ébruité
Si les femmes ici n'ont point de trace sûre,
40 À défaut du baiser j'invoque ma morsure
Mystérieuse, due à quelque auguste dent :
Mais non ! car son angoisse élut pour confident
Le jonc vaste et jumeau dont vers l'azur on joue ;
Qui, détournant à soi le trouble de la joue,
45 Rêve avec un duo que nous amusions
La splendeur d'alentour par des confusions
Fausses entre lui-même et notre amour crédule :
Ou de faire, aussi haut que l'écho se module,
Évanouir de bras dénoués et du flanc
50 Et de seins vagues sous mes regards clos s'enflant,
Une pure, suave et monotone ligne.

Tâche, noble instrument des fuites, ô maligne
Syrinx, de refleurir aux lacs où tu m'attends :
Moi, joyeux de mon bruit, je veux parler longtemps
55 Des perfides et, par d'idolâtres peintures,
À leur ombre enlever encore des ceintures ;
Ainsi, quand des raisins j'ai sucé la clarté,
Pour tromper un regret par la feinte écarté,
Rieur, j'élève au ciel d'été la grappe vide

60 Et, soufflant dans ses peaux lumineuses, avide
D'ivresse, jusqu'au soir je regarde au travers.

Ô Nymphes ! regonflons des souvenirs divers.

« Mes yeux, trouant les lys, dardaient chaque encolure
Immortelle, qui noie en l'onde la brûlure,
65 Avec un cri de rage au ciel de la forêt ;
Et le splendide bain de cheveux disparaît
Dans les clartés et les frissons, ô pierreries !
J'y vais ; quand à mes pieds s'entrejoignent, meurtries
De la langueur goûtée à ce mal d'être deux,
70 Des dormeuses parmi le rayon hazardeux :
Je les ravis, sans les désenlacer, et vole
À ce torrent, haï par l'ombrage frivole,
De roses tarissant leur parfum au soleil,
Où notre amour à l'air consumé soit pareil !

75 « Je t'adore, courroux des vierges, ô délice
Farouche du sacré fardeau nu qui se glisse
Sous ma lèvre de feu buvant, comme un éclair
Tressaille ! la fraîcheur profonde de la chair :
Des pieds de l'inhumaine au dos de la timide
80 Que voile l'une et l'autre une peau pâle, humide
À la fois du rivage et des mêmes vapeurs.

« Mon crime, c'est d'avoir, sans épuiser les peurs
Folâtres, séparé la touffe échevelée
De baisers que les dieux gardaient si bien mêlée ;
85 Car à peine j'allais cacher un rire ardent
Sous les replis heureux d'une seule, gardant
Par un doigt simple afin que sa candeur de plume
Se teignît à l'émoi de sa sœur qui s'allume,
La petite, paisible et ne rougissant pas,
90 Que, de mes bras, défaits par de vagues trépas,
Cette proie, à jamais ingrate, se délivre,
Sans pitié du sanglot dont j'étais encore ivre. »

Dédaignons-les ! assez d'autres me capteront
Par leur tresse passée aux cornes de mon front.
95 Tu sais, ma passion, que, pourpre et déjà mûre,
Chaque grenade éclate et d'abeilles murmure ;

Et notre sang jaloux de qui le vient saisir
Altère tout le vol ancien du désir.
Par ce morne bois qui des cendres a la teinte
100　Les soirs s'exalteront dans la feuillée éteinte :
Etna ! c'est quand de toi que déserte Vénus,
Sentant régner ta fête en ses flancs ingénus,
Tonne la quiétude et soupire la flamme.

Si je la...
　　　　　Suis-je pas châtié ?

[Les derniers vers manquent.]

PREMIÈRE VERSION DU « SONNET EN -YX »[1]

C'est le 18 juillet 1868, alors qu'il habite Avignon, que Mallarmé envoie à son ami Henri Cazalis le « Sonnet allégorique de lui-même ». À l'instigation du critique d'art Philippe Burty, qu'il rencontrera par la suite, un volume conjuguant poèmes et illustrations devait être publié sous le titre Sonnets et eaux-fortes *aux éditions Alphonse Lemerre. Mallarmé en fut averti au dernier moment et proposa ce texte ; mais, arrivé trop tard ou jugé trop difficile, son sonnet n'y fut pas inséré. Un long commentaire accompagne son envoi (C « Folio », p. 392) :*

« J'extrais ce sonnet, auquel j'avais une fois songé cet été, d'une étude projetée sur la Parole : il est inverse, je veux dire que le sens, s'il en a un, (mais je me consolerais du contraire grâce à la dose de poésie qu'il renferme, ce me semble) est évoqué par un mirage interne des mots mêmes. En se laissant aller à le murmurer plusieurs fois on éprouve une sensation assez cabalistique.

C'est confesser qu'il est peu "plastique", comme tu me le demandes, mais au moins est-il aussi "blanc et noir" que possible, et il me semble se prêter à une eau-forte pleine de Rêve et de Vide.

— Par exemple, une fenêtre nocturne ouverte, les deux volets attachés ; une chambre avec personne dedans, malgré l'air stable que présentent les volets attachés, et dans une nuit faite d'absence et d'interrogation, sans meubles, sinon l'ébauche plausible de vagues consoles, un cadre, belliqueux et agonisant, de miroir appendu au fond, avec sa réflexion, stellaire et incompréhensible, de la grande Ourse, qui relie au ciel seul ce logis abandonné du monde.

— J'ai pris ce sujet d'un sonnet nul et se réfléchissant de toutes les façons, parce que mon œuvre est si bien préparé et hiérarchisé, représentant comme il le peut l'Univers, que je n'aurais su, sans endommager quelqu'une de mes impressions étagées, rien en enlever, – et aucun sonnet ne s'y rencontre. [...] »

---

1. Pour la version définitive de ce sonnet, voir p. 211.

SONNET

allégorique de lui-même

La Nuit approbatrice allume les onyx
De ses ongles au pur Crime, lampadophore,
Du Soir aboli par le vespéral Phœnix
4   De qui la cendre n'a de cinéraire amphore

Sur des consoles, en le noir Salon : nul ptyx,
Insolite vaisseau d'inanité sonore,
Car le Maître est allé puiser de l'eau du Styx
8   Avec tous ses objets dont le Rêve s'honore.

Et selon la croisée au Nord vacante, un or
Néfaste incite pour son beau cadre une rixe
11   Faite d'un dieu que croit emporter une nixe

En l'obscurcissement de la glace, décor
De l'absence, sinon que sur la glace encor
14   De scintillations le septuor se fixe.

NOTICE SUR *IGITUR* (1869)

*Il n'est guère possible, dans le cadre restreint de cette publi-
cation, d'inclure le texte d'*Igitur *qui, d'ailleurs, ne nous est
parvenu que sous une forme fragmentaire comprenant de nombreuses ébauches, mal articulées entre elles*[1]. *Il est néanmoins
nécessaire de le mentionner, car il fait partie de ces œuvres
« en creux » (comme le « Tombeau pour Anatole » et « Le
Livre ») sans lesquelles on ne pourrait avoir une vision à peu
près juste du projet mallarméen.*

Igitur, *ou la Folie d'Elbehnon a été composé au terme d'une
période sombre (1866-1869) durant laquelle Mallarmé connut
une série de crises tant physiques que spirituelles qui le
contraignirent à interrompre la rédaction d'*Hérodiade *et le
mirent en présence d'entités négatives : le Néant et le Rien, une
fois évacué le « méchant plumage*[2] *» (Dieu) et remisé, pour un
temps, le rêve de l'art, qu'il saura pourtant reconsidérer par la
suite, même s'il estime que c'est là un « Glorieux Mensonge*[3] *».*

*En juillet 1869, il signale pour la première fois à son ami
Cazalis son intention d'écrire « un beau conte*[4] *» sur son mal,
ce qu'il confirme en novembre 1869 : « un conte, par lequel je
veux terrasser le vieux monstre de l'Impuissance, son sujet, du
reste [...]. S'il est fait (le conte) je suis guéri ; similia simili-
bus*[5]. *» Le conte effectivement sera écrit et lu devant un public
de choix : Villiers de l'Isle-Adam, Catulle Mendès et Judith
Gautier, qui venaient de rendre visite à Wagner (première
semaine d'août 1870). Le témoignage de cet événement ne
paraîtra qu'en 1903, quand Mendès éprouvera le besoin de
relater cette soirée. Il parle alors d'un « assez long conte d'Allemagne, une sorte de légende rhénane » qu'il orthographie
*Igitur *d'Elbenone. Il n'hésite pas à dire quelle fut alors sa*

---

1. Le meilleur texte dont nous disposions est celui donné par Bertrand Marchal (*OC*, I, p. 471-500).   **2.** Voir p. 204, note 2.
3. Lettre à Cazalis, 28 avril 1866 (*C* « Folio », p. 298).   **4.** *Ibid.*,
p. 440.   **5.** Lettre à Cazalis, 14 novembre 1869 (*C* « Folio », p. 451).

consternation : « Quoi ! c'est à cela, à cette œuvre dont le sujet même ne s'avoue jamais, dont les noms ne signifient jamais leur sens propre, que Mallarmé a abouti, après un si long effort de pensée, au terme d'un mal étrange qu'il a si longtemps supporté reclus dans son rêve[1]*. »*

Cependant, du vivant de Mallarmé, Igitur *sera mentionné à deux reprises dans les années 1872-1878. D'abord par le courriériste Adolphe Racot qui le nomme* Igitur de Psaltérion *et le résume ainsi : « L'Ombre d'un vivant enfermé dans un vieux château abandonné et occupée à brûler des papiers de famille*[2]*. » Puis dans un poème en prose de Charles Cros, « Effarement », où se lit cette phrase : « La raison de M. Igitur à destination de la lune*[3]*. » Enfin, en 1878, Mallarmé a confié à George Moore*[4] *son idée d'un drame à personnage unique,* Hamlet et le Vent *qui, par certains côtés, pourrait coïncider avec* Igitur.

Les quelques feuillets que nous avons pour comprendre ce conte ne permettent pas d'en reconstituer la trame. Tout juste percevons-nous qu'à l'heure de minuit, dans une chambre dont est décrit soigneusement l'ameublement, le héros, sorte de Hamlet, entend l'appel de ses ancêtres envers lesquels il souhaite accomplir un devoir, acte mystérieux – lancer un coup de dés ? boire le poison d'une fiole ? pour ainsi nier le hasard, mais « c'est toujours le hazard qui accomplit sa propre Idée en s'affirmant ou se niant ». Igitur, adverbe latin, qui signifie « donc » et qui, par allusion, emprunte au cartésien « ergo » de la fameuse formule du Discours de la méthode *(« Cogito, ergo sum » : « Je pense, donc je suis »), est, à l'évidence, un patronyme*[5].

Les lecteurs contemporains de Mallarmé et ceux qui fréquentèrent ses mardis, ignorèrent, en tout cas, le manuscrit de cette

---

1. *Rapport sur le mouvement poétique français de 1847 à 1920,* Imprimerie nationale, 1902, p. 137.   **2.** Adolphe Racot, « Les Parnassiens », *Le Gaulois*, 16-26 mars 1875.   **3.** Poème (« Effarement » dans la partie « Sur trois aquatintes de Henry Cros », dans *Le Coffret de santal*, A. Lemerre, 1873.   **4.** Voir George Moore, *Mémoires de ma vie morte*, trad. par G. Jean-Aubry, Grasset, « Les Cahiers libres », 1922, p. XI, Introduction.   **5.** Voir *Le Champ d'écoute*, Jean-Luc Steinmetz (Neuchâtel, La Baconnière, 1985, p. 277-278), et le rapprochement avec le poison *hebenon*, la jusquiame, dans *Hamlet* de Shakespeare (I, 5).

œuvre[1] *qui n'apparaît dans aucun de leurs témoignages, avant
que la révèle, en 1925, le docteur E. Bonniot, mari de Geneviève Mallarmé, en la publiant aux éditions de la NRF. À cette
publication réagit, sans plus tarder, l'un des fidèles de Mallarmé, Paul Claudel, par une réflexion « La Catastrophe d'Igitur », d'abord publiée dans le numéro d'hommage à Mallarmé
(*NRF, novembre 1926*), puis reprise dans* Positions et propositions *(1928). Il y voit, comme sur un carnet d'esquisses, « tous
les thèmes, toutes les idées, toutes les images, tous les accessoires » chers au poète, « tout le mobilier étoffé et étouffant de
l'ère victorienne », « tandis que l'inexorable nuit au-dehors »
fait de celui-ci « pour toujours un* homme d'intérieur *», reclus
dans « une prison de signes ».*

*De nombreuses lectures interprétatives d'*Igitur *ont été faites,
parmi lesquelles, dernière en date, celle d'Yves Bonnefoy, « Igitur et le photographe » (dans* Mallarmé. Un destin d'écriture,
collectif, Gallimard/Réunion des musées nationaux, 1998).

---

1. Voir cependant la lettre de Valéry à sa femme en juillet 1904 :
« Alors on [*les dames Mallarmé*] m'a montré un manuscrit très ancien,
Igitur. C'est un brouillon, notes et morceaux, pour une œuvre en prose.
Or, j'ai retrouvé dans ce brouillon les premières traces du *Coup de
Dés*, jusqu'à ce mot même » (*OC*, I, p. 29).

LE TOMBEAU D'EDGAR POE

(Première publication, 1877 [1])

Grâce à ses amis anglais, le poète Swinburne et John Ingram, biographe de Poe, Mallarmé se voit sollicité par Miss Sigourney Rice pour participer au volume commémoratif consacré à l'auteur du Corbeau. *Le 17 novembre 1875, à Baltimore, Miss Sigourney Rice avait inauguré un monument sur la tombe de Poe. Mallarmé honorera la demande qui lui avait été faite par l'un de ses plus célèbres sonnets qui paraîtra, malheureusement entaché de nombreuses fautes typographiques, dans* E. Allan Poe. A Memorial Volume, *à Baltimore en 1877.*

Tel qu'en lui-même enfin l'éternité le change.
Le poëte suscite avec un hymne nu
Son siècle épouvanté de n'avoir pas connu
4 Que la mort s'exaltait dans cette voix étrange :

Mais, comme un vil tressaut d'hydre, oyant jadis
[l'ange
Donner un sens trop pur aux mots de la tribu,
Tous pensèrent entre eux le sortilège bu
8 Chez le flot sans honneur de quelque noir mélange.

Du sol et de l'éther hostiles, ô grief !
Si mon idée avec ne sculpte un bas-relief
11 Dont la tombe de Poe éblouissante s'orne,

Sombre bloc à jamais chu d'un désastre obscur,
Que ce granit du moins montre à jamais sa borne
14 Aux vieux vols de blasphème épars dans le futur.

---

1. Pour les autres versions de ce texte, voir p. 87 et p. 213.

Sarah Helen Whitman, fiancée à Poe en 1845 et auteur d'un clairvoyant Edgar Poe and his Critics *(1860), ayant traduit le sonnet de Mallarmé, ce dernier l'en remercia dans une lettre du 31 mars 1877 et, la même année (lettre du 31 juillet 1877), lui en proposa une traduction « littérale », accompagnée des précieux commentaires que nous donnons ici.*

[*Traduction et commentaire*]

Such as into himself at last Eternity changes him,
The Poet arouses with a naked (1) hymn
His century overawed not to have known
4 That death extolled itself in this (2) strange voice :

But, in a vile writhing of an hydra, (they) once hearing
                                 [the Angel (3)
To give (4) too pure a meaning to the words of the tribe,
They (between themselves) thought (by him) the spell
                                       [drunk
8 In the honourless flood of some dark mixture (5).

Of the soil and the ether (which are) enemies, o struggle !
If with it my idea does not carve a bas-relief
11 Of which Poe's dazzling (6) tomb be adorned,

(A) stern block here fallen from a mysterious disaster,
Let this granite at least show forever their bound
14 To the old flights of Blasphemy (still) spread in the
                                       [future (7).

(1) Naked hymn means when the words take in death their absolute value.
(2) This means his own.
(3) The Angel means the above said Poet.
(4) To give means giving.
(5) Means in plain prose : charged him with always being drunk.
(6) Dazzling means with the idea of such a bas-relief.
(7) Blasphemy means against Poets, such as the charge of Poe being drunk.

POÈMES ANCIENS PUBLIÉS DANS *LUTÈCE* (1883-1884)

En 1883, Verlaine, qui n'a jamais cessé d'entretenir des liens amicaux avec Mallarmé et d'apprécier son œuvre, décide de lui consacrer plusieurs chapitres de ses Poètes maudits *(les précédents concernaient Corbière et Rimbaud) qui paraissent régulièrement dans la jeune revue* Lutèce *(ils seront repris en volume sous le même titre chez l'éditeur Vanier[1]). À cette occasion, il demande des inédits, et Mallarmé lui répond : « [...] je n'ai pas de vers nouveaux inédits, malgré un des plus gros labeurs littéraires qu'on ait tentés, parce que tant que je manque à ce point de loisir, je m'occupe de l'armature de mon œuvre, qui est en prose. Nous avons tous été si en retard, du côté Pensée, que je n'ai point passé moins de dix années à édifier la mienne. Les vers que je vous envoie là sont donc anciens, et du même ton que ceux que vous pouvez connaître ; peut-être même les connaissez-vous, malgré qu'ils n'aient été publiés nulle part[2]. »*

Mallarmé confie sept poèmes. La plupart, excepté les deux derniers, remontent à sa jeunesse. « Placet » et « Le Guignon » avaient paru dans L'Artiste, *mais, pour cette nouvelle publication, il éprouve le besoin de les modifier. « Sainte » est un poème de circonstance naguère écrit pour une amie, du temps où il habitait Tournon, en Ardèche. « Don du poème » est contemporain de la mise en œuvre d'*Hérodiade. *« Cette nuit » semble plus récent : Mallarmé s'est alors débarrassé de Dieu, le « vieux plumage », et croit plus que tout dans le génie du poète. Quant au « Tombeau d'Edgar Poe », il reprend, retravaillé, le sonnet qui avait été publié en Amérique, à Baltimore, dans* E. Allan Poe. A Memorial Volume, *en 1877.*

---

1. Les poèmes publiés dans le livre *Les Poètes maudits* (Vanier, mars 1884, tirage à 253 exemplaires) reprennent ceux que Verlaine avait donnés dans son article sur Mallarmé publié dans *Lutèce*, mais Mallarmé, entre-temps, a pris soin de modifier encore certains de leurs vers. **2.** Lettre du 3 novembre 1883 (*C* « Folio », p. 567).

Pour les commentaires de ces textes, on se reportera à leur place respective dans Poésies, *qui en offre la plupart du temps une version encore modifiée.*

Lutèce, *n° 94, du 17 au 24 novembre 1883.*

PLACET

J'ai longtemps rêvé d'être, ô Duchesse, l'Hébé
Qui rit sur votre tasse au baiser de tes lèvres.
Mais je suis un poète, un peu moins qu'un abbé,
4 Et n'ai point jusqu'ici figuré sur le Sèvres.

Puisque je ne suis pas ton bichon embarbé,
Ni tes bonbons, ni ton carmin, ni tes jeux mièvres
Et que sur moi pourtant ton regard est tombé,
8 Blonde dont les coiffeurs divins sont des orfèvres,

Nommez-nous... vous de qui les souris framboisés
Sont un troupeau poudré d'agneaux apprivoisés
11 Qui vont broutant les cœurs et bêlant aux délires,

Nommez-nous... et Boucher sur un rose éventail
Me peindra flûte aux mains endormant ce bercail,
14 Duchesse, nommez-moi berger de vos sourires.

(1762)

LE GUIGNON

Au-dessus du bétail écœurant des humains
Bondissaient par instants les sauvages crinières
3 Des mendieurs d'azur perdus dans nos chemins.

Un vent mêlé de cendre effarait leurs bannières
Où passe le divin gonflement de la mer
6 Et creusait autour d'eux de sanglantes ornières.

La tête dans l'orage ils défiaient l'Enfer,
Ils voyageaient sans pains, sans bâtons et sans urnes,
9 Mordant au citron d'or de l'Idéal amer.

La plupart ont râlé dans des ravins nocturnes,
S'enivrant du plaisir de voir couler son sang.
12 La mort fut un baiser sur ces fronts taciturnes.

S'ils sont vaincus, c'est par un ange très puissant
Qui rougit l'horizon des éclairs de son glaive
15 L'orgueil fait éclater leur cœur reconnaissant.

Ils tettent la Douleur comme ils tétaient le Rêve
Et quand ils vont rhythmant leurs pleurs voluptueux
18 Le peuple s'agenouille et leur mère se lève.

Ceux-là sont consolés étant majestueux.
Mais ils ont sous les pieds des frères qu'on bafoue,
21 Dérisoires martyrs d'un hasard tortueux.

Des pleurs aussi salés rongent leur pâle joue,
Ils mangent de la cendre avec le même amour ;
24 Mais vulgaire ou burlesque est le sort qui les roue.

Ils pouvaient faire aussi sonner comme un tambour
La servile pitié des races à l'œil terne,
27 Égaux de Prométhée à qui manque un vautour !

Non. Vieux et fréquentant les déserts sans citerne
Ils marchent sous le fouet d'un squelette rageur,
30 Le GUIGNON, dont le rire édenté les prosterne.

S'ils vont, il grimpe en croupe et se fait voyageur,
Puis, le torrent franchi, les plonge en une mare
33 Et fait un fou crotté du superbe nageur.

Grâce à lui, si l'un chante en son buccin bizarre,
Des enfants nous tordront en un rire obstiné,
36 Qui, soufflant dans leurs mains, singeront sa fanfare.

Grâce à lui, s'ils s'en vont tenter un sein fané
Avec des fleurs par qui l'impureté s'allume,
39 Des limaces naîtront sur leur bouquet damné.

Et ce squelette nain coiffé d'un feutre à plume
Et botté dont l'aisselle a pour poils de longs vers
42 Est pour eux l'infini de l'humaine amertume.

Et si, rossés, ils ont provoqué le pervers,
Leur rapière en grinçant suit le rayon de lune
45 Qui neige en sa carcasse et qui passe au travers.

Malheureux sans l'orgueil d'une austère infortune,
Dédaigneux de venger leurs os de coups de bec,
48 Ils convoitent la haine et n'ont que la rancune.

Ils sont l'amusement des racleurs de rebec,
Des femmes, des enfants et de la vieille engeance
51 Des loqueteux dansant quand le broc est à sec.

Les poëtes savants leur prêchent la vengeance
Et ne sachant leur mal et les voyant brisés
54 Les disent impuissants et sans intelligence.

« Ils peuvent, sans quêter quelques soupirs gueusés,
Comme un buffle se cabre aspirant la tempête,
57 Savourer à présent leurs maux éternisés :

« Nous soûlerons d'encens les Forts qui tiennent tête
Aux fauves séraphins du Mal ! Ces baladins
60 N'ont pas mis d'habit rouge et veulent qu'on s'arrête ! »

Quand chacun a sur eux craché tous ses dédains,
Nus, ensoiffés de grand et priant le tonnerre,
63 Ces Hamlet abreuvés de malaises badins

Vont ridiculement se pendre au réverbère.

Lutèce, *n° 95, du 24 au 30 novembre 1883.*

APPARITION

La lune s'attristait. Des séraphins en pleurs,
Rêvant, l'archet aux doigts, dans le calme des fleurs
Vaporeuses, tiraient de mourantes violes
De blancs sanglots glissant sur l'azur des corolles.
5 — C'était le jour béni de ton premier baiser.
Ma songerie aimant à me martyriser
S'enivrait savamment du parfum de tristesse
Que même sans regret et sans déboire laisse
La cueillaison d'un Rêve au cœur qui l'a cueilli.
10 J'errais donc, l'œil rivé sur le pavé vieilli,
Quand, avec du soleil aux cheveux, dans la rue
Et dans le soir, tu m'es en riant apparue,
Et j'ai cru voir la fée au chapeau de clarté
Qui jadis sur mes beaux sommeils d'enfant gâté
15 Passait, laissant toujours de ses mains mal fermées
Neiger de blancs bouquets d'étoiles parfumées.

SAINTE

À la fenêtre recélant
Le santal vieux qui se dédore
De sa viole étincelant
4 Jadis avec flûte ou mandore,

Est la Sainte pâle, étalant
Le livre vieux qui se déplie
Du Magnificat ruisselant
8 Jadis selon vêpre et complie :

À ce vitrage d'ostensoir
Que frôle une harpe par l'Ange
Formée avec son vol du soir
12 Pour la délicate phalange

Du doigt, que, sans le vieux santal
Ni le vieux livre, elle balance
Sur le plumage instrumental,
16 Musicienne du silence.

DON DU POÈME

Je t'apporte l'enfant d'une nuit d'Idumée !
Noire, à l'aile saignante et pâle, déplumée,
Par le verre brûlé d'aromates et d'or,
Par les carreaux glacés, hélas ! mornes encor,
5 L'aurore se jeta sur la lampe angélique,
Palmes ! et quand elle a montré cette relique
À ce père essayant un sourire ennemi,
La solitude bleue et stérile a frémi.
Ô la berceuse avec ta fille et l'innocence
10 De vos pieds froids, accueille une horrible naissance.
Et ta voix rappelant viole et clavecin,
Avec le doigt fané presseras-tu le sein
Par qui coule en blancheur sibylline la femme
Pour des lèvres que l'air du vierge azur affame ?

CETTE NUIT

Quand l'ombre menaça de la fatale loi
Tel vieux Rêve, désir et mal de mes vertèbres,
Affligé de périr sous les plafonds funèbres
4 Il a ployé son aile indubitable en moi.

Luxe, ô salle d'ébène où, pour séduire un roi,
Se tordent dans leur mort des guirlandes célèbres,
Vous n'êtes qu'un orgueil menti par les ténèbres
8 Aux yeux du solitaire ébloui de sa foi.

Oui, je sais qu'au lointain de cette nuit, la Terre
Jette d'un grand éclat l'insolite mystère,
11 Pour les siècles hideux qui l'obscurcissent moins.

L'espace à soi pareil qu'il s'accroisse ou se nie
Roule dans cet ennui des feux vils pour témoins
14 Que s'est d'un astre en fête allumé le génie.

Lutèce, *n° 100, du 29 décembre 1883 au 5 janvier 1884.*

LE TOMBEAU D'EDGAR POE

Tel qu'en Lui-même enfin l'éternité le change,
Le Poëte suscite avec un glaive nu
Son siècle épouvanté de n'avoir pas connu
4 Que la mort triomphait dans cette voix étrange !

Eux, comme un vil sursaut d'hydre oyant jadis l'Ange
Donner un sens trop pur aux mots de la tribu,
Proclamèrent très haut le sortilège bu
8 Dans le flot sans honneur de quelque noir mélange.

Du sol et de la nue hostiles, ô grief !
Si notre idée avec ne sculpte un bas-relief
11 Dont la tombe de Poe éblouissante s'orne,

Calme bloc ici-bas chu d'un désastre obscur,
Que ce granit du moins montre à jamais sa borne
14 Aux noirs vols du Blasphème épars dans le futur.

LETTRE DITE « AUTOBIOGRAPHIE » ENVOYÉE PAR MALLARMÉ À VERLAINE LE 16 NOVEMBRE 1885[1]

Longtemps Mallarmé devra attendre avant qu'une réelle attention ne soit enfin accordée à sa poésie. L'effet des Poètes maudits *de Verlaine, celui de l'*À rebours *de Huysmans y contribueront largement. L'homme, au demeurant, malgré ses « mardis » (peu fréquentés), restait sur la réserve – orgueil ou modestie.*

Verlaine, en l'occurrence, plus connu du grand public à cette époque, va continuer de jouer pour lui un rôle déterminant, quand il envisage de présenter Mallarmé dans l'un des fascicules des Hommes d'aujourd'hui *publiés par Léon Vanier. À cette occasion, il adresse à l'auteur d'*Hérodiade *une lettre ainsi libellée[2] :*

« Mon cher Ami,

Imaginez-vous que je sonne chez vous très bien mis et que je vous intervieue. Est-ce 87 ou 89 votre n° ? Vos entêtes de lettres portent l'une et l'autre de ces indications.

Votre lieu de naissance ?

Paris (on le sait).

Familles, originaires d'où ? date de naissance ?

Projets littéraires ? (un détail sur ce grand œuvre dont vous m'écriviez).

1. Autographe collection L. Clayeux. Première publication partielle dans *La Revue des Beaux-Arts et des Lettres* du 15 octobre 1898, dans « Notes inédites sur Stéphane Mallarmé » par Fagus. Publication autographe sous le titre « Autobiographie », avec un Avant-dire du docteur Edmond Bonniot, par Albert Messein dans la collection « Les manuscrits des maîtres » (non paginé, 1924). **2.** Lettre citée intégralement par Henri Mondor dans son livre *L'Amitié de Verlaine et de Mallarmé*, Gallimard, 1939, p. 88-89.

Un où deux poèmes (prose) (court) et vers (court) et
i-né-dits ?

Le Conventionnel n'a-t-il pas présidé au procès de
Louis XVI ? Circonstances remarquables ? Comment
mort ?

Vite !

C'est pour notice dans *Hommes du jour* de Vanier. Pour
portrait, entendez-vous avec ce dernier.

— Mêmes détails sur Villiers.

Vanier me dit que pourriez procurer livres de Villiers.
Prépareriez chez concierge à mon nom. On irait chercher
deux jours ou un après lettre vôtre et r'auriez par même
voie, dès travail pour *Poètes maudits*, deuxième série,
terminé.

Beaucoup de renseignements aussi pour Villiers,
homme du jour ! Car écrire à lui !

(Vous écris de mon lit où rhumatisé depuis 2 mois (au
genou) et *usque quo*[1] ? Crises, pansements, douleurs (et
quel ennui, si je ne pouvais un peu travailler).

À vous et à bientôt.

P<small>AUL</small> V<small>ERLAINE</small> »

*En réponse, Mallarmé lui envoie une longue lettre où il
retrace le bilan de quarante-trois ans d'existence déjà, à un
moment où ses textes publiés se réduisent à quelques opuscules,
d'ailleurs introuvables. Il n'en considère pas moins qu'une partie de son œuvre est presque achevée, mais qu'un programme
considérable s'ouvre devant lui. C'est donc bien à la lumière
des propos qu'il tient, entre l'œuvre réelle et l'œuvre rêvée,
qu'il faut lire de telles pages qui valent comme l'introduction
la plus judicieuse à tout ce qu'il pourra publier par la suite.*

Paris, lundi 16 novembre 1885.

Mon cher Verlaine,

Je suis en retard avec vous, parce que j'ai recherché ce
que j'avais prêté, un peu de côté et d'autre, au diable, de

---

1. Jusqu'où ?

l'œuvre inédite de Villiers. Ci-joint le presque rien que je possède.

Mais des renseignements précis sur ce cher et vieux fugace je n'en ai pas : son adresse même, je l'ignore ; nos deux mains se retrouvent l'une dans l'autre, comme desserrées de la veille, au détour d'une rue, tous les ans, parce qu'il existe un Dieu. À part cela, il serait exact aux rendez-vous et, le jour où, pour les Hommes d'Aujourd'hui aussi bien que pour les Poëtes Maudits, vous voudrez, allant mieux, le rencontrer chez Vanier, avec qui il va être en affaires pour la publication d'*Axël*, nul doute, je le connais, aucun doute, qu'il ne soit là à l'heure dite. Littérairement, personne de plus ponctuel que lui : c'est donc à Vanier à obtenir d'abord son adresse, de M. Darzens qui l'a jusqu'ici représenté près de cet éditeur gracieux [1].

Si rien de tout cela n'aboutissait, un jour, un Mercredi notamment, j'irais vous trouver à la tombée de la nuit ; et, en causant il nous viendrait à l'un comme à l'autre, des détails biographiques qui m'échappent aujourd'hui ; pas l'état-civil, par exemple, dates, etc., que seul connaît l'homme en cause.

Je passe à moi.

Oui, né à Paris, le 18 Mars 1842, dans la rue appelée aujourd'hui passage Laferrière. Mes familles paternelle et maternelle présentaient, depuis la Révolution, une suite ininterrompue de fonctionnaires dans l'Administration de l'Enregistrement ; et bien qu'ils y eussent occupé presque toujours de hauts emplois, j'ai esquivé cette carrière à laquelle on me destina dès les langes. Je retrouve trace du goût de tenir une plume, pour autre chose qu'enregistrer des actes, chez plusieurs de mes ascendants : l'un, avant la création de l'Enregistrement sans doute, fut syndic des Libraires sous Louis XVI, et son nom m'est apparu au bas du Privilège du roi placé en tête de l'édition originelle

---

1. Depuis 1875, Mallarmé était très proche de Villiers de l'Isle-Adam, qui mourra en 1889 et dont il rappellera la mémoire dans une conférence plusieurs fois prononcée en Belgique en 1890, puis publiée à Bruxelles, chez Lacomblez en 1892. Mallarmé et Huysmans seront les exécuteurs testamentaires de Villiers et se chargeront de la publication de ses livres, mais le poète Rodolphe Darzens y veillera aussi. *Axël* ne sera pas publié par Vanier, mais par Quantin.

française du *Vathek* de Beckford que j'ai réimprimé[1]. Un autre écrivait des vers badins dans les Almanachs des Muses et les Étrennes aux Dames. J'ai connu enfant, dans le vieil intérieur de bourgeoisie parisienne familial, M. Magnien, un arrière-petit cousin, qui avait publié un volume romantique à toute crinière appelé *Ange ou Démon*[2], lequel reparaît quelquefois coté cher dans les catalogues de bouquinistes que je reçois.

Je disais famille parisienne, tout à l'heure, parce qu'on a toujours habité Paris ; mais les origines sont bourguignonnes, lorraines aussi et même hollandaises.

J'ai perdu tout enfant, à sept ans, ma mère, adoré d'une grand-mère qui m'éleva d'abord ; puis j'ai traversé bien des pensions et lycées, d'âme lamartinienne avec un secret désir de remplacer, un jour, Béranger, parce que je l'avais rencontré dans une maison amie. Il paraît que c'était trop compliqué pour être mis à exécution, mais j'ai longtemps essayé dans cent petits cahiers de vers qui m'ont toujours été confisqués, si j'ai bonne mémoire.

Il n'y avait pas, vous le savez, pour un poëte à vivre de son art, même en l'abaissant de plusieurs crans, quand je suis entré dans la vie ; et je ne l'ai jamais regretté. Ayant appris l'Anglais simplement pour mieux lire Poe, je suis parti à vingt ans en Angleterre, afin de fuir, principalement ; mais aussi pour parler la langue et l'enseigner dans un coin, tranquille et sans autre gagne-pain obligé : je m'étais marié et cela pressait.

Aujourd'hui, voilà plus de vingt ans et malgré la perte de tant d'heures, je crois, avec tristesse, que j'ai bien fait. C'est que, à part les morceaux de prose et les vers de ma jeunesse et la suite, qui y faisait écho, publiée un peu partout, chaque fois que paraissaient les premiers numéros d'une Revue Littéraire, j'ai toujours rêvé et tenté autre chose, avec une patience d'alchimiste, prêt à y sacrifier

1. André-François Knapen, ancêtre de Mallarmé, syndic des libraires sous Louis XVI, avait autorisé la publication de *Vathek* en 1787, chez Poinçot, libraire à Paris. Mallarmé dès 1876 avait préfacé une réédition du *Vathek* de Beckford, chez Adolphe Labitte. Une nouvelle édition de ce livre sera donnée en 1893, à la Librairie académique Perrin. **2.** Édouard Magnien, arrière-petit-cousin de Mallarmé du côté maternel, avait publié entre autres un recueil de poésies, *Mortel, ange ou démon*, en deux volumes, chez Spachmann, à Paris, en 1836.

toute vanité et toute satisfaction, comme on brûlait jadis
son mobilier et les poutres de son toit, pour alimenter le
fourneau du Grand Œuvre. Quoi ? c'est difficile à dire :
un livre, tout bonnement, en maints tomes, un livre qui
soit un livre, architectural et prémédité, et non un recueil
des inspirations de hasard, fussent-elles merveilleuses...
J'irai plus loin, je dirai : le Livre persuadé qu'au fond il
n'y en a qu'un, tenté à son insu par quiconque a écrit,
même les Génies. L'explication orphique de la Terre, qui
est le seul devoir du poëte et le jeu littéraire par excellence : car le rythme même du livre alors impersonnel et
vivant, jusque dans sa pagination, se juxtapose aux équa-
tions de ce rêve, ou Ode.]

Voilà l'aveu de mon vice, mis à nu, cher ami, que mille
fois j'ai rejeté, l'esprit meurtri ou las, mais cela me possède et je réussirai peut-être ; non pas à faire cet ouvrage
dans son ensemble (il faudrait être je ne sais qui pour
cela !) mais à en montrer un fragment d'exécuté, à en faire
scintiller par une place l'authenticité glorieuse, en indiquant le reste tout entier auquel ne suffit pas une vie. Prouver par les portions faites que ce livre existe, et que j'ai
connu ce que je n'aurai pu accomplir.

Rien de si simple alors que je n'aie pas eu hâte de
recueillir les mille bribes connues, qui m'ont, de temps à
autre, attiré la bienveillance de charmants et excellents
esprits, vous le premier ! Tout cela n'avait d'autre valeur
momentanée pour moi que de m'entretenir la main ; et
quelque réussi que puisse être quelquefois un des [*mot
oublié*] à eux tous c'est bien juste s'ils composent un
album, mais pas un livre. Il est possible cependant que
l'Éditeur Vanier m'arrache ces lambeaux mais je ne les
collerai sur des pages que comme on fait une collection de
chiffons d'étoffes séculaires ou précieuses. Avec ce mot
condamnatoire d'*Album*, dans le titre, *Album de vers et de
prose*, je ne sais pas[1] ; et cela contiendra plusieurs séries,

---

1. Deux ans plus tard, en 1887, paraîtra, sous la forme d'un petit
fascicule anthologique publié par Albert de Nocée, l'*Album de vers &
de prose* de Mallarmé, plaquette de seize pages, dixième numéro d'une
série « Poètes & prosateurs » de l'*Anthologie contemporaine des écrivains français & belges*. L'opuscule regroupera neuf poèmes en vers
et quatre poèmes en prose.

pourra même aller indéfiniment[1], (à côté de mon travail personnel qui je crois, sera anonyme, le Texte y parlant de lui-même et sans voix d'auteur.)

Ces vers, ces poëmes en prose, outre les Revues Littéraires, on peut les trouver, ou pas, dans des Publications de Luxe, épuisées, comme le *Vathek*, le *Corbeau*, le *Faune*[2].

J'ai dû faire, dans des moments de gêne ou pour acheter de ruineux canots, des besognes propres et voilà tout (*Dieux Antiques*, *Mots Anglais*) dont il sied de ne pas parler : mais à part cela, les concessions aux nécessités comme aux plaisirs n'ont pas été fréquentes. Si à un moment, pourtant, désespérant du despotique bouquin lâché de Moi-même, j'ai après quelques articles colportés d'ici et de là, tenté de rédiger tout seul, toilettes, bijoux, mobilier, et jusqu'aux théâtres et aux menus de dîner, un journal, *La Dernière Mode*, dont les huit ou dix numéros parus servent encore quand je les dévêts de leur poussière à me faire longtemps rêver[3].

Au fond je considère l'époque contemporaine comme un interrègne pour le poëte, qui n'a point à s'y mêler : elle est trop en désuétude et en effervescence préparatoire, pour qu'il ait autre chose à faire qu'à travailler avec mystère en vue de plus tard ou de jamais et de temps en temps à envoyer aux vivants sa carte de visite, stances ou sonnet, pour n'être point lapidé d'eux, s'ils le soupçonnaient de savoir qu'ils n'ont pas lieu[4].

La solitude accompagne nécessairement cette espèce d'attitude ; et, à part mon chemin de la maison (c'est 89, maintenant, rue de Rome) aux divers endroits où j'ai dû la dîme de mes minutes, lycées Condorcet, Janson de Sailly enfin Collège Rollin, je vague peu, préférant à tout, dans un appartement défendu par la famille, le séjour parmi quelques meubles anciens et chers, et la feuille de papier souvent blanche. Mes grandes amitiés ont été celles de

---

1. L'idée d'une série continue n'abandonnera pas Mallarmé, puisqu'il concevra encore de cette façon ses *Poésies*, précisées « Premier cahier » sur le manuscrit envoyé à Deman en 1894.   **2.** *Vathek*, voir p. 91 et note 1 ; *Le Corbeau*, R. Lesclide, 1876 (210 exemplaires) ; *L'Après-midi d'vn favne*, A. Derenne, 1876 (195 exemplaires). **3.** *La Dernière Mode*, huit livraisons, du 7 août 1874 au 24 février 1875.   **4.** C'est-à-dire qu'ils sont aux yeux de Mallarmé quasiment fictifs et réduits à l'état de fantômes.

Villiers, de Mendès et j'ai, dix ans, vu tous les jours, mon cher Manet, dont l'absence aujourd'hui me paraît invraisemblable ! Vos *Poëtes Maudits*, cher Verlaine, *À rebours* d'Huysmans, ont intéressé à mes Mardis longtemps vacants les jeunes poëtes qui nous aiment (mallarmistes à part) et on a cru à quelqu'influences tentée par moi, là où il n'y a eu que des rencontres. Très-affiné, j'ai été dix ans d'avance du côté où de jeunes esprits pareils devaient tourner aujourd'hui.

Voilà toute ma vie dénuée d'anecdotes à l'envers de ce qu'ont depuis si longtemps ressassé les grands journaux, où j'ai toujours passé pour très-étrange : je scrute et ne vois rien d'autre, les ennuis quotidiens, les joies, les deuils d'intérieur exceptés. Quelques apparitions partout où l'on monte un ballet, où l'on joue de l'orgue, mes deux passions d'art presque contradictoires mais dont le sens éclatera et c'est tout. J'oubliais mes fugues, aussitôt que pris de trop de fatigue d'esprit, sur le bord de la Seine et de la forêt de Fontainebleau, en un lieu le même depuis des années[1] : là je m'apparais tout différent, épris de la seule navigation fluviale. J'honore la rivière, qui laisse s'engouffrer dans son eau des journées entières sans qu'on ait l'impression de les avoir perdues, ni une ombre de remords. Simple promeneur en yoles d'acajou, mais voilier[2] avec furie, très-fier de sa flottille.

Au revoir, cher ami. Vous lirez tout ceci, noté au crayon pour laisser l'air d'une de ces bonnes conversations d'amis à l'écart et sans éclat de voix, vous le parcourerez du bout des regards et y trouverez, disséminés, les quelques détails biographiques à choisir qu'on a besoin d'avoir quelque part vus véridiques. Que je suis peiné de vous savoir malade, et de rhumatismes ! Je connais cela. N'usez que très rarement du salicylate, et pris des mains d'un bon médecin, la question dose étant très importante. J'ai eu autrefois une fatigue et comme une lacune d'esprit, après cette drogue ; et je lui attribue mes insomnies. Mais j'irai vous voir un jour et vous dire cela, en vous apportant un sonnet et une page de prose[3] que je vais confectionner ces

---

1. Valvins, près de la Seine, non loin des villages de Vulaine et de Samoreau (où l'on peut voir la tombe de Mallarmé).   2. Pratiquant la voile.   3. Cette page en prose sera « La Gloire », voir p. 304.

temps, à votre intention, quelque chose qui aille là où vous le mettrez. Vous pouvez commencer sans ces deux bibelots. Au revoir, cher Verlaine. Votre main.

STÉPHANE MALLARMÉ

NOTICE SUR L'ÉDITION PHOTOLITHOGRAPHIÉE
DES *POÉSIES DE STÉPHANE MALLARMÉ* (1887)

En 1887 sortent, à la Librairie de La Revue indépendante,
Les Poésies de Stéphane Mallarmé, *40 exemplaires numérotés
et 7 exemplaires (A à G, non mis en vente) avec un ex-libris
gravé par Félicien Rops. Ces poésies*[1] *comportent trente-cinq
poèmes, répartis comme suit en neuf cahiers :*

1er cahier : Premiers poèmes : « Le Guignon », « Apparition », « Placet futile », « Le Pitre châtié » ; *2e cahier :* Le Parnasse satirique *: « Une négresse par le démon secouée » ;*
3e cahier : Le Premier Parnasse contemporain *: « Les Fenêtres », « Les Fleurs », « Renouveau », « Angoisse », « Las de
l'amer repos... », « Le Sonneur », sonnet, « Tristesse d'été »,
sonnet, « L'Azur », « Brise marine », « Soupir », « Aumône » ;*
4e cahier : Autres poèmes *: « Éventail », « Sainte », « Don du
poème » ; 5e cahier :* « Hérodiade » *(fragment) ; 6e cahier :*
L'Après-midi d'vn favne *; 7e cahier :* « Toast funèbre » *;*
8e cahier : « Prose (pour des Esseintes) » *; 9e cahier :* Derniers
sonnets *: I. « Le vierge, le vivace et le bel aujourd'hui » ;
II. « Quand l'ombre menaça de la fatale loi » ; III. « Victorieusement fui le suicide beau » ; IV. « Ses purs ongles très haut
dédiant leur onyx » ; Hommage V. « Tel qu'en lui-même enfin
l'éternité le change » ; Hommage VI. « Le silence déjà funèbre
d'une moire » ; VII. « Mes bouquins refermés sur le nom de
Paphos » ; VIII. « Quelle soie aux baumes de temps » ;
IX. Suite de sonnets 1. « Tout Orgueil fume-t-il du soir » ; X, 2
« Surgi de la croupe et du bond » ; XI, 3 « Une dentelle s'abolit » ; XII. « M'introduire dans ton histoire ».*

---

1. Elles reproduisent fidèlement les autographes écrits par Mallarmé
à cette occasion. Le poète se montrera fort satisfait du résultat : « Je
juge délicieux l'effet produit par la réduction : c'est une idée admirable
qui vous est venue là par une voie détournée. Le texte ainsi joue à la
fois le manuscrit et l'imprimé » (lettre à E. Dujardin du 24 mai 1887,
C, III, p. 116).

L'essentiel des pièces des futures Poésies de 1899 est donc déjà présenté là, dans un ordre qui sera conservé, mis à part quelques intercalations de pièces « jetées en culs-de-lampe sur les marges », soit neuf poèmes, et l'addition de quatre poèmes : « *Autre éventail* », « *La chevelure vole d'une flamme...* », « *Le Tombeau de Charles Baudelaire* » et « *À la nue accablante tu* ». Geneviève en ajoutera trois autres.

POÉSIES

II

POÉSIES

(éd. Deman, 1899 [1])

---

1. D'après la maquette de 1894.

*Le 15 janvier 1888, en réponse au jeune poète belge Émile Verhaeren, qui vient de lui écrire : « Vous déplairait-il de faire une édition de luxe avec mon ami Edmond Deman ? Lui, en serait, je crois, honoré[1] », Mallarmé dit son intention de « liquider son passé[2] ». Pour cela, il a déjà porté chez l'éditeur Dentu « un volume de poèmes en prose, 200 pages » (*Le Tiroir de laque*). Il compte également publier ses* Poèmes de Poe, *traduits et annotés (200 pages). Restait pour lui l'idée d'une édition grand public de ses* Poésies, *pour laquelle Deman pourrait convenir. Mais celle qui venait d'être faite, à très faible tirage, à* La Revue indépendante, *n'était pas encore épuisée. Dès le mois suivant, toutefois, il s'entend avec le providentiel Deman pour que soient publiés deux de ses livres,* Les Poèmes d'Edgar Poe, *qui verront le jour dès 1888, et* Le Tiroir de laque, *qui paraîtra sous le titre de* Pages *en 1891. Les* Poésies *attendront plus longtemps cependant, puisque le projet ne se mettra en place qu'en 1891, avec un volume alors intitulé « **VERS** / de / STÉPHANE MALLARMÉ ».*

Le 29 mars 1891, Mallarmé écrit à Deman : « [...] il faut que cela ait lieu maintenant, je veux dire avant l'automne, voici l'instant, (vous savez, cela se sent et n'échappe pas à l'auteur) on me fait une vague gloire, on me relance, et j'ai l'air de me cacher. Il y a là quelque chose que je ne retrouverai jamais : pour ces œuvres, du moins, seules entrevues du public. Après je me livre à d'autres exercices. / Parlez donc, que j'ajoute quelques

---

1. Lettre de Verhaeren à Mallarmé, vers le 11 janvier 1888 (*C*, III, p. 159). **2.** Lettre à Verhaeren (*C*, III, p. 162).

vers, nouveaux, et complète Hérodiade *comme finale du livre*[1]. »

Le 7 avril, il précise qu'il renonce à une édition photo-lithographiée reprenant l'aspect de ses Poésies *de 1887. « Le vers n'est très beau que dans un caractère imperson-nel, c'est-à-dire typographique. » Il opte dès lors pour le romain. « Ce sera l'édition, par excellence ; dont celle manuscrite aura été comme le brouillon ou la "copie" [...] le tirage s'élèverait à 100 exemplaires*[2]. » Toujours *en 1891 (août), Mallarmé témoigne de sa satisfaction : « Tout cela me semble parfait, et d'abord que vous ayez, outre le Poe,* Pages *et* Vers, *ou toute une période de ma vie, le Mallarmé d'avant-la-lettre*[3]. » On se décide alors pour un tirage à 1 000 exemplaires et le caractère ita-lique. Il y aura une eau-forte de Whistler, d'ailleurs faite*[4]. Dans une lettre du 10 septembre, il est précisé que* Vers *reprendra « tout ce qui a paru en livre ou revues, à l'exception de versiculets sans valeur ou de circons-tances. Bref, l'édition Dujardin, plus quelques sonnets*[5] ».

Le projet semble stagner pendant plusieurs années jus-qu'en 1894 où Deman annonce le 2 juillet « Les Poésies de Stéphane Mallarmé*[6] », *cependant que, le 21 août, ce dernier précise dans une lettre à son éditeur : « J'y ajou-terai [à l'édition photolithographiée] quelques petits poèmes qui compléteront ce "Premier Cahier" de mes* Poésies[7]. » *Le 12 novembre 1894, Mallarmé envoie le manuscrit de « Poésie / de / Stéphane Mallarmé » (le titre est au singulier*[8]), *avec cette recommandation prouvant la minutie de ses exigences typographiques : « Tout poème est précédé d'une feuille en blanc, portant à son*

---

1. Lettre à Edmond Deman (*C*, IV, 1, p. 213).   **2.** Lettre à Edmond Deman (*C*, IV, 1, p. 219).   **3.** Lettre à Edmond Deman, 18 août 1891 (*C*, IV, 1, p. 294).   **4.** Carl Paul Barbier pense que cette eau-forte pourrait être le portrait de Mallarmé fait par Whistler dont l'université de Glasgow possède le cuivre et deux épreuves. Voir sa reproduction en tête du volume *Mallarmé-Whistler. Correspondance*, Nizet, 1964.   **5.** Lettre à Edmond Deman, *C* IV, 1, p. 301.   **6.** Voir *C*, VI, n.1, p. 283.   **7.** Lettre à Edmond Deman, *C*, VII, p. 34.   **8.** Lettre à Edmond Deman, *C*, VII, p. 97.

recto le titre. Quand c'est un sonnet, il commence au verso de cette feuille et finit, occupant deux pages, au recto de la suivante. Titres-courants, sans trait, en haut de chaque page, ne commençant pas un poème. La page de 8 vers, les blancs qui interlignent les stances, comptant pour 2. »

*Une phase de latence intervient encore, et c'est seulement en 1896 que l'on reparle de l'édition ; mais il y a de nouveau des problèmes concernant d'une part le choix du caractère (Auber ou Cicero ?), d'autre part l'achèvement d'*Hérodiade. *Mallarmé souhaite-t-il vraiment aboutir ?*

La « Recommandation » finale qu'il écrit pour sa femme et sa fille la veille de sa mort, le 8 septembre 1898, indique : « Mes vers sont pour Fasquelle, ici, et Deman, s'il veut se limiter à la Belgique. » Ce qui prouve que des transactions avaient été menées pour que Fasquelle éditât (dans la « Bibliothèque Charpentier ») les Poésies. *Mais le contrat passé avec Deman en 1894 donnait à celui-ci l'exclusivité de la publication du manuscrit, droits qu'il fera valoir auprès de Fasquelle lui-même, malgré les démarches accomplies auprès de ce dernier par Geneviève Mallarmé et son mari le docteur Edmond Bonniot[1].*

La publication faite par Deman paraît dès 1899, et il faudra attendre 1913 pour qu'une autre lui succède, aux éditions de la Nouvelle Revue française. *L'ordre des poèmes s'y trouve modifié, et une nouvelle section, « Feuillet d'Album », y est constituée. Plusieurs poèmes sont ajoutés (on les trouvera ici même, p. 242-263).*

D'après les déclarations de Mallarmé lui-même, il est certain que ses Poésies *montrent un « Mallarmé d'avant-la-lettre ». Son obstination à le répéter, aussi bien à Verlaine en 1883 ou en 1885[2] que dans la bibliographie Deman (voir ici p. 238), ne doit pas être prise pour une*

---

1. Voir, d'Adrienne et Luc Fontainas, *Edmond Deman éditeur (1857-1918)*, Bruxelles, éd. Labor, « Archives du futur », 1997.
2. Voir lettre à Verlaine du 3 novembre 1883 (*C*, II, p. 248-249) et ici même, p. 92, lettre dite « Autobiographie ».

vaine marque de modestie. Ce qui signifie clairement que le Mallarmé d'après 1871 (d'après L'Après-midi d'vn favne*) est un Mallarmé de la prose, ce terme devant être compris avec la plus grande prudence*[1]*, puisque, en même temps, se trouve inauguré par lui le genre du « poème critique » et qu'apparaîtra au terme de sa vie l'inqualifiable* Coup de Dés *(alors même que le projet d'*Hérodiade*, mis en place dès 1865, espérait encore trouver un aboutissement).*

La plus grande partie de l'œuvre en vers (si l'on écarte les Vers de circonstance*)*[2] *se trouve ainsi avoir été composée à une époque ancienne. L'édition de 1887 rassemblait dans un neuvième cahier les « derniers sonnets » (comportant quatre pièces majeures) et tous les poèmes venus ensuite (treize textes, dont onze sonnets réguliers ou shakespeariens : trois tombeaux, trois hommages, le triptyque de la « chambre vide », deux sonnets érotiques).*

L'ensemble des Poésies *apparaît comme chronologique dans une première partie, celle qui regroupe les poèmes du* Parnasse contemporain*, en leur ajoutant quelques pièces anciennes retrouvées et révélées dans* Lutèce en 1883-1884*, outre la publication d'*Hérodiade *(du deuxième* Parnasse contemporain*) et celle de* L'Après-midi d'vn favne*, paru en plaquette en 1876 – soit une suite de dix-huit poèmes, où interviennent par deux fois de plus longs textes, « scène » ou « églogue ».*

La transition avec une nouvelle époque est représentée visiblement par deux poèmes de doctrine, « Toast funèbre » et « Prose (pour des Esseintes) », précédés cependant par deux visions d'esthétique érotique ou mystique : « La chevelure... » et « Sainte ».

Mais avant de nous faire pénétrer dans le massif des derniers sonnets (onze poèmes), Mallarmé a tenu à déten-

---

1. Voir « Mallarmé et la surface réversible : esquisse d'une poétique de la prose » d'Henri Scepi dans « Mallarmé et la prose », numéro spécial de *La Licorne*, Université de Poitiers, 1998. **2.** Mallarmé en a écrit régulièrement à partir de son installation à Paris en 1871. De son vivant n'en paraîtront que les 27 quatrains-adresses des « Loisirs de la poste », publiés dans *The Chap Book* du 15 décembre 1894.

dre notre lecture en constituant un ensemble de « pièces
jetées plutôt en culs-de-lampe sur les marges » : éven-
tails, chansons, billet, petits airs, illustrant cet art du frivole où il était passé maître.

Que le volume des Poésies ait été conçu en dernière
instance pour produire l'effet d'une composition logique,
sinon chronologique, moins certes que Les Fleurs du Mal
exactement délimitées, la preuve en est fournie par « Salut » donné en épigraphe, auquel visiblement fait écho
« À la nue accablante tu », deux poèmes de la navigation
poétique et du possible naufrage, cependant que « Mes
bouquins refermés sur le nom de Paphos » conclut imita-
tivement le volume (alors qu'en 1887 ce sonnet était
inclus dans l'ensemble « Derniers sonnets ») – déplacement significatif d'une volonté de composition (comme le
treizain primitif des poèmes du Parnasse contemporain de
1867 s'ouvrait par « Les Fenêtres » et s'achevait sur un
« Épilogue » : « Las de l'amer repos... »).

La Plume, n° 92, 15 février 1893

1. Le poème n'a pas plus de poids que l'écume du champagne versé pour ce toast prononcé par Mallarmé le 9 février 1893 au septième banquet de la revue *La Plume*. Il importe que le premier mot du livre soit « Rien » et que le premier vers s'y désigne.

2. Nombreuse, comme les bulles du champagne remontant à la surface.

3. Mallarmé est à l'arrière de l'embarcation poétique et s'adresse à ceux qui vont lui succéder.

4. Les foudres de la critique et les tempêtes d'un public hostile.

5. Les trois possibles aboutissements de la pratique poétique : l'incompréhension des lecteurs qui font fi du poète, l'échec de la création ou sa réussite sublime.

6. La toile est aussi la page support du texte.

SALUT

Rien, cette écume, vierge vers
À ne désigner que la coupe[1] ;
Telle loin se noie une troupe
4   De sirènes mainte[2] à l'envers.

Nous naviguons, ô mes divers
Amis, moi déjà sur la poupe[3]
Vous l'avant fastueux qui coupe
8   Le flot de foudres et d'hivers[4] ;

Une ivresse belle m'engage
Sans craindre même son tangage
11   De porter debout ce salut

Solitude, récif, étoile[5]
À n'importe ce qui valut
14   Le blanc souci de notre toile[6].

L'Artiste (v. 1 à 15), 11 mars 1862.
Lutèce, 17-24 novembre 1883 (première version complète). Voir p. 82.

1. Quoiqu'il emprunte son titre à un poème des *Fleurs du Mal* de Baudelaire, « Le Guignon » de Mallarmé s'inspire de près de « Ténèbres », poème de Théophile Gautier écrit en *terza rima* et traitant du même sujet. « Ténèbres » figure dans *La Comédie de la mort* (1838). De ce texte, Baudelaire a dit qu'il était une « prodigieuse symphonie » (article sur Théophile Gautier dans *L'Artiste* du 13 mars 1859) et un « chapelet de redoutables concetti sur la mort et le néant » (Préface à la traduction de *La Genèse d'un poème* de Poe, *Revue française*, 20 avril 1859).

2. Le singulier aurait été plus logique.

3. Le mot d'usage classique pour désigner un récipient confère au poème une dignité accrue.

4. Celle du sang de la blessure infligée par l'ange fatal.

5. Réminiscence du « Cygne » de Baudelaire : « [...] à ceux qui s'abreuvent de pleurs / Et tettent la Douleur comme une bonne louve ! »

6. Sujet postposé de « traînent ». Les « dérisoires martyrs » renvoient aux *Martyrs ridicules* (1861), roman de Léon Cladel préfacé par Baudelaire et consacré aux poètes ratés.

LE GUIGNON [1]

Au-dessus du bétail ahuri des humains
Bondissaient en clartés les sauvages crinières
3 Des mendieurs d'azur le pied dans nos chemins.

Un noir vent sur leur marche éployé pour bannières [2]
La flagellait de froid tel jusque dans la chair,
6 Qu'il y creusait aussi d'irritables ornières.

Toujours avec l'espoir de rencontrer la mer,
Ils voyageaient sans pain, sans bâtons et sans urnes [3],
9 Mordant au citron d'or de l'idéal amer.

La plupart râla dans les défilés nocturnes,
S'enivrant du bonheur de voir couler son sang,
12 Ô Mort le seul baiser aux bouches taciturnes !

Leur défaite, c'est par un ange très puissant
Debout à l'horizon dans le nu de son glaive :
15 Une pourpre [4] se caille au sein reconnaissant.

Ils tètent la douleur comme ils tétaient le rêve [5]
Et quand ils vont rythmant des pleurs voluptueux
18 Le peuple s'agenouille et leur mère se lève.

Ceux-là sont consolés, sûrs et majestueux ;
Mais traînent à leurs pas cent frères [6] qu'on bafoue,
21 Dérisoires martyrs de hasards tortueux.

1. Du verbe « rouer ». Le supplice de la roue était en usage sous l'Ancien Régime.

2. Prométhée, pour avoir dérobé le feu aux dieux olympiens, avait été condamné par eux à être enchaîné sur un rocher, son foie dévoré par un vautour. Mais les poètes du guignon ne peuvent prétendre à cette fin héroïque.

3. Emploi inhabituel de ce verbe, d'ordinaire utilisé à la voix pronominale. Qui les abaisse, qui les foule aux pieds.

4. Si le poète est avec la femme qu'il aime. Le mot, grammaticalement, est un vocatif. Le sujet du verbe (« il saute ») est précisé plus loin par une apposition, « le partageur ».

5. Sorte de trompette, dans l'Antiquité.

6. La rose prétend rajeunir (rendre nubile) un sein fané.

7. Le Guignon difforme.

8. Vieille et longue épée.

9. L'éclat lunaire traverse d'un rayon blanc le squelette.

Le sel pareil des pleurs ronge leur douce joue,
Ils mangent de la cendre avec le même amour,
24 Mais vulgaire ou bouffon le destin qui les roue[1].

Ils pouvaient exciter aussi comme un tambour
La servile pitié des races à voix ternes,
27 Égaux de Prométhée à qui manque un vautour[2] !

Non, vils et fréquentant les déserts sans citerne,
Ils courent sous le fouet d'un monarque rageur,
30 Le Guignon, dont le rire inouï les prosterne[3].

Amants[4], il saute en croupe à trois, le partageur !
Puis le torrent franchi, vous plonge en une mare
33 Et laisse un bloc boueux du blanc couple nageur.

Grâce à lui, si l'un souffle à son buccin[5] bizarre,
Des enfants nous tordront en un rire obstiné
36 Qui, le poing à leur cul, singeront sa fanfare.

Grâce à lui, si l'urne orne à point un sein fané
Par une rose qui nubile le rallume[6],
39 De la bave luira sur son bouquet damné.

Et ce squelette nain[7], coiffé d'un feutre à plume
Et botté, dont l'aisselle a pour poils vrais des vers,
42 Est pour eux l'infini de la vaste amertume.

Vexés ne vont-ils pas provoquer le pervers,
Leur rapière[8] grinçant suit le rayon de lune
45 Qui neige en sa carcasse et qui passe au travers[9].

1. Donc, d'une façon médiocre, sans lutte sublime.

2. Des mauvais musiciens. Le rebec est une espèce de violon à trois cordes en usage au Moyen Âge.

3. Les poètes reconnus accusent les poètes du guignon de ne pas avoir mené de grands combats.

4. Le haillon écarlate indiquerait la pourpre du triomphe et forcerait le public au respect.

5. Ils murmurent dans leurs barbes des mots pour mourir foudroyés, comme les grands révoltés de l'humanité.

6. Par des ennuis médiocres.

7. On ne peut que penser à la mort de Nerval qui se pendit la nuit du 25 au 26 janvier 1855, rue de la Vieille-Lanterne.

Désolés sans l'orgueil qui sacre l'infortune,
Et tristes de venger leurs os de coups de bec[1],
48 Ils convoitent la haine, au lieu de la rancune.

Ils sont l'amusement des racleurs de rebec[2],
Des marmots, des putains et de la vieille engeance
51 Des loqueteux dansant quand le broc est à sec.

Les poëtes bons pour l'aumône ou la vengeance,
Ne connaissant le mal de ces dieux effacés,
54 Les disent ennuyeux et sans intelligence.

« Ils peuvent fuir ayant de chaque exploit assez[3],
» Comme un vierge cheval écume de tempête
57 » Plutôt que de partir en galops cuirassés.

» Nous soûlerons d'encens le vainqueur dans la fête :
» Mais eux, pourquoi n'endosser pas, ces baladins,
60 » D'écarlate haillon hurlant que l'on s'arrête[4] ! »

Quand en face tous leur ont craché les dédains,
Nuls et la barbe à mots bas priant le tonnerre[5],
63 Ces héros excédés de malaises badins[6]

Vont ridiculement se pendre au réverbère[7].

Lutèce, 24-30 novembre 1883. Voir p. 85.

1. Instrument de musique ancien à deux rangées superposées de cordes.

2. Le poème s'adressait primitivement à Ettie Yapp, une Anglaise amie de Mallarmé et aimée de son ami Henri Cazalis, en 1862.

3. Mot littéraire, synonyme de « cueillette ».

4. Cette rencontre pourrait évoquer aussi celle que fit Mallarmé de Marie Gerhard, sa future femme, alors préceptrice dans la ville de Sens, en 1862.

5. Remémoration probable de la mère imaginée.

6. Rimes déjà employées par Victor Hugo dans *Les Chants du crépuscule* (« À l'homme qui a livré une femme ») : « [...] on voit / Luire à travers les doigts de tes mains mal fermées ! / Tous les biens de ce monde en grappes parfumées / Pendent sur ton chemin [...] ! »

APPARITION

La lune s'attristait. Des séraphins en pleurs
Rêvant, l'archet aux doigts, dans le calme des fleurs
Vaporeuses, tiraient de mourantes violes[1]
De blancs sanglots glissant sur l'azur des corolles.
5 — C'était le jour béni de ton premier baiser[2].
Ma songerie aimant à me martyriser
S'enivrait savamment du parfum de tristesse
Que même sans regret et sans déboire laisse
La cueillaison[3] d'un Rêve au cœur qui l'a cueilli.
10 J'errais donc, l'œil rivé sur le pavé vieilli
Quand avec du soleil aux cheveux, dans la rue
Et dans le soir, tu m'es en riant apparue[4]
Et j'ai cru voir la fée au chapeau de clarté
Qui jadis sur mes beaux sommeils d'enfant gâté[5]
15 Passait, laissant toujours de ses mains mal fermées
Neiger de blancs bouquets d'étoiles parfumées[6].

Première publication, en première version, dans *Le Papillon*, 25 février 1862, où le sonnet était dédié à Arsène Houssaye, alors directeur de *L'Artiste*. Dans une lettre à Cazalis du 24 mai 1862, Mallarmé présente ce poème comme « un sonnet Louis XV ». Voir p. 82, où ce « Placet » est significativement daté de 1762.

1. Requête demandant une faveur.
2. Hébé, déesse de la Jeunesse, servait le nectar aux dieux.
3. Du verbe « poindre » : « commencer à paraître ».
4. En langage galant, les désirs amoureux.
5. Porcelaine faite à la fabrique de Sèvres.
6. Petit chien aux poils frisés et emmêlés.
7. Petit pain rond fait avec du sucre et des aromates et qui a une vertu réconfortante.
8. Mot ancien pour « rires »
9. Sans doute sur la tasse que boit la « Princesse ». La première version portait « et Boucher sur un rose éventail ».

PLACET [1] FUTILE

Princesse ! à jalouser le destin d'une Hébé [2]
Qui poind [3] sur cette tasse au baiser de vos lèvres,
J'use mes feux [4] mais n'ai rang discret que d'abbé
4 Et ne figurerai même nu sur le Sèvres [5].

Comme je ne suis pas ton bichon embarbé [6],
Ni la pastille [7] ni du rouge, ni Jeux mièvres
Et que sur moi je sais ton regard clos tombé,
8 Blonde dont les coiffeurs divins sont des orfèvres !

Nommez-nous.. toi de qui tant de ris [8] framboisés
Se joignent en troupeau d'agneaux apprivoisés
11 Chez tous broutant les vœux et bêlant aux délires,

Nommez-nous.. pour qu'Amour ailé d'un éventail
M'y peigne [9] flûte aux doigts endormant ce bercail,
14 Princesse, nommez-nous berger de vos sourires.

Première publication, dans cette version, dans l'édition photolithographiée des *Poésies de Stéphane Mallarmé*, 1887. Voir aussi p. 52.

1. Équivalence abrupte qui, dans la phrase, a autant valeur de vocatif que d'apposition au sujet du vers 4. Dans la version de 1864, les yeux étaient ceux de la Muse.

2. La suie des quinquets vaut, pour l'histrion, comme la plume pour l'écrivain.

3. Les quinquets sont des sortes de lampes inventées vers 1785 et utilisées pour éclairer les scènes de théâtre – ici un théâtre de foire sous une tente (« le mur de toile »).

4. Hamlet, le personnage théâtral par excellence, est renié en tant que comédien, être inauthentique, à moins que le pitre estime qu'il est incapable de bien jouer un tel rôle.

5. « Rance » redistribue les lettres de « nacre », et renvoie à la peau couverte de fard, qui « passe », c'est-à-dire s'efface, sous l'effet de l'eau purifiante.

6. Le fard et le fictif consacrent l'acteur, et peut-être l'homme.

LE PITRE CHÂTIÉ

Yeux, lacs[1], avec ma simple ivresse de renaître
Autre que l'histrion qui du geste évoquais
Comme plume[2] la suie ignoble des quinquets[3],
4 J'ai troué dans le mur de toile une fenêtre.

De ma jambe et des bras limpide nageur traître,
À bonds multipliés, reniant le mauvais
Hamlet[4] ! c'est comme si dans l'onde j'innovais
8 Mille sépulcres pour y vierge disparaître.

Hilare or de cymbale à des poings irrité,
Tout à coup le soleil frappe la nudité
11 Qui pure s'exhala de ma fraîcheur de nacre,

Rance nuit de la peau quand sur moi vous passiez[5],
Ne sachant pas, ingrat ! que c'était tout mon sacre,
14 Ce fard[6] noyé dans l'eau perfide des glaciers.

Le Parnasse contemporain, 12 mai 1866 (voir p. 43).

Dans une lettre à Cazalis du 3 juin 1863, Mallarmé écrit : « Ô mon Henri, abreuve-toi d'Idéal. Le bonheur d'ici-bas est ignoble [...] j'ai fait sur ces idées un petit poème "Les Fenêtres" [...]. »

1. « du mur vide » est complément du nom « crucifix » et ne dépend pas d'« ennuyé ».

2. « Coller » dépend de « va », comme l'indique la ponctuation.

3. Cette expression est mise en apposition à « trésor ».

4. Les derniers sacrements de l'extrême-onction.

5. Mot typiquement baudelairien, équivalent de « nonchalance ».

LES FENÊTRES

Las du triste hôpital, et de l'encens fétide
Qui monte en la blancheur banale des rideaux
Vers le grand crucifix ennuyé du mur vide[1],
4 Le moribond sournois y redresse un vieux dos,

Se traîne et va, moins pour chauffer sa pourriture
Que pour voir du soleil sur les pierres, coller[2]
Les poils blancs et les os de la maigre figure
8 Aux fenêtres qu'un beau rayon clair veut hâler.

Et la bouche, fiévreuse et d'azur bleu vorace,
Telle, jeune, elle alla respirer son trésor,
Une peau virginale et de jadis[3] ! encrasse
12 D'un long baiser amer les tièdes carreaux d'or.

Ivre, il vit, oubliant l'horreur des saintes huiles[4],
Les tisanes, l'horloge et le lit infligé,
La toux ; et quand le soir saigne parmi les tuiles,
16 Son œil, à l'horizon de lumière gorgé,

Voit des galères d'or, belles comme des cygnes,
Sur un fleuve de pourpre et de parfums dormir
En berçant l'éclair fauve et riche de leurs lignes
20 Dans un grand nonchaloir[5] chargé de souvenir !

1. Le bonheur.

2. Participe passé du verbe « bénir » et non première personne de ce verbe à l'indicatif présent.

3. Comparer avec la « renaissance » du « Pitre châtié » (poème précédent).

4. On pense au poème de Baudelaire « La Vie antérieure », douzième pièce des *Fleurs du Mal* (1861).

5. La vitre qui donne sur l'Idéal est souillée par l'Ici-bas fétide.

6. L'essor du poète ange est voué – semble-t-il – à un échec, comme la tentative d'Icare, personnage mythologique qui, s'étant évadé du labyrinthe de Crète, où il était enfermé avec son père Dédale, par le moyen d'ailes factices accrochées à ses bras, avait volé trop près du Soleil et s'était alors trouvé précipité dans la mer.

Ainsi, pris du dégoût de l'homme à l'âme dure
Vautré dans le bonheur, où ses seuls appétits
Mangent, et qui s'entête à chercher cette ordure[1]
24   Pour l'offrir à la femme allaitant ses petits,

Je fuis et je m'accroche à toutes les croisées
D'où l'on tourne l'épaule à la vie, et, béni[2],
Dans leur verre, lavé d'éternelles rosées,
28   Que dore le matin chaste de l'Infini

Je me mire et me vois ange ! et je meurs, et j'aime
— Que la vitre soit l'art, soit la mysticité –
À renaître[3], portant mon rêve en diadème,
32   Au ciel antérieur[4] où fleurit la Beauté !

Mais, hélas ! Ici-bas est maître : sa hantise
Vient m'écœurer parfois jusqu'en cet abri sûr,
Et le vomissement impur de la Bêtise
36   Me force à me boucher le nez devant l'azur[5].

Est-il moyen, ô Moi qui connais l'amertume,
D'enfoncer le cristal par le monstre insulté
Et de m'enfuir, avec mes deux ailes sans plume
40   — Au risque de tomber pendant l'éternité[6] ?

- l'art est la reflection de transgression et transformation, l'art change la réalité
- la distortion d'une fenêtre - l'art
- le langage est/devenu 'muddy' - il faut choisir des mots qui représent les sentiments (Woolf?) - maladie
- je - la même je ou pas
- l'opacité - l'image de l'individu

Le Parnasse contemporain, 12 mai 1866 (voir p. 47).
Poème écrit en 1864. Il apparaissait en « Frontispice »
dans le carnet de 1864.

1. Ces deux vers développent grammaticalement des compléments circonstanciels d'origine. Le premier calque un vers du
premier poème de *La Légende des siècles* (1859) de Victor
Hugo, intitulé « Le Sacre de la femme » : « Des avalanches d'or
s'écroulaient dans l'azur ». L'ensemble des « Fleurs » s'inspire
d'ailleurs de ce poème.
2. L'identité du « tu » ne sera précisée qu'au dernier quatrain. Il est remarquable que Mallarmé ait choisi finalement (à
partir de 1887) de mettre en valeur une Créatrice (« ô Mère »)
et non plus le traditionnel Créateur paternel.
3. Emblème des poètes exilés du lieu essentiel. On pense
plus particulièrement au poète latin Ovide et à Dante.
4. Nom ancien, et usité encore dans la poésie, de la jacinthe.
5. Le nom d'Hérodiade, riche pour sa matière phonique et
l'histoire qu'il évoque, apparaît ici pour la première fois. Le
sang qui l'arrose est celui de saint Jean Baptiste, décapité après
la danse de Salomé.
6. Écrit de cette manière, c'est une sorte de mandoline. Mais
on pense plutôt au « sistre », autre instrument de musique à
percussion en vogue dans l'Égypte ancienne.
7. Les limbes désignent une région vague, prénatale.
8. Sujet postposé après le subjonctif à valeur de souhait,
annonçant la mort.
9. Les nimbes désignent les gloires dorées qui entourent la
tête des personnages saints dans l'iconographie chrétienne.
10. Le mot « fiole », comme le mot grec *pharmakon*, signifie
à la fois le remède et le poison.
11. « Avec » a valeur d'accompagnement plus que de
moyen. – « Balsamique » : qui contient un baume apaisant.

LES FLEURS

Des avalanches d'or du vieil azur, au jour
Premier et de la neige éternelle des astres[1]
Jadis tu[2] détachas les grands calices pour
4 La terre jeune encore et vierge de désastres,

Le glaïeul fauve, avec les cygnes au col fin,
Et ce divin laurier des âmes exilées[3]
Vermeil comme le pur orteil du séraphin
8 Que rougit la pudeur des aurores foulées,

L'hyacinthe[4], le myrte à l'adorable éclair
Et, pareille à la chair de la femme, la rose
Cruelle, Hérodiade[5] en fleur du jardin clair,
12 Celle qu'un sang farouche et radieux arrose !

Et tu fis la blancheur sanglotante des lys
Qui roulant sur des mers de soupirs qu'elle effleure
À travers l'encens bleu des horizons pâlis
16 Monte rêveusement vers la lune qui pleure !

Hosannah sur le cistre[6] et dans les encensoirs,
Notre Dame, hosannah du jardin de nos limbes[7] !
Et finisse l'écho[8] par les célestes soirs,
20 Extase des regards, scintillement des nimbes[9] !

Ô Mère, qui créas en ton sein juste et fort,
Calices balançant la future fiole[10],
De grandes fleurs avec[11] la balsamique Mort
24 Pour le poëte las que la vie étiole.

Le Parnasse contemporain, 12 mai 1866 (voir p. 45).

Premier titre « *Vere novo* » (« Au début du printemps »). Victor Hugo l'avait déjà utilisé pour désigner
le douzième poème du premier livre « Aurore » de ses
Contemplations (1856). Poème de 1862 jumelé primitivement avec « Tristesse d'été » (voir p. 135) sous le titre de
« Soleils malsains », puis de « Soleils mauvais ». Dans
une lettre du 4 juin 1862, à Cazalis, Mallarmé assure :
« C'est un genre assez nouveau que cette poésie, où les
effets matériels, du sang, des nerfs sont analysés et mêlés
aux effets moraux, de l'esprit, de l'âme. »

1. Cet éveil de l'impuissance est paradoxal, puisque, ainsi,
elle devient activité.

2. Ce verbe inattendu relève d'une évidente préciosité. La
sève étale sa vitalité, comme le paon déployant ses plumes
ocellées.

3. Sens ancien du verbe : se plonger dans un lieu, s'en-
gloutir.

4. Ainsi s'annonce l'ironie de « L'Azur », p. 137.

RENOUVEAU

Le printemps maladif a chassé tristement
L'hiver, saison de l'art serein, l'hiver lucide,
Et, dans mon être à qui le sang morne préside
4 L'impuissance s'étire en un long bâillement[1].

Des crépuscules blancs tiédissent sous mon crâne
Qu'un cercle de fer serre ainsi qu'un vieux tombeau,
Et, triste, j'erre après un rêve vague et beau,
8 Par les champs où la sève immense se pavane[2]

Puis je tombe énervé de parfums d'arbres, las,
Et creusant de ma face une fosse à mon rêve,
11 Mordant la terre chaude où poussent les lilas,

J'attends, en m'abîmant[3] que mon ennui s'élève...
— Cependant l'Azur rit[4] sur la haie et l'éveil
14 De tant d'oiseaux en fleur gazouillant au soleil.

Le Parnasse contemporain, 12 mai 1866 (voir p. 45).

Premier titre sur manuscrit : « À une putain », puis, dans *Le Parnasse contemporain* : « À celle qui est tranquille » (en référence au poème « À celle qui est trop gaie » de Baudelaire). C'est toutefois d'une autre « pièce condamnée » de Baudelaire, « Le Léthé » (trentième pièce de l'éd. de 1857 des *Fleurs du Mal*), que le poème « Angoisse » semble s'inspirer au plus près.

1. La prostituée remplit sa fonction sans remords d'aucune sorte.
2. Les illusions qu'elle donne hypocritement.
3. Ce vers était déjà célèbre en 1875, puisque Germain Nouveau le cite dans une lettre à Jean Richepin du 17 avril (voir *OC*, « Bibliothèque de La Pléiade », p. 821), où il le transforme ainsi : « [...] toi qui sur le néant en sais plus que Carjat », Carjat ayant été blessé par Rimbaud lors d'un dîner des Vilains Bonshommes.
4. La pureté originelle du poète.
5. Insensible (comme la Beauté baudelairienne).

ANGOISSE

Je ne viens pas ce soir vaincre ton corps, ô bête
En qui vont les péchés d'un peuple, ni creuser
Dans tes cheveux impurs une triste tempête
4 Sous l'incurable ennui que verse mon baiser :

Je demande à ton lit le lourd sommeil sans songes
Planant sous les rideaux inconnus du remords[1],
Et que tu peux goûter après tes noirs mensonges[2],
8 Toi qui sur le néant en sais plus que les morts[3] :

Car le Vice, rongeant ma native noblesse[4],
M'a comme toi marqué de sa stérilité,
11 Mais tandis que ton sein de pierre[5] est habité

Par un cœur que la dent d'aucun crime ne blesse,
Je fuis, pâle, défait, hanté par mon linceul,
14 Ayant peur de mourir lorsque je couche seul.

Le Parnasse contemporain, 12 mai 1866 (voir p. 50), où il conclut sous le titre d'« Épilogue » la série des poèmes donnés dans cette revue.

1. La paresse du poète contredit la gloire qui lui était promise et que l'on attendait de lui.

2. Formule ancienne où s'entend une ironie.

3. L'acte de creuser une fosse cherche ici, nuit après nuit, à ensevelir l'impuissance et la stérilité.

4. Voir aussi « Don du poème », p. 149. L'Aurore ne pourra que constater l'échec du poète.

5. L'agonie renvoie au combat nocturne mené contre la stérilité.

6. Cette référence à la Chine, plus qu'au Japon, outre l'orientalisme de l'époque, peut être mise en relation avec la traduction de poètes chinois que venait de faire Judith Gautier, épouse de Catulle Mendès et fille de Théophile Gautier.

7. La pureté de la porcelaine blanche semble prise à l'éclat de la lune.

8. La préposition « par » introduit ici un complément de lieu plutôt qu'un complément de moyen.

Las de l'amer repos où ma paresse offense
Une gloire pour qui jadis j'ai fui l'enfance[1]
Adorable des bois de roses sous l'azur
Naturel, et plus las sept fois du pacte dur[2]
5 De creuser par veillée une fosse nouvelle
Dans le terrain avare et froid de ma cervelle,
Fossoyeur sans pitié pour la stérilité[3],
– Que dire à cette Aurore, ô Rêves, visité
Par les roses, quand, peur de ses roses livides,
10 Le vaste cimetière unira les trous vides[4] ? –
Je veux délaisser l'Art vorace d'un pays
Cruel, et, souriant aux reproches vieillis
Que me font mes amis, le passé, le génie,
Et ma lampe qui sait pourtant mon agonie[5],
15 Imiter le Chinois[6] au cœur limpide et fin
De qui l'extase pure est de peindre la fin
Sur ses tasses de neige à la lune ravie[7]
D'une bizarre fleur qui parfume sa vie
Transparente, la fleur qu'il a sentie, enfant,
20 Au filigrane bleu de l'âme se greffant.
Et, la mort telle avec le seul rêve du sage,
Serein, je vais choisir un jeune paysage
Que je peindrais encor sur les tasses, distrait.
Une ligne d'azur mince et pâle serait
25 Un lac, parmi le ciel de porcelaine nue,
Un clair croissant perdu par une blanche nue[8],
Trempe sa corne calme en la glace des eaux,
Non loin de trois grands cils d'émeraude, roseaux.

L'Artiste, 15 mars 1862 (première version), puis *Le Parnasse contemporain*, 12 mai 1866 (voir p. 44).

1. L'enfant récite ou chante un Angélus, en réponse à celui de la cloche.
2. Peut-être un oiseau de nuit qu'il éveille ainsi.
3. Complément de lieu : à partir de la nuit pleine de désirs.
4. Un plumage lié (féal) au monde du péché, comme l'oiseau de nuit du vers 5.
5. La relation avec le Satan de Baudelaire est explicite.

LE SONNEUR

Cependant que la cloche éveille sa voix claire
À l'air pur et limpide et profond du matin
Et passe sur l'enfant qui jette pour lui plaire
4 Un angélus[1] parmi la lavande et le thym,

Le sonneur effleuré par l'oiseau qu'il éclaire[2],
Chevauchant tristement en geignant du latin
Sur la pierre qui tend la corde séculaire,
8 N'entend descendre à lui qu'un tintement lointain.

Je suis cet homme. Hélas ! de la nuit désireuse[3],
J'ai beau tirer le câble à sonner l'Idéal,
11 De froids péchés s'ébat un plumage féal[4],

Et la voix ne me vient que par bribes et creuse !
Mais, un jour, fatigué d'avoir en vain tiré,
14 Ô Satan[5], j'ôterai la pierre et me pendrai.

Le Parnasse contemporain, 30 juin 1866 (voir p. 51 et « Renouveau », p. 126-127).

1. Cette lutte renvoie sans doute au rapport amoureux.
2. Ensevelir la conscience de notre condition.
3. C'est-à-dire le mien. Le « fard » apparaît ici à la fois comme baume et comme poison.
4. Voir « Angoisse », (p. 129, v. 11) et le poème suivant, « L'Azur ».

TRISTESSE D'ÉTÉ

Le soleil, sur le sable, ô lutteuse [1] endormie,
En l'or de tes cheveux chauffe un bain langoureux
Et, consumant l'encens sur ta joue ennemie,
4 Il mêle avec les pleurs un breuvage amoureux.

De ce blanc flamboiement l'immuable accalmie
T'a fait dire, attristée, ô mes baisers peureux
« Nous ne serons jamais une seule momie
8 Sous l'antique désert et les palmiers heureux ! »

Mais la chevelure est une rivière tiède,
Où noyer sans frissons l'âme qui nous obsède [2]
11 Et trouver ce Néant que tu ne connais pas !

Je goûterai le fard pleuré par tes paupières,
Pour voir s'il sait donner au cœur [3] que tu frappas
14 L'insensibilité de l'azur et des pierres [4].

Le Parnasse contemporain, 12 mai 1866 (voir p. 46).

Dans une lettre à Cazalis, de janvier 1864, Mallarmé analyse son poème : « Pour débuter d'une façon plus large, et approfondir l'ensemble, je ne parais pas dans la première strophe. Dans la seconde, on commence à se douter, par ma fuite devant le ciel possesseur, que je souffre de cette terrible maladie [...]. La prière au *Cher Ennui* confirme mon impuissance. Dans la troisième strophe, je suis forcené comme un homme qui voit réussir son vœu acharné. La quatrième [*sic*] commence par une exclamation grotesque, d'écolier délivré : *Le ciel est mort !* Et, de suite, muni de cette admirable certitude, j'implore la Matière. Voilà bien la joie de l'Impuissant. Las du mal qui me ronge, je veux goûter au bonheur commun de la foule, et attendre patiemment la mort obscure... Je dis : *Je veux !* Mais l'ennemi est un spectre, le ciel mort *revient*, et je l'entends qui chante dans les cloches bleues [...]. Tu le vois, pour ceux qui [...] cherchent dans un poème autre chose que la musique du vers, il y a là un vrai drame. Et ça a été une terrible difficulté de combiner, dans une juste harmonie, l'élément dramatique, hostile, à l'idée de Poésie pure et subjective, avec la sérénité et le calme de lignes nécessaires à la Beauté. »

1. Voir, au vers 26 du poème « Le Cygne » de Baudelaire, le « ciel ironique et cruellement bleu ».
2. L'Azur fixe le poète, comme la Conscience de Victor Hugo dans *La Légende des siècles*.
3. Mot typiquement mallarméen : farouche et sauvage.
4. Les étangs du Léthé, fleuve de l'Enfer des anciens Grecs et Latins, dont l'eau dispensait l'oubli.
5. À la différence du Spleen baudelairien, l'Ennui est ici un accompagnateur estimé.
6. Antéposition du complément du nom.

L'AZUR

De l'éternel Azur la sereine ironie[1]
Accable, belle indolemment comme les fleurs,
Le poëte impuissant qui maudit son génie
4 À travers un désert stérile de Douleurs.

Fuyant, les yeux fermés, je le sens qui regarde
Avec l'intensité d'un remords atterrant[2],
Mon âme vide. Où fuir ? Et quelle nuit hagarde[3]
8 Jeter, lambeaux, jeter sur ce mépris navrant ?

Brouillards, montez ! versez vos cendres monotones
Avec de longs haillons de brume dans les cieux
Qui noiera le marais livide des automnes
12 Et bâtissez un grand plafond silencieux !

Et toi, sors des étangs léthéens[4] et ramasse
En t'en venant la vase et les pâles roseaux,
Cher Ennui[5], pour boucher d'une main jamais lasse
16 Les grands trous bleus que font méchamment
[les oiseaux.

Encor ! que sans répit les tristes cheminées
Fument, et que de suie[6] une errante prison
Éteigne dans l'horreur de ses noires traînées
20 Le soleil se mourant jaunâtre à l'horizon !

1. On pense, bien entendu, au « Dieu est mort », bientôt proféré par Nietzsche, mais Mallarmé dans sa lettre à Cazalis voit là « une exclamation grotesque, d'écolier délivré ».

2. Ce « martyr » est Mallarmé lui-même, faisant partie bon gré mal gré des hommes, par ailleurs inconscients de leur condition.

3. La poésie est ainsi considérée comme une pratique d'ornement permettant de voir par images l'idée (voir « Le Pitre châtié », p. 119).

4. Autrement dit « aspirer à ».

5. De visible l'Azur devient audible et augmente ainsi son emprise. « Plus » au sens de « davantage ».

6. Complément d'origine.

7. L'adjectif insiste sur le côté immémorial de l'Azur.

8. Mallarmé avait pu trouver l'exemple d'une telle répétition dans « Le Titan », poème de Victor Hugo : « [...] Des étoiles après des étoiles, des feux / Après des feux, des cieux, des cieux, des cieux, des cieux ! »

– Le Ciel est mort[1]. – Vers toi, j'accours ! donne,
　　　　　　　　　　　　　　　　[ô matière,
L'oubli de l'Idéal cruel et du Péché
À ce <u>martyr</u>[2] qui vient partager la litière
24 Où le bétail heureux des hommes est couché,

Car j'y veux, puisque enfin ma cervelle, vidée
Comme le <u>pot de fard</u> gisant au pied d'un mur,　*transformation*
N'a plus l'art d'attifer la sanglotante idée[3],　*(prêtres)*
28 Lugubrement bâiller[4] vers un trépas obscur..

En vain ! l'Azur triomphe, et je l'entends qui chante
Dans les cloches. Mon âme, il se fait voix pour plus[5]
Nous faire peur avec sa victoire méchante,
32 Et du métal[6] vivant sort en <u>bleus angélus</u> !

Il roule par la brume, ancien[7] et traverse
Ta native <u>agonie</u> ainsi qu'un glaive sûr ;
Où fuir dans la révolte inutile et perverse ?
36 *<u>Je suis hanté.</u>* L'Azur ! l'Azur ! l'Azur ! l'Azur[8] !

Le Parnasse contemporain, 12 mai 1866 (voir p. 48).

1. Au sens chrétien du mot (ex. : « La chair est faible »).
2. Ce verbe rattache le poème au poème précédent.
3. Les jardins habituels et trop connus.
4. Le cœur trouve sa force dans la mer, comme on trempe l'acier pour le durcir.
5. La blancheur de la page prend la force d'un interdit.
6. Des éléments biographiques transparaissent ici. Marie venait de mettre au monde Geneviève, le 19 novembre 1864.
7. Cet appel rend proche « Brise marine » du « *Mœsta et Errabunda* » de Baudelaire, soixante-deuxième pièce des *Fleurs du Mal*.

BRISE MARINE

La chair[1] est triste, hélas ! et j'ai lu tous les livres.
Fuir ! là-bas fuir[2] ! Je sens que des oiseaux sont ivres
D'être parmi l'écume inconnue et les cieux !
Rien, ni les vieux jardins reflétés par les yeux[3]
5 Ne retiendra ce cœur qui dans la mer se trempe[4]
Ô nuits ! ni la clarté déserte de ma lampe
Sur le vide papier que la blancheur défend[5],
Et ni la jeune femme allaitant son enfant[6].
Je partirai ! Steamer balançant ta mâture,
10 Lève l'ancre pour une exotique nature[7] !
Un Ennui, désolé par les cruels espoirs,
Croit encore à l'adieu suprême des mouchoirs !
Et, peut-être, les mâts, invitant les orages
Sont-ils de ceux qu'un vent penche sur les naufrages
15 Perdus, sans mâts, sans mâts, ni fertiles îlots...
Mais, ô mon cœur, entends le chant des matelots !

Le Parnasse contemporain, 12 mai 1866 (voir p. 48).

1. Plus qu'à la sœur véritable, Maria, morte le 31 août 1857, il faut penser à Marie Gerhard elle-même, la femme de Mallarmé, qui pour lui avait « la grâce des choses fanées » (voir p. 275).
2. Cet Azur a donc un tout autre caractère que celui de « L'Azur », ironique et inquisiteur.

SOUPIR

Mon âme vers ton front où rêve, ô calme sœur[1],
Un automne jonché de taches de rousseur,
Et vers le ciel errant de ton œil angélique
Monte, comme dans un jardin mélancolique,
5 Fidèle, un blanc jet d'eau soupire vers l'Azur[2] !
  — Vers l'Azur attendri d'Octobre pâle et pur
Qui mire aux grands bassins sa langueur infinie :
Et laisse, sur l'eau morte où la fauve agonie
Des feuilles erre au vent et creuse un froid sillon,
10 Se traîner le soleil jaune d'un long rayon.

Le Parnasse contemporain, 12 mars 1866 (voir p. 49).
Il en existe une première version sous le titre « Haine du
pauvre ».

1. Le sac plein de pièces d'argent.
2. L'image du sac tétine ou sein se poursuit. Les jouisseurs
(« nous ») le consomment goulûment. Le pauvre doit l'embou-
cher comme une tonitruante trompette.
3. Les maisons deviennent églises, si le tabac y déploie ses
fumées.
4. Mallarmé évoque par là des femmes et leurs vêtures, et la
salive des baisers.
5. Construction qui rappelle l'ablatif absolu latin, et qui permet de décrire, de façon concise, les fresques des plafonds
ornés de nymphes et de voiles.
6. Voir « Le Vin des chiffonniers » de Baudelaire, cent cin-
quième pièce des *Fleurs du Mal* (1861).

AUMÔNE

Prends ce sac, Mendiant ! tu ne le cajolas
Sénile nourrisson d'une tétine avare [1]
3 Afin de pièce à pièce en égoutter ton glas.

Tire du métal cher quelque péché bizarre
Et vaste comme nous, les poings pleins, le baisons
6 Souffles-y qu'il se torde ! une ardente fanfare [2].

Église avec l'encens que toutes ces maisons [3]
Sur les murs quand berceur d'une bleue éclaircie
9 Le tabac sans parler roule les oraisons,

Et l'opium puissant brise la pharmacie !
Robes et peau, veux-tu lacérer le satin
12 Et boire en la salive heureuse l'inertie [4],

Par les cafés princiers attendre le matin ?
Les plafonds enrichis de nymphes et de voiles [5],
15 On jette, au mendiant de la vitre, un festin.

Et quand tu sors, vieux dieu, grelottant sous tes toiles
D'emballage [6], l'aurore est un lac de vin d'or
18 Et tu jures avoir au gosier les étoiles !

1. Partie de l'office qui se chante ou se récite après vêpres.
2. Ce vers émet une maxime paradoxale. Celui qui crève la faim vivra vieux.

Faute de supputer l'éclat de ton trésor,
Tu peux du moins t'orner d'une plume, à complies[1]
21 Servir un cierge au saint en qui tu crois encor.

Ne t'imagine pas que je dis des folies.
La terre s'ouvre vieille à qui crève la faim[2].
24 Je hais une autre aumône et veux que tu m'oublies

Et surtout ne va pas, frère, acheter du pain.

Paris-Magazine. Grand journal, 23 décembre 1866 (non signé). Puis *Lutèce*, 24-30 novembre 1883 (voir p. 86). Poème écrit en même temps que la première création d'*Hérodiade*, 1865. Premiers titres : « Le Jour », puis « Le Poème nocturne ». Voir lettre de Mallarmé à Villiers de l'Isle-Adam du 31 décembre 1865 : « Le poète effrayé quand vient l'aube méchante, du rejeton funèbre qui fut son ivresse pendant la nuit illuminée et le voyant sans vie, se sent le besoin de le porter près de sa femme qui le vivifiera. »

1. L'Idumée (ou pays d'Édom) se trouvait dans la région méridionale de l'ancienne Palestine. Les Hérode et Hérodiade, femme d'Hérode Antipas, en étaient originaires.

2. La vitre se colore des teintes du soleil levant.

3. L'Aurore est vue comme un oiseau de proie fondant sur la lampe-ange.

4. La relique en quoi consiste le travail inachevé sur *Hérodiade*. Ce démonstratif et le suivant (« ce père ») marquent la distance que Mallarmé prend face à l'œuvre avortée.

5. Vocatif. La mère berçant l'enfant réelle. « Accueille » est un impératif, comme le prouve le premier état du texte où Mallarmé avait écrit « endors ». La fille vraie (Geneviève ?) semble n'être que celle de la mère.

6. Instruments anciens.

7. Le lait semble un mystère digne des sibylles, antiques prophétesses dont le parler particulier évoquait aussi des sons de succion. Voir aussi l'« Ouverture ancienne », p. 56.

8. Les lèvres affamées d'Idéal sont celles de l'Hérodiade fictionnelle que pourrait nourrir à son tour la mère réelle.

DON DU POÈME

Je t'apporte l'enfant d'une nuit d'Idumée[1] !
Noire, à l'aile saignante et pâle, déplumée,
Par le verre brûlé d'aromates et d'or[2],
Par les carreaux glacés, hélas ! mornes encor,
5 L'aurore se jeta sur la lampe angélique[3].
Palmes ! et quand elle a montré cette relique[4]
À ce père essayant un sourire ennemi,
La solitude bleue et stérile a frémi.
Ô la berceuse[5], avec ta fille et l'innocence
10 De vos pieds froids, accueille une horrible naissance :
Et ta voix rappelant viole et clavecin[6],
Avec le doigt fané presseras-tu le sein
Par qui coule en blancheur sibylline[7] la femme
Pour les lèvres que l'air du vierge azur affame[8] ?

Le Parnasse contemporain, IIe série, 1869 (1871), sous le titre « Fragment d'une étude scénique ancienne / d'un / poème de Hérodiade ».

Sur le projet d'*Hérodiade*, voir p. 54, et sur sa continuation, voir *Les Noces d'Hérodiade*, p. 378.

1. Ces paroles supposent un geste de la nourrice.
2. Avancer dans un temps imaginaire.
3. Rupture de construction. Menée par quel attrait... tu m'as vue... entrer (v. 14) et quel matin verse...
4. Âgée.
5. Les mains hors de danger.
6. Les lions.
7. Le symbole et le réel se mêlent ici.

HÉRODIADE

SCÈNE

LA NOURRICE – HÉRODIADE

N.

Tu vis ! ou vois-je ici l'ombre d'une princesse ?
À mes lèvres tes doigts[1] et leurs bagues et cesse
De marcher dans un âge ignoré[2]..

H.

                              Reculez.
Le blond torrent de mes cheveux immaculés
5 Quand il baigne mon corps solitaire le glace
D'horreur, et mes cheveux que la lumière enlace
Sont immortels. Ô femme, un baiser me tûrait
Si la beauté n'était la mort..
                              Par quel attrait
Menée et quel matin oublié des prophètes
10 Verse, sur les lointains mourants, ses tristes fêtes,
Le sais-je ? tu m'as vue[3], ô nourrice d'hiver[4],
Sous la lourde prison de pierres et de fer
Où de mes vieux lions traînent les siècles fauves
Entrer, et je marchais, fatale, les mains sauves[5],
15 Dans le parfum désert de ces anciens rois[6] :
Mais encore as-tu vu quels furent mes effrois ?
Je m'arrête rêvant aux exils, et j'effeuille,
Comme près d'un bassin dont le jet d'eau m'accueille,
Les pâles lys qui sont en moi[7], tandis qu'épris
20 De suivre du regard les languides débris
Descendre, à travers ma rêverie, en silence,

1. Hérodiade, un court instant, devient une vierge protégeant des tempêtes, « *stella maris* ».

2. Imitant l'emmêlement des crinières des fauves.

3. Complément antéposé du nom « vertu » (au vers suivant).

4. La chevelure d'Hérodiade n'a rien de la voluptueuse chevelure baudelairienne.

5. Gardent.

6. Le manque de mémoire venu de la vieillesse.

7. Mallarmé a mis en valeur les sept vers suivants dans son petit livre *Vers et prose*, publié chez Perrin en 1893.

Les lions, de ma robe écartent l'indolence
Et regardent mes pieds qui calmeraient la mer[1].
Calme, toi, les frissons de ta sénile chair,
25 Viens et ma chevelure imitant les manières
Trop farouches qui font votre peur des crinières[2],
Aide-moi, puisqu'ainsi tu n'oses plus me voir,
À me peigner nonchalamment dans un miroir.

N.

Sinon la myrrhe gaie en ses bouteilles closes,
30 De l'essence[3] ravie aux vieillesses de roses,
Voulez-vous, mon enfant, essayer la vertu
Funèbre ?

H.

          Laisse là ces parfums ! ne sais-tu
Que je les hais, nourrice, et veux-tu que je sente
Leur ivresse noyer ma tête languissante ?
35 Je veux que mes cheveux qui ne sont pas des fleurs
À répandre l'oubli des humaines douleurs[4],
Mais de l'or, à jamais vierge des aromates,
Dans leurs éclairs cruels et dans leurs pâleurs mates,
Observent[5] la froideur stérile du métal,
40 Vous ayant reflétés, joyaux du mur natal,
Armes, vases, depuis ma solitaire enfance.

N.

Pardon ! l'âge effaçait[6], reine, votre défense
De mon esprit pâli comme un vieux livre ou noir..

H.

Assez ! Tiens devant moi ce miroir.
                              Ô miroir[7] !
45 Eau froide par l'ennui dans ton cadre gelée
Que de fois et pendant des heures, désolée

1. Complément de temps.
2. La nudité est aussi bien celle du corps que celle du rêve.
3. Le geste délictueux glace le cœur d'Hérodiade.
4. Incise.
5. « Baiser », « parfums » et « main sacrilège » forment un jour.
6. Hérodiade devine quelque chose qui est au-delà de son âge.

Des songes et cherchant mes souvenirs qui sont
Comme des feuilles sous ta glace au trou profond,
Je m'apparus en toi comme une ombre lointaine,
50 Mais, horreur ! des soirs[1], dans ta sévère fontaine,
J'ai de mon rêve épars connu la nudité[2] !

Nourrice, suis-je belle ?

N.

Un astre, en vérité
Mais cette tresse tombe..

H.

Arrête dans ton crime
Qui refroidit mon sang vers sa source[3], et réprime
55 Ce geste, impiété fameuse : ah ! conte-moi
Quel sûr démon te jette en le sinistre émoi,
Ce baiser, ces parfums offerts et, le dirai-je ?
Ô mon cœur, cette main encore sacrilège,
Car tu voulais, je crois, me toucher[4], font un jour[5]
60 Qui ne finira pas sans malheur sur la tour..
Ô tour qu'Hérodiade avec effroi regarde !

N.

Temps bizarre, en effet, de quoi le ciel vous garde !
Vous errez, ombre seule et nouvelle fureur,
Et regardant en vous précoce avec terreur[6] ;
65 Mais toujours adorable autant qu'une immortelle,
Ô mon enfant, et belle affreusement et telle
Que..

H.

Mais n'allais-tu pas me toucher ?

1. « Il » indéterminé semble annoncer une rencontre.

2. Complément du verbe « songer », habituellement construit avec une préposition.

3. Indifférence. Mallarmé envisageait de donner à ses poèmes envoyés pour le premier *Parnasse contemporain* (1866) le titre général d'*Atonies*.

N.

                              J'aimerais
Être à qui le Destin réserve vos secrets.

H.

Oh ! tais-toi !

N.

            Viendra-t-il[1] parfois ?

H.

                              Étoiles pures,
70 N'entendez pas !

N.

            Comment, sinon parmi d'obscures
Épouvantes, songer plus implacable encor
Et comme suppliant le dieu[2] que le trésor
De votre grâce attend ! Et pour qui, dévorée
D'angoisse, gardez-vous la splendeur ignorée
75 Et le mystère vain de votre être ?

H.

                        Pour moi.

N.

Triste fleur qui croît seule et n'a pas d'autre émoi
Que son ombre dans l'eau vue avec atonie[3].

1. Verbe antéposé, ayant pour sujet « ce dédain ».
2. Vers prononcé en aparté.
3. On attendait plutôt « auxquelles », régime habituel du verbe « emprunter ».
4. Mauvais.
5. Pour occuper les antres des prophétesses.
6. Par lequel ma nudité sortirait du calice de mes robes.
7. Ce vers forme une incise.

H.

Va, garde ta pitié comme ton ironie.

N.

Toutefois expliquez : oh ! non, naïve enfant,
80 Décroîtra[1], quelque jour, ce dédain triomphant..

H.

Mais qui me toucherait, des lions respectée ?
Du reste, je ne veux rien d'humain et, sculptée,
Si tu me vois les yeux perdus au paradis,
C'est quand je me souviens de ton lait bu jadis.

N.

85 Victime lamentable à son destin offerte[2] !

H.

Oui, c'est pour moi, pour moi, que je fleuris, déserte !
Vous le savez, jardins d'améthyste, enfouis
Sans fin dans de savants abîmes éblouis,
Ors ignorés, gardant votre antique lumière
90 Sous le sombre sommeil d'une terre première,
Vous, pierres où[3] mes yeux comme de purs bijoux
Empruntent leur clarté mélodieuse, et vous,
Métaux qui donnez à ma jeune chevelure
Une splendeur fatale et sa massive allure !
95 Quant à toi, femme née en des siècles malins[4]
Pour la méchanceté des antres sibyllins[5],
Qui parles d'un mortel ! selon qui, des calices
De mes robes[6], arôme aux farouches délices,
Sortirait le frisson blanc de ma nudité,
100 Prophétise que si le tiède azur d'été,
Vers lui nativement la femme se dévoile[7],
Me voit dans ma pudeur grelottante d'étoile,
Je meurs !

1. La nuit emprunte ici à la chasteté traditionnelle de la lune (voir la *Salammbô* de Flaubert, 1862).

2. Et ta sœur solitaire (c'est-à-dire moi-même) montera vers toi, ô sœur éternelle, qui es mon rêve.

3. Hérodiade se constitue en troisième personne et s'érige en mythe.

4. Voir « L'Azur », p. 137.

5. Ces ondes appellent l'évasion.

6. Un pays détesté de Vénus, l'étoile et la déesse.

7. Sous l'effet d'un feu léger.

J'aime l'horreur d'être vierge et je veux
Vivre parmi l'effroi que me font mes cheveux
105 Pour, le soir, retirée en ma couche, reptile
Inviolé sentir en la chair inutile
Le froid scintillement de ta pâle clarté,
Toi qui te meurs, toi qui brûles de chasteté,
Nuit blanche de glaçons et de neige cruelle[1] !

110 Et ta sœur solitaire, ô ma sœur éternelle,
Mon rêve montera vers toi[2] : telle déjà,
Rare limpidité d'un cœur qui le songea,
Je me crois seule en ma monotone patrie
Et tout, autour de moi, vit dans l'idolâtrie
115 D'un miroir qui reflète en son calme dormant
Hérodiade au clair regard de diamant[3]..
Ô charme dernier, oui ! je le sens, je suis seule.

N.

Madame, allez-vous donc mourir ?

H.

Non, pauvre aïeule,
Sois calme et, t'éloignant, pardonne à ce cœur dur,
120 Mais avant, si tu veux, clos les volets : l'azur
Séraphique sourit[4] dans les vitres profondes,
Et je déteste, moi, le bel azur !

Des ondes
Se bercent[5] et, là-bas, sais-tu pas un pays
Où le sinistre ciel ait les regards haïs
125 De Vénus[6] qui, le soir, brûle dans le feuillage :
J'y partirais.

Allume encore, enfantillage,
Dis-tu, ces flambeaux où la cire au feu léger[7]
Pleure parmi l'or vain quelque pleur étranger
Et..

1. La nourrice étant sortie, Hérodiade s'adresse à elle-même.
2. Renvoie à « lèvres ».
3. Derniers sanglots avant l'entrée dans l'adolescence, à l'éveil de la puberté.

N.

Maintenant ?

H.

Adieu.
Vous mentez, ô fleur nue
130 De mes lèvres[1] !
J'attends une chose inconnue
Ou, peut-être, ignorant le mystère et vos cris,
Jetez-vous[2] les sanglots suprêmes et meurtris
D'une enfance[3] sentant parmi les rêveries
Se séparer enfin ses froides pierreries.

Poème refusé par le comité de lecture du *Parnasse contemporain* de 1875 et publié en une luxueuse plaquette, illustrée par Manet, chez Derenne en 1876. Sur les différentes rédactions du *Faune* avant cet état définitif, voir p. 59. Dans sa réponse à l'enquête sur « l'évolution littéraire » menée par Jules Huret dans *L'Écho de Paris* (14 mars 1891), Mallarmé à propos du *Faune* dira : « J'y essayais [...] de mettre, à côté de l'alexandrin dans toute sa tenue, une sorte de jeu courant pianoté autour, comme qui dirait d'un accompagnement musical fait par le poète lui-même et ne permettant au vers officiel de sortir que dans les grandes occasions. »

1. Leurs corps – comme le prouve la version du « Monologue » : « le rubis de leurs seins ».
2. On verra par la suite en quoi consistait cette faute purement imaginaire, mais colorée du rose de la chair.
3. Qui racontent des fables.
4. Qui n'est que soupirs.
5. L'autre, chaude, contraste avec les yeux froids de la première.

L'APRÈS-MIDI D'VN FAVNE

Églogve

LE FAVNE

Ces nymphes, je les veux perpétuer.

                      Si clair,
Leur incarnat léger[1], qu'il voltige dans l'air
Assoupi de sommeils touffus.

                        Aimai-je un rêve ?

Mon doute, amas de nuit ancienne, s'achève
5 En maint rameau subtil, qui, demeuré les vrais
Bois mêmes, prouve, hélas ! que bien seul je m'offrais
Pour triomphe la faute idéale de roses[2] –

Réfléchissons..

                ou si les femmes dont tu gloses
Figurent un souhait de tes sens fabuleux[3] !
10 Faune, l'illusion s'échappe des yeux bleus
Et froids, comme une source en pleurs, de la plus
                              [chaste :
Mais, l'autre tout soupirs[4], dis-tu qu'elle contraste
Comme brise du jour chaude[5] dans ta toison ?

1. La pâmoison qui terrasse de ses chaleurs le matin.

2. La seule eau qui murmure est celle de sa flûte.

3. Il n'y a pas de brise. Rien que le souffle du faune dans sa syrinx à double tuyau.

4. Dans le « Monologue », on lit pour ce vers : « Qu'à l'égal du soleil ma passion saccage. »

5. Ce terme justifiera le *Prélude* composé par Claude Debussy et interprété pour la première fois le 22 décembre 1894.

6. Trop, car elles sont deux. – Chercher le *la*, c'est chercher l'accord.

7. Le faune – ironie ! – serait lys lui-même. Huysmans dans *À rebours* (1884) commentera ce vers : « Ce vers qui avec le monosyllabe lys ! en rejet, évoquait l'image de quelque chose de rigide, d'élancé, de blanc, sur le sens duquel appuyait encore le substantif ingénuité mis à la rime, exprimait allégoriquement, en un seul terme, la passion, l'effervescence, l'état momentané du faune vierge, affolé de rut par la vue des nymphes. »

8. Le « doux rien » renvoie au baiser du vers suivant. Il donne, de la part des perfides, une assurance.

9. La morsure est donc tout intérieure.

10. S'écrit plutôt « baste » (de l'espagnol ou de l'italien « *basta* ») : assez.

11. Un tel mystère se confie à la flûte.

12. L'émotion, d'une façon générale.

Que non ! par l'immobile et lasse pâmoison
15 Suffoquant de chaleurs le matin frais s'il lutte[1]
Ne murmure point d'eau que ne verse ma flûte[2]
Au bosquet arrosé d'accords ; et le seul vent
Hors des deux tuyaux prompt à s'exhaler avant
Qu'il disperse le son dans une pluie aride,
20 C'est, à l'horizon pas remué d'une ride,
Le visible et serein souffle artificiel
De l'inspiration, qui regagne le ciel[3].

Ô bords siciliens d'un calme marécage
Qu'à l'envi de soleils ma vanité saccage[4],
25 Tacite sous les fleurs d'étincelles, CONTEZ
« *Que je coupais ici les creux roseaux domptés*
  » *Par le talent ; quand, sur l'or glauque de lointaines*
  » *Verdures dédiant leur vigne à des fontaines,*
  » *Ondoie une blancheur animale au repos :*
30 » *Et qu'au prélude[5] lent où naissent les pipeaux*
  » *Ce vol de cygnes, non ! de naïades se sauve*
  » *Ou plonge.. »*

                Inerte, tout brûle dans l'heure fauve
Sans marquer par quel art ensemble détala
Trop d'hymen[6] souhaité de qui cherche le *la* :
35 Alors m'éveillerais-je à la ferveur première,
Droit et seul, sous un flot antique de lumière,
Lys[7] ! et l'un de vous tous pour l'ingénuité.

Autre que ce doux rien[8] par leur lèvre ébruité,
Le baiser, qui tout bas des perfides assure,
40 Mon sein, vierge de preuve, atteste une morsure
Mystérieuse[9], due à quelque auguste dent ;
Mais, bast[10] ! arcane tel élut pour confident
Le jonc vaste et jumeau[11] dont sous l'azur on joue :
Qui, détournant à soi le trouble de la joue[12],
45 Rêve, dans un solo long, que nous amusions

1. L'art musical, comme la poésie, anime des fictions auxquelles on peut croire – et le faune lui-même feint d'y croire.

2. Dépend aussi de « rêve » : « Rêve [...] de faire ».

3. Dos ou flanc sont l'objet du rêve.

4. Le jonc rêve, à partir du songe, de créer une ligne musicale.

5. Parce qu'il a provoqué la fuite des nymphes.

6. Fier de ma réputation.

7. Par des images mentales dénuder les nymphes.

8. Le cou des nymphes chauffé par le soleil.

9. Qui bougent de façon imprévisible.

10. Sens premier du mot (du latin *rapere*, d'où vient le mot « rapt ») : dérober, enlever violemment.

11. C'est donc en plein soleil que le faune va posséder les nymphes.

12. Subjonctif de souhait : pour que notre ébat soit pareil.

13. Les deux nymphes.

La beauté d'alentour par des confusions
Fausses entre elle-même et notre chant crédule[1] ;
Et de faire[2] aussi haut que l'amour se module
Évanouir du songe ordinaire de dos
50 Ou de flanc pur suivis avec mes regards clos[3],
Une sonore, vaine et monotone ligne[4].

Tâche donc, instrument des fuites[5], ô maligne
Syrinx, de refleurir aux lacs où tu m'attends !
Moi, de ma rumeur fier[6], je vais parler longtemps
55 Des déesses ; et, par d'idolâtres peintures,
À leur ombre enlever encore des ceintures[7] :
Ainsi, quand des raisins j'ai sucé la clarté,
Pour bannir un regret par ma feinte écarté,
Rieur, j'élève au ciel d'été la grappe vide
60 Et, soufflant dans ses peaux lumineuses, avide
D'ivresse, jusqu'au soir je regarde au travers.

Ô nymphes, regonflons des SOUVENIRS divers.
« *Mon œil, trouant les joncs, dardait chaque encolure*
» *Immortelle, qui noie en l'onde sa brûlure*[8]
65 » *Avec un cri de rage au ciel de la forêt ;*
» *Et le splendide bain de cheveux disparaît*
» *Dans les clartés et les frissons, ô pierreries !*
» *J'accours ; quand, à mes pieds, s'entrejoignent*
                                        [(meurtries
» *De la langueur goûtée à ce mal d'être deux)*
70 » *Des dormeuses parmi leurs seuls bras hasardeux*[9] ;
» *Je les ravis*[10], *sans les désenlacer, et vole*
» *À ce massif, haï par l'ombrage frivole*[11],
» *De roses tarissant tout parfum au soleil,*
» *Où notre ébat au jour consumé soit pareil*[12]. »
75 Je t'adore, courroux des vierges, ô délice
Farouche du sacré fardeau nu[13] qui se glisse
Pour fuir ma lèvre en feu buvant, comme un éclair
Tressaille ! la frayeur secrète de la chair :
Des pieds de l'inhumaine au cœur de la timide

1. Les deux nymphes s'étreignant.
2. Gardant par un doigt [...] la petite. Mallarmé ne dissimule pas l'érotisme précis de la scène.
3. Construction : à peine (v. 85) [...] que [...].
4. Le moment de jouissance.
5. Les faunes traditionnellement sont cornus.
6. Le faune s'adresse à lui-même.
7. Complément d'agent antéposé.
8. Vénus était l'épouse de Vulcain qui avait ses forges sous l'Etna.
9. Vénus, la Beauté par excellence.
10. Comprendre : vacante de paroles.
11. Gisant altéré sur le sable.
12. Le soleil qui fait mûrir les raisins.

80 Que délaisse à la fois une innocence, humide
    De larmes folles ou de moins tristes vapeurs.
    « Mon crime, c'est d'avoir, gai de vaincre ces peurs
    » Traîtresses, divisé la touffe échevelée
    » De baisers[1] que les dieux gardaient si bien mêlée :
85 *» Car, à peine j'allais cacher un rire ardent*
    » Sous les replis heureux d'une seule (gardant[2]
    » Par un doigt simple, afin que sa candeur de plume
    » Se teignît à l'émoi de sa sœur qui s'allume,
    » La petite, naïve et ne rougissant pas :)
90 *» Que[3] de mes bras, défaits par de vagues trépas[4],*
    » Cette proie, à jamais ingrate, se délivre
    » Sans pitié du sanglot dont j'étais encore ivre. »

    Tant pis ! vers le bonheur d'autres m'entraîneront
    Par leur tresse nouée aux cornes de mon front[5] :
95 Tu sais, ma passion[6], que, pourpre et déjà mûre,
    Chaque grenade éclate et d'abeilles murmure ;
    Et notre sang, épris de qui le va saisir,
    Coule pour tout l'essaim éternel du désir.
    À l'heure où ce bois d'or et de cendres[7] se teinte
100 Une fête s'exalte en la feuillée éteinte :
    Etna ! c'est parmi toi visité de Vénus[8]
    Sur ta lave posant ses talons ingénus,
    Quand tonne un somme triste ou s'épuise la flamme.
    Je tiens la reine[9] !

              Ô sûr châtiment..

                    Non, mais l'âme
105 De paroles vacante[10] et ce corps alourdi
    Tard succombent au fier silence de midi :
    Sans plus il faut dormir en l'oubli du blasphème,
    Sur le sable altéré gisant[11] et comme j'aime
    Ouvrir ma bouche à l'astre efficace des vins[12] !

110 Couple, adieu ; je vais voir l'ombre que tu devins.

Poème inclus dans « La Déclaration foraine » (voir plus loin p. 289), publié dans *L'Art et la Mode*, 12 août 1887. Ce sonnet, « sur un mode de la Renaissance anglaise », ne porte pas de ponctuation. Première publication isolée dans la revue *Le Faune* (n° 1, 20 mars 1889), sous le titre « Sonnet ».

1. Apposition à « chevelure ».
2. Comprendre : « on dirait que finit (meurt) un diadème ». Allusion au mouvement de la chevelure.
3. Apposition à « front ».
4. Complément d'objet de « soupirer ».
5. « Nue », substantif, doit s'entendre au sens de « nuage » ou « nuée ».
6. La précision renvoie au tempérament même de l'individu. L'éclat intérieur se poursuit dans l'expression du regard.
7. Le héros (Mallarmé), héraut également, assure la renommée de la femme, mais ne saurait être à la hauteur de celle-ci. D'où le terme péjoratif « diffame ». La divulgation est imparfaite, quoique nécessaire.
8. La femme est donc dépourvue de bijoux. Le joyau de son œil suffit.
9. « Chef » valorise le mot « tête », d'un registre plus courant.
10. La beauté féminine lutte ainsi contre le doute et l'angoisse.

La chevelure vol d'une flamme [1] à l'extrême
Occident de désirs pour la tout déployer
Se pose (je dirais mourir un diadème [2])
4   Vers le front couronné son ancien foyer [3]

Mais sans or [4] soupirer que cette vive nue [5]
L'ignition du feu toujours intérieur
Originellement la seule continue
8   Dans le joyau de l'œil véridique ou rieur [6]

Une nudité de héros tendre diffame [7]
Celle qui ne mouvant astre ni feux au doigt [8]
Rien qu'à simplifier avec gloire la femme
12   Accomplit par son chef [9] fulgurante l'exploit

De semer de rubis le doute qu'elle écorche [10]
Ainsi qu'une joyeuse et tutélaire torche

Poème envoyé sous une première version à Mme Cécile Brunet, femme du peintre verrier Jean Brunet, ami de Mallarmé quand il était à Tournon. Ce poème « mélodique » (voir la lettre de Mallarmé à Cazalis du 5 décembre 1865) a été écrit pour la fête de la jeune femme, en décembre 1865, et portait alors le titre « Sainte Cécile jouant sur l'aile d'un chérubin », avec la précision, entre parenthèses, « chanson et image anciennes ».

Première publication dans *Lutèce*, 24-30 novembre 1883 (voir p. 85). Le premier titre et la précision entre parenthèses se liront, lorsque cette pièce sera reprise, dans le volume des *Poètes maudits* (1884) de Verlaine.

1. Le vitrail contient en lui une image avec instruments de musique, mais pas nécessairement la Sainte, qui peut être assise auprès.

2. Bois précieux des Indes.

3. Ancien instrument de musique du genre luth, monté de quatre cordes doublées.

4. Cantique d'action de grâces à Marie.

5. Partie de l'office qui se chante ou se récite après vêpres.

6. Le soir transfigure le vitrail et le sacralise. Ce vers, grammaticalement, est à mettre sur le même plan que le vers initial du poème, auquel le démonstratif « ce » renvoie. Il faut donc comprendre que la Sainte des deux premiers quatrains « est » toujours au même endroit ; les deux derniers quatrains nous en offrent alors une version transfigurée, où l'écriture l'emporte sur la musique.

7. L'aile de l'ange dessine la forme d'une harpe silencieuse. Voir dans « Symphonie littéraire » (*L'Artiste*, 1er février 1865), ce passage consacré à Baudelaire : « des anges blancs [...] en s'accompagnant de harpes imitant leurs ailes ».

SAINTE

À la fenêtre recélant[1]
Le santal[2] vieux qui se dédore
De sa viole étincelant
4 Jadis avec flûte ou mandore[3],

Est la Sainte pâle, étalant
Le livre vieux qui se déplie
Du Magnificat[4] ruisselant
8 Jadis selon vêpre et complie[5] :

À ce vitrage d'ostensoir[6]
Que frôle une harpe par l'Ange
Formée avec son vol du soir[7]
12 Pour la délicate phalange

Du doigt, que, sans le vieux santal
Ni le vieux livre, elle balance
Sur le plumage instrumental,
16 Musicienne du silence.

Première publication dans le volume collectif *Le Tombeau de Théophile Gautier* (Lemerre, 1873), à l'initiative
de Catulle Mendès qui voulait que les poèmes soient une
suite d'hommages prononcés comme des toasts. Mallarmé, pour sa part, choisit de chanter « le *Voyant* qui,
placé dans ce monde, l'a regardé, ce que l'on ne fait pas »
(lettre à Catulle Mendès du vendredi 1ᵉʳ novembre 1872).

   1. Le bonheur des poètes.
   2. Le chemin par lequel pourrait revenir un mort.
   3. Ornement gratuit, en apparence, mais qui porte sans doute
un sens symbolique, encore mal élucidé.
   4. On ne peut que savoir que son corps tout entier est dans
le tombeau.
   5. La surface du tombeau. Le nom propre inscrit sur le « carreau » à l'heure de la mort fait revenir la gloire aux yeux
mortels.
   6. Les hommes supportent l'ignorance (« opacité ») de ce
qui advient après la mort.
   7. Quand les murs sont parés des ornements funèbres pour
l'enterrement.
   8. Le sens est péjoratif ici. L'hypothèse d'une héroïsation est
plus que chimérique pour la plupart, mais elle fait partie de
l'illusion commune.

TOAST FUNÈBRE

Ô de notre bonheur[1], toi, le fatal emblème !

Salut de la démence et libation blême,
Ne crois pas qu'au magique espoir du corridor[2]
J'offre ma coupe vide où souffre un monstre d'or[3] !
5   Ton apparition ne va pas me suffire :
Car je t'ai mis, moi-même, en un lieu de porphyre.
Le rite est pour les mains d'éteindre le flambeau
Contre le fer épais des portes du tombeau :
Et l'on ignore mal, élu pour notre fête
10   Très simple de chanter l'absence du poëte,
Que ce beau monument l'enferme tout entier[4] :
Si ce n'est que la gloire ardente du métier,
Jusqu'à l'heure commune et vile de la cendre,
Par le carreau[5] qu'allume un soir fier d'y descendre,
15   Retourne vers les feux du pur soleil mortel !

Magnifique, total et solitaire, tel
Tremble de s'exhaler le faux orgueil des hommes.
Cette foule hagarde ! elle annonce : Nous sommes
La triste opacité de nos spectres futurs[6].
20   Mais le blason des deuils épars sur de vains murs[7],
J'ai méprisé l'horreur lucide d'une larme,
Quand, sourd même à mon vers sacré qui ne l'alarme,
Quelqu'un de ces passants, fier, aveugle et muet,
Hôte de son linceul vague, se transmuait
25   En le vierge héros de l'attente posthume[8].
Vaste gouffre apporté dans l'amas de la brume
Par l'irascible vent des mots qu'il n'a pas dits,

1. « Qu'est la Terre ? », demande le Néant.

2. La réponse du mort commun avoue son ignorance. Mais l'on sait que Mallarmé cherchera précisément l'« explication orphique de la Terre ».

3. Il s'agit de Gautier. Voir la dédicace des *Fleurs du Mal* : « À mon très cher et très vénéré maître et ami. »

4. Le « voyant » a su dire les merveilles du monde et, comme Adam, les nommer.

5. Ce « non », greffé en fin de phrase, suppose une réponse positive.

6. La croyance obscurantiste concerne la résurrection des corps. Mais le génie ne tient pas à un corps (qui projette une ombre).

7. La Terre propose aux poètes le devoir de dire le séjour.

8. « Je veux voir [...] survivre [...] à qui s'évanouit [...] une agitation [...] de paroles. » Ces paroles relèvent de la sublimation poétique : « pourpre ivre » et « grand calice clair » (la Rose et le Lys du vers 35).

9. Le regard du « voyant ». Cette avant-dernière partie du poème annonce la « Prose (pour des Esseintes) ».

10. Mallarmé insiste sur la réalité de ce qui est nommé et rejette toute idée vague. La « charge » poétique est art de précision.

11. La mort produit l'absence de regard et de paroles audibles.

12. Le tombeau contient tout ce qui nuit à la poésie. Il est aveugle et sourd ; mais, par là même, il garantit qu'ailleurs, dans le livre, se poursuivent une vision et une voix.

Le néant à cet Homme aboli de jadis :
« Souvenirs d'horizons, qu'est-ce, ô toi, que la Terre ? »
30　Hurle ce songe[1] ; et, voix dont la clarté s'altère,
L'espace a pour jouet le cri : « Je ne sais pas[2] ! »

Le Maître[3], par un œil profond, a, sur ses pas,
Apaisé de l'éden l'inquiète merveille
Dont le frisson final, dans sa voix seule, éveille
35　Pour la Rose et le Lys le mystère d'un nom[4].
Est-il de ce destin rien qui demeure, non[5] ?
Ô vous tous, oubliez une croyance sombre.
Le splendide génie éternel n'a pas d'ombre[6].
Moi, de votre désir soucieux, je veux voir,
40　À qui s'évanouit, hier, dans le devoir
Idéal[7] que nous font les jardins de cet astre,
Survivre pour l'honneur du tranquille désastre
Une agitation solennelle par l'air
De paroles[8], pourpre ivre et grand calice clair,
45　Que, pluie et diamant, le regard diaphane[9]
Resté là sur ces fleurs dont nulle ne se fane,
Isole parmi l'heure et le rayon du jour !

C'est de nos vrais bosquets déjà tout le séjour,
Où le poëte pur a pour geste humble et large
50　De l'interdire au rêve, ennemi de sa charge[10] :
Afin que le matin de son repos altier,
Quand la mort ancienne est comme pour Gautier
De n'ouvrir pas les yeux sacrés et de se taire[11],
Surgisse, de l'allée ornement tributaire,
55　Le sépulcre solide où gît tout ce qui nuit,
Et l'avare silence et la massive nuit[12].

La Revue indépendante, janvier 1885.

Le titre est à prendre au sens religieux du terme : chant liturgique écrit en latin et en vers rimés, fait pour être chanté à certains moments de l'office. La dédicace à « des Esseintes », personnage principal d'*À rebours* (1884), roman de Huysmans qui cite abondamment Mallarmé, semble tardive, même si le poème met en place des motifs chers à cet esprit décadent. On connaît de cette « Prose » des versions qui paraissent antérieures à 1870 (voir, pour les deux derniers quatrains, Doucet MNR, Ms. 117 et BN, Fonds Montesquiou, copie de Luigi Galdo).

1. Excès. Jaillissement. Le souvenir d'un moment d'excès, maintenant emprisonné dans le livre (« grimoire »), saura-t-il se lever de la mémoire ?

2. Complément circonstanciel de lieu.

3. L'« hymne » (ou l'« hyperbole ») est replacée dans une œuvre de patience et de savoir.

4. Autant de formes de « recueils » qui risquent d'ôter de son intensité au moment rappelé plus haut.

5. Le récit de l'expérience extrême occupe les vers 9 à 36. Cette « sœur », plutôt qu'une sœur ou amie réelle, désigne l'image de la Muse. Elle sera qualifiée de « sensée et tendre » au vers 33 et d'« enfant » au vers 49.

6. La raison.

7. La construction d'ensemble donne : « on dit [...] que son site [...] ne porte pas de nom » ; « sol des cent iris » est mis en apposition à « site ». « On » peut signifier les détracteurs, aussi bien que les poètes.

8. Ce « midi » est autant local (« sol des cent iris ») que temporel. Son « site » existe, mais n'est pas spécialement nommable.

9. Le verbe, au passé simple, relate l'expérience.

10. Les iris qui, par leur présence, témoignent de la réalité du site.

11. La renommée ne divulgue pas le nom du lieu.

PROSE

(pour des Esseintes)

Hyperbole[1] ! de ma mémoire[2]
Triomphalement ne sais-tu
Te lever, aujourd'hui grimoire
4　Dans un livre de fer vêtu :

Car j'installe, par la science,
L'hymne[3] des cœurs spirituels
En l'œuvre de ma patience,
8　Atlas, herbiers et rituels[4].

Nous promenions notre visage
(Nous fûmes deux, je le maintiens)
Sur maints charmes de paysage,
12　Ô sœur[5], y comparant les tiens.

L'ère d'autorité[6] se trouble
Lorsque, sans nul motif, on[7] dit
De ce midi[8] que notre double
16　Inconscience approfondit[9]

Que, sol des cent iris, son site,
Ils[10] savent s'il a bien été,
Ne porte pas de nom que cite
20　L'or de la trompette d'Été[11].

1. Vers essentiels qui insistent sur la réalité de ce monde poétique. Le poète Jean Tortel les a commentés à plusieurs reprises dans son œuvre (voir *Le Discours des yeux*, Ryoan-Ji, 1982).

2. Le phénomène se produit à vue d'œil, sans qu'intervienne encore la parole.

3. Chaque fleur de cette île atteint le comble de la réalité. Voir la Rose et le Lys du précédent « Toast funèbre ».

4. Ce « nouveau devoir » est à rapprocher du « devoir / Idéal que nous font les jardins de cet astre » de « Toast funèbre », p. 179.

5. La Muse se borne à sourire et Mallarmé cherche à comprendre (« entendre ») son attitude. Il reste ainsi dans l'« antique soin ».

6. Le sujet de « sache » est postposé. La contestation courante des êtres sensés (voir « Le Mystère dans les Lettres », p. 365) ne peut admettre ces fleurs qui dépassent la simple raison humaine et même la possibilité d'être dites poétiquement.

7. Complément antéposé du nom « tige ».

8. Et non, comme le déplorent ceux du rivage (qui n'ont pas eu accès à l'île...) [...], que ce pays n'exista pas.

9. À partir de ce vers s'ouvre une sorte de parenthèse jusqu'au vers 47.

10. Veut mensongèrement.

11. Mon étonnement d'entendre nommer ce pays intérieur et de le voir attesté par des cartes marines ou célestes.

Oui, dans une île que l'air charge
De vue et non de visions[1]
Toute fleur s'étalait plus large
24 Sans que nous en devisions[2].

Telles, immenses, que chacune
Ordinairement se para
D'un lucide contour[3], lacune,
28 Qui des jardins la sépara.

Gloire du long désir, Idées
Tout en moi s'exaltait de voir
La famille des iridées
32 Surgir à ce nouveau devoir[4],

Mais cette sœur sensée et tendre
Ne porta son regard plus loin
Que sourire et, comme à l'entendre
36 J'occupe mon antique soin[5].

Oh ! sache l'Esprit de litige[6],
À cette heure où nous nous taisons,
Que de lis multiples[7] la tige
40 Grandissait trop pour nos raisons

Et non comme pleure la rive[8],
Quand son jeu monotone ment[9]
À vouloir[10] que l'ampleur arrive
44 Parmi mon jeune étonnement

D'ouïr tout le ciel et la carte
Sans fin attestés sur mes pas[11],
Par le flot même qui s'écarte,
48 Que ce pays n'exista pas.

1. Pleine de science et de conscience poétique.

2. Du grec *anastasis* : surgissement ou résurrection. La Muse pense restituer au texte l'instant de l'hyperbole pour l'éterniser.

3. Au sens ancien de « pays ». « Aïeul » est apposition de « climat » et renforce l'indication d'origine.

4. Ce nom, qui fut celui d'une impératrice de Byzance, vient du latin *pulchra*, ou *pulcherrima* (superlatif), et signifie « belle » ou « très belle ». Avant que l'idéalité indicible n'envahisse la Beauté, la Muse tente de lui redonner vie et d'assurer son immortalité par le livre.

L'enfant abdique son extase
Et docte[1] déjà par chemins
Elle dit le mot : Anastase[2] !
52 Né pour d'éternels parchemins,

Avant qu'un sépulcre ne rie
Sous aucun climat[3], son aïeul,
De porter ce nom : Pulchérie[4] !
56 Caché par le trop grand glaïeul.

Poème sans ponctuation, daté sur l'éventail original :
« 1er janvier 1891 ». Première publication dans *La Coupe*,
1er juin 1891.

1. Ce « logis » serait vraisemblablement l'éventail, motif
premier du vers.
2. Substantif, féminin de « courrier » : celui qui transmet une
nouvelle. Ici c'est l'annonce du vers à venir. On trouve ce mot
dans « À la rime », poème de *Vie, poésies et pensées de Joseph
Delorme* de Sainte-Beuve, 1829 : « Ou plutôt, fée au léger /
Voltiger, / Habile, agile courrière [...]. »
3. Après le passage de la dédicataire, le miroir, débarrassé
de toute poussière, brille et devient plus pur.
4. La poussière, mais aussi la cendre du temps.

ÉVENTAIL

de Madame Mallarmé

Avec comme pour langage
Rien qu'un battement aux cieux
Le futur vers se dégage
4 Du logis [1] très précieux

Aile tout bas la courrière [2]
Cet éventail si c'est lui
Le même par qui derrière
8 Toi quelque miroir a lui

Limpide [3] (où va redescendre
Pourchassée en chaque grain
Un peu d'invisible cendre [4]
12 Seule à me rendre chagrin)

Toujours tel il apparaisse
Entre tes mains sans paresse

La Revue critique, 6 avril 1884. L'éventail s'adresse directement à Geneviève.

1. L'éventail renvoie à l'aile de l'envol poétique. Il est littéralement en rapport avec l'inspiration, le souffle.

2. Une première version porte « fier de n'être ».

3. L'Éden primitif. « Farouche » au sens de « sauvage ».

4. Image de l'éventail replié. « L'unanime pli » (voir l'« unanime blanc conflit » dans « Une dentelle s'abolit », p. 229) est posé contre les lèvres de la jeune femme.

5. Geneviève règne ainsi sur le moment du crépuscule, significatif pour Mallarmé d'une crise journalière, celle de la disparition provisoire du soleil.

AUTRE ÉVENTAIL

de Mademoiselle Mallarmé

Ô rêveuse, pour que je plonge
Au pur délice sans chemin,
Sache, par un subtil mensonge,
4   Garder mon aile[1] dans ta main.

Une fraîcheur de crépuscule
Te vient à chaque battement
Dont le coup prisonnier recule
8   L'horizon délicatement.

Vertige ! voici que frissonne
L'espace comme un grand baiser
Qui, fou de naître[2] pour personne,
12   Ne peut jaillir ni s'apaiser.

Sens-tu le paradis farouche[3]
Ainsi qu'un rire enseveli
Se couler du coin de ta bouche
16   Au fond de l'unanime pli[4] !

Le sceptre des rivages roses
Stagnants sur les soirs d'or[5], ce l'est,
Ce blanc vol fermé que tu poses
20   Contre le feu d'un bracelet.

Écrit d'abord en 1880 sur l'album de Térèse [*sic*] Roumanille, la fille de Joseph Roumanille, poète félibre ami
de Mallarmé, lorsqu'il était à Tournon, à Besançon, puis
en Avignon. Voir la note bibliographique donnée par
Mallarmé lui-même, p. 238.

1. Térèse Roumanille a demandé à Mallarmé de lui écrire un
poème, donc de jouer de l'instrument poétique (ici la flûte
légère du faune et non pas la lyre traditionnelle).

2. Mallarmé désigne les diverses opérations du flûtiste qu'il
est métaphoriquement (souffle qu'il expire et jeu des doigts).

3. La poésie est mise en échec par la réalité, si elle consent
à n'être qu'imitation.

FEUILLET D'ALBUM

Tout à coup et comme par jeu
Mademoiselle qui voulûtes
Ouïr se révéler un peu
4 Le bois de mes diverses flûtes [1]

Il me semble que cet essai
Tenté devant un paysage
A du bon quand je le cessai
8 Pour vous regarder au visage

Oui ce vain souffle que j'exclus
Jusqu'à la dernière limite
Selon mes quelques doigts perclus [2]
12 Manque de moyens s'il imite [3]

Votre très naturel et clair
Rire d'enfant qui charme l'air

Dans *Excelsior ! 1883-1893* (Bruges), livre d'or publié
par ce groupe belge pour son décennat. Le poème s'y
présente sous le titre « Sonnet ». Il est un hommage aux
poètes de ce cercle où Mallarmé avait prononcé le
17 février 1890 une conférence sur Villiers de l'Isle-
Adam.

1. Au sens premier de « faire bouger » et finalement « chas-
ser », « dissiper ».
2. Cette impression de vieillesse qui se dégage de Bruges
(voir, plus bas, « défunt canal », v. 10) semble reprendre certaines notations de *La Jeunesse blanche*, poésies (1881), et de
Bruges-la-Morte (1892), roman de Georges Rodenbach, ami de
Mallarmé grâce auquel, entre autres, il avait été invité en Belgique. « Vétusté » est sujet de « flotte » et « semble » au vers
5.
3. Proposition causale ou temporelle. De la pierre (« furtive
d'elle ») émane cette impression de vétusté.
4. Dans ce climat de vétusté, l'amitié nouvelle est comme
magiquement éternisée, ointe d'un temps immémorial.
5. Vers mis entre parenthèses dans la première publication.
6. Les cygnes blancs sur l'eau évoquent par leurs reflets des
aubes multiples.
7. Un vol « autre » que celui du cygne, l'oiseau poétique par
excellence.
8. Qualifie « aile » avec une valeur adverbiale colorant
« irradier » : « Ainsi qu'aile prompte à irradier l'esprit ».

REMÉMORATION D'AMIS BELGES

À des heures et sans que tel souffle l'émeuve[1]
Toute la vétusté[2] presque couleur encens
Comme[3] furtive d'elle et visible je sens
4 Que se dévêt pli selon pli la pierre veuve

Flotte ou semble par soi n'apporter une preuve
Sinon d'épandre pour baume antique le temps[4]
Nous immémoriaux quelques-uns si contents[5]
8 Sur la soudaineté de notre amitié neuve

Ô très chers rencontrés en le jamais banal
Bruges multipliant l'aube au défunt canal
11 Avec la promenade éparse de maint cygne[6]

Quand solennellement cette cité m'apprit
Lesquels entre ses fils un autre[7] vol désigne
14 À prompte[8] irradier ainsi qu'aile l'esprit.

« Chansons bas » doit s'entendre par rapport à l'expression « chanter haut ». Il faut comprendre aussi l'aspect populaire et le style bas de ces petits poèmes, composés avec six autres (voir p. 255) pour accompagner des gravures du peintre Jean-François Raffaëlli (1850-1924), ami des Goncourt, pour ses *Types de Paris*, éd. du *Figaro*, Plon, Nourrit et Cie, 1889 (septième livraison).

1. Le savetier rapetasse et ressemelle des souliers usés.
2. Le « talon nu » est celui du poète naturel. Voir aussi « M'introduire dans ton histoire » (p. 233, v. 3).
3. Complément de moyen.

CHANSONS BAS

I

(Le Savetier)

Hors de la poix rien à faire,
Le lys naît blanc, comme odeur
Simplement je le préfère
4 À ce bon raccommodeur[1].

Il va de cuir à ma paire
Adjoindre plus que je n'eus
Jamais, cela désespère
8 Un besoin de talons nus[2].

Son marteau qui ne dévie
Fixe de clous gouailleurs[3]
Sur la semelle l'envie
12 Toujours conduisant ailleurs.

Il recréerait des souliers,
Ô pieds ! si vous le vouliez !

1. Métonymie pour « regard ».

2. Les lieux d'aisances.

3. Pour le ventre qui se moque de renaître à des sentiments éthérés.

4. Ces prénoms féminins sont aussi expressifs et moqueurs que ceux utilisés par Mallarmé en 1874 pour signer ses articles de *La Dernière Mode*.

II

(La Marchande d'Herbes Aromatiques)

Ta paille azur de lavandes,
Ne crois pas avec ce cil[1]
Osé que tu me la vendes
4   Comme à l'hypocrite s'il

En tapisse la muraille
De lieux les absolus lieux[2]
Pour le ventre qui se raille
8   Renaître aux sentiments bleus[3].

Mieux entre une envahissante
Chevelure ici mets-la
Que le brin salubre y sente,
12   Zéphirine, Paméla[4]

Ou conduise vers l'époux
Les prémices de tes poux.

The Whirlwind, 15 novembre 1890. Poème écrit à la demande du peintre Whistler pour la luxueuse revue londonienne *The Whirlwind* (« Le Tourbillon »). Mallarmé le présente dans une lettre à Whistler comme un « petit sonnet de congratulation avec votre nom à la rime ».

1. Ce « pas » négatif, d'entrée de jeu, prépare l'opposition (« Mais ») du vers 4. Ce ne sont pas les faits divers de la rue qui intéressent cette revue, mais les événements artistiques.

2. Épithète antéposée qualifiant « écumes ».

3. La Danseuse par excellence, célébrée par Mallarmé dans ses *Ballets* et maintes fois dessinée et peinte par Whistler.

4. Complément d'objet direct placé avant le verbe « foudroyer » du vers 11.

5. « Hormis lui, rebattu » renvoie au « tutu » du vers 11.

6. « Rieur » antéposé se rapporte à « l'air ».

7. Le seul souci de la danseuse (« Sinon... que ») est d'éventer Whistler.

BILLET

Pas[1] les rafales à propos
De rien comme occuper la rue
Sujette au noir vol de chapeaux ;
4 Mais une danseuse apparue

Tourbillon de mousseline ou
Fureur éparses[2] en écumes
Que soulève par son genou
8 Celle même dont nous vécûmes[3]

Pour tout[4], hormis lui, rebattu[5]
Spirituelle, ivre, immobile
Foudroyer avec le tutu,
12 Sans se faire autrement de bile

Sinon rieur[6] que puisse l'air
De sa jupe éventer Whistler[7].

L'Épreuve, novembre 1894 (illustration de Maurice Denis).

Ce « sonnet shakespearien » devait accompagner un dessin de Maurice Neumont pour un album intitulé *Les Cantiques d'amour* (éditions du *Journal*). Ce dessin représentait un jeune homme près d'un étang embrassant une jeune fille. Or Mallarmé y avait vu plutôt un « calicot » (un apprenti marchand de draps) invitant « sa collègue de rayon à risquer un bain ». Son poème ne fut pas agréé par la direction, mais *L'Épreuve*, publication d'art, en reproduira l'autographe, signée du monogramme « SM ».

1. Le regard, où se réfléchit le lieu désert, s'écarte de la « gloriole » (complément d'objet indirect de « j'abdiquai »). « Gloriole », mot péjoratif, minore, en fait, l'habituelle gloire du soleil couchant. Est-ce une critique implicite du dessin de Neumont ?

2. Le sujet de ce verbe a posé problème aux commentateurs. J'incline à penser que la « solitude » du premier vers remplit cette fonction.

3. Complément de matière : fait du linge ôté par la baigneuse.

4. Cette présence métaphorique de l'oiseau semble avoir pour condition le plongeon de la baigneuse qui vient de se dévêtir.

5. Le plongeon est immédiatement sublimé par un mouvement ascendant consacrant la baigneuse.

6. Le « toi » anaphorique, confondu avec la jubilation, explique le verbe « plonge » à la troisième personne du singulier.

PETIT AIR

I

Quelconque une solitude
Sans le cygne ni le quai
Mire sa désuétude
4 Au regard que j'abdiquai

Ici de la gloriole[1]
Haute à ne la pas toucher
Dont maint ciel se bariole
8 Avec les ors de coucher

Mais langoureusement longe[2]
Comme de blanc linge[3] ôté
Tel fugace oiseau si[4] plonge
12 Exultatrice[5] à côté

Dans l'onde toi[6] devenue
Ta jubilation nue

Indiqué dans la bibliographie, p. 240, comme ayant été écrit sur l'album d'Alphonse Daudet.

1. La ligne grammaticale principale des deux quatrains peut être établie ainsi : « L'oiseau (v. 7) [...] a dû (v. 1) [...] éclater (v. 3). »

2. Cette comparaison établit aussitôt entre le poète et l'oiseau une relation que l'on devine d'ordre poétique.

3. Une voix qui n'appartient pas à la terre et qui est seule de son genre. Sa furie (le *furor* poétique) est suivie d'un silence.

4. Le chant de cet oiseau (chant du cygne ?) est aussi exceptionnel que la vue brièvement accordée du jardin d'iris de la « Prose (pour des Esseintes) », p. 181.

5. « Farouche ». Voir le « bond hagard » du « Cantique de saint Jean », p. 380. Les trois vers suivants constituent une incise.

6. Le sanglot du poète devinant la fin de l'oiseau peut être pire que celui de l'oiseau près de mourir.

7. L'œuvre poétique pourrait recueillir les restes de l'exaltation et la redonner entière.

PETIT AIR

II

Indomptablement a dû[1]
Comme mon espoir s'y lance[2]
Éclater là-haut perdu
4 Avec furie et silence,

Voix étrangère au bosquet
Ou par nul écho suivie[3],
L'oiseau qu'on n'ouït jamais
8 Une autre fois en la vie[4].

Le hagard[5] musicien,
Cela dans le doute expire
Si de mon sein pas du sien
12 A jailli le sanglot pire[6]

Déchiré va-t-il entier
Rester sur quelque sentier[7] !

Lutèce, 24-30 novembre 1883, sous le titre « Cette nuit » (voir p. 86).

1. Il est difficile de spécifier le contenu de ce vieux Rêve : croyance en l'Idéal ou dans la Divinité ?

2. Le Rêve ailé s'est replié dans le poète.

3. La « salle d'ébène » renvoie à la nuit enguirlandée de constellations. Le roi suggère le Dieu unique du monothéisme.

4. Le solitaire a foi désormais dans sa seule poésie, et il va l'exprimer avec certitude : « Oui, je sais... »

5. Complément antéposé du nom « mystère ».

6. Paul Bénichou voit là l'expression du progrès des Lumières faisant reculer de plus en plus l'obscurantisme.

7. Complément d'objet direct de « roule ». Les « feux vils », les étoiles, sont là pour témoigner de l'éclat réel du genre humain propre à la Terre.

PLUSIEURS SONNETS

Quand l'ombre menaça de la fatale loi
Tel vieux Rêve, désir et mal de mes vertèbres[1],
Affligé de périr sous les plafonds funèbres
4 Il a ployé son aile indubitable en moi[2].

Luxe, ô salle d'ébène[3] où, pour séduire un roi
Se tordent dans leur mort des guirlandes célèbres,
Vous n'êtes qu'un orgueil menti par les ténèbres
8 Aux yeux du solitaire ébloui de sa foi[4].

Oui, je sais qu'au lointain de cette nuit, la Terre
Jette d'un grand éclat[5] l'insolite mystère,
11 Sous les siècles hideux qui l'obscurcissent moins[6].

L'espace à soi pareil qu'il s'accroisse ou se nie
Roule dans cet ennui des feux vils[7] pour témoins
14 Que s'est d'un astre en fête allumé le génie.

La Revue indépendante, mars 1885.

1. « Aujourd'hui », sujet, est précédé de trois qualificatifs. Ailé, il est présenté dès le vers suivant comme actif.

2. L'expression, immédiatement métaphorique, sera expliquée par la suite. Les « vols » (c'est-à-dire – on le verra – un cygne) sont prisonniers du gel.

3. Forme conative. Qui cherche à se délivrer, magnifiquement, mais sans espoir.

4. L'oiseau poétique, par excellence, n'a pas eu un chant viable ; il a défié le réel.

5. La mort par le gel qui saisit le cygne et l'empêche de s'envoler.

6. Le cygne symbole se fixe au ciel, comme la constellation du Cygne (importance de la majuscule dans le mot final) et se transfigure en mythe.

Le vierge, le vivace et le bel aujourd'hui[1]
Va-t-il nous déchirer avec un coup d'aile ivre
Ce lac dur oublié que hante sous le givre
4 Le transparent glacier des vols[2] qui n'ont pas fui !

Un cygne d'autrefois se souvient que c'est lui
Magnifique mais qui sans espoir se délivre[3]
Pour n'avoir pas chanté la région où vivre[4]
8 Quand du stérile hiver a resplendi l'ennui.

Tout son col secouera cette blanche agonie[5]
Par l'espace infligé à l'oiseau qui le nie,
11 Mais non l'horreur du sol où le plumage est pris.

Fantôme qu'à ce lieu son pur éclat assigne,
Il s'immobilise au songe froid de mépris
14 Que vêt parmi l'exil inutile le Cygne[6].

Les Hommes d'aujourd'hui, n° 296, février 1887, livraison consacrée à Mallarmé.

1. Ce premier vers a valeur d'ablatif absolu latin : le suicide ayant été fui. C'est le coucher du soleil que Mallarmé évoque ainsi.

2. Quatre appositions à « suicide ».

3. La pourpre du soleil couchant est ainsi désignée, en rapport avec celle des imperators romains (voir v. 11, « puéril triomphe »).

4. Ce mot, synonyme de « nonchalance », apparaissait déjà dans « Les Fenêtres », p. 121.

5. La chevelure retient du soleil couchant un élément de triomphe, un éclat.

6. Cette image se trouvait déjà dans un brouillon de l'« Ouverture ancienne » d'*Hérodiade* : « Comme un casque léger d'impératrice enfant / D'où, pour feindre sa joue, il tomberait des roses. »

Victorieusement fui le suicide beau[1]
Tison de gloire, sang par écume, or, tempête[2] !
Ô rire si là-bas une pourpre[3] s'apprête
4 À ne tendre royal que mon absent tombeau.

Quoi ! de tout cet éclat pas même le lambeau
S'attarde, il est minuit, à l'ombre qui nous fête
Excepté qu'un trésor présomptueux de tête
8 Verse son caressé nonchaloir[4] sans flambeau,

La tienne si toujours le délice ! la tienne
Oui seule qui du ciel évanoui retienne
11 Un peu de puéril triomphe[5] en t'en coiffant

Avec clarté quand sur les coussins tu la poses
Comme un casque guerrier d'impératrice enfant
14 Dont pour te figurer il tomberait des roses[6].

Première publication sous cette forme dans l'édition
photolithographiée des *Poésies de Stéphane Mallarmé*,
1887. Pour la première version de ce poème, voir p. 74.

1. « Onyx », qui signifie « ongle » en grec, désigne aussi une
pierre rose.

2. L'Angoisse, allégorie, porte, comme une lampe, le rêve.

3. C'est-à-dire le Soleil, qui chaque matin renaît, comme
l'oiseau Phénix de la légende.

4. Amphore qui recueille des cendres.

5. Le mot, de sens improbable, paraît signifier un récipient.
« Vaisseau », dit la première version. Le vers 6 le désigne
comme hors lexique et prononçable sans garantie de sens. Dans
une lettre à Lefébure, du 3 mai 1868, Mallarmé écrit à son
propos : « [...] je n'ai que trois rimes en *ix*, concertez-vous pour
m'envoyer le sens réel du mot *ptyx*, ou m'assurer qu'il n'existe
dans aucune langue, ce que je préférais [*sic*] de beaucoup afin
de me donner le charme de le créer par la magie de la rime »
(C « Folio », p. 386). « Ptyx » (« coquillage » ou « pli » en grec,
et donc « pli du vers ») semble, en définitive, correspondre au
sonnet lui-même qui le contient.

6. Le Poète, par excellence, celui que l'on retrouvera dans
le *Coup de Dés*. Dans la mythologie gréco-latine, le Styx était
le fleuve des Enfers, qui rendait immortel quiconque s'y plongeait.

7. Quelque objet en or, peut-être le cadre doré du miroir où
s'affrontent, feu contre eau, des licornes et une nixe, divinité
aquatique dans les légendes germaniques.

8. La constellation de la Grande Ourse, formée de sept
étoiles, ou septentrion. On la retrouve à la dernière double page
du *Coup de Dés*.

(c'est pur son)

agate

Ses purs ongles très haut dédiant leur onyx[1],
L'Angoisse ce minuit, soutient, lampadophore[2],
Maint rêve vespéral brûlé par le Phénix[3]
4 Que ne recueille pas de cinéraire amphore[4]

qqch qui est
brûlé

Sur les crédences, au salon vide : nul ptyx[5],

mot san
sens son

Aboli bibelot d'inanité sonore,

le mirage,
aboli

(Car le Maître[6] est allé puiser des pleurs au Styx
8 Avec ce seul objet dont le Néant s'honore.)

2

pleurer

(x)

Mais proche la croisée au nord vacante, un or[7]
Agonise selon peut-être le décor
11 Des licornes ruant du feu contre une nixe,

Elle, défunte nue en le miroir, encor
Que, dans l'oubli fermé par le cadre, se fixe
14 De scintillations sitôt le septuor[8].

. son fermé/profond qui sort de l'intérieur
. néant s'honore vs néant sonor
. aboli bibelot → création et abolition
. mirage interne
. minuit - ça mâtiée
. writing - how word reflect - how stars
  reflect each other
. language agates the world
. how language words, relates, meanings
  words have different meanings
  in context

Première publication sous cette forme dans *Lutèce*, 29 décembre 1883-5 janvier 1884 (voir p. 87). Pour la première version de ce poème, suivie de sa traduction-commentaire faite par Mallarmé, voir p. 78.

1. Les premières versions se contentaient du mot « hymne ». Dans celle-ci, le poète prend l'allure d'un justicier dont l'œuvre (« hymne » ou « glaive ») provoque son siècle (dragon ou « hydre »).

2. Le poète transfigure les mots du langage courant.

3. La magie de Poe (sa « sorcellerie évocatoire », aurait dit Baudelaire) avait été attribuée à l'alcoolisme (whisky et stout).

4. Le combat (« struggle », dit la traduction donnée par Mallarmé en 1877) entre la terre et le ciel ennemis l'un de l'autre.

5. Le tombeau de Poe (qui était sans ornement) avait été surmonté lors des cérémonies du 17 novembre 1875 d'un bloc de basalte. Mallarmé voit en lui une sorte de météorite.

6. Le sépulcre interdit au blasphème d'aller plus loin.

LE TOMBEAU D'EDGAR POE

Tel qu'en Lui-même enfin l'éternité le change,
Le Poëte suscite avec un glaive[1] nu
Son siècle épouvanté de n'avoir pas connu
4　Que la mort triomphait dans cette voix étrange !

Eux, comme un vil sursaut d'hydre oyant jadis l'ange
Donner un sens plus pur aux mots de la tribu[2]
Proclamèrent très haut le sortilège bu
8　Dans le flot sans honneur de quelque noir mélange[3].

Du sol et de la nue hostiles, ô grief[4] !
Si notre idée avec ne sculpte un bas-relief
11　Dont la tombe de Poe éblouissante s'orne

Calme bloc ici-bas chu d'un désastre obscur[5]
Que ce granit du moins montre à jamais sa borne
14　Aux noirs vols du Blasphème[6] épars dans le futur.

La Plume, 1er janvier 1895, numéro d'hommage à Baudelaire ; puis *Le Tombeau de Charles Baudelaire*, recueil collectif, Bibliothèque artistique et littéraire, 1896.

L'envoi de ce sonnet a été fait par Mallarmé dans une lettre à Léon Deschamps, directeur de *La Plume*, le 10 ou 17 avril 1894.

1. « Le temple enseveli » semble désigner l'œuvre de Baudelaire, à la fois superbe et capable de montrer les réalités les plus triviales : *Les Fleurs du Mal* et *Le Spleen de Paris*.

2. Complément d'objet direct de « divulgue ». Anubis, dieu à tête de chacal, était le dieu des morts dans l'ancienne Égypte.

3. Il faut sans doute voir ici une image de la prostituée « en cheveux », sous la flamme d'un réverbère (invention récente). Voir dans « Le Crépuscule du soir » : « À travers les lueurs que tourmente le vent / La Prostitution s'allume dans les rues » (quatre-vingt-quinzième pièce des *Fleurs du Mal* (1861).

4. Le motif pérenne de la sexualité.

5. Elles sont illuminées toute la nuit.

6. « Elle » est expliqué par la suite : « son Ombre ». – « Se rasseoir » : se calmer, s'apaiser.

7. Apposition à « Ombre ». L'œuvre entière de Baudelaire est oxymorique, à la fois remède et poison (voir ses *Paradis artificiels*).

8. Même si.

LE TOMBEAU DE CHARLES BAUDELAIRE

Le temple enseveli[1] divulgue par la bouche
Sépulcrale d'égout bavant boue et rubis
Abominablement quelque idole Anubis[2]
4 Tout le museau flambé comme un aboi farouche

Ou que le gaz récent torde la mèche louche
Essuyeuse on le sait des opprobres subis[3]
Il allume hagard un immortel pubis[4]
8 Dont le vol selon le réverbère découche

Quel feuillage séché dans les cités sans soir[5]
Votif pourra bénir comme elle[6] se rasseoir
11 Contre le marbre vainement de Baudelaire

Au voile qui la ceint absente avec frissons
Celle son Ombre même un poison tutélaire[7]
14 Toujours à respirer si[8] nous en périssons.

La Revue blanche, 1er janvier 1897. Verlaine est mort le 8 janvier 1896.

1. La pierre du tombeau, plus loin appelée « funeste moule », moule de la mort.

2. Pas même.

3. Le deuil annonce (« nubiles plis ») le rayonnement futur de l'œuvre et du poète.

4. Littéralement le trépas, et l'extériorité totale de l'au-delà.

5. Il est en train de capter.

6. Ce vers 13 équivaut à un gérondif latin : sans que la lèvre y boive ni qu'elle tarisse son haleine.

7. Ce ruisseau calomnié (la mort) peut faire penser au Léthé, fleuve des Enfers pour les Anciens, qui apportait l'oubli. Si Verlaine, malgré tout, boit l'oubli, son œuvre, en revanche, atteint la gloire éternelle.

TOMBEAU

Anniversaire – Janvier 1897.

Le noir roc[1] courroucé que la bise le roule
Ne s'arrêtera ni[2] sous de pieuses mains
Tâtant sa ressemblance avec les maux humains
4   Comme pour en bénir quelque funeste moule.

Ici presque toujours si le ramier roucoule
Cet immatériel deuil opprime de maints
Nubiles plis l'astre mûri des lendemains
8   Dont un scintillement argentera la foule[3].

Qui cherche, parcourant le solitaire bond
Tantôt extérieur[4] de notre vagabond –
11   Verlaine ? Il est caché parmi l'herbe, Verlaine

À ne surprendre[5] que naïvement d'accord
La lèvre sans y boire ou tarir son haleine[6]
14   Un peu profond ruisseau calomnié[7] la mort.

La Revue wagnérienne, 8 janvier 1886. Numéro d'hommage à Wagner contenant, avec celui de Mallarmé, sept autres sonnets, dont le célèbre « Parsifal » de Verlaine. Wagner (mort en 1883) représentait depuis Baudelaire, pour les jeunes écrivains, un art analogique et l'essai du drame total.

Dès 1870, il avait eu ses adeptes français en la personne de Catulle Mendès, Villiers de l'Isle-Adam, Judith Gautier, Édouard Schuré et, bien entendu, Édouard Dujardin, fondateur de *La Revue wagnérienne*. À la demande de ce dernier, Mallarmé, en août 1885, avait publié dans la même revue « Richard Wagner. Rêverie d'un poète français » où il notait : « Singulier défi qu'aux poètes dont il usurpe le devoir avec la plus candide et splendide bravoure, inflige Richard Wagner. » À son oncle Paul étonné de la teneur de son sonnet, Mallarmé écrira (17 février 1886) : « [...] c'est [...] plutôt la mélancolie d'un poète qui voit s'effondrer le vieil affrontement poétique, et le luxe des mots pâlir, devant le lever de soleil de la Musique contemporaine dont Wagner est le dernier dieu. »

1. Certains commentateurs s'accordent à voir ici évoquée la mort de Victor Hugo survenue le 22 mai 1885 et précipitant la fin du « mobilier » poétique. La « moire » désigne le drap mortuaire. B. Marchal pense toutefois qu'il serait plutôt question de la fin du catholicisme, « principal pilier » de la pensée occidentale.

2. Le « vieil ébat » (la poésie) vaut comme anaphore, reprise par « le » (v. 8).

3. Construire : Dont un frisson familier (la lecture, le feuillettement du livre) s'exalte à propager de l'aile le millier d'hiéroglyphes (complément d'objet de « propager »).

4. Le mouvement violent de la musique primitive est haï de la composition raisonnée : « les clartés maîtresses entre elles ». Mais Wagner vient de là (« a jailli »).

HOMMAGE

Le silence déjà funèbre d'une moire
Dispose plus qu'un pli seul sur le mobilier
Que doit un tassement du principal pilier
4 Précipiter avec le manque de mémoire[1].

Notre si vieil ébat triomphal du grimoire[2],
Hiéroglyphes dont s'exalte le millier
À propager de l'aile un frisson familier[3] !
8 Enfouissez-le-moi plutôt dans une armoire.

Du souriant fracas originel haï
Entre elles de clartés maîtresses a jailli[4]
11 Jusque vers un parvis[5] né pour leur simulacre,

Trompettes tout haut d'or pâmé sur les vélins[6],
Le dieu Richard Wagner irradiant un sacre
14 Mal tu par l'encre même en sanglots sibyllins[7].

5. Le parvis du temple désigne le théâtre, le *Festspielhaus* de Bayreuth, construit par Louis II de Bavière pour qu'y soient représentées (dans le « simulacre ») les œuvres de Wagner (1876).
6. La musique audible n'en est pas moins écrite sur des partitions.
7. Wagner : sujet postposé de « a jailli ». Écrite, l'encre du musicien se divulgue hautement, même s'il y a là aussi quelque mystère.

La Plume, 15 janvier 1895, numéro consacré à Puvis de Chavannes.

Puvis de Chavannes (1824-1898), héritier des fresquistes de la Renaissance italienne, est surtout célèbre par le hiératisme de ses compositions monumentales qu'inspirent l'allégorie et le symbole (peintures murales du Panthéon, de l'Hôtel de Ville de Paris, de la Bibliothèque de Boston, etc.).

1. L'Aurore est allégorisée et on la voit embouchant un clairon (instrument de clarté) pour annoncer le jour.

2. Jusqu'à ce que la source se manifeste.

3. Le nom propre, comme dans de nombreux poèmes de Mallarmé, vaut comme cartouche hiéroglyphique, particulièrement mis en valeur ici par le rejet.

4. S'oppose à « solitaire » et régit « de conduire ».

5. Le peintre conduit son œuvre à la postérité. Le « tableau » est volontairement mythologique et dans la manière de Puvis de Chavannes lui-même. Cette nymphe est décrite littéralement comme révélation.

HOMMAGE

Toute Aurore même gourde
À crisper un poing obscur
Contre des clairons d'azur
4 Embouchés par cette sourde[1]

A le pâtre avec la gourde
Jointe au bâton frappant dur
Le long de son pas futur
8 Tant que la source ample sourde[2]

Par avance ainsi tu vis
Ô solitaire Puvis
11 De Chavannes[3]

              jamais seul[4]

De conduire le temps boire
À la nymphe sans linceul[5]
14 Que lui découvre ta Gloire

Album « À Vasco de Gama », Paris/Lisbonne, 1898, pour le quatre centième anniversaire de la découverte de la route des Indes.

1. Dans le seul souci. Les deux premiers vers forment une véritable dédicace.

2. Au-delà d'une Inde. L'aventure poétique est dépassement.

3. L'Album commémoratif porte « va », suivi d'une virgule, au lieu de « soit ».

4. Comme dans « Salut », p. 107, le bateau signifie à lui seul l'exploit (poème ou découverte) assurant la renommée.

5. Adverbe précisant « plongeante » au vers suivant.

6. Verbe antéposé (le sujet est « un oiseau »). L'ébat de l'oiseau, annonciateur d'une terre nouvelle, produit l'image effervescente de l'écume.

7. Complément d'objet direct de « criait ». Un « gisement », terme géographique et maritime, désigne la situation d'une côte.

8. Trois appositions (à comparer avec celles de « Salut » : « Solitude, récif, étoile »). La « nuit » représente l'échec ; le « désespoir », l'impossibilité de trouver ; les « pierreries », le trésor du gisement.

9. La pâleur est un trait d'ordre psychologique indiquant la témérité de Vasco, peu soucieux de toucher quelque terre que ce soit.

Au seul souci[1] de voyager
Outre[2] une Inde splendide et trouble
— Ce salut soit[3] le messager
4   Du temps, cap que ta poupe double[4]

Comme sur quelque vergue bas[5]
Plongeante avec la caravelle
Écumait[6] toujours en ébats
8   Un oiseau d'annonce nouvelle

Qui criait monotonement
Sans que la barre ne varie
Un inutile gisement[7]
12 Nuit, désespoir et pierrerie[8]

Par son chant reflété jusqu'au
Sourire du pâle[9] Vasco.

Premier de trois poèmes (sonnets) publiés dans *La Revue indépendante* de janvier 1887. Pour l'évocation du mobilier, on peut le rattacher au « Sonnet en -yx », p. 211.

1. Cet Orgueil majuscule peut renvoyer à l'ambition, d'une façon générale.

2. « Du » a valeur d'article partitif. L'orgueil produit aussi son déclin.

3. Elle doit donc mourir. « Abandon » ici est à prendre dans un sens absolu.

4. L'« hoir » (l'héritier), comme dans le « Sonnet en -yx », n'est plus là, et son retour (« par le couloir ») ne rétablirait pas l'Orgueil.

5. L'Orgueil est désavoué.

6. Élément de mobilier, la console, sous une plaque de marbre qu'elle soutient avec des attaches de métal, prend une valeur symbolique, et ne supporte, en fait, que le néant.

I

Tout Orgueil[1] fume-t-il du[2] soir,
Torche dans un branle étouffée
Sans que l'immortelle bouffée
4 Ne puisse à l'abandon surseoir[3] !

La chambre ancienne de l'hoir[4]
De maint riche mais chu trophée
Ne serait pas même chauffée
8 S'il survenait par le couloir.

Affres du passé nécessaires
Agrippant comme avec des serres
11 Le sépulcre de désaveu[5],

Sous un marbre lourd qu'elle isole
Ne s'allume pas d'autre feu
14 Que la fulgurante console[6].

Deuxième des sonnets publiés dans *La Revue indépendante* de janvier 1887.

1. « Croupe », « bond » et « col » indiquent la structure du vase.

2. L'évasement de la verrerie s'arrête sur une absence de fleur.

3. La première personne, et le pseudo-biographique, interviennent brusquement dans ce sonnet consacré à un objet.

4. Enfant de la mère et de son amant (le père est ainsi mis à distance), le moi (« je » anaphorique) est vu comme le produit d'une union chimérique.

5. Le vase ne contient comme breuvage qu'une inépuisable absence.

6. Apposition à « rien » du vers suivant. La bouche du vase qui devrait donner naissance ne produit qu'une sorte de mort.

7. Dépend du verbe « consent » (v. 11). « Expirer », c'est souffler au-dehors quelque chose (« rien ») qui serait une rose.

II

Surgi de la croupe et du bond
D'une verrerie éphémère
Sans fleurir la veillée amère
4 Le col[1] ignoré s'interrompt[2].

Je[3] crois bien que deux bouches n'ont
Bu, ni son amant ni ma mère,
Jamais à la même Chimère,
8 Moi[4], sylphe de ce froid plafond !

Le pur vase d'aucun breuvage
Que l'inexhaustible veuvage[5]
11 Agonise mais ne consent,

Naïf baiser des plus funèbres[6] !
À rien expirer[7] annonçant
14 Une rose dans les ténèbres.

Troisième des sonnets publiés dans *La Revue indépendante* de janvier 1887.

1. La dentelle du rideau ne répond pas à son emploi, qui est autant de révéler (quand elle s'entrouvre) que de cacher.
2. Le Jeu suprême désigne le parcours quotidien du soleil et le moment douteux de l'aube (voir « blême », v. 7).
3. L'absence de lit semble aller contre la loi de la génération.
4. La rencontre des deux rideaux.
5. Sans doute l'image du poète qui tire tout son éclat du « rêve » (ici complément de moyen).
6. La concavité de l'instrument inspire ce mot.
7. Seul l'instrument de musique (et son ventre) permet à qui en joue de venir au jour.

III

Une dentelle s'abolit[1]
Dans le doute du Jeu suprême[2]
À n'entr'ouvrir comme un blasphème
4 Qu'absence éternelle de lit[3].

Cet unanime blanc conflit
D'une guirlande avec la même[4],
Enfui contre la vitre blême
8 Flotte plus qu'il n'ensevelit.

Mais, chez qui du rêve se dore[5]
Tristement dort une mandore
11 Au creux néant musicien[6]

Telle que vers quelque fenêtre
Selon nul ventre que le sien,
14 Filial on aurait pu naître[7].

La Revue indépendante, mars 1885.

1. Cette soie (comme le prouve le vers suivant) est une ori-flamme comportant une Chimère brodée (?) agonisante.

2. « Nue », substantif équivalent de « nuage » (voir « La chevelure, vol d'une flamme », p. 173, v. 5), est qualifiée de « torse » et de « native » (comme l'or natif).

3. Allusion à un défilé ou à une parade. Peut-être s'agit-il d'embrasures de fenêtres ornées de drapeaux.

4. Ce « Non ! » ostensible ne nie pas les quatrains précédents, mais porte sur les tercets.

5. L'amant (Mallarmé lui-même s'adressant peut-être à Méry Laurent, sa maîtresse) n'hésite pas, en termes galants, à s'anoblir.

6. Le baiser dans la chevelure produit l'équivalent d'un diamant.

7. L'amant sacrifie sa gloire au plaisir sensuel.

Quelle soie[1] aux baumes de temps
Où la Chimère s'exténue
Vaut la torse et native nue[2]
4 Que, hors de ton miroir, tu tends !

Les trous de drapeaux méditants
S'exaltent dans une avenue[3] :
Moi, j'ai ta chevelure nue
8 Pour enfouir des yeux contents.

Non[4] ! La bouche ne sera sûre
De rien goûter à sa morsure,
11 S'il ne fait, ton princier amant[5],

Dans la considérable touffe
Expirer, comme un diamant[6],
14 Le cri des Gloires qu'il étouffe[7].

La Vogue, 13-20 juin 1886, sous le simple titre : « Sonnet ».

Voir la lettre de Mallarmé à Gustave Kahn du 9 juin 1886 : « vous remarquerez l'absence de ponctuation, c'est à dessein » (*C*, III, p. 37).

1. Il semble peu prudent d'attribuer un sens vulgaire à cette expression. Il suffit de penser que le « héros » participe à l'histoire de la femme. Voir aussi dans « La chevelure, vol d'une flamme... » (p. 173) le « héros tendre » du vers 9.

2. Le prétendant craint, même avec un pied non armé, de s'emparer d'un lieu inaccessible. On mesure, en l'occurrence, toute l'importance du vocabulaire galant de ce poème-madrigal.

3. Qualifie « péché ». Ce « péché naïf » s'en prend à des sommets virginaux que la femme, au demeurant, n'empêche pas d'atteindre.

4. Le vers 10 doit s'entendre comme apposition anticipée à « la roue » du vers 13.

5. Complément de manière. On pense à un feu d'artifice.

6. Au sens de « pour ainsi dire ».

7. Ce dernier tercet implique la roue du char solaire et un effet victorieux (« pourpre ») de soleil couchant. Le poète ne possède donc que ce char solaire, analogue de son propre désir de conquête.

M'introduire dans ton histoire[1]
C'est en héros effarouché
S'il a du talon nu[2] touché
4 Quelque gazon de territoire

À des glaciers attentatoire[3]
Je ne sais le naïf péché
Que tu n'auras pas empêché
8 De rire très haut sa victoire

Dis si je ne suis pas joyeux
Tonnerre et rubis aux moyeux[4]
11 De voir en l'air que ce feu troue

Avec des royaumes épars[5]
Comme[6] mourir pourpre la roue
14 Du seul vespéral de mes chars[7]

L'Obole littéraire, 15 mai 1894.

1. Participe passé du verbe « taire », il concerne le « naufrage » du vers 5.

2. Substantif plutôt qu'adjectif en apposition à « nue ». Une « basse » est un récif, ici de couleur sombre comme le ciel d'orage.

3. Au cœur même ou tout contre.

4. Complément d'agent de « tu ». La « trompe » d'appel est inefficace.

5. Le vers 7 est une apposition anticipée de « mât ». Le mât est la dernière des épaves visibles.

6. Ou cela existe parce que.

7. Furieux de n'avoir pas obtenu une haute perdition.

8. Le pli de l'écume.

9. Balzac nomme la mer la « reine des avares » dans *Séraphîta*.

10. La noyade bien improbable de la sirène apparaît dans « Salut » (p. 107) et apparaîtra à la fin du *Coup de Dés*. Elle est une image de l'idée sinueuse et polysémique.

À la nue accablante tu[1]
Basse[2] de basalte et de laves
À même[3] les échos esclaves
4 Par une trompe[4] sans vertu

Quel sépulcral naufrage (tu
Le sais, écume, mais y baves)
Suprême une entre les épaves[5]
8 Abolit le mât dévêtu

Ou cela que[6] furibond faute
De quelque perdition haute[7]
11 Tout l'abîme vain éployé

Dans le si blanc cheveu qui traîne[8]
Avarement[9] aura noyé
14 Le flanc enfant d'une sirène[10]

La Revue indépendante, janvier 1887, où le poème se trouve publié après les trois sonnets de « la chambre vide ».

1. Vers ayant la valeur d'un ablatif absolu latin : mes bouquins ayant été refermés. Au large de la ville de Paphos, en l'île de Chypre, Vénus était née, jaillie de l'écume.

2. Uniquement avec mon esprit, mon tempérament.

3. Pierre fine d'un jaune rougeâtre, puis la couleur de cette pierre.

4. Le subjonctif « coure » correspond à une supposition. « Faulx », en fin de vers, est l'orthographe ancienne pour « faux », utilisée ici avec un *l* pour distinguer de l'adjectif à la rime du vers 8.

5. Chant de déploration funèbre.

6. Périphrase pour dire la neige.

7. Le paysage imaginé au premier quatrain.

8. Le manque apprend ; la fiction éduque.

9. Qu'un fruit de chair. On verra au vers 14 qu'il s'agit d'un sein.

10. La guivre pourrait désigner un monstre mythologique sculpté sur les chenets. Mallarmé renvoie peut-être à une rêverie de couple (« notre ») devant le foyer. D'autres interprètes ont pensé au serpent de l'Éden (la « guivre »), gardien de l'Arbre de la Science et du fruit défendu.

11. Les Amazones (du grec *a-mazon* : sans sein) s'amputaient du sein droit pour mieux tirer à l'arc.

Mes bouquins refermés sur le nom de Paphos[1],
Il m'amuse d'élire avec le seul génie[2]
Une ruine, par mille écumes bénie
4 Sous l'hyacinthe[3], au loin, de ses jours triomphaux.

Coure[4] le froid avec ses silences de faulx,
Je n'y hululerai pas de vide nénie[5]
Si ce très blanc ébat au ras du sol[6] dénie
8 À tout site l'honneur du paysage faux[7].

Ma faim qui d'aucuns fruits ici ne se régale
Trouve en leur docte manque[8] une saveur égale :
11 Qu'un[9] éclate de chair humain et parfumant !

Le pied sur quelque guivre[10] où notre amour tisonne,
Je pense plus longtemps peut-être éperdument
14 À l'autre, au sein brûlé d'une antique amazone[11].

BIBLIOGRAPHIE

Ce Premier Cahier, sauf intercalation de peu de pièces jetées plutôt en culs-de-lampe sur les marges

SALUT

ÉVENTAIL, DE MADAME MALLARMÉ

FEUILLET D'ALBUM

REMÉMORATION D'AMIS BELGES

CHANSONS BAS I ET II

BILLET, À WHISTLER

PETIT AIR I ET II,

et les Sonnets :

LE TOMBEAU DE CHARLES BAUDELAIRE

À LA NUE ACCABLANTE TU...

suit l'ordre, sans le groupement, présenté par l'Édition fac-similé faite sur le manuscrit de l'auteur en 1887.

À quelques corrections près, introduites avec la réimpression des Morceaux choisis, VERS ET PROSE, *par la Librairie académique, le texte reste celui de la belle publication souscrite puis envolée à tant d'enchères, qui le fixa. Sa rareté se fleurissait, en le format original, déjà, du chef-d'œuvre de Rops.*

Pas de leçon antérieure ici donnée, en tant que variante.

Beaucoup de ces poèmes, ou études en vue de mieux, comme on essaie les becs de sa plume avant de se mettre à l'œuvre, ont été distraits de leur carton par les impatiences amies de Revues en quête de leur numéro d'apparition : et prennent note de projets, en points de repère, qui fixent, trop rares ou trop nombreux, selon le point de vue double que lui-même partage l'auteur, il les conserve en raison de ceci que la jeunesse voulut bien en tenir compte et autour un Public se former.

Salut : *ce Sonnet, en levant le verre, récemment, à un Banquet de* La Plume, *avec l'honneur d'y présider.*

Apparition *tenta les musiciens, entre qui MM. Bailly et André Rossignol qui y adaptèrent des notes délicieuses.*

Le Pitre châtié *parut, quoique ancien, la première fois, dans la grande édition de* La Revue indépendante.

Les Fenêtres, Les Fleurs, Renouveau, Angoisse (*d'abord* À Celle qui est tranquille), Le Sonneur, Tristesse d'été, L'Azur, Brise marine, Soupir, Aumône (*intitulé* Le Mendiant) « Las d'un amer repos où ma paresse offense », *composent la série qui, dans cet ouvrage cité toujours, s'appelle du* Premier Parnasse contemporain.

Hérodiade, *ici fragment, où seule la partie dialoguée, comporte, outre le* Cantique de saint Jean *et sa conclusion en un dernier monologue, des* Prélude et Finale *qui seront ultérieurement publiés ; et s'arrange en poème.*

L'Après-midi d'vn favne *parut à part, intérieurement décoré par Manet, une des premières plaquettes coûteuses et sac à bonbons mais de rêve et un peu orientaux avec son « feutre du Japon, titré d'or, et noué de cordons rose-de-Chine et noirs », ainsi que s'exprime l'affiche ; puis M. Dujardin fit, de ces vers introuvables autre part que dans sa photogravure, une édition populaire, épuisée.*

Toast funèbre, *vient du recueil collectif le* Tombeau de Théophile Gautier, *Maître et Ombre à qui s'adresse l'Invocation ; son nom apparaît, en rime, avant la fin.*

Prose pour des Esseintes, *il l'eût, peut-être, insérée, ainsi qu'on lit en l'*À rebours *de notre Huysmans.*

« Tout à coup et comme par jeu » *est recopié indiscrètement à l'album de la fille du poëte provençal Roumanille, mon vieux camarade : je l'avais admirée, enfant et elle voulut s'en souvenir pour me prier, demoiselle, de quelques vers.*

Remémoration – *J'éprouvai un plaisir à envoyer ce sonnet au livre d'Or du Cercle Excelsior, où j'avais fait une conférence et connu des amis.*

Chansons bas I et II, *commentent, avec divers quatrains, dans le recueil les* Types de Paris, *les illustrations du Maître-peintre Raffaëlli, qui les inspira et les accepta.*

Billet, *paru, en français, comme illustration au jour-*
nal anglais the Whirlwind (Le Tourbillon) *envers qui*
Whistler fut princier.

Petits airs, I, *pour inaugurer, 9ᵇʳᵉ 1894, la superbe*
*publication l'*Épreuve. II, *appartient à l'album de*
M. Daudet.

Le Tombeau d'Edgar Poe. – *Mêlé au cérémonial, il y*
fut récité, en l'érection d'un monument de Poe, à Balti-
more, un bloc de basalte que l'Amérique appuya sur
l'ombre légère du poète, pour sa sécurité qu'elle n'en
ressortît jamais.

Le Tombeau de Charles Baudelaire. – *Fait partie du*
livre ayant ce titre, publié par souscription en vue de
quelque statue, buste ou médaillon, commémoratifs.

Hommage, *entre plusieurs, d'un poète français,*
convoqués par l'admirable Revue wagnérienne, *disparue*
avant le triomphe définitif du Génie.

Tant de minutie témoigne, inutilement peut-être, de
quelque déférence aux scoliastes futurs.

POÈMES AJOUTÉS DANS L'ÉDITION *NRF* (1913 [1])

---

1. Nous avons retiré de ces poèmes le « Cantique de saint Jean », que nous avons replacé logiquement à l'endroit qui lui revenait dans *Les Noces d'Hérodiade* (p. 379).

Première publication sous le titre « Les Lèvres roses »
dans *Le Nouveau Parnasse satyrique du XIXe siècle*, Éleu-
theropolis (Bruxelles) [Poulet-Malassis], 1866. Nouvelle
publication sous sa forme définitive dans le deuxième
cahier des *Poésies de Stéphane Mallarmé*, édition photolithographiée de 1887.

1. Ses jeunes seins.
2. Le premier état du deuxième quatrain publié dans *Le Nouveau Parnasse satyrique* éclaire cette version nouvelle : « Sur
son ventre elle allonge en bête ses tétines / Heureuse d'être nue,
et s'acharne à saisir / Ses deux pieds écartés en l'air dans ses
bottines, / Dont l'indécence vue augmente son plaisir. »
3. Sujet postposé du verbe « avance ».
4. La comparaison du sexe féminin avec un coquillage est
un lieu commun de la poésie érotique (voir « Les Coquillages »
dans *Fêtes galantes*, 1869, de Verlaine).

Une négresse par le démon secouée
Veut goûter une enfant triste de fruits nouveaux[1]
Et criminels aussi sous leur robe trouée,
4   Cette goinfre s'apprête à de rusés travaux :

À son ventre compare heureuses deux tétines
Et, si haut que la main ne le saura saisir,
Elle darde le choc obscur de ses bottines
8   Ainsi que quelque langue inhabile au plaisir[2].

Contre la nudité peureuse de gazelle
Qui tremble, sur le dos tel un fol éléphant
Renversée elle attend et s'admire avec zèle,
12   En riant de ses dents naïves à l'enfant ;

Et, dans ses jambes où la victime se couche,
Levant une peau noire ouverte sous le crin,
Avance le palais[3] de cette étrange bouche
16   Pâle et rose comme un coquillage marin[4].

Manuscrit autographe de la bibliothèque Doucet
(MNR, Ms. 1199).

Sonnet adressé par Mallarmé le jour des Morts à Gaston Maspéro, mari d'Ettie Yapp, décédée le 10 septembre
1873. Ettie Yapp, aimée de Cazalis, était aussi une amie
de jeunesse de Mallarmé. Elle avait épousé le
11 novembre 1871 Gaston Maspéro (1846-1916), jeune
et brillant égyptologue, et l'on peut penser que Mallarmé
fait allusion aux rituels magiques des anciens Égyptiens
pour lesquels « c'est faire revivre un être humain que de
dire son nom ».

Le poème est censé être prononcé par la défunte.

1. Toi qui ne peux passer le seuil du tombeau.

2. Les lourds bouquets qui commémorent le manque, et non
pas le manque de bouquets.

3. La scène suppose une véritable nécromancie.

4. Celle, par excellence, de la revenante.

5. La revenante doit pouvoir soulever la dalle du tombeau.

6. Et non corps.

7. Dire son nom suffit pour que la morte reparaisse en tant
qu'âme.

SONNET

2 novembre 1877

— « Sur les bois oubliés quand passe l'hiver sombre
Tu te plains, ô captif solitaire du seuil[1],
Que ce sépulcre à deux qui fera notre orgueil
4 Hélas ! du manque seul des lourds bouquets[2]
                    [s'encombre.

Sans écouter Minuit qui jeta son vain nombre,
Une veille t'exalte à ne pas fermer l'œil
Avant que dans les bras de l'ancien fauteuil
8 Le suprême tison n'ait éclairé mon Ombre[3].

Qui veut souvent avoir la Visite[4] ne doit
Par trop de fleurs charger la pierre[5] que mon doigt
11 Soulève avec l'ennui d'une force défunte.

Âme[6] au si clair foyer tremblante de m'asseoir,
Pour revivre il suffit qu'à tes lèvres j'emprunte
14 Le souffle de mon nom murmuré tout un soir[7]. »

(Pour votre chère morte, son ami.)

La Coupe, n° 9, juin 1896. Ce poème, comme « Si tu veux nous nous aimerons », a été regroupé par Geneviève Mallarmé sous le titre générique « Rondels » (forme de poésie fixe en usage à la fin du Moyen Âge ; les rondeaux de Charles d'Orléans sont célèbres). Ils concernent Méry Laurent (1844-1900), née Anne Rose Suzanne Louviot, devenue la protégée du très riche dentiste américain le Dr Evans, amie des peintres et des poètes, et liée à Mallarmé de l'amitié la plus tendre à partir de 1883, date de la mort d'Édouard Manet, chez qui elle l'avait rencontré. Voir, de S. Mallarmé, *Lettres à Méry Laurent*, éd. établie par B. Marchal, Gallimard, 1996.

1. Plus grande.
2. Sans crainte qu'un mot indiscret ne vous échappe.
3. Le rouge de l'émotion.
4. Les larmes (le vocabulaire est celui de la galanterie).

Rien, au réveil, que vous n'ayez
Envisagé de quelque moue
Pire[1] si le rire secoue
4 Votre aile sur les oreillers.

Indifféremment sommeillez
Sans crainte qu'une haleine avoue[2]
Rien, au réveil, que vous n'ayez
8 Envisagé de quelque moue.

Tous les rêves émerveillés,
Quand cette beauté les déjoue,
Ne produisent fleur sur la joue[3]
Dans l'œil diamants impayés[4]
13 Rien, au réveil, que vous n'ayez

Autographe publié en fac-similé dans *La Plume* du 15 mars 1896. Mallarmé qualifie ce rondel de « petite chanson inédite » dans une lettre au directeur de *La Plume*, Léon Deschamps, le mercredi 6 février 1896 (*C*, VIII, p. 52).

1. Plus grand, plus profond. Voir le précédent rondel (v. 3).
2. Chanter ne permet pas de découvrir l'éclat des dents.
3. Le sylphe est une petite divinité des airs. La pourpre de l'imperator romain renvoie à la couleur de la bouche.
4. Les lèvres.

Si tu veux nous nous aimerons
Avec tes lèvres sans le dire
Cette rose ne l'interromps
4 Qu'à verser un silence pire[1]

Jamais de chants ne lancent prompts
Le scintillement du sourire[2]
Si tu veux nous nous aimerons
8 Avec tes lèvres sans le dire

Muet muet entre les ronds
Sylphe dans la pourpre d'empire[3]
Un baiser flambant se déchire
Jusqu'aux pointes des ailerons[4]
13 Si tu veux nous nous aimerons.

La Phalange, janvier 1908. Publication posthume. Sur Méry, voir p. 246.

1. Ce n'est donc qu'une image.

2. « Aucun » : quelque. Ce « bouquetier », vase à contenir des fleurs, contient peut-être en pareil cas des fleurs séchées et serait fermé par un bouchon de cristal.

3. On remarque ici l'hiatus que se permet exceptionnellement Mallarmé et qu'il aurait sans doute corrigé pour une publication.

4. Celui de sœur, rien que chuchoté.

5. Une autre douceur que celle de la relation purement fraternelle

Ô si chère de loin et proche et blanche, si
Délicieusement toi, Méry, que je songe
À quelque baume rare émané par mensonge[1]
4 Sur aucun bouquetier de cristal obscurci[2]

Le sais-tu, oui[3] ! pour moi voici des ans, voici
Toujours que ton sourire éblouissant prolonge
La même rose avec son bel été qui plonge
8 Dans autrefois et puis dans le futur aussi.

Mon cœur qui dans les nuits parfois cherche à
[s'entendre
Ou de quel dernier mot t'appeler le plus tendre
11 S'exalte en celui rien que chuchoté de sœur[4]

N'était, très grand trésor et tête si petite,
Que tu m'enseignes bien toute une autre douceur[5]
14 Tout bas par le baiser seul dans tes cheveux dite.

Le Figaro, 10 février 1896. Dans une lettre à André Maurel, le directeur du *Figaro*, Mallarmé présente ce poème comme « un rien », un « sonnet causé » qui « ne peut, je crois, détonner dans un périodique, malgré que les vers et le journal journal se font [*sic*] tort réciproquement » (*C*, VIII, p. 52). Il reparaîtra dans *La Gazette anecdotique* du 29 février 1896, où l'on invita les lecteurs à le commenter. Mallarmé lui-même en offrira un bref commentaire pour Charles Valentino (lettre du samedi 15 février 1896, *French Studies*, janvier 1986) : « Un besoin d'amitié calme sans crises de passion ni trop vivace flamme épuisant la fleur du sentiment, cette rose, etc. »

1. Cruelle, parce qu'elle blesse.

2. Je comprends « blanc » comme « immaculé », « sans tache ».

3. Le « diamant » semble expliqué par « la rosée » du vers 5. Mais que vaut métaphoriquement une telle rosée ? Crises de larmes ?

4. « Gentiment » renvoie à « sans trop d'ardeur ». Le « ni » du vers suivant poursuit le « sans » du vers 5.

5. Comprendre « brise [...] jalouse ».

6. Quoique le ciel orageux s'en aille avec la brise.

7. Donner une ampleur au sentiment quotidien.

8. Ce sonnet est daté sur l'original « 31 décembre 1887 ».

9. Au sens ancien de « se mettre en mouvement ».

10. Dépend plutôt de « suffise » (v. 11). L'amitié monotone du dernier vers est ravivée chaque année, et rafraîchie, rajeunie.

Dame
       sans trop d'ardeur à la fois enflammant
La rose qui cruelle[1] ou déchirée, et lasse
Même du blanc habit de pourpre[2], le délace
4 Pour ouïr dans sa chair pleurer le diamant[3]

Oui, sans ces crises de rosée et gentiment[4]
Ni brise[5] quoique, avec, le ciel orageux passe[6]
Jalouse d'apporter je ne sais quel espace
8 Au simple jour le jour très vrai du sentiment[7]

Ne te semble-t-il pas, disons, que chaque année[8]
Dont sur ton front renaît la grâce spontanée
11 Suffise selon quelque apparence et pour moi

Comme un éventail frais dans la chambre s'étonne[9]
À raviver[10] du peu qu'il faut ici d'émoi
14 Toute notre native amitié monotone.

Voir les deux « Chansons bas » des *Poésies* (p. 195 et p. 197). Geneviève a restitué les six autres poèmes donnés dans la septième livraison des *Types de Paris* (1889).

CHANSONS BAS

III

LE CANTONNIER

Ces cailloux, tu les nivelles
Et c'est, comme troubadour,
Un cube aussi de cervelles
Qu'il me faut ouvrir par jour.

IV

LE MARCHAND D'AIL ET D'OIGNONS

L'ennui d'aller en visite
Avec l'ail nous l'éloignons.
L'élégie au pleur hésite
Peu si je fends des oignons.

V

LA FEMME DE L'OUVRIER

La femme, l'enfant, la soupe
En chemin pour le carrier
Le complimentent qu'il coupe
Dans l'us de se marier.

VI

LE VITRIER

Le pur soleil qui remise
Trop d'éclat pour l'y trier
Ôte ébloui sa chemise
Sur le dos du vitrier.

VII

LE CRIEUR D'IMPRIMÉS

Toujours, n'importe le titre,
Sans même s'enrhumer au
Dégel, ce gai siffle-litre
Crie un premier numéro.

VIII

LA MARCHANDE D'HABITS

Le vif œil dont tu regardes
Jusques à leur contenu
Me sépare de mes hardes
Et comme un dieu je vais nu.

Poème placé en épigraphe de « L'Action » (*La Revue
blanche*, 1er février 1895), première des « Variations sur
un sujet ». C'est, évidemment, le texte qui suit, qui permet l'interprétation de ce poème, rédigé sans doute après
coup pour l'illustrer d'une sorte de parabole. Mallarmé
s'y montrait réticent quant à l'action immédiate et préfé-
rait une forme de réserve : « Aussi garde-toi et sois là. »
À ceux qui le poussent à agir, il s'oppose, comme on
rabat de mauvaises herbes.

1. Cela me convient [...] de sentir [...], à condition de le taire.
Les trois dernières syllabes du vers font calembour. Mallarmé
n'accepte pas la formule en vogue ces années-là à propos de la
reconquête de l'Alsace et de la Lorraine : « Pensons-y toujours,
n'en parlons jamais ! » (voir *Selon Mallarmé* de P. Bénichou,
p. 353). Il feint d'être un revanchard contre le Teuton.
    2. Complément d'origine. Le foyer rougit son pantalon.
    3. Les militaires portaient alors des pantalons rouge garance.
    4. Les soldats, familièrement appelés « tourlourous », met-
taient des gants blancs pour les parades militaires.
    5. La baguette [...] nue ou comportant une écorce.
    6. Au titre d'une autre menace (celle de trancher).
    7. Ce vers forme une incise.
    8. La sympathie exagérée et urticante que l'on témoignait
alors à Mallarmé, parfois écrasé par sa renommée.

PETIT AIR

(guerrier)

Ce me va hormis l'y taire[1]
Que je sente du foyer[2]
Un pantalon militaire
4 À ma jambe rougeoyer[3]

L'invasion je la guette
Avec le vierge courroux
Tout juste de la baguette
8 Au gant blanc des tourlourous[4]

Nue ou d'écorce tenace[5]
Pas pour battre le Teuton
Mais comme une autre menace[6]
12 À la fin que me veut-on[7]

De trancher ras cette ortie
Folle de la sympathie[8]

Le Figaro, supplément littéraire du 3 août 1895. Après la réponse donnée par Mallarmé à une enquête lancée par Austin de Croze sur « Le vers libre et les poètes », peuvent se lire « des vers que, *par jeu*, le poète voulut bien écrire à notre intention », précise l'interviewer.

1. Le souffle concentré.

2. L'ignition du cigare doit laisser un net déchet. C'est l'art de fumer le cigare que Mallarmé exprime ici, laissant au lecteur le soin de faire jouer tous les éléments métaphoriques inclus dans son texte.

3. Subjonctif. Si le désir de chanter te vient...

4. Si la précision imitative est trop grande, le réel (que Mallarmé ne conteste pas, par ailleurs) est un déchet.

5. Cette « vague littérature » est celle de l'interlocuteur ou du disciple incertain qui s'égare encore, pris dans les nécessités de la *mimèsis*, alors qu'il faut exprimer la « notion pure ».

Toute l'âme résumée[1]
Quand lente nous l'expirons
Dans plusieurs ronds de fumée
4 Abolis en autres ronds

Atteste quelque cigare
Brûlant savamment pour peu
Que la cendre se sépare
8 De son clair baiser de feu[2]

Ainsi le chœur des romances
À la lèvre vole-t-il[3]
Exclus-en si tu commences
12 Le réel parce que vil[4]

Le sens trop précis rature
Ta vague littérature[5]

Poème écrit à l'encre blanche sur le papier d'un éventail fleuri de roses (d'après l'indication donnée dans les *Œuvres complètes* de Mallarmé, ancienne édition, « Bibliothèque de La Pléiade », 1945, p. 1477). Il ne figurait pas dans l'édition des *Poésies* de 1913.

L'éventail crée la neige et le beau temps (il jette « le ciel en détail »). Les roses semblables entre elles sont des flocons de neige quand l'éventail maintenu devant la bouche de Méry retient son souffle. Mais leur froid se fond, dès qu'il bat et qu'il répand le parfum de sa bouche. Sur Méry, voir p. 246.

ÉVENTAIL DE MÉRY LAURENT

De frigides roses pour vivre
Toutes la même interrompront
Avec un blanc calice prompt
4 Votre souffle devenu givre

Mais que mon battement délivre
La touffe par un choc profond
Cette frigidité se fond
8 En du rire de fleurir ivre

À jeter le ciel en détail
Voilà comme bon éventail
11 Tu conviens mieux qu'une fiole

Nul n'enfermant à l'émeri
Sans qu'il y perde ou le viole
14 L'arôme émané de Méry.

1890

III

Anecdotes ou poèmes

Comme tous les jeunes poètes de sa génération, Mallarmé découvre ce genre nouveau qu'est le poème en prose. Il le connaît d'abord par les publications de Baudelaire en 1862 dans La Presse où paraissent les vingt-quatre premiers poèmes du futur Spleen de Paris[1], puis en lisant chez Mendès le Gaspard de la Nuit d'Aloysius Bertrand, dont il s'empresse d'acquérir un exemplaire.

Le sens du « poème en prose » connaît sous sa plume une considérable évolution[2]. Certes, l'anecdote est toujours à l'origine du texte – qu'elle soit réelle ou inventée. Et il n'est pas difficile de repérer tous les éléments autobiographiques dont sont nourris ses premiers essais, comme « Plainte d'automne », « Frisson d'hiver », « La Pipe ». Mais, fort tôt, le texte prend l'allure d'un conte symbolique : « Le Phénomène futur » (qui intriguait Baudelaire) ou d'une histoire étrange que Poe aurait pu inspirer : « Le Démon de l'analogie ». Plus tard, le style se complique, saturé d'incidents et de comparaisons, animé d'un rythme qui semble, à première vue, défier la logique grammaticale. À l'image des plus longs poèmes en prose de Baudelaire, Mallarmé va donner aux siens l'extension de véritables nouvelles. L'anecdote relevée par le promeneur parisien ou l'homme des foules compte alors en pareil cas. Avec une attention spéciale, il « remarque les

---

1. Voir lettre à Albert Collignon, directeur de la *Revue nouvelle*, 11 avril 1864 : « [...] un article que je compte faire [...] sur le *Spleen à Paris* [*sic*] et sur l'œuvre de ce maître » (*C* « Folio », p. 176).
2. Pour l'étude de ces poèmes, voir *Le Poème en prose de Baudelaire jusqu'à nos jours*, Suzanne Bernard, Nizet, 1959, p. 253-330, et le chapitre « Notes sur cinq poèmes en prose » dans *Le Champ d'écoute* de J.-L. Steinmetz, *op. cit.*, p. 179-197.

événements sous le jour propre au rêve » – incident lors
d'une soirée théâtrale (« Un spectacle interrompu »),
excursion suburbaine qui le met en contact avec le monde
des foires (« La Déclaration foraine »), scène entrevue,
ironique et baroque (« L'Ecclésiastique »), ou découverte
au fil de l'eau, bientôt transfigurée en mythe (« Le Nénuphar blanc »). L'usage de la première personne qui par-
raine la plupart de ces textes rapproche de Mallarmé
lui-même transformé en témoin qui, par le fait de la
transposition, extrait d'une situation, le plus souvent
banale, comme une précieuse quintessence. À l'encontre
du mode descriptif, mais pareillement loin d'une préoccu-
pation strictement symbolique, Mallarmé dégage l'idée
au contact du réel, non pour le sublimer, mais pour en
écarter les efflorescences et produire l'avènement d'une
vérité de fiction, la seule qui, après tout, puisse compter
dans l'ordre du langage qui nous est imparti.

Peu nombreux, si on les compare à ceux de Baudelaire
ou de Rimbaud (cinquante textes), les poèmes en prose
de Mallarmé sont au nombre de douze (ou treize) ; ils
ont été composés pour moitié au début de sa vie de créateur, quand il habitait en province. Plusieurs d'entre eux
ont fait l'objet de corrections importantes, notamment
« Réminiscence », maintes fois retravaillé. D'autres, plus
longs et plus complexes, évoquent la deuxième partie de
sa vie : une soirée au théâtre à Paris, comme lorsqu'il
rédigeait à lui seul La Dernière Mode, une promenade en
banlieue avec Méry ou une « actualité » du bois de Boulogne (« L'Ecclésiastique »), un périple à bord du SM (le
canot qu'il utilisait sur la Seine, près de Valvins, et qui
portait ses initiales) ou l'arrivée en gare de Fontainebleau par un bel automne (« La Gloire »). À ces douze
poèmes en prose, il n'hésite pas à ajouter « Conflit »
(publié d'abord le 1er août 1895 dans La Revue blanche),
relatant un démêlé plus ou moins imaginaire avec des
cheminots installés provisoirement dans les communs de
sa maison de Valvins.

On remarquera qu'au fil des années, Mallarmé semble
n'avoir accordé qu'un intérêt secondaire à ces publica-

tions, malgré son admiration pour les poèmes en prose de Rimbaud et de Baudelaire. Fort tôt, du moins, il avait envisagé de les regrouper sous le titre mineur de « Pages déchirées », bientôt transformé en « Pages oubliées » (La Revue des Lettres et des Arts *en 1867-1868 ;* L'Art libre, *1er février 1872 ;* La République des Lettres, *24 décembre 1875 ;* La Vogue, *11 avril 1886 ;* Le Chat noir, *26 juin 1886), titre qui semblait vouloir indiquer qu'il s'était éloigné du genre au profit d'une forme supérieure de journalisme, celle qu'exprimeront ses « poèmes critiques ». L'appréciation tardive qu'il porte sur leur compte dans ses* Divagations *(1897) paraît confirmer ce détachement à leur égard (outre la désuétude ou l'humour dont certains portaient trace), puisqu'il raille presque « le sort, exagéré, fait à ces riens » qui l'oblige (envers le public) à ne pas les omettre de son livre.*

Il avait procédé à plusieurs regroupements auparavant, dans Album de vers & de prose *(1887),* Pages *(1891 ; douze textes),* Vers et prose *(1893) sous le titre « Plusieurs pages » (neuf textes).* Divagations *(1897) ajoute à ceux de* Pages *un texte, « Conflit », et donne « L'Ecclésiastique » avant « La Gloire ».*

LE PHÉNOMÈNE FUTUR [1]

Un ciel pâle, sur le monde qui finit de décrépitude, va peut-être partir avec les nuages : les lambeaux de la pourpre usée des couchants déteignent dans une rivière dormant à l'horizon submergé de rayons et d'eau. Les arbres s'ennuient et, sous leur feuillage blanchi (de la poussière du temps plutôt que celle des chemins), monte la maison en toile du Montreur de choses Passées [2] : maint réverbère [3] attend le crépuscule et ravive les visages d'une malheureuse foule, vaincue par la maladie immortelle et le péché des siècles, d'hommes près de leurs chétives complices enceintes des fruits misérables avec lesquels périra la terre. Dans le silence inquiet de tous les yeux suppliant là-bas le soleil qui, sous l'eau, s'enfonce avec le désespoir d'un cri, voici le simple boniment [4] : « Nulle enseigne ne vous régale du spectacle intérieur, car il n'est pas maintenant un peintre capable d'en donner une ombre

---

1. Poème envoyé à Henri Cazalis dès mars 1865, et paru dans *La République des Lettres*, 20 décembre 1875.   **2.** Ce décor rappelle celui du « Vieux Saltimbanque » de Baudelaire, première publication dans la *Revue fantaisiste* du 1ᵉʳ novembre 1861 (repris dans *Le Spleen de Paris*, 1869, Le Livre de Poche, p. 97). Il est certain que Baudelaire eut connaissance de ce texte avant sa publication, peut-être par Mme Lejosne à qui Mallarmé l'avait adressé le 8 février 1866, puisqu'il note dans *La Belgique déshabillée* (éd. A. Guyaux, Gallimard, « Folio » 1986, fᵒ 39, p. 155) : « Un jeune écrivain a eu récemment une conception ingénieuse, mais non absolument juste. Le monde va finir. L'humanité est décrépite. Un Barnum de l'avenir montre aux hommes dégradés de son temps une belle femme des anciens âges artificiellement conservée. "Eh ! quoi ! disent-ils, l'humanité a pu être aussi belle que cela ?" Je dis que cela n'est pas vrai. L'homme dégradé s'admirerait et appellerait la beauté laideur. Voyez les déplorables Belges. » **3.** Les réverbères caractérisent le décor urbain.   **4.** Un autre boniment s'entend dans « La Déclaration foraine » (voir p. 289).

triste. J'apporte, vivante (et préservée à travers les ans par la science souveraine) une Femme d'autrefois. Quelque folie, originelle et naïve, une extase d'or[1], je ne sais quoi ! par elle nommé sa chevelure, se ploie avec la grâce des étoffes autour d'un visage qu'éclaire la nudité sanglante de ses lèvres. À la place du vêtement vain, elle a un corps ; et les yeux, semblables aux pierres rares ! ne valent pas ce regard qui sort de sa chair heureuse : des seins levés comme s'ils étaient pleins d'un lait éternel, la pointe vers le ciel, aux jambes lisses qui gardent le sel de la mer première[2]. » Se rappelant leurs pauvres épouses, chauves, morbides et pleines d'horreur, les maris se pressent : elles aussi par curiosité, mélancoliques, veulent voir.

Quand tous auront contemplé la noble créature, vestige de quelque époque déjà maudite[3], les uns indifférents, car ils n'auront pas eu la force de comprendre, mais d'autres navrés et la paupière humide de larmes résignées se regarderont ; tandis que les poètes de ces temps, sentant se rallumer leurs yeux éteints, s'achemineront vers leur lampe[4], le cerveau ivre un instant d'une gloire confuse, hantés du Rythme et dans l'oubli d'exister à une époque qui survit à la beauté.

---

1. L'or, l'originel, le natif vont de pair. Voir les poèmes sur la chevelure et notamment « Quelle soie aux baumes de temps » (p. 231).
2. Le corps est décrit (des seins aux jambes) comme celui de Vénus sortant de la mer.   3. À l'époque même où vivait cette femme, pesait déjà la malédiction de la décadence.   4. La lampe veille sur le travail poétique nocturne.

PLAINTE D'AUTOMNE [1]

Depuis que Maria [2] m'a quitté pour aller dans une autre
étoile – laquelle, Orion, Altaïr, et toi, verte Vénus ? – j'ai
toujours chéri la solitude. Que de longues journées j'ai
passées seul avec mon chat. Par *seul*, j'entends sans un
être matériel et mon chat est un compagnon mystique, un
esprit. Je puis donc dire que j'ai passé de longues journées
seul avec mon chat et, seul, avec un des derniers auteurs
de la décadence latine [3] ; car depuis que la blanche créature n'est plus, étrangement et singulièrement j'ai aimé
tout ce qui se résumait en ce mot : chute. Ainsi, dans
l'année, ma saison favorite, ce sont les derniers jours
alanguis de l'été, qui précèdent immédiatement l'automne
et, dans la journée, l'heure où je me promène est quand
le soleil se repose avant de s'évanouir, avec des rayons
de cuivre jaune [4] sur les murs gris et de cuivre rouge sur

---

1. La première version de ce poème en prose a été publiée sous le
titre « L'orgue de Barbarie » dans *La Semaine de Cusset et de Vichy*
du 2 juillet 1864. Il y était jumelé avec « La Tête » (premier titre de
« Pauvre enfant pâle », voir p. 279), et ces deux poèmes étaient dédiés
à Baudelaire. « Plainte d'automne » a été écrit à Londres en 1863.
2. Maria désigne vraisemblablement la sœur de Mallarmé, morte à
l'âge de treize ans le 31 août 1857.   **3.** On peut se demander lequel.
Mallarmé témoigne ici un goût déjà manifesté par Baudelaire pour les
auteurs de la basse latinité. Voir la note accompagnant, dans l'édition
des *Fleurs du Mal* de 1857, le poème « *Franciscæ meæ laudes* » : « Ne
semble-t-il pas au lecteur, comme à moi, que la langue de la dernière
décadence latine [...] est singulièrement propre à exprimer la passion
telle que l'a comprise et sentie le monde poétique moderne ? [...] Les
mots, pris dans une acception nouvelle, révèlent la maladresse char-
mante du barbare du nord agenouillé devant la beauté romaine. Le
calembour lui-même, quand il traverse ces pédantesques bégaiements,
ne joue-t-il pas la grâce sauvage et baroque de l'enfance ? »   **4.** On
pense au fameux poème de Sainte-Beuve, « Les Rayons jaunes ».

les carreaux. De même la littérature à laquelle mon esprit demande une volupté sera la poésie agonisante des derniers moments de Rome, tant, cependant, qu'elle[1] ne respire aucunement l'approche rajeunissante des Barbares et ne bégaie point le latin enfantin des premières proses[2] chrétiennes.

Je lisais donc un de ces chers poèmes (dont les plaques de fard ont plus de charme sur moi que l'incarnat de la jeunesse) et plongeais une main dans la fourrure du pur animal, quand un orgue de Barbarie chanta languissamment et mélancoliquement sous ma fenêtre. Il jouait dans la grande allée des peupliers dont les feuilles me paraissent mornes même au printemps, depuis que Maria a passé là avec des cierges, une dernière fois. L'instrument des tristes, oui, vraiment : le piano scintille, le violon donne aux fibres déchirées la lumière, mais l'orgue de Barbarie, dans le crépuscule du souvenir, m'a fait désespérément rêver. Maintenant qu'il murmurait un air joyeusement vulgaire et qui mit la gaieté au cœur des faubourgs, un air suranné, banal : d'où vient que sa ritournelle m'allait à l'âme et me faisait pleurer comme une ballade romantique ? Je la savourai lentement et je ne lançai pas un sou par la fenêtre de peur de me déranger et de m'apercevoir que l'instrument ne chantait pas seul.

---

1. Aussi longtemps que.   **2.** Poèmes en latin et en vers rimés, chantés à certains moments de l'office. Voir « Prose (pour des Esseintes) », p. 181.

FRISSON D'HIVER [1]

Cette pendule de Saxe [2] qui retarde et sonne treize heures parmi ses fleurs et ses dieux, à qui a-t-elle été ? Pense qu'elle est venue de Saxe par les longues diligences autrefois.

(De singulières ombres pendent aux vitres usées.)

Et ta glace de Venise, profonde comme une froide fontaine, en un rivage de guivres dédorées [3], qui s'y est miré ? Ah ! je suis sûr que plus d'une femme a baigné dans cette eau le péché de sa beauté [4] ; et peut-être verrais-je un fantôme nu si je regardais longtemps.

— Vilain, tu dis souvent de méchantes choses [5].

(Je vois des toiles d'araignées au haut des grandes croisées.)

Notre bahut encore est très vieux : contemple comme ce feu rougit son triste bois ; les rideaux amortis [6] ont son âge, et la tapisserie des fauteuils dénués de fard, et les anciennes gravures des murs, et toutes nos vieilleries ?

1. Publié sous le titre « Causerie d'hiver » dans *La Revue des Lettres et des Arts* du 20 octobre 1867, ce poème fut composé en 1864. **2.** Les pendules peintes de Saxe étaient réputées. Mallarmé en avait rapporté une à sa femme Marie, Allemande d'origine, fin septembre 1864 (voir lettre à Cazalis du 9 octobre 1864, *C* « Folio », p. 201). **3.** C'est elle que l'on voit sans doute dans le « Sonnet en –yx », p. 211.   **4.** On pense ici à Hérodiade et à son adresse au miroir : « J'ai de mon rêve épars connu la nudité » (p. 155).   **5.** La réplique vient de Marie.   **6.** Dont les couleurs ont perdu leur vivacité.

Est-ce qu'il ne te semble pas, même, que les bengalis et l'oiseau bleu[1] ont déteint avec le temps ?

(Ne songe pas aux toiles d'araignées qui tremblent au haut des grandes croisées.)

Tu aimes tout cela et voilà pourquoi je puis vivre auprès de toi. N'as-tu pas désiré, ma sœur au regard de jadis, qu'en un de mes poèmes apparussent ces mots « la grâce des choses fanées[2] » ? Les objets neufs te déplaisent ; à toi aussi, ils font peur avec leur hardiesse criarde, et tu te sentirais le besoin de les user, ce qui est bien difficile à faire pour ceux qui ne goûtent pas l'action.

Viens, ferme ton vieil almanach allemand, que tu lis avec attention, bien qu'il ait paru il y a plus de cent ans et que les rois qu'il annonce soient tous morts, et, sur l'antique tapis couché, la tête appuyée parmi tes genoux charitables dans ta robe pâlie, ô calme enfant, je te parlerai pendant des heures ; il n'y a plus de champs et les rues sont vides, je te parlerai de nos meubles.. Tu es distraite ?

(Ces toiles d'araignées grelottent au haut des grandes croisées.)

---

1. Ces oiseaux sont ceux que Mallarmé avait dans sa maison de Tournon en 1864 (voir la lettre à Cazalis citée plus haut).   **2.** Dans le passage de sa « Symphonie littéraire » (*L'Artiste*, 1er février 1865) consacré à Baudelaire, Mallarmé évoque « un rayon bizarre et plein de la grâce des choses fanées ».

LE DÉMON DE L'ANALOGIE [1]

Des paroles inconnues chantèrent-elles sur vos lèvres, lambeaux maudits d'une phrase absurde ?

Je sortis de mon appartement avec la sensation propre d'une aile glissant sur les cordes d'un instrument, traînante et légère, que remplaça une voix prononçant les mots sur un ton descendant : « La Pénultième [2] est morte », de façon que

La Pénultième

finit le vers et

Est morte

se détacha
de la suspension fatidique plus inutilement en le vide de signification [3]. Je fis des pas dans la rue et reconnus en le son *nul* la corde tendue de l'instrument de musique, qui était oublié et que le glorieux Souvenir certainement venait de visiter de son aile ou d'une palme [4] et, le doigt

---

1. Ce poème avait déjà été envoyé à Villiers de l'Isle-Adam en 1867. Il sera publié sous le titre « La Pénultième » dans *Vers et prose* en 1893. « Le Démon de l'analogie » renvoie manifestement à un conte d'Edgar Poe, « Le Démon de la perversité », traduit ensuite par Baudelaire et publié dans les *Nouvelles histoires extraordinaires* (1857). Il est d'abord paru dans *La Revue du monde nouveau*, le 15 février 1874.   **2.** La pénultième désigne, comme il est dit plus loin dans le texte, l'avant-dernière syllabe d'un mot. On peut y entendre aussi « peine ultime ».   **3.** La rime en suspens est donc en *-ième* ou *-ème*, et « Est morte » vaut comme un rejet.   **4.** Le Souvenir est allégorisé, comme chez Poe ou chez Baudelaire.

sur l'artifice du mystère, je souris et implorai de vœux intellectuels une spéculation différente [1]. La phrase revint, virtuelle, dégagée d'une chute antérieure de plume ou de rameau [2], dorénavant à travers la voix entendue, jusqu'à ce qu'enfin elle s'articula seule, vivant de sa personnalité. J'allais (ne me contentant plus d'une perception) la lisant en fin de vers, et, une fois, comme un essai, l'adaptant à mon parler ; bientôt la prononçant avec un silence après « Pénultième » dans lequel je trouvais une pénible jouissance : « La Pénultième » puis la corde de l'instrument, si tendue en l'oubli sur le son *nul* [3], cassait sans doute et j'ajoutais en manière d'oraison : « Est morte. » Je ne discontinuai pas de tenter un retour à des pensées de prédilection, alléguant pour me calmer, que, certes, pénultième est le terme du lexique qui signifie l'avant-dernière syllabe des vocables, et son apparition, le reste mal abjuré d'un labeur de linguistique par lequel quotidiennement sanglote de s'interrompre ma noble faculté poétique [4] : la sonorité même et l'air de mensonge assumé par la hâte de la facile affirmation étaient une cause de tourment. Harcelé, je résolus de laisser les mots de triste nature errer eux-mêmes sur ma bouche, et j'allai murmurant avec l'intonation susceptible de condoléance : « La Pénultième est morte, elle est morte, bien morte, la désespérée Pénultième », croyant par là satisfaire l'inquiétude et non sans le secret espoir de l'ensevelir en l'amplification de la psalmodie quand, effroi ! – d'une magie aisément déductible et nerveuse – je sentis que j'avais [5], ma main réfléchie par un vitrage de boutique y faisant le geste d'une caresse qui descend sur quelque chose, la voix même (la première, qui indubitablement avait été l'unique).

---

1. Changer d'idée, en somme.   **2.** Aile (penne) ou palme, attribuées plus haut au Souvenir.   **3.** Le son est nul (qualificatif), mais c'est aussi – comme l'indique l'italique – l'avant-dernière syllabe du mot « pén*ul*tième ».   **4.** Soit l'enseignement de l'anglais qu'il professait, soit le projet de thèse qui l'absorbait alors.   **5.** « J'avais [...] la voix même ». Mallarmé prononce la phrase avec la seule tonalité convenable.

Mais où s'installe l'irrécusable intervention du surnaturel, et le commencement de l'angoisse sous laquelle agonise mon esprit naguère seigneur[1] c'est quand je vis, levant les yeux, dans la rue des antiquaires instinctivement suivie, que j'étais devant la boutique d'un luthier vendeur de vieux instruments pendus au mur, et, à terre, des palmes jaunes et les ailes enfouies en l'ombre, d'oiseaux anciens. Je m'enfuis, bizarre, personne condamnée à porter probablement le deuil[2] de l'inexplicable Pénultième.

---

1. L'esprit ne domine plus, quand l'angoisse intervient. L'ambiance revient aux histoires bizarres de Poe.   2. Le deuil impliqué par l'étrange phrase (comme le « *Nevermore* » du *Corbeau* de Poe), puisqu'on ne sait pas vraiment de quelle pénultième il s'agit. Le pressentiment de l'inconscient et d'une certaine forme d'automatisme est bien perceptible dans cette inquiétante familiarité (l'*Unheimliche* de Freud).

PAUVRE ENFANT PÂLE [1]

Pauvre enfant pâle, pourquoi crier à tue-tête dans la rue ta chanson aiguë et insolente, qui se perd parmi les chats, seigneur des toits ? car elle ne traversera pas les volets des premiers étages, derrière lesquels tu ignores de lourds rideaux de soie incarnadine [2].

Cependant, tu chantes fatalement, avec l'assurance tenace d'un petit homme qui s'en va seul par la vie et, ne comptant sur personne, travaille pour soi. As-tu jamais eu un père ? Tu n'as pas même une vieille qui te fasse oublier la faim, en te battant, quand tu rentres sans un sou [3].

Mais tu travailles pour toi : debout dans les rues, couvert de vêtements déteints faits comme ceux d'un homme, une maigreur prématurée et trop grand à ton âge, tu chantes pour manger, avec acharnement, sans abaisser tes yeux méchants vers les autres enfants jouant sur le pavé.

---

1. Publié sous le titre « La Tête » dans *La Semaine de Cusset et de Vichy* du 2 juillet 1864 et jumelé avec « L'Orgue de Barbarie » (« Plainte d'automne »), les deux poèmes étant dédiés à Baudelaire. Voir au sujet de ce texte la lettre de Mallarmé à Armand Renaud, du 27 juin 1864 (*C* « Folio », p. 185) : « Dernièrement, je vis par ma fenêtre un méchant enfant pauvre qui chantait seul par les rues une chanson insolente : la voix très haute le forçait à lever la tête d'une façon singulière et qui me frappa longtemps. Un moment, l'affreuse idée me vient que cette tête qui semblait vouloir s'en aller, serait peut-être un jour, en effet, détachée du reste de ce corps grêle par le couteau de la justice, et dans la soirée j'écrivis le poème en prose que je vous envoie. »   **2.** La marque du confort bourgeois et de la richesse. **3.** La tonalité du texte est volontiers réaliste.

Et ta complainte est si haute, si haute, que ta tête nue qui se lève en l'air à mesure que ta voix monte, semble vouloir partir de tes petites épaules.

Petit homme, qui sait si elle ne s'en ira pas un jour, quand, après avoir crié longtemps dans les villes, tu auras fait un crime ? Un crime n'est pas bien difficile à faire, va, il suffit d'avoir du courage après le désir, et tels qui.. Ta petite figure est énergique.

Pas un sou ne descend dans le panier d'osier que tient ta longue main pendue sans espoir sur ton pantalon : on te rendra mauvais et un jour tu commettras un crime.

Ta tête se dresse toujours et veut te quitter comme si d'avance elle savait, pendant que tu chantes d'un air qui devient menaçant.

Elle te dira adieu quand tu paieras pour moi, pour ceux qui valent moins que moi[1]. Tu vins probablement au monde vers cela[2] et tu jeûnes dès maintenant, nous te verrons dans les journaux.

Oh ! pauvre petite tête !

---

1. Quand l'enfant subira la peine imposée par la société, coupable de toute façon. 2. L'enfant est né dans un milieu criminel.

LA PIPE[1]

Hier, j'ai trouvé ma pipe en rêvant une longue soirée de travail, de beau travail d'hiver. Jetées les cigarettes avec toutes les joies enfantines de l'été dans le passé qu'illuminent les feuilles bleues de soleil, les mousselines et reprise ma grave pipe par un homme sérieux qui veut fumer longtemps sans se déranger, afin de mieux travailler : mais je ne m'attendais pas à la surprise que préparait cette délaissée, à peine eus-je tiré la première bouffée, j'oubliai mes grands livres à faire, émerveillé, attendri, je respirai l'hiver dernier qui revenait[2]. Je n'avais pas touché à la fidèle amie depuis ma rentrée en France[3], et tout Londres, Londres tel que je le vécus en entier à moi seul, il y a un an, est apparu ; d'abord les chers brouillards qui emmitouflent nos cervelles et ont, là-bas, une odeur à eux, quand ils pénètrent sous la croisée. Mon tabac sentait une chambre sombre aux meubles de cuir saupoudrés par la poussière du charbon sur lesquels se roulait le maigre chat noir ; les grands feux ! et la bonne aux bras rouges versant les charbons, et le bruit de ces charbons tombant du seau de tôle dans la corbeille de fer, le matin – alors que le facteur frappait le double coup solennel, qui me faisait vivre[4] ! J'ai revu par les fenêtres ces arbres malades du square désert – j'ai vu le large, si souvent

---

1. Poème écrit à Tournon en 1864, et paru dans *La Revue des Lettres et des Arts*, le 12 janvier 1868. **2.** Mallarmé ressent l'atmosphère de l'an passé, quand il vivait à Londres avec Marie et, surtout, au moment où, séparé d'elle, il attendait ses lettres. **3.** En septembre 1863. **4.** C'est l'instant où Mallarmé reçoit les lettres de Marie.

traversé cet hiver-là [1], grelottant sur le pont du steamer
mouillé de bruine et noirci de fumée – avec ma pauvre
bien-aimée errante, en habits de voyageuse, une longue
robe terne couleur de la poussière des routes, un manteau
qui collait humide à ses épaules froides, un de ces chapeaux de paille sans plume et presque sans rubans, que
les riches dames jettent en arrivant, tant ils sont déchi-
quetés par l'air de la mer et que les pauvres bien-aimées
regarnissent pour bien des saisons encore. Autour de son
cou s'enroulait le terrible mouchoir qu'on agite en se
disant adieu pour toujours.

---

1. L'année 1863, en effet, avait été marquée par des séparations :
en janvier, quand Mallarmé avait accompagné Marie jusqu'à Boulogne,
où elle avait pris le train, et en mars.

UN SPECTACLE INTERROMPU[1]

Que la civilisation est loin de procurer les jouissances attribuables à cet état ! On doit par exemple s'étonner qu'une association entre les rêveurs, y séjournant, n'existe pas, dans toute grande ville, pour subvenir à un journal qui remarque les événements sous le jour propre au rêve. Artifice que la *réalité*, bon à fixer l'intellect moyen entre les mirages d'un fait ; mais elle repose par cela même sur quelque universelle entente : voyons donc s'il n'est pas, dans l'idéal, un aspect nécessaire, évident, simple, qui serve de type. Je veux, en vue de moi seul, écrire comme elle frappa mon regard de poète, telle Anecdote, avant que la divulguent des *reporters* par la foule dressés à assigner à chaque chose son caractère commun[2].

Le petit théâtre des Prodigalités adjoint l'exhibition d'un vivant cousin d'Atta Troll[3] ou de Martin à sa féerie classique *La Bête et le Génie* ; j'avais pour reconnaître l'invitation du billet double hier égaré chez moi, posé mon chapeau dans la stalle vacante à mes côtés, une absence d'ami[4] y témoignait du goût général à esquiver ce naïf spectacle. Que se passait-il devant moi ? Rien, sauf que : de pâleurs évasives de mousseline se réfugiant sur vingt piédestaux en architecture de Bagdad, sortaient un sourire et des bras ouverts à la lourdeur triste de

---

1. Paru dans *La République des Lettres*, le 20 décembre 1875. **2.** Cette introduction oppose le réalisme journalistique et la pensée poétique éveillée par un événement quotidien. **3.** Personnage d'ours dans un poème satirique d'Henri Heine (1847). En revanche, ni le théâtre des Prodigalités, ni la féerie *La Bête et le Génie* n'ont pu être identifiés. **4.** Tournure typiquement mallarméenne. Le mot abstrait est préféré au mot concret, relégué, en ce cas, comme complément de nom. Comprendre ici : un ami absent.

l'ours ; tandis que le héros, de ces sylphides[1] évocateur et leur gardien, un clown, dans sa haute nudité d'argent, raillait l'animal par notre supériorité. Jouir comme la foule du mythe inclus dans toute banalité, quel repos et, sans voisins où verser des réflexions, voir l'ordinaire et splendide veille trouvée à la rampe par ma recherche assoupie d'imaginations ou de symboles. Étranger à mainte réminiscence de pareilles soirées, l'accident le plus neuf ! suscita mon attention : une des nombreuses salves d'applaudissements décernés selon l'enthousiasme à l'illustration sur la scène du privilège authentique de l'Homme[2], venait, brisée par quoi ? de cesser net, avec un fixe fracas de gloire à l'apogée, inhabile à se répandre. Tout oreilles, il fallut être tout yeux. Au geste du pantin, une paume crispée dans l'air ouvrant les cinq doigts, je compris, qu'il avait, l'ingénieux ! capté les sympathies par la mine d'attraper au vol quelque chose, figure (et c'est tout) de la facilité dont est par chacun prise une idée[3] : et qu'ému au léger vent, l'ours rythmiquement et doucement levé interrogeait cet exploit, une griffe posée sur les rubans[4] de l'épaule humaine. Personne qui ne haletât, tant cette situation portait de conséquences graves pour l'honneur de la race : qu'allait-il arriver ? L'autre patte s'abattit, souple, contre un bras longeant le maillot ; et l'on vit, couple uni dans un secret rapprochement, comme un homme[5] inférieur, trapu, bon, debout sur l'écartement de deux jambes de poil, étreindre pour y apprendre les pratiques du génie[6], et son crâne au noir museau ne l'atteignant qu'à la moitié, le buste de son frère brillant et surnaturel : mais qui, lui ! exhaussait, la

---

1. Les sylphides semblent ici les femmes d'un harem. Le clown en argent est le clown blanc traditionnel, mais il peut aussi avoir la fonction de génie, au sens oriental du terme, dans les contes des *Mille et Une Nuits.* **2.** Le public applaudit à la supériorité de l'homme sur l'animal qu'il voit représentée sur scène. **3.** C'est la mimique habituelle pour signifier que l'on a trouvé une idée. **4.** Indication concernant l'habillement du clown. **5.** Au sens de « pour ainsi dire », une manière d'homme. **6.** Le « génie » renvoie évidemment au titre de la pièce.

bouche folle de vague, un chef affreux remuant par un fil visible dans l'horreur des dénégations véritables d'une mouche de papier et d'or. Spectacle clair, plus que les tréteaux vaste[1], avec ce don, propre à l'art, de durer longtemps : pour le parfaire je laissai[2], sans que m'offusquât l'attitude probablement fatale prise par le mime dépositaire de notre orgueil, jaillir tacitement le discours interdit au rejeton des sites arctiques : « Sois bon (c'était le sens), et plutôt que de manquer à la charité, explique-moi la vertu de cette atmosphère de splendeur, de poussière et de voix, où tu m'appris à me mouvoir. Ma requête, pressante, est juste, que tu ne sembles pas, en une angoisse qui n'est que feinte, répondre ne savoir, élancé aux régions de la sagesse, aîné subtil[3] ! à moi, pour te faire libre, vêtu encore du séjour informe des cavernes où je replongeai, dans la nuit d'époques humbles ma force latente. Authentiquons, par cette embrassade étroite, devant la multitude siégeant à cette fin, le pacte de notre réconciliation. » L'absence d'aucun souffle unie à l'espace, dans quel lieu absolu vivais-je, un des drames de l'histoire astrale[4] élisant, pour s'y produire, ce modeste théâtre ! La foule s'effaçait, toute, en l'emblème de sa situation spirituelle magnifiant la scène : dispensateur moderne de l'extase, seul, avec l'impartialité d'une chose élémentaire, le gaz, dans les hauteurs de la salle, continuait un bruit lumineux d'attente[5].

Le charme se rompit : c'est quand un morceau de chair, nu, brutal, traversa ma vision dirigé de l'intervalle des décors, en avance de quelques instants sur la récompense,

---

1. Qui dépasse donc le cadre du simple théâtre.   **2.** « Je laissai [...] jaillir ». Mallarmé imagine le discours qu'aurait pu prononcer l'ours (« arctique », à l'origine, veut dire « qui est propre à l'ours »). **3.** L'homme. L'ours, en revanche, renvoie aux époques préhistoriques.   **4.** L'histoire astrale comprend le moment où apparut la race humaine.   **5.** Le sifflement du gaz qui éclaire la salle.

mystérieuse d'ordinaire après ces représentations[1]. Loque substituée saignant auprès de l'ours qui, ses instincts retrouvés antérieurement à une curiosité plus haute dont le dotait le rayonnement théâtral, retomba à quatre pattes et, comme emportant parmi soi le Silence, alla de la marche étouffée de l'espèce, flairer, pour y appliquer les dents, cette proie. Un soupir, exempt presque de déception, soulagea incompréhensiblement l'assemblée : dont les lorgnettes, par rangs, cherchèrent, allumant la netteté de leurs verres, le jeu du splendide imbécile évaporé dans sa peur ; mais virent un repas abject préféré peut-être par l'animal, à la même chose qu'il lui eût fallu d'abord faire de *notre image*, pour y goûter[2]. La toile, hésitant jusque-là à accroître le danger ou l'émotion, abattit subitement son journal de tarifs et de lieux communs[3]. Je me levai comme tout le monde, pour aller respirer au dehors, étonné de n'avoir pas senti, cette fois encore, le même genre d'impression que mes semblables, mais serein : car ma façon de voir, après tout, avait été supérieure, et même la vraie.

---

1. Après la représentation, on a l'habitude de donner à manger à l'ours ; mais cette action reste cachée du public.   **2.** L'image de l'homme est réduite à l'état de viande comestible.   **3.** Le rideau de théâtre comportait alors des réclames et diverses annonces.

RÉMINISCENCE [1]

Orphelin, j'errais en noir et l'œil vacant de famille [2] :
au quinconce [3] se déplièrent des tentes de fête, éprouvai-
je le futur et que je serais ainsi, j'aimais le parfum des
vagabonds, vers eux à [4] oublier mes camarades. Aucun cri
de chœurs par la déchirure, ni tirade loin, le drame requé-
rant l'heure sainte des quinquets [5], je souhaitais de parler
avec un môme trop vacillant pour figurer parmi sa race,
au bonnet de nuit taillé comme le chaperon de Dante [6] ;
qui rentrait en soi, sous l'aspect d'une tartine de fromage
mou, déjà la neige des cimes, le lys ou autre blancheur
constitutive d'ailes au dedans [7] : je l'eusse prié de m'admettre à son repas supérieur, partagé vite avec quelque
aîné fameux jailli contre une proche toile en train des
tours de force et banalités alliables au jour. Nu, de
pirouetter dans sa prestesse de maillot à mon avis surprenante, lui, qui d'ailleurs commença : « Tes parents ? – Je
n'en ai pas. – Allons, si tu savais comme c'est farce [8], un
père.. même l'autre semaine que bouda la soupe [9], il faisait des grimaces aussi belles, quand le maître lançait les

---

1. La première version de ce poème en prose est parue, sous le titre
« L'Orphelin », dans *La Revue des Lettres et des Arts*, le 24 novembre
1867. **2.** Ce poème peut renvoyer à l'histoire de Mallarmé, dont la
mère mourut en 1847, quand il n'avait que cinq ans. **3.** Lieu planté
d'arbres formant un V latin. **4.** En train de. **5.** Forme d'éclai-
rage utilisée pour la rampe du théâtre. Voir « Le Pitre châtié » (p. 119).
6. Cette comparaison avec la coiffe particulière que l'on voit sur les
images de Dante fait de l'enfant une sorte de poète. **7.** L'ironie de
Mallarmé se donne libre cours, quand il met en parallèle le plus trivial et
le plus sublime. La blancheur du fromage « constitutive d'ailes au
dedans » est perçue ainsi comme un aliment poétique. **8.** Expression
de registre populaire mise pour : « comme c'est drôle ». **9.** Quand la
soupe vint à manquer.

claques et les coups de pied. Mon cher ! » et de triompher en élevant à moi la jambe avec aisance glorieuse[1], « il nous épate, papa », puis de mordre au régal chaste du très jeune : « Ta maman, tu n'en as pas, peut-être, que tu es seul ? la mienne mange de la filasse[2] et le monde bat des mains. Tu ne sais rien, des parents sont des gens drôles, qui font rire. » La parade s'exaltait[3], il partit : moi, je soupirai, déçu tout à coup de n'avoir pas de parents.

---

1. C'est un jeune acrobate qui parle. **2.** Amas de filaments de lin, de chanvre, etc ; étoupe. La manger en public a valeur d'exhibition. **3.** La parade se faisait entendre haut.

LA DÉCLARATION FORAINE[1]

Le Silence ! il est certain qu'à mon côté, ainsi que songes, étendue dans un bercement de promenade sous les roues assoupissant l'interjection de fleurs[2], toute femme, et j'en sais une qui voit clair ici[3], m'exempte de l'effort à proférer un vocable : la complimenter haut de quelque interrogatrice toilette, offre de soi presque à l'homme en faveur de qui s'achève l'après-midi, ne pouvant à l'encontre de tout ce rapprochement fortuit, que suggérer la distance sur ses traits aboutie à une fossette de spirituel sourire. Ainsi ne consent la réalité[4] ; car ce fut impitoyablement, hors du rayon qu'on sentait avec luxe expirer aux vernis du landau[5], comme une vocifération, parmi trop de tacite félicité pour une tombée de jour sur la banlieue, avec orage, dans tous sens à la fois et sans motif, du rire strident ordinaire des choses et de leur cuivrerie triomphale : au fait, la cacophonie à l'ouïe de quiconque, un instant écarté, plutôt qu'il ne s'y fond, auprès de son idée[6], reste à vif devant la hantise de l'existence.

---

1. Mallarmé, au moment où il l'écrit, appelle ce poème en prose « nouvelle » dans une lettre à E. Dujardin du 17 juillet 1887 (*C*, III, p. 126-127). « La Déclaration foraine » paraît le 12 août 1887 dans *L'Art et la Mode*.   2. Le mouvement des roues endort tout propos galant (l'« interjection de fleurs »).   3. Les commentateurs ont évidemment vu en cette femme Méry Laurent, l'amie du poète. Il s'agit, non moins, de l'idée qui est toujours avec lui.   4. La réalité ne consent pas à cela.   5. Le rayon du soleil couchant.   6. Comprendre « un instant placé à l'écart auprès de son idée ». L'accompagnatrice est donc assimilée à l'idée avec laquelle il dialogue.

« La fête de.. » et je ne sais quel rendez-vous subur-
bain ! nomma l'enfant voiturée dans mes distractions, la
voix claire d'aucun ennui ; j'obéis et fis arrêter.

Sans compensation à cette secousse[1] qu'un besoin d'explication figurative plausible pour mes esprits, comme
symétriquement s'ordonnent des verres d'illumination peu à
peu éclairés en guirlandes et attributs, je décidai, la solitude
manquée[2], de m'enfoncer même avec bravoure en ce
déchaînement exprès et haïssable de tout ce que j'avais
naguères fui dans une gracieuse compagnie : prête et ne
témoignant de surprise à la modification dans notre programme, du bras ingénu elle s'en repose sur moi[3], tandis
que nous allons parcourir, les yeux sur l'enfilade, l'allée
d'ahurissement qui divise en écho du même tapage les foires
et permet à la foule d'y renfermer pour un temps l'univers[4].
Subséquemment aux assauts d'un médiocre dévergondage
en vue de quoi que ce soit qui détourne notre stagnation
amusée par le crépuscule, au fond, bizarre et pourpre, nous
retint à l'égal de la nue incendiaire[5] un humain spectacle[6],
poignant : reniée du châssis peinturluré ou de l'inscription
en capitales[7] une baraque, apparemment vide.

À qui ce matelas décousu pour improviser ici, comme
les voiles dans tous les temps et les temples, l'arcane !
appartînt[8], sa fréquentation durant le jeûne n'avait pas

---

1. Celle de l'arrêt du véhicule.   2. Puisque la solitude avait été
manquée.   3. La femme repose son bras sur celui de l'énonciateur.
4. La foire concentre en elle l'univers.   5. Le soleil couchant.
6. Sujet postposé de « retint ».   7. La baraque ne porte ni enseigne,
ni réclame. On pense, de nouveau, comme pour « Le Phénomène
futur », au poème en prose de Baudelaire « Le Vieux Saltimbanque ».
8. À quelque personne qu'appartînt ce matelas. L'improvisation de
l'« arcane » (représentation du mystère poétique) exige un voile, de
toute façon.

chez son possesseur excité avant qu'il le déroulât comme le gonfalon[1] d'espoirs en liesse, l'hallucination d'une merveille à montrer (que[2] l'inanité de son famélique cauchemar) ; et pourtant, mû par le caractère frérial[3] d'exception à la misère quotidienne qu'un pré, quand l'institue le mot mystérieux de fête, tient des souliers nombreux y piétinant[4] (en raison de cela poind[5] aux profondeurs des vêtements quelque unique velléité du dur sou à sortir à seule fin de se dépenser), lui aussi[6] ! n'importe qui de tout dénué sauf de la notion qu'il y avait lieu pour être un des élus, sinon de vendre, de faire voir[7], mais quoi, avait cédé à la convocation du bienfaisant rendez-vous. Ou très prosaïquement, peut-être le rat éduqué[8] à moins que, lui-même, ce mendiant sur l'athlétique vigueur de ses muscles comptât, pour décider de l'engouement populaire, faisait défaut, à l'instant précis, comme cela résulte souvent de la mise en demeure de l'homme par les circonstances générales.

« Battez la caisse[9] ! » proposa en altesse Madame.. seule tu sais Qui, marquant un suranné tambour duquel se levait, les bras décroisés afin de signifier inutile l'approche de son théâtre sans prestige, un vieillard que cette camaraderie avec un instrument de rumeur et d'appel, peut-être, séduisit à son vacant dessein ; puis comme si, de ce que tout de suite on pût, ici, envisager de plus beau, l'énigme, par un bijou fermant la mondaine, en tant qu'à

---

1. Au Moyen Âge, sorte d'oriflamme ou de drapeau. **2.** Excepté.   **3.** « Frérial » est équivalent de « férial », plus courant, et signifie « qui concerne la fête ».   **4.** Le pré tient son caractère « frérial » des pieds nombreux qui le fréquentent.   **5.** Du verbe « poindre ». Le désir de payer un sou se manifeste.   **6.** Le propriétaire de la baraque.   **7.** Pour être là, il suffit de montrer. Voir dans « Le Phénomène futur » le « Montreur de choses Passées » (p. 270). **8.** Mallarmé suppose un spectacle de bête apprivoisée : le « rat » est sujet de « faisait défaut », trois lignes plus bas.   **9.** Formule habituelle inaugurant la parade foraine.

sa gorge le manque de réponse, scintillait[1] ! la voici
engouffrée, à ma surprise de pitre coi devant une halte du
public qu'empaume[2] l'éveil des ra et des fla assourdissant
mon invariable et obscur pour moi-même d'abord[3] « En-
trez, tout le monde, ce n'est qu'un sou, on le rend à qui
n'est pas satisfait de la représentation. » Le nimbe en paillasson dans le remerciement joignant deux paumes séniles
vidé[4], j'en agitai les couleurs, en signal, de loin, et me
coiffai, prêt à fendre la masse debout en le secret de ce
qu'avait su faire avec ce lieu sans rêve l'initiative d'une
contemporaine de nos soirs[5].

À hauteur du genou, elle émergeait, sur une table, des
cent têtes.

Net ainsi qu'un jet égaré d'autre part la dardait électri-
quement, éclate pour moi ce calcul[6] qu'à défaut de tout,
elle[7], selon que la mode, une fantaisie ou l'humeur du
ciel circonstanciaient sa beauté, sans supplément de danse
ou de chant, pour la cohue amplement payait l'aumône
exigée en faveur d'un quelconque ; et du même trait je
comprends mon devoir en le péril de la subtile exhibition,
ou qu'il n'y avait au monde pour conjurer la défection
dans les curiosités que de recourir à quelque puissance
absolue, comme d'une Métaphore. Vite, dégoiser jusqu'à
éclaircissement, sur maintes physionomies, de leur sécurité
qui, ne saisissant tout du coup, se rend à l'évidence, même

---

1. À l'égal d'une broche sur sa gorge, l'absence de réponse scintille
et cette énigme provoque la beauté.   **2.** Empaumer : tromper en
séduisant.   **3.** C'est la phrase que prononce à haute voix ou mentalement pour lui-même Mallarmé.   **4.** Les pièces recueillies dans le
chapeau de paille (« le nimbe en paillasson »), Mallarmé les a vidées
dans les deux mains du vieillard, celui qui battait la caisse.   **5.** La
femme qui l'accompagnait. Elle est « contemporaine », à la différence
de celle qui apparaît dans « Le Phénomène futur », étonnant et désespérant témoignage d'une époque passée.   **6.** La femme est éclairée de
biais par une lumière, et cette lumière est aussi nette que l'idée qui se
présente à l'esprit du poète.   **7.** Elle [...] payait l'aumône.

ardue[1], impliquée en la parole et consent à échanger son billon contre des présomptions exactes et supérieures[2], bref, la certitude pour chacun de n'être pas refait.

Un coup d'œil, le dernier, à une chevelure où fume puis éclaire de fastes de jardins le pâlissement[3] du chapeau en crêpe de même ton que la statuaire robe se relevant, avance[4] au spectateur, sur un pied comme le reste hortensia.

Alors :

> *La chevelure vol d'une flamme à l'extrême*
> *Occident de désirs pour la tout déployer*
> *Se pose (je dirais mourir un diadème)*
> *Vers le front couronné son ancien foyer*
>
> *Mais sans or soupirer que cette vive nue*
> *L'ignition du feu toujours intérieur*
> *Originellement la seule continue*
> *Dans le joyau de l'œil véridique ou rieur*
>
> *Une nudité de héros tendre diffame*
> *Celle qui ne mouvant astre ni feux au doigt*
> *Rien qu'à simplifier avec gloire la femme*
> *Accomplit par son chef fulgurante l'exploit*
>
> *De semer de rubis le doute qu'elle écorche*
> *Ainsi qu'une joyeuse et tutélaire torche*[5]

---

1. La compréhension – Mallarmé s'en doute – ne sera pas immédiate. 2. Convaincus, les auditeurs donneront leur pièce de monnaie. 3. Sujet postposé de « fume » et « éclaire ». 4. Apposition à « statuaire robe ». Première démarche de séduction. 5. Pour le commentaire de ce sonnet, voir p. 172.

Mon aide à la taille de[1] la vivante allégorie qui déjà résignait sa faction[2], peut-être faute chez moi de faconde ultérieure, afin d'en assoupir l'élan gentiment à terre : « Je vous ferai observer, ajoutai-je, maintenant de plain-pied avec l'entendement des visiteurs, coupant court à leur ébahissement devant ce congé par une affectation de retour à l'authenticité du spectacle, Messieurs et Dames, que la personne qui a eu l'honneur de se soumettre à votre jugement, ne requiert pour vous communiquer le sens de son charme, un costume ou aucun accessoire usuel de théâtre. Ce naturel s'accommode de `l'allusion parfaite que fournit la toilette toujours à l'un des motifs primordiaux de la femme, et suffit, ainsi que votre sympathique approbation m'en convainc. » Un suspens de marque appréciative sauf quelques confondants « Bien sûr ! » ou « C'est cela ! » et « Oui » par les gosiers comme plusieurs bravos prêtés par des paires de mains généreuses, conduisit jusqu'à la sortie sur une vacance d'arbres et de nuit la foule où nous allions nous mêler, n'était l'attente en gants blancs encore d'un enfantin tourlourou[3] qui les rêvait dégourdir à l'estimation d'une jarretière hautaine.

— Merci, consentit la chère, une bouffée droit à elle d'une constellation ou des feuilles bue[4] comme pour y trouver sinon le rassérènement, elle n'avait douté d'un succès[5], du moins l'habitude frigide de sa voix : j'ai dans l'esprit le souvenir de choses qui ne s'oublient.

— Oh ! rien que lieu commun d'une esthétique[6]..

---

1. En prenant par la taille.   **2.** La « vivante allégorie » descend de la table après la récitation du poème.   **3.** Spirituelle notation quasi vaudevillesque. Un « tourlourou » désignait alors un jeune soldat qui venait d'être enrôlé. Les « gants blancs » appartenaient à l'uniforme de parade des militaires.   **4.** Valeur d'ablatif absolu latin : une bouffée de soir (constellation) ou de feuillage ayant été bue.   **5.** Phrase à valeur d'incise.   **6.** L'esthétique du redoublement de la présence par l'imitation plutôt que celle de la fiction. Dans les *Poésies*, le poème sera rendu à son état de fiction sans référentiel proche.

— Que vous n'auriez peut-être pas introduit, qui sait ? mon ami, le prétexte de formuler ainsi devant moi au conjoint isolement par exemple de notre voiture[1] – où est-elle – regagnons-la : – mais ceci jaillit, forcé, sous le coup de poing brutal à l'estomac, que cause une impatience de gens auxquels coûte que coûte et soudain il faut proclamer quelque chose fût-ce la rêverie..

— Qui s'ignore et se lance nue de peur, en travers du public ; c'est vrai. Comme vous, Madame, ne l'auriez entendu si irréfutablement, malgré sa réduplication sur une rime du trait final, mon boniment d'après un mode primitif du sonnet*[2], je le gage, si chaque terme ne s'en était répercuté jusqu'à vous par de variés tympans, pour charmer un esprit ouvert à la compréhension multiple.

— Peut-être ! accepta notre pensée dans un enjouement de souffle nocturne la même[3].

---

* Usité à la Renaissance anglaise. (*N.d.A.*)

---

1. L'intimité n'aurait pas fourni à Mallarmé un prétexte aussi vif que celui donné par la présence du public attendant quelque révélation. **2.** Anaphore. Le boniment, propos du forain, a été fait sur le mode du sonnet shakespearien, caractérisé par un distique final, comme l'indique la note de Mallarmé signalée par un astérisque.   **3.** Dans cette dernière phrase, la femme et la pensée du poète se confondent.

LE NÉNUPHAR BLANC [1]

J'avais beaucoup ramé, d'un grand geste net assoupi, les yeux au dedans fixés sur l'entier oubli d'aller, comme le rire de l'heure coulait alentour. Tant d'immobilité paressait que frôlé d'un bruit inerte où fila jusqu'à la moitié la yole, je ne vérifiai l'arrêt qu'à l'étincellement stable d'initiales sur les avirons mis à nu [2], ce qui me rappela à mon identité mondaine.

Qu'arrivait-il, où étais-je ?

Il fallut, pour voir clair en l'aventure, me remémorer mon départ tôt, ce juillet de flamme, sur l'intervalle vif entre ses végétations dormantes d'un toujours étroit et distrait ruisseau, en quête des floraisons d'eau [3] et avec un dessein de reconnaître l'emplacement occupé par la propriété de l'amie d'une amie, à qui je devais improviser un bonjour. Sans que le ruban d'aucune herbe me retînt devant un paysage plus que l'autre chassé avec son reflet en l'onde par le même impartial coup de rame, je venais échouer dans quelque touffe de roseaux, terme mystérieux de ma course, au milieu de la rivière : où tout de suite élargie en fluvial bosquet, elle étale un nonchaloir d'étang plissé des hésitations à partir qu'a une source [4].

---

1. Paru dans *L'Art et la Mode*, du 22 août 1885. **2.** Il s'agit d'une promenade sur la Seine, près de Valvins, l'endroit où habitait Mallarmé pendant les vacances d'été. Les avirons, qui ne sont plus maniés par lui, laissent voir les initiales SM, du nom de leur propriétaire. **3.** La navigation se fait pour trouver des fleurs d'eau. **4.** La nonchalance d'un étang. L'eau se retient comme celle d'une source non jaillissante.

L'inspection détaillée m'apprit que cet obstacle de verdure en pointe sur le courant, masquait l'arche unique d'un pont prolongé, à terre, d'ici et de là, par une haie clôturant des pelouses. Je me rendis compte. Simplement le parc de Madame.., l'inconnue à saluer.

Un joli voisinage, pendant la saison, la nature d'une personne[1] qui s'est choisi retraite aussi humidement impénétrable ne pouvant être que conforme à mon goût. Sûr, elle avait fait de ce cristal son miroir intérieur à l'abri de l'indiscrétion éclatante des après-midi ; elle y venait et la buée d'argent glaçant des saules ne fut bientôt que la limpidité de son regard habitué à chaque feuille.

Toute je l'évoquais lustrale[2].

Courbé dans la sportive attitude où me maintenait de la curiosité, comme sous le silence spacieux de ce que s'annonçait l'étrangère, je souris au commencement d'esclavage dégagé par une possibilité féminine[3] : que ne signifiaient pas mal les courroies attachant le soulier du rameur au bois de l'embarcation[4], comme on ne fait qu'un avec l'instrument de ses sortilèges.

« — Aussi bien une quelconque.. » allais-je terminer.

Quand un imperceptible bruit me fit douter si l'habitante du bord hantait mon loisir, ou inespérément le bassin.

---

1. C'est un joli voisinage qu'une personne de cette nature. **2.** L'inconnue devient divinité purificatrice. **3.** Son corps courbé sur les rames (même s'il ne les manie plus) évoque pour Mallarmé la galante servitude de l'homme devant la femme. **4.** Le rameur, en effet, pour que son effort soit plus efficace, avait les pieds fixés par des courroies au plancher de la barque.

Le pas cessa, pourquoi ?

Subtil secret des pieds qui vont, viennent, conduisent l'esprit où le veut la chère ombre enfouie en de la batiste et les dentelles d'une jupe affluant sur le sol comme pour circonvenir[1] du talon à l'orteil, dans une flottaison, cette initiative par quoi la marche s'ouvre[2], tout au bas et les plis rejetés en traîne, une échappée, de sa double flèche savante[3].

Connaît-elle un motif à sa station, elle-même la promeneuse : et n'est-ce, moi, tendre trop haut la tête[4], pour ces joncs à ne dépasser et toute la mentale somnolence où se voile ma lucidité, que d'interroger jusque-là le mystère.

« — À quel type s'ajustent vos traits, je sens leur précision, Madame, interrompre chose installée ici par le bruissement d'une venue, oui ! ce charme instinctif d'en dessous que ne défend pas contre l'explorateur la plus authentiquement nouée, avec une boucle en diamant, des ceintures. Si vague concept se suffit[5] : et ne transgressera le délice empreint de généralité qui permet et ordonne d'exclure tous visages, au point que la révélation d'un[6] (n'allez point le pencher, avéré, sur le furtif seuil où je règne) chasserait mon trouble, avec lequel il n'a que faire. »

Ma présentation, en cette tenue de maraudeur aquatique, je la peux tenter, avec l'excuse du hasard.

---

1. Entourer d'un cercle.   **2.** La marche s'ouvre [...] une échappée.
3. Complément de moyen ou de manière. La « double flèche savante » désigne les jambes qui marchent.   **4.** Tendre trop haut la tête [...] que d'interroger.   **5.** Un concept aussi vague (« le charme instinctif d'en dessous ») se suffit, plutôt que les traits réels – comme il y a « l'absente de tous bouquets ».   **6.** Un visage.

Séparés, on est ensemble : je m'immisce à de sa confuse intimité, dans ce suspens sur l'eau où mon songe attarde l'indécise, mieux que visite, suivie d'autres, l'autorisera. Que de discours oiseux en comparaison de celui que je tins pour n'être pas entendu, faudra-t-il, avant de retrouver aussi intuitif accord que maintenant[1], l'ouïe au ras de l'acajou vers le sable entier qui s'est tu !

La pause se mesure au temps de ma détermination.

Conseille, ô mon rêve, que faire ?

Résumer d'un regard la vierge absence éparse en cette solitude et, comme on cueille, en mémoire d'un site, l'un de ces magiques nénuphars clos qui y surgissent tout à coup, enveloppant de leur creuse blancheur un rien, fait de songes intacts, du bonheur qui n'aura pas lieu et de mon souffle ici retenu dans la peur d'une apparition, partir avec[2] : tacitement, en déramant[3] peu à peu sans du heurt briser l'illusion ni que le clapotis de la bulle visible d'écume enroulée à ma fuite ne jette aux pieds survenus de personne la ressemblance transparente du rapt de mon idéale fleur[4].

Si, attirée par un sentiment d'insolite, elle a paru, la Méditative ou la Hautaine, la Farouche, la Gaie[5], tant pis pour cette indicible mine que j'ignore à jamais ! car j'accomplis selon les règles la manœuvre : me dégageai, virai et je contournais déjà une ondulation du ruisseau,

---

1. Le plus bel unisson a lieu dans l'in-su. **2.** Une idéale fleur est ainsi cueillie, formée par le rien de l'instant (la comparaison va de « comme on cueille... » jusqu'à « dans la peur d'une apparition »). **3.** Faire un certain mouvement des rames pour aller en arrière. Le mot n'est pas attesté dans les dictionnaires. **4.** La bulle provoquée par la manœuvre porterait aux pieds de quelqu'un (« personne ») une équivalence de la fleur imaginaire ainsi volée. **5.** Autant d'adjectifs substantivés qui donnent *ad libitum* une identité à cette femme invisible.

emportant comme un noble œuf de cygne[1], tel que n'en jaillira le vol, mon imaginaire trophée, qui ne se gonfle d'autre chose sinon de la vacance exquise de soi qu'aime, l'été, à poursuivre, dans les allées de son parc, toute dame, arrêtée parfois et longtemps, comme au bord d'une source à franchir ou de quelque pièce d'eau.

---

1. Autre métaphore qui renvoie, bien sûr, à l'histoire mythologique de Léda séduite par Zeus transformé en cygne, mais aussi à la fonction du cygne omniprésent dans l'œuvre de Mallarmé.

L'ECCLÉSIASTIQUE[1]

Les printemps poussent l'organisme à des actes qui, dans une autre saison, lui sont inconnus et maint traité d'histoire naturelle abonde en descriptions de ce phénomène, chez les animaux. Qu'il serait d'un intérêt plus plausible de recueillir certaines des altérations qu'apporte l'instant climatérique[2] dans les allures d'individus faits pour la spiritualité ! Mal quitté par l'ironie de l'hiver, j'en retiens, quant à moi, un état équivoque tant que ne s'y substitue pas un naturalisme[3] absolu ou naïf, capable de poursuivre une jouissance dans la différenciation de plusieurs brins d'herbes. Rien dans le cas actuel n'apportant de profit à la foule[4], j'échappe[5], pour le méditer, sous quelques ombrages environnant d'hier[6] la ville : or c'est de leur mystère presque banal que j'exhiberai un exemple saisissable et frappant des inspirations printanières.

Vive fut tout à l'heure, dans un endroit peu fréquenté du bois de Boulogne[7], ma surprise quand, sombre agitation basse, je vis, par les mille interstices d'arbustes bons à ne rien cacher, total et des battements[8] supérieurs du

---

1. Texte paru dans la *Gazetta letteraria* de Turin (n° 49, 4 décembre 1886), à la demande du critique italien Vittorio Pica. Repris sous le titre « Actualité : Printemps au bois de Boulogne » dans *La Revue indépendante*, en avril 1888.   **2.** Moment où survient un grand changement. **3.** Non pas le naturalisme de Zola, bien entendu, mais un rapport total avec la nature.   **4.** Ce sujet n'étant pas utile.   **5.** Je m'en vais. **6.** Depuis hier, donc récents.   **7.** À partir d'avril, Méry, l'amie de cœur de Mallarmé, habitait aux Talus (9, boulevard Lannes), une maison en lisière du bois de Boulogne.   **8.** Depuis « des battements [...] jusqu'à des souliers ». – Les ecclésiastiques, à l'époque de Mallarmé, se coiffaient du tricorne, chapeau à trois pointes ou cornes.

tricorne s'animant jusqu'à des souliers affermis par des boucles en argent, un ecclésiastique, qui à l'écart de témoins, répondait aux sollicitations du gazon. À moi ne plût [1] (et rien de pareil ne sert les desseins providentiels) que, coupable à l'égal d'un faux scandalisé se saisissant d'un caillou du chemin, j'amenasse par mon sourire même d'intelligence [2], une rougeur sur le visage à deux mains voilé de ce pauvre homme, autre que celle sans doute trouvée dans son solitaire exercice ! Le pied vif, il me fallut, pour ne produire par ma présence de distraction, user d'adresse ; et fort contre la tentation d'un regard porté en arrière [3], me figurer en esprit l'apparition quasi diabolique [4] qui continuait à froisser le renouveau de ses côtes, à droite, à gauche et du ventre, en obtenant une chaste frénésie. Tout, se frictionner ou jeter les membres, se rouler, glisser, aboutissait à une satisfaction : et s'arrêter, interdit [5] du chatouillement de quelque haute tige de fleur à de noirs mollets, parmi cette robe spéciale portée avec l'apparence qu'on est pour soi tout même sa femme [6]. Solitude, froid silence épars dans la verdure, perçus par des sens moins subtils qu'inquiets, vous connûtes les claquements furibonds d'une étoffe ; comme si la nuit absconse en ses plis [7] en sortait enfin secouée ! et les heurts sourds contre la terre du squelette [8] rajeuni ; mais l'énergumène [9] n'avait point à vous contempler. Hilare, c'était assez de chercher en soi la cause d'un plaisir ou d'un devoir, qu'expliquait mal un retour, devant une pelouse, aux gambades du séminaire. L'influence du souffle vernal [10] doucement dilatant les immuables textes [11] inscrits en sa chair, lui aussi, enhardi de ce trouble

---

1. « À moi ne plût [...] que [...] j'amenasse [...] une rougeur [...] autre que celle... »   2. De connivence.   3. Mallarmé dépasse le lieu d'où il pouvait voir la scène.   4. L'épithète est savoureuse appliquée à un prêtre.   5. Violemment surpris par.   6. La soutane.   7. La couleur noire de la soutane.   8. Le mot renvoie peut-être au *perinde ac cadaver* (« comme un cadavre ») des Jésuites. « Heurts » est le complément d'objet direct de « vous connûtes ».   9. Littéralement « celui qui s'agite en tous sens ».   10. Propre au printemps. 11. L'instinct génésique.

agréable à sa stérile pensée, était venu reconnaître par un contact avec la Nature, immédiat, net, violent, positif, dénué de toute curiosité intellectuelle, le bien-être général[1] ; et candidement, loin des obédiences et de la contrainte de son occupation, des canons[2], des interdits, des censures, il se roulait, dans la béatitude de sa simplicité native, plus heureux qu'un âne. Que le but de sa promenade atteint[3] se soit, droit et d'un jet, relevé non sans secouer les pistils et essuyer les sucs attachés à sa personne, le héros[4] de ma vision, pour rentrer, inaperçu, dans la foule et les habitudes de son ministère[5], je ne songe à rien nier ; mais j'ai le droit de ne point considérer cela. Ma discrétion vis-à-vis d'ébats d'abord apparus n'at-elle pas pour récompense d'en fixer à jamais comme une rêverie de passant se plut à la compléter, l'image marquée d'un sceau mystérieux de modernité[6], à la fois baroque et belle ?

---

1. Complément d'objet direct de « reconnaître ». **2.** Décisions de l'Église catholique en matière juridique. **3.** Une fois atteint le but. « Que », avant cette proposition participiale, annonce « se soit ». **4.** Sujet postposé de « se soit relevé ». **5.** Fonction de prêtre. **6.** La « modernité », définie par Baudelaire dans *Le Peintre de la vie moderne* comme la partie de la beauté liée à l'éphémère, reçoit ici le complément du « baroque », dans la manière même dont Mallarmé a traité cette scène fugitive.

LA GLOIRE [1]

La Gloire ! je ne la sus qu'hier, irréfragable [2], et rien ne m'intéressera d'appelé par quelqu'un ainsi [3].

Cent affiches s'assimilant l'or incompris des jours, trahison de la lettre, ont fui, comme à tous confins de la ville [4], mes yeux au ras de l'horizon par un départ sur le rail traînés [5] avant de se recueillir dans l'abstruse fierté que donne une approche de forêt en son temps d'apothéose [6].

Si discord parmi l'exaltation de l'heure, un cri faussa ce nom connu pour déployer la continuité de cimes tard évanouies, Fontainebleau, que je pensai [7], la glace du compartiment violentée, du poing aussi étreindre à la gorge l'interrupteur [8] : Tais-toi ! Ne divulgue pas du fait d'un aboi indifférent l'ombre ici insinuée dans mon

---

1. « La Gloire » a paru dans *Les Hommes d'aujourd'hui* (n° 296, 1886, numéro consacré à Mallarmé) surmonté du titre : « Notes de mon carnet ». Dans sa réponse à l'enquête de Jules Huret sur « l'évolution littéraire » (1891), Mallarmé tiendra ce propos : « [...] je crois que la poésie est faite pour le faste et les pompes suprêmes d'une société constituée où aurait sa place la gloire dont les gens semblent avoir perdu la notion. »   **2.** Qu'on ne peut récuser.   **3.** Mallarmé, en ce sens, diffère du sens commun.   **4.** Les publicités proposées dans les zones périphériques, à la sortie de Paris.   **5.** Mallarmé reconstitue le mouvement du train : « [...] ont fui [...] mes yeux [...] sur le rail traînés ».   **6.** La période de l'automne.   **7.** Si discordant (un cri) [...] que je pensai [...].   **8.** L'interrupteur désigne, en l'occurrence, le chef de gare.

esprit[1], aux portières de wagons battant sous un vent ins-
piré et égalitaire, les touristes omniprésents vomis. Une
quiétude menteuse de riches bois suspend alentour
quelque extraordinaire état d'illusion, que me réponds-
tu ? qu'ils ont, ces voyageurs, pour ta gare aujourd'hui
quitté la capitale, bon employé vociférateur par devoir et
dont je n'attends, loin d'accaparer une ivresse à tous
départie par les libéralités conjointes de la nature et de
l'État, rien qu'un silence[2] prolongé le temps de m'isoler
de la délégation urbaine vers l'extatique torpeur de ces
feuillages là-bas trop immobilisés pour qu'une crise[3] ne
les éparpille bientôt dans l'air ; voici, sans attenter à ton
intégrité, tiens, une monnaie.

Un uniforme inattentif m'invitant vers quelque bar-
rière, je remets sans dire mot, au lieu du suborneur
métal[4], mon billet.

Obéi pourtant, oui, à ne voir que l'asphalte s'étaler net
de pas[5], car je ne peux encore imaginer qu'en ce pom-
peux octobre exceptionnel du million d'existences[6] éta-
geant leur vacuité en tant qu'une monotonie énorme de
capitale dont va s'effacer ici la hantise avec le coup de
sifflet sous la brume, aucun furtivement évadé que moi
n'ait senti qu'il est, cet an[7], d'amers et lumineux sanglots,
mainte indécise flottaison d'idée désertant les hasards
comme des branches, tel frisson et ce qui fait penser à un
automne sous les cieux.

---

1. La pensée secrète de Mallarmé n'a pas à être divulguée aux « portières ». « Les touristes omniprésents vomis » est apposition à ce dernier mot.　　**2.** Dont je n'attends [...] rien qu'un silence [...].　　**3.** Le
vent de l'automne.　　**4.** La monnaie par laquelle il pensait faire taire
l'employé.　　**5.** Lui, Mallarmé, a été obéi cependant, comme il le
constate en voyant l'asphalte net de pas.　　**6.** Complément d'origine,
dépend du participe « évadé » (voir plus bas). Les existences urbaines
qui bientôt vont s'effacer de ses préoccupations.　　**7.** Qu'il existe,
cette année.

Personne et, les bras de doute envolés[1] comme qui porte aussi un lot d'une splendeur secrète, trop inappréciable trophée pour paraître ! mais sans du coup m'élancer dans cette diurne veillée d'immortels troncs au déversement sur un d'orgueils surhumains[2] (or ne faut-il pas qu'on en constate l'authenticité ?) ni passer le seuil où des torches consument, dans une haute garde, tous rêves antérieurs à leur éclat[3] répercutant en pourpre dans la nue l'universel sacre de l'intrus royal[4] qui n'aura eu qu'à venir : j'attendis, pour l'être[5], que lent et repris du mouvement ordinaire, se réduisît à ses proportions d'une chimère puérile[6] emportant du monde quelque part, le train qui m'avait là déposé seul.

---

1. Les bras libérés du doute.   **2.** Les troncs veillent à déverser sur un (Mallarmé) des orgueils surhumains : l'éclat de leurs feuillages. **3.** Les arbres-torches consument toute rêverie plus immatérielle par l'évidence de leur éclat.   **4.** La pourpre des feuilles sacre le nouvel arrivant, Mallarmé lui-même.   **5.** Pour être l'intrus royal, régnant sur cette forêt.   **6.** Le train s'éloignant prend l'allure d'un jouet d'enfant.

CONFLIT [1]

Longtemps, voici du temps – je croyais – que s'exempta mon idée d'aucun accident même vrai ; préférant aux hasards, puiser, dans son principe [2], jaillissement.

Un goût pour une maison abandonnée [3], lequel paraîtrait favorable à cette disposition, amène à me dédire : tant le contentement pareil, chaque année verdissant l'escalier de pierres extérieur, sauf celle-ci [4], à pousser [5] contre les murailles un volet hivernal puis raccorder comme si pas d'interruption, l'œillade d'à présent au spectacle immobilisé autrefois. Gage de retours fidèles, mais voilà que ce battement [6], vermoulu, scande un vacarme, refrains, altercations, en dessous : je me rappelle comment la légende de la malheureuse demeure dont je hante le coin intact, envahie par une bande de travailleurs en train d'offenser le pays parce que tout de solitude, avec une voie ferrée, survint, m'angoissa [7] au départ, irais-je ou pas, me fit presque hésiter – à revoir, tant pis ! ce sera à défendre, comme mien, arbitrairement s'il faut, le local [8] et j'y suis. Une tendresse, exclusive dorénavant, que ç'ait été lui qui, dans la suppression concernant des sites précieux, reçût la pire injure ; hôte, je le deviens, de sa déchéance : invraisemblablement, le séjour chéri pour la

---

1. Ce texte, paru dans *La Revue blanche* du 1er août 1895, faisait alors partie des « Variations sur un sujet ».   **2.** Le principe de l'idée.   **3.** La maison de Valvins, non loin d'Avon et de Fontainebleau, et située près de la Seine, était louée par Mallarmé depuis 1874. C'est là qu'il venait à la moindre occasion.   **4.** Sauf cette année.   **5.** Le contentement [...] à pousser.   **6.** Celui du volet.   **7.** Comment la rumeur (« légende ») concernant la malheureuse maison [...] envahie [...] survint, m'angoissa [...].   **8.** À revoir [...] le local [...].

désuétude et de l'exception[1], tourné par les progrès en cantine d'ouvriers de chemin de fer.

Terrassiers, puisatiers, par qui un velours hâve aux jambes, semble que le remblai bouge[2], ils dressent, au repos, dans une tranchée, la rayure bleu et blanc transversale des maillots comme la nappe d'eau peu à peu (vêtement oh ! que l'homme est la source qu'il cherche) : ce les sont, mes co-locataires jadis ceux, en esprit, quand je les rencontrai sur les routes, choyés comme les ouvriers quelconques par excellence : la rumeur les dit chemineaux. Las et forts, grouillement partout où la terre a souci d'être modifiée, eux trouvent, en l'absence d'usine, sous les intempéries, indépendance[3].

Les maîtres si quelque part[4], dénués de gêne, verbe haut. — Je suis le malade des bruits et m'étonne que presque tout le monde répugne aux odeurs mauvaises, moins au cri. Cette cohue entre, part, avec le manche, à l'épaule, de la pioche et de la pelle : or, elle invite, en sa faveur, les émotions de derrière la tête et force à procéder, directement, d'idées dont on se dit *c'est de la littérature*[5] *!* Tout à l'heure, dévot ennemi, pénétrant dans une crypte ou cellier en commun, devant la rangée de l'outil double, cette pelle et cette pioche, sexuels – dont le métal, résumant la force pure du travailleur, féconde les terrains sans culture, je fus pris de religion, outre que de mécon-

---

1. Partitif.   **2.** Les terrassiers travaillant le long des voies portaient des pantalons de velours à grosses côtes et couleur terre.   **3.** Mallarmé distingue la liberté des terrassiers qui travaillent à l'air libre, de la condition des ouvriers d'usine.   **4.** S'ils sont quelque part, ils se conduisent en maîtres.   **5.** Quelque chose de fictif, et qui n'est pas forcément sérieux. Voir dans « L'Art poétique » de Verlaine (dans *Jadis et naguère*, 1884) : « Et tout le reste est littérature. »

tentement, émue à m'agenouiller[1]. Aucun homme de loi
ne se targue de déloger l'intrus – baux tacites, usages
locaux – établi par surprise et ayant même payé aux pro-
priétaires : je dois jouer le rôle ou restreindre, à mes
droits, l'empiétement. Quelque langage, la chance que je
le tienne, comporte du dédain, bien sûr, puisque la pro-
miscuité, couramment, me déplaît : ou, serai-je, d'une
note juste, conduit à discourir ainsi ? – Camarades – par
exemple[2] – vous ne supposez pas l'état de quelqu'un
épars dans un paysage celui-ci, où toute foule s'arrête,
en tant qu'épaisseur de forêt à l'isolement que j'ai voulu
tutélaire de l'eau ; or mon cas, tel[3] et, quand on jure,
hoquète, se bat et s'estropie, la discordance produit,
comme dans ce suspens lumineux de l'air, la plus intolé-
rable si sachez[4], invisible des déchirures. – Pas que je
redoute l'inanité, quant à des simples, de cet aveu[5], qui
les frapperait, sûrement, plus qu'autres au monde et ne
commanderait le même rire immédiat qu'à onze messieurs, pour voisins : avec le sens, pochards, du merveilleux et, soumis à une rude corvée, de délicatesses quelque
part supérieures[6], peut-être ne verraient-ils, dans mon
douloureux privilège, aucune démarcation strictement
sociale[7] pour leur causer ombrage, mais personnelle
– s'observeraient-ils un temps, bref, l'habitude plausible-
ment reprend le dessus ; à moins qu'un ne répondît, tout
de suite, avec égalité. – Nous, le travail cessé pour un
peu, éprouvons le besoin de se confondre, entre soi[8] : qui
a hurlé, moi, lui ? son coup de voix m'a grandi, et tiré de
la fatigue, aussi est-ce, déjà, boire, gratuitement, d'entendre crier un autre. – Leur chœur, incohérent, est en

---

1. Mallarmé est saisi d'une étrange vénération pour ces instruments
de terrassement qui signifient la force du travail.   **2.** Mallarmé
donne un exemple du propos qu'il pourrait tenir (jusqu'à « déchirures »).   **3.** Tel est mon cas.   **4.** Sachez-le bien.   **5.** Ce n'est
pas que je redoute l'inanité de cet aveu face à des gens simples.
6. Le sens du merveilleux et de délicatesses viendrait de l'ivresse.
7. À leurs yeux, le privilège de Mallarmé ne tiendrait pas à sa fonction
dans la société.   **8.** Face à tout individualisme, les cheminots aiment
être entre eux.

effet nécessaire[1]. Comme vite je me relâche de ma défense[2], avec la même sensibilité qui l'aiguisa ; et j'introduis, par la main, l'assaillant. Ah ! à l'exprès et propre usage du rêveur se clôture, au noir d'arbres, en spacieux retirement, la Propriété[3], comme veut le vulgaire : il faut que je l'aie manquée[4], avec obstination, durant mes jours – omettant le moyen d'acquisition – pour satisfaire quelque singulier instinct de ne rien posséder et de seulement passer[5], au risque d'une résidence comme maintenant ouverte à l'aventure qui n'est pas, tout à fait, le hasard, puisqu'il[6] me rapproche, selon que je me fis, de prolétaires.

Alternatives, je prévois la saison, de sympathie et de malaise..

— Ou souhaiterais, pour couper court, qu'un me cherchât querelle : en attendant et seule stratégie, s'agit de clore un jardinet, sablé, fleuri par mon art, en terrasse sur l'onde, la pièce d'habitation à la campagne.. Qu'étranger ne passe le seuil[7], comme vers un cabaret, les travailleurs iront à leur chantier par un chemin loué et fauché dans les moissons.

« Fumier ! » accompagné de pieds[8] dans la grille, se profère violemment : je comprends qui l'aménité nomme[9], eh ! bien même d'un soûlaud, grand gars le visage aux barreaux, elle me vexe malgré moi ; est-ce caste, du

---

1. Ce chœur est presque semblable à celui que l'on voit dans les tragédies grecques accompagner l'action. **2.** Mallarmé adopte une position conciliante. **3.** Sujet postposé de « se clôture ». **4.** La Propriété. **5.** Venir de temps en temps. **6.** L'« instinct de ne rien posséder ». **7.** Formule d'interdiction. **8.** De coups de pieds. **9.** Formulation ironique. C'est lui-même évidemment qui est impliqué par cette conduite franchement hostile.

tout[1], je ne mesure, individu à individu, de différence, en
ce moment, et ne parviens à ne pas considérer le forcené,
titubant et vociférant, comme un homme ou à nier le
ressentiment à son endroit. Très raide, il me scrute avec
animosité. Impossible de l'annuler, mentalement : de parfaire l'œuvre de la boisson, le coucher, d'avance, en la
poussière et qu'il ne soit pas ce colosse tout à coup gros-
sier et méchant. Sans que je cède même par un pugilat
qui illustrerait, sur le gazon, la lutte des classes, à ses
nouvelles provocations[2] débordantes. Le mal qui le ruine,
l'ivrognerie, y pourvoira, à ma place, au point que le
sachant, je souffre de mon mutisme, gardé indifférent, qui
me fait complice.

Un énervement d'états contradictoires, oiseux, faussés
et la contagion jusqu'à moi, par du trouble, de quelque
imbécile ébriété.

Même le calme, obligatoire dans une région d'échos,
comme on y trempe[3], je l'ai particulièrement les soirs de
dimanche, jusqu'au silence. Appréhension quant à cette
heure, qui prend la transparence de la journée, avant les
ombres puis l'écoule lucide vers quelque profondeur.
J'aime assister, en paix, à la crise[4] et qu'elle se réclame
de quelqu'un. Les compagnons apprécient l'instant, à
leur façon, se concertent, entre souper et coucher, sur
les salaires ou interminablement disputent, en le décor
vautrés. M'abstraire ni quitter, exclus, la fenêtre, regard,
moi là, de l'ancienne bâtisse[5] sur l'endroit qu'elle sait ;
pour faire au groupe des avances, sans effet. Toujours

---

1. Est-ce un sentiment de caste (de « classe sociale », lira-t-on plus
bas) ? Pas du tout.   2. « Sans que je cède [...] à ses provocations [...] ».
Les idées de Marx étaient suffisamment répandues à l'époque.
3. « Comme on s'y baigne », dirait l'expression courante.   4. Le
moment où le soleil se couche et dont il se veut le témoin (« se réclamer de quelqu'un »).   5. Complément circonstanciel de lieu.

le cas : pas lieu de se trouver ensemble[1] ; un contact peut, je le crains, n'intervenir entre des hommes. – « Je dis » une voix « que nous trimons[2], chacun ici, au profit d'autres. » – « Mieux », interromprais-je bas, « vous le faites, afin qu'on vous paie et d'être légalement, quant à vous seuls. » – « Oui, les bourgeois », j'entends, peu concerné « veulent un chemin de fer ». – « Pas moi, du moins » pour sourire « je ne vous ai pas appelés dans cette contrée de luxe et sonore, bouleversée autant que je suis gêné ». Ce colloque, fréquent, en muettes restrictions de mon côté, manque, par enchantement[3] ; quelle pierrerie, le ciel fluide ! Toutes les bouches ordinaires tues au ras du sol comme y dégorgeant leur vanité de parole. J'allais conclure : « Peut-être moi, aussi, je travaille.. » – À quoi ? n'eût objecté aucun, admettant, à cause de comptables, l'occupation transférée des bras à la tête[4]. À quoi – tait, dans la conscience seule, un écho – du moins, qui puisse servir[5], parmi l'échange général. Tristesse que ma production reste, à ceux-ci, par essence, comme les nuages au crépuscule ou des étoiles, vaine.

Véritablement, aujourd'hui, qu'y a-t-il ?

L'escouade du labeur gît au rendez-vous mais vaincue. Ils ont trouvé, l'un après l'autre qui la forment[6], ici affalée en l'herbe, l'élan à peine, chancelant tous comme sous

---

1. Il n'y a pas de raison d'entente particulière. **2.** Expression populaire : nous travaillons. **3.** Par bonheur. Car l'absence de dialogue permet d'observer le joyau du ciel à cette heure. **4.** L'occupation connue des comptables (ceux, par exemple, qui calculent leur paie) permet aux cheminots de comprendre celle de Mallarmé. **5.** « À quoi. [...] qui puisse servir ? » La question du rapport entre l'esthétique et l'économie politique (voir p. 341) se pose nécessairement en pareil cas. **6.** Tous ceux qui forment cette escouade.

un projectile, d'arriver[1] et tomber à cet étroit champ de bataille : quel sommeil de corps[2] contre la motte sourde.

Ainsi vais-je librement admirer et songer.

Non, ma vue ne peut, de l'ouverture où je m'accoude, s'échapper dans la direction de l'horizon, sans que quelque chose de moi n'enjambe, indûment, avec manque d'égard et de convenance à mon tour, cette jonchée d'un fléau[3] ; dont, en ma qualité, je dois comprendre le mystère et juger le devoir : car, contrairement à la majorité et beaucoup de plus fortunés, le pain ne lui a pas suffi – ils ont peiné une partie notable de la semaine, pour l'obtenir, d'abord ; et, maintenant, la voici, demain, ils ne savent pas, rampent par le vague et piochent sans mouvement – qui fait en son sort[4], un trou égal à celui creusé[5], jusqu'ici, tous les jours, dans la réalité des terrains (fondation, certes, de temple). Ils réservent, honorablement, sans témoigner de ce que c'est ni que s'éclaire cette fête[6], la part du sacré dans l'existence, par un arrêt, l'attente et le momentané suicide[7]. La connaissance qui resplendirait – d'un orgueil inclus à l'ouvrage journalier, résister, simplement et se montrer debout[8] – alentour magnifiée par une colonnade de futaie ; quelque instinct la chercha dans un nombre considérable, pour les déjeter ainsi, de petits verres[9] et ils en sont, avec l'absolu d'un accomplissement

---

1. Ils ont trouvé [...] l'élan à peine [...] d'arriver. **2.** Comme on dit « un banquet de corps ». Le sommeil unanime regroupe l'ensemble de la profession. **3.** « N'enjambe [...] cette jonchée d'un fléau ». Le fléau momentané des terrassiers gisant à même le sol. **4.** La jonchée de ces hommes endormis, « la voici [...] qui fait en son sort [...] ». **5.** Le sommeil creuse dans l'individualité de chacun. **6.** Ni qu'il y ait une illumination pour une telle fête. **7.** Celui du sommeil. **8.** La connaissance de la condition de l'homme, de son orgueil à occuper le séjour et à accomplir sa tâche. **9.** « Un nombre considérable [...] de petits verres ». Mallarmé concède à l'image de l'ouvrier ivrogne (voir le roman contemporain de Zola, *L'Assommoir*).

rituel, moins officiants que victimes, à figurer, au soir, l'hébétement de tâches si l'observance relève de la fatalité plus que d'un vouloir[1].

Les constellations s'initient à briller : comme je voudrais que parmi l'obscurité qui court sur l'aveugle troupeau, aussi[2] des points de clarté, telle pensée tout à l'heure, se fixassent, malgré ces yeux scellés[3] ne les distinguant pas – pour le fait, pour l'exactitude, pour qu'il soit dit. Je penserai, donc, uniquement, à eux, les importuns, qui me ferment, par leur abandon, le lointain vespéral[4] ; plus que, naguères, par leur tumulte. Ces artisans de tâches élémentaires, il m'est loisible, les veillant[5], à côté d'un fleuve limpide continu, d'y regarder le peuple – une intelligence robuste de la condition humaine leur courbe l'échine journellement pour tirer, sans l'intermédiaire du blé, le miracle de vie qui assure la présence : d'autres ont fait les défrichements passés et des aqueducs ou livreront un terre-plein à telle machine, les mêmes, Louis-Pierre, Martin, Poitou et le Normand, quand ils ne dorment pas, ainsi s'invoquent-ils selon les mères[6] ou la province ; mais plutôt des naissances sombrèrent et l'anonymat[7] et l'immense sommeil l'ouïe à la génératrice, les prostrant, cette fois, subit[8] un accablement et un élargissement de tous les siècles et, autant cela possible – réduite aux proportions sociales, d'éternité.

---

1. L'ivresse, en l'occurrence, provoque un hébétement et relève d'une fatalité (« victimes ») plus que d'un rituel (« officiants »). **2.** Également. **3.** Endormis. **4.** Qui, par leur sommeil même, m'empêchent de profiter du coucher du soleil. **5.** Le poète se donne ici un rôle tutélaire. **6.** Le prénom, et non le patronyme. **7.** Des hommes en tant qu'ils sont nés (et nommables) ont sombré dans le sommeil et sont rentrés dans l'anonymat. **8.** L'immense sommeil l'ouïe à la génératrice (l'oreille collée contre le sol) [...] subit [...].

IV

La Musique et les Lettres

En 1892, à la suite de plusieurs visites au 89, rue de Rome, et après une correspondance chaleureuse, Charles Bonnier, Français enseignant à Oxford, auteur d'une étude sur Parsifal (1887) et surtout d'une plaquette, Un moment (Bruxelles, 1892), dont l'introduction est dédiée à Mallarmé, suggère à ce dernier de prononcer une conférence en Angleterre, pour laquelle il aurait tout l'appui de Frederic York Powell, professeur d'histoire moderne à l'université d'Oxford et membre de la vénérable Taylorian Association, institut des Langues vivantes fondé en 1792. Une invitation de York Powell concrétise bientôt ce projet que Mallarmé accueille avec joie (lettre à Charles Bonnier du 20 mai 1893, C, VI, p. 95-96). Séduit par les récentes représentations de la Walkyrie de Wagner et du Pelléas et Mélisande de Maeterlinck, il annonce son sujet : « Les Lettres et la Musique ».

Une invitation complémentaire pour parler au Pembroke College de Cambridge lui est adressée par Charles Whibley, journaliste au National Observer, traducteur de textes grecs anciens et modernes et auteur de nombreuses éditions critiques. Le frère de Charles Whibley, Leonard, enseigne, du reste, à Cambridge et appartient aux amis du Pembroke College.

Il faudra attendre 1894 cependant pour que Mallarmé se déplace enfin en Angleterre, où il arrive le 24 février. Le 28, York Powell donne, en lecture publique, sa conférence, traduite en anglais la veille, et le lendemain, Mallarmé la prononce, en français cette fois, devant une soixantaine de personnes. Le 2 mars, à Cambridge, il réitère son modeste exploit devant une assistance plus clairsemée encore, mais les conditions particulières de

cette soirée font d'elle, à ses yeux, une réussite inou-
bliable.

De retour en France, il ne tarde pas à publier dans La
Revue blanche *d'avril 1894 l'essentiel de sa conférence*
intitulée « La Musique et les Lettres », sous la précision
« Lecture d'Oxford et de Cambridge ». Courant octobre
de la même année, il donne un petit livre Oxford, Cambridge. La Musique et les Lettres *(millésimé 1895) à la*
*Librairie académique Didier, Perrin et C*ie*. Ce livre*
comprend une première partie « Déplacement avanta-
geux », formée d'un texte publié sous ce même titre dans
La Revue blanche *d'octobre 1894 et d'un texte paru dans*
Le Figaro *du 17 août 1894 sous le titre « Le Fonds litté-*
raire ». La deuxième partie de l'opuscule reprend « La
Musique et les Lettres ».

Nous ne donnons ici que cette deuxième partie. Nous
avons tenu à respecter le caractère italique utilisé pour
l'introduction (p. 320). Celle-ci, dans l'édition originale,
prend fin au bas d'une page. Le texte de la conférence
proprement dite commence, en romain, à la page suivante
et s'achève sur une page particulière. La remarque « La
transparence de pensée s'unifie... » (p. 338) occupe
ensuite une page. Puis viennent les notes, chacune occu-
pant une page particulière et les citations étant données
dans le caractère romain du texte. Enfin, sur une page et
en italique, se lit la conclusion « Quel goût pour démon-
trer... ».

Si le texte de Mallarmé fut peu compris – on s'en
doute – en Angleterre, il rencontra en France un écho
favorable auprès des amateurs. Le plus clairvoyant à le
lire fut sans doute le jeune Paul Claudel qui, de Ville-
neuve-sur-Fère, adressa bientôt à Mallarmé une lettre
d'une rare pertinence : « [...] Le voisinage de cette folle
[la Musique] qui ne sait ce qu'elle dit a été pour tant
d'écrivains d'aujourd'hui si pernicieux qu'il est agréable
de voir quelqu'un, au nom de la parole articulée, lui fixer
sa limite avec autorité. Si la Musique et la Poésie sont
en effet identiques dans leur principe, qui est le même
besoin d'un bruit intérieur à proférer, et dans leur fin,

qui est la représentation d'un état de félicité fictif, le
Poète affirme et explique, là où l'autre va, comme quelqu'un qui cherche, criant : *l'un jouit et l'autre possède,
sa prérogative étant de donner à toutes choses un nom* »
(Cahier Paul Claudel, *I*, Gallimard, 1989, p. 43-45).

LA MUSIQUE ET LES LETTRES

À Oxford le 1ᵉʳ mars, le 2 à Cambridge, j'eus occasion de prononcer cette page, différemment.

La Taylorian Association *inaugurait une suite étrangère d'auditions, qui désigne nos littérateurs. Je n'oublie.. Quel honneur avivé de bonne grâce me fit mon ami, de trois jours et toujours, l'historien York Powell, de* Christ Church. *La veille il voulut lire, en mon lieu, à cause de ma terreur devant la clause locale, sa traduction admirable d'un jet conduite en plusieurs heures de nuit. Le charme, et la certitude, de l'entreprise, étaient répandus, dès cet instant : aussi, attribué-je, à un égard rétrospectif pour ce maître, l'intérêt saluant la démarche que, le lendemain, je devais en personne. J'ai pu me figurer l'heure d'une fin de jour d'hiver, aux vastes fenêtres, pas l'ennui, qui frappa latéralement une compagnie avec goût composée.*

Quant au Pembroke College – *Poe eût lecturé, devant* Whistler[1]. *Soir. L'immense, celle du* bow-window[2], *draperie, au dos de l'orateur debout contre un siège et à une table qui porte l'argent d'une paire puissante de candélabres, seuls, sous leurs feux. Le mystère : inquiétude que, peut-être, on le déversa ; et l'élite rendant, en l'ombre, un bruit d'attention respiré comme, autour de visages, leur voile. Décor, du coup dorénavant trouvé, Charles Whibley, par votre frère le cher* Dun[3], *à ce jeu qui reste transmission de rêveries entre un et quelques-uns.*

---

1. Mallarmé pense à la conférence donnée par Poe en décembre 1848, quelques mois avant sa mort, à Rhode Island, sur « Le Principe poétique ». Whistler, quant à lui, avait prononcé son fameux *Ten O'Clock*, à dix heures du soir, le 20 février 1885 à Londres et, la même année, le 24 mars à Cambridge et le 30 avril à Oxford. C'est en 1888 que Mallarmé traduira cette conférence (publication préoriginale dans *La Revue indépendante* de mai 1888). Dans sa contribution aux *Portraits du prochain siècle* (E. Girard, 1894), Mallarmé, donnant un court texte sur Poe, le commencera ainsi : « Edgar Poe personnellement m'apparaît depuis Whistler. » **2.** Fenêtre en arc de cercle, donc cintrée. **3.** Titre donné aux professeurs d'Oxford et de Cambridge.

MESDAMES, MESSIEURS

Jusqu'ici et depuis longtemps, deux nations, l'Angleterre, la France, les seules, parallèlement ont montré la superstition d'une Littérature. L'une à l'autre tendant avec magnanimité le flambeau, ou le retirant et tour à tour éclaire l'influence[1] ; mais c'est l'objet de ma constatation, moins cette alternative (expliquant un peu une présence, parmi vous, jusqu'à y parler ma langue) que, d'abord, la visée si spéciale d'une continuité dans les chefs-d'œuvre. À nul égard, le génie ne peut cesser d'être exceptionnel, altitude de fronton inopinée dont dépasse l'angle ; cependant, il ne projette, comme partout ailleurs, d'espaces vagues ou à l'abandon, entretenant au contraire une ordonnance et presque un remplissage admirable d'édicules moindres[2], colonnades, fontaines, statues – spirituels – pour produire, dans un ensemble, quelque palais ininterrompu et ouvert à la royauté de chacun, d'où naît le goût des patries[3] : lequel en le double cas[4], hésitera, avec délice, devant une rivalité d'architectures comparables et sublimes.

Un intérêt de votre part, me conviant à des renseignements sur quelques circonstances de notre état littéraire, ne le fait pas à une date oiseuse.

J'apporte en effet des nouvelles. Les plus surprenantes. Même cas ne se vit encore.

---

1. L'influence éclaire. **2.** Le génie est contagieux et produit de multiples auteurs secondaires. **3.** La notion de goût propre à diverses nations. **4.** Les œuvres de l'Angleterre et de la France.

— On a touché au vers.

Les gouvernements changent ; toujours la prosodie reste intacte : soit que, dans les révolutions, elle passe inaperçue ou que l'attentat ne s'impose pas avec l'opinion que ce dogme dernier puisse varier [1].

Il convient d'en parler déjà, ainsi qu'un invité voyageur tout de suite se décharge par traits haletants du témoignage d'un accident su et le poursuivant : en raison que le vers est tout, dès qu'on écrit. Style, versification s'il y a cadence et c'est pourquoi toute prose d'écrivain fastueux, soustraite à ce laisser-aller en usage, ornementale, vaut en tant qu'un vers rompu, jouant avec ses timbres et encore les rimes dissimulées ; selon un thyrse [2] plus complexe. Bien l'épanouissement de ce qui naguère obtint le titre de *poème en prose* [3].

Très strict, numérique, direct, à jeux conjoints, le mètre, antérieur, subsiste [4] ; auprès.

Sûr, nous en sommes là, présentement. La séparation [5].

Au lieu qu'au début de ce siècle, l'ouïe puissante romantique combina l'élément jumeau [6] en ses ondoyants alexandrins, ceux à coupe ponctuée et enjambements ; la fusion se défait vers l'intégrité. Une heureuse trouvaille avec quoi paraît à peu près close la recherche d'hier, aura été le *vers libre*, modulation (dis-je, souvent) individuelle, parce que toute âme est un nœud rythmique.

Après, les dissensions. Quelques initiateurs, il le fallait, sont partis loin, pensant en avoir fini avec un canon (que

---

1. Le bouleversement politique ne pense pas qu'il faille attenter à l'art poétique, puisque l'opinion l'estime immuable.   **2.** Cette image du thyrse, bâton droit où s'enroule une guirlande végétale (vigne ou lierre), reprend l'image exprimée par Baudelaire dans son poème en prose « Le Thyrse », trente-deuxième pièce des *Petits poèmes en prose* (1869), dédiée à Franz Liszt (voir notre édition du *Spleen de Paris*, Le Livre de Poche, p. 165).   **3.** Dans les *Petits poèmes en prose* de Baudelaire. Le terme générique avait été utilisé par lui une première fois sous la forme « Poèmes en prose » pour désigner neuf poèmes publiés dans la *Revue fantaisiste* du 1er novembre 1861.   **4.** C'est-à-dire, essentiellement, l'alexandrin.   **5.** La séparation entre le vers et la prose.   **6.** La rime.

je nomme, pour sa garantie) officiel[1] : il restera, aux grandes cérémonies. Audace, cette désaffectation, l'unique ; dont rabattre..

Ceux qui virent tout de mauvais œil estiment que du temps probablement vient d'être perdu.

Pas.

À cause que de vraies œuvres ont jailli, indépendamment d'un débat de forme et, ne les reconnût-on, la qualité du silence, qui les remplacerait, à l'entour d'un instrument surmené, est précieuse. Le vers, aux occasions, fulmine[2], rareté (quoiqu'ait été à l'instant vu que tout, mesuré, l'est) : comme la Littérature, malgré le besoin, propre à vous et à nous, de la perpétuer dans chaque âge, représente un produit singulier. Surtout la métrique française, délicate, serait d'emploi intermittent : maintenant, grâce à des repos balbutiants, voici que de nouveau peut s'élever, d'après une intonation parfaite, le vers de toujours, fluide, restauré, avec des compléments peut-être suprêmes.

Orage, lustral[3] ; et, dans des bouleversements, tout à l'acquit de la génération récente, l'acte d'écrire se scruta jusqu'en l'origine. Très avant, au moins, quant à un point, je le formule : – À savoir s'il y a lieu d'écrire. Les monuments, la mer, la face humaine, dans leur plénitude, natifs, conservent une vertu autrement attrayante que ne les voilera une description[4], évocation dites, allusion je sais, suggestion : cette terminologie quelque peu de hasard atteste la tendance, une très décisive, peut-être, qu'ait

---

1. Mallarmé pense à des tentatives extrêmes, comme celles de Jules Laforgue (*Derniers vers*, 1890) et surtout de René Ghil (dont il avait préfacé le *Traité du Verbe* en 1886), dans le *Dire du Mieux*, publié en plusieurs volumes, à partir de 1889.   2. Le vers produit l'éclat de la foudre.   3. Le bouleversement ayant purifié ce qui était mêlé et trouble, on en est venu à repenser l'origine de la poésie.   4. L'imitation des choses vaut moins que les choses elles-mêmes.

subie l'art littéraire, elle le[1] borne et l'exempte. Son sortilège, à lui, si ce n'est libérer, hors d'une poignée de poussière ou réalité sans l'enclore, au livre, même comme
texte, la dispersion volatile soit[2] l'esprit, qui n'a que faire
de rien outre la musicalité de tout[3].

Ainsi, quant au malaise ayant tantôt sévi, ses accès
prompts et de nobles hésitations ; déjà vous en savez
autant qu'aucun.

Faut-il s'arrêter là et d'où ai-je le sentiment que je suis
venu relativement à un sujet beaucoup plus vaste peut-
être à moi-même inconnu, que telle rénovation de rites
et de rimes[4] ; pour y atteindre, sinon le traiter. Tant de
bienveillance comme une invite à parler sur ce que
j'aime ; aussi la considérable appréhension d'une attente
étrangère, me ramènent on ne sait quel ancien souhait
maintes fois dénié par la solitude, quelque soir prodigieu-
sement de me rendre compte à fond et haut de la crise[5]
idéale qui, autant qu'une autre, sociale, éprouve[6] certains : ou, tout de suite, malgré ce qu'une telle question
devant un auditoire voué aux élégances scripturales a de
soudain, poursuivre : – Quelque chose comme les Lettres
existe-t-il ; autre (une convention fut, aux époques classiques, cela) que l'affinement, vers leur expression buri-
née, des notions[7], en tout domaine. L'observance qu'un
architecte, un légiste, un médecin pour parfaire la
construction ou la découverte, les élève au discours : bref,
que tout ce qui émane de l'esprit, se réintègre. Générale-
ment, n'importe les matières[8].

---

1. L'art littéraire. **2.** C'est-à-dire. **3.** Tout ce passage sera
repris dans « Crise de vers », voir p. 357. **4.** Le sujet atteint dépasse
des questions de simple prosodie. **5.** [...] ramènent vers moi un
ancien souhait : celui de rendre compte pour moi de la crise (la « crise
de vers »). **6.** Au sens de « toucher fortement ». **7.** Autre chose
[...] que l'affinement des notions [...]. **8.** Toutes les matières de
l'esprit se réintègrent dans la lettre (ou le discours). Mallarmé pense
aux institutions de l'Académie française et de l'Institut.

Très peu se sont dressé cette énigme, qui assombrit[1], ainsi que je le fais, sur le tard, pris par un brusque doute concernant ce dont je voudrais parler avec élan. Ce genre d'investigation peut-être a été éludé, en paix, comme dangereux, par ceux-là qui, sommés d'une faculté[2], se ruèrent à son injonction ; craignant de la diminuer au clair de la réponse. Tout dessein dure ; à quoi on s'impose d'être par une foi ou des facilités, qui font que c'est, selon soi[3]. Admirez le berger, dont la voix, heurtée à des rochers malins jamais ne lui revient selon le trouble d'un ricanement[4]. Tant mieux : il y a d'autre part aise, et maturité, à demander un soleil, même couchant[5], sur les causes d'une vocation.

Or, voici qu'à cette mise en demeure extraordinaire, tout à l'heure, révoquant les titres d'une fonction notoire, quand s'agissait, plutôt, d'enguirlander l'autel[6] ; à ce subit envahissement, comme d'une sorte indéfinissable de défiance (pas même devant mes forces), je réponds[7] par une exagération, certes, et vous en prévenant. – Oui, que la Littérature existe et, si l'on veut, seule, à l'exclusion de tout[8]. Accomplissement, du moins, à qui ne va nom mieux donné.

Un homme peut advenir, en tout oubli – jamais ne sied d'ignorer qu'exprès[9] – de l'encombrement intellectuel chez les contemporains ; afin de savoir, selon quelque recours très simple et primitif, par exemple la

---

1. Très peu ont dressé devant eux cette énigme qui rend sombre. **2.** Appelés impérieusement par une aptitude spéciale.   **3.** La foi, qui empêche l'investigation, fait que se maintient tel ou tel type de pratique, comme une évidence.   **4.** Le berger ne s'étonne pas du phénomène de l'écho.   **5.** Réclamer un éclaircissement, même au dernier moment.   **6.** Faire un éloge du sacerdoce poétique.   **7.** À cette mise en demeure [...] à ce subit envahissement [...] je réponds [...]. **8.** Faut-il aller jusqu'à voir dans Littérature : Lis et rature (comme l'indique « à l'exclusion de tout ») ? Mallarmé, en tout cas, se permettra la rime riche dans « Toute l'âme résumée » (p. 261).   **9.** Il faut bien savoir qu'il le fait exprès, à savoir d'oublier l'encombrement intellectuel.

symphonique équation[1] propre aux saisons, habitude de
rayon et de nuée ; deux remarques ou trois d'ordre analogue à ces ardeurs, à ces intempéries par où notre passion
relève des divers ciels : s'il a, recréé par lui-même, pris
soin de conserver de son débarras strictement une piété aux
vingt-quatre lettres comme elles se sont, par le miracle de
l'infinité, fixées en quelque langue la sienne[2], puis un sens
pour leurs symétries, action, reflet, jusqu'à une transfigura-
tion en le terme surnaturel, qu'est le vers ; il possède, ce
civilisé édénique[3], au-dessus d'autre bien, l'élément de
félicités, une doctrine en même temps qu'une contrée[4].
Quand son initiative, ou la force virtuelle des caractères
divins lui enseigne de les mettre en œuvre.

Avec l'ingénuité de notre fonds[5], ce legs, l'orthographe, des antiques grimoires[6], isole, en tant que Littérature, spontanément elle, une façon de noter. Moyen, que
plus[7] ! principe. Le tour de telle phrase ou le lac[8] d'un
distique, copiés sur notre conformation, aident l'éclosion,
en nous, d'aperçus et de correspondances.

Strictement j'envisage, écartés vos folios d'études,
rubriques, parchemin[9], la lecture comme une pratique
désespérée. Ainsi toute industrie a-t-elle failli à la fabrica-
tion du bonheur, que l'agencement ne s'en trouve à portée : je connais des instants où quoi que ce soit, au nom
d'une disposition secrète, ne doit satisfaire.

Autre chose.. ce semble que l'épars frémissement d'une

---

1. Probable complément d'objet de « savoir », comme, plus bas,
« deux remarques ou trois ».   **2.** Les lettres de l'alphabet. Il s'est
donc débarrassé du reste.   **3.** Tout en étant civilisé et contemporain,
le poète garde un rapport avec l'Éden (Mallarmé écrit « édennique » et
non « édénique »). On connaît la parole de Mallarmé à René Ghil :
« Non, Ghil, on ne peut se passer d'éden » (anecdote rapportée par
Ghil lui-même dans son livre *Les Dates et les Œuvres*, p. 114).
4. Sur cette contrée, voir « Prose (pour des Esseintes) », p. 181.
5. Notre tempérament singulier.   **6.** Ce legs des anciens grimoires
(où se perçoivent l'étymologie et la racine des mots).   **7.** Combien
plus !   **8.** L'enchaînement de deux vers isolés, comme à la fin du
sonnet shakespearien.   **9.** Proposition participiale : une fois écartés,
c'est-à-dire sans parler des folios d'études, etc.

page ne veuille sinon surseoir ou palpite d'impatience, à la possibilité d'autre chose[1].

Nous savons, captifs d'une formule absolue, que, certes, n'est que ce qui est[2]. Incontinent écarter cependant, sous un prétexte, le leurre[3], accuserait notre inconséquence, niant le plaisir que nous voulons prendre : car cet *au-delà* en est l'agent, et le moteur dirais-je[4] si je ne répugnais à opérer, en public, le démontage impie de la fiction et conséquemment du mécanisme littéraire, pour étaler la pièce principale ou rien. Mais, je vénère comment, par une supercherie, on projette, à quelque élévation défendue et de foudre ! le conscient manque chez nous de ce qui là-haut éclate[5].

À quoi sert cela –

À un jeu.

En vue qu'une attirance supérieure[6] comme d'un vide, nous avons droit, le tirant de nous par de l'ennui à l'égard des choses si elles s'établissaient solides et prépondérantes[7] – éperdument les détache jusqu'à s'en remplir et aussi les douer de resplendissement, à travers l'espace vacant, en des fêtes à volonté et solitaires[8].

Quant à moi, je ne demande pas moins à l'écriture et vais prouver ce postulat.

La Nature a lieu, on n'y ajoutera pas ; que[9] des cités, les voies ferrées et plusieurs inventions formant notre matériel.

---

1. La page ne veut rien, sinon faire attendre, ou bien elle laisse entrevoir autre chose.   **2.** C'est la tautologie du plus rigoureux réalisme.   **3.** La fiction imitative.   **4.** La fiction, qui n'est rien (qui est rien), n'existe que pour signifier un *au-delà* (non religieux). **5.** La fiction (supercherie ou leurre) fait saisir un manque qui nous est fondamental. Voir « Petit air II », p. 203. Voir également l'important commentaire de ce passage fait par Maurice Blanchot dans « Le Mythe de Mallarmé » (*La Part du feu*, Gallimard, 1949, p. 46-47). **6.** Qu'une attirance supérieure [...] les détache.   **7.** Ce jeu motivé par l'ennui que sécrète la stricte réalité.   **8.** L'attirance supérieure fabrique la lumière de la notion pure, dont se réjouissent l'auteur et le lecteur de la fiction.   **9.** Excepté.

Tout l'acte disponible, à jamais et seulement, reste de saisir les rapports, entre-temps, rares ou multipliés ; d'après quelque état intérieur et que l'on veuille à son gré étendre, simplifier le monde.

À l'égal de créer : la notion d'un objet, échappant, qui fait défaut [1].

Semblable occupation suffit, comparer les aspects et leur nombre tel qu'il frôle notre négligence [2] : y éveillant, pour décor, l'ambiguïté de quelques figures belles, aux intersections. La totale arabesque, qui les relie, a de vertigineuses sautes en un effroi que reconnue [3] ; et d'anxieux accords. Avertissant par tel écart, au lieu de déconcerter, ou que sa similitude avec elle-même, la soustraie en la confondant. Chiffration mélodique tue, de ces motifs qui composent une logique, avec nos fibres [4]. Quelle agonie, aussi, qu'agite la Chimère [5] versant par ses blessures d'or l'évidence de tout l'être pareil, nulle torsion vaincue ne fausse ni ne transgresse l'omniprésente Ligne espacée de tout point à tout autre pour instituer l'Idée ; sinon sous le visage humain, mystérieuse, en tant qu'une Harmonie est pure.

Surprendre habituellement cela, le marquer, me frappe comme une obligation de qui déchaîna l'Infini ; dont le rythme, parmi les touches du clavier verbal, se rend, comme sous l'interrogation d'un doigté, à l'emploi des mots, aptes, quotidiens [6].

Avec véracité, qu'est-ce, les Lettres, que cette mentale poursuite, menée, en tant que le discours, afin de définir ou de faire, à l'égard de soi-même, preuve que le spec-

---

1. La notion pure. Le manuscrit porte : « À défaut de créer, ceci : la notion ; échappant, hors ce qui se passe. »   **2.** Inattention ou distraction.   **3.** L'arabesque se dérobe d'autant plus qu'elle craint d'être reconnue.   **4.** La poésie non prononcée. La fiction est en accord avec notre pensée profonde, voire avec notre corps. **5.** Quelle que soit l'agonie qu'agite la Chimère (« l'évidence de tout l'être pareil »), c'est-à-dire celle du monde en dehors de la fiction, l'immanence.   **6.** « Se rend [...] à l'emploi des mots [...] ». La recherche de l'Infini cède (se rend) à l'usage du langage quotidien.

tacle répond à une imaginative compréhension, il est vrai, dans l'espoir de s'y mirer[1].

Je sais que la Musique[2] ou ce qu'on est convenu de nommer ainsi, dans l'acception ordinaire, la limitant aux exécutions concertantes avec le secours des cordes, des cuivres et des bois et cette licence, en outre, qu'elle s'adjoigne la parole[3], cache une ambition, la même ; sauf à n'en rien dire, parce qu'elle ne se confie pas volontiers[4]. Par contre, à ce tracé[5], il y a une minute, des sinueuses et mobiles variations de l'Idée, que l'écrit revendique de fixer, y eut-il, peut-être, chez quelques-uns de vous, lieu de confronter à telles phrases une réminiscence de l'orchestre ; où succède à des rentrées en l'ombre, après un remous soucieux, tout à coup l'éruptif multiple sursautement de la clarté[6], comme les proches irradiations d'un lever de jour : vain, si le langage, par la retrempe et l'essor purifiants du chant, n'y confère un sens[7].

Considérez, notre investigation aboutit : un échange peut, ou plutôt il doit survenir, en retour du triomphal appoint, le verbe, que coûte que coûte ou plaintivement à un moment même bref accepte l'instrumentation, afin de ne demeurer les forces de la vie aveugles à leur splendeur, latentes ou sans issue[8]. Je réclame la restitution, au silence impartial, pour que l'esprit essaie à se rapatrier, de tout[9] – chocs, glissements, les trajectoires illimitées et sûres, tel état opulent aussitôt évasif, une inaptitude délicieuse à

---

1. Les Lettres fournissent une preuve que l'on a compris (ou cru comprendre) – et donc que l'on a cru se comprendre. **2.** La Musique [...] cache une ambition, la même. **3.** Elle s'adjoint la parole de l'opéra, notamment dans l'opéra wagnérien. **4.** Marque d'humour : la musique ne parle pas. **5.** À ce tracé [...] que l'écrit revendique de fixer. **6.** Sujet postposé de « succède ». **7.** Tout cela est vain, si le langage n'y donne sens. Mallarmé tient à marquer ici la place prépondérante de la Littérature ou de la Parole. **8.** Un échange qui serait celui de la Musique pour le verbe, pour que les forces de la vie, instinctives, ne demeurent pas dans un état de non-dit. **9.** La restitution au silence impartial (c'est-à-dire à l'écrit) de tout [...] l'appareil.

finir, ce raccourci, ce trait[1] – l'appareil ; moins le tumulte des sonorités, transfusibles, encore, en du songe.

Les grands, de magiques écrivains, apportent une persuasion de cette conformité.

Alors, on possède, avec justesse, les moyens réciproques du Mystère – oublions la vieille distinction, entre la Musique et les Lettres, n'étant que le partage, voulu, pour sa rencontre ultérieure, du cas premier : l'une évocatoire de prestiges situés à ce point de l'ouïe et presque de la vision abstrait, devenu l'entendement[2] ; qui, spacieux, accorde au feuillet d'imprimerie une portée égale.

Je pose, à mes risques esthétiquement, cette conclusion (si par quelque grâce, absente, toujours, d'un exposé[3], je vous amenai à la ratifier, ce serait pour moi l'honneur cherché ce soir) : que la Musique et les Lettres sont la face alternative ici élargie vers l'obscur ; scintillante là, avec certitude, d'un phénomène, le seul, je l'appelai l'Idée.

L'un des modes incline à l'autre et y disparaissant, ressort avec emprunts : deux fois, se parachève, oscillant, un genre entier. Théâtralement, pour la foule qui assiste, sans conscience, à l'audition de sa grandeur[4] : ou, l'individu requiert la lucidité, du livre explicatif et familier[5].

Maintenant que je respire dégagé de l'inquiétude, moindre que mon remords pour vous y avoir initiés,

---

1. Il s'agit moins de sonorités que des divers mouvements de la Musique.   2. À dessein, Mallarmé joue sur le rapport entre « entendre » au sens intellectuel du terme (« entendement ») et « entendre » au sens physique (« l'ouïe »).   3. Quand on fait un exposé, la grâce manque toujours. Le manuscrit qualifie « exposé » par l'adjectif « froid », corrigé en « morne ».   4. C'est le cas des concerts. 5. C'est le cas de la lecture intime.

celle, en commençant un entretien, de ne pas se trouver certain si le sujet, dont on veut discourir, implique une authenticité, nécessaire à l'acceptation ; et que, ce fondement, du moins, vous l'accordâtes, par la solennité de votre sympathie pendant que se hâtaient, avec un cours fatal et quasi impersonnel des divulgations, neuves pour moi ou durables si on y acquiesce : il me paraît qu'inespérément je vous aperçois en plus d'intimité, selon le vague dissipé[1]. Alors causer comme entre gens, pour qui le charme fut de se réunir, notre dessein[2], me séduirait ; pardon d'un retard à m'y complaire : j'accuse l'ombre sérieuse qui fond[3], des nuits de votre ville où règne la désuétude de tout excepté de penser, vers cette salle particulièrement sonore au rêve. Ai-je, quand s'offrait une causerie, disserté, ajoutant cette suite à vos cours des matinées[4] ; enfin, fait une leçon ? La spécieuse appellation de chef d'école vite décernée par la rumeur à qui s'exerce seul et de ce fait groupe les juvéniles et chers désintéressements, a pu, précédant votre « *lecturer*[5] », ne sonner faux. Rien pourtant ; certes, du tout[6]. Si reclus que médite[7] dans le laboratoire de sa dilection, en mystagogue, j'accepte[8], un, qui joue sa part sur quelques rêveries à déterminer ; la démarche capable de l'en tirer, loyauté, presque devoir, s'impose d'épancher à l'adolescence une ferveur[9] tenue d'aînés ; j'affectionne cette habitude : il ne faut, dans mon pays ni au vôtre, convînmes-nous, qu'une lacune se déclare dans la succession du fait littéraire, même un désaccord. Renouer la tradition à des souhaits précurseurs, comme une hantise m'aura valu de me retrouver peu dépaysé,

---

1. Après ces divulgations, le vague concernant la littérature est dissipé. 2. Apposition au membre de phrase qui précède. 3. Comme un rapace fond sur sa proie. 4. Les cours des professeurs qui forment son public. 5. Celui qui fait une conférence, c'est-à-dire, ici, Mallarmé lui-même. 6. Il n'en est rien, pourtant ; certes, rien du tout. 7. Si reclus que médite [...] un, qui joue sa part [...]. 8. Sorte d'incise. En initié, j'accepte (ce qualificatif). 9. Communiquer à l'adolescence sa ferveur est un devoir, même pour l'homme à l'écart.

ici ; devant cette assemblée de maîtres illustres et d'une jeune élite.

À bon escient, que prendre, pour notre distraction si ce n'est la comédie, amusante jusqu'au quiproquo, des malentendus ?

Le pire, sans sortir d'ici-même, celui-là fâcheux, je l'indique pour le rejeter, serait que flottât, dans cette atmosphère, quelque déception née de vous, Mesdames et mes vaillantes auditrices. Si vous avez attendu un commentaire murmuré et brillant à votre piano ; ou encore me vîtes-vous, peut-être, incompétent sur le cas de volumes, romans, feuilletés par vos loisirs. À quoi bon : toutes, employant le don d'écrire, à sa source ? Je pensais, en chemin de fer, dans ce déplacement [1], à des chefs-d'œuvre inédits, la correspondance de chaque nuit, emportée par les sacs de poste, comme un chargement de prix, par excellence [2], derrière la locomotive. Vous en êtes les auteurs privilégiés ; et je me disais que, pour devenir songeuses, éloquentes ou bonnes aussi selon la plume et y susciter avec tous ses feux une beauté tournée au-dedans, ce vous est superflu de recourir à des considérations abstruses [3] : vous détachez une blancheur de papier, comme luit votre sourire, écrivez, voilà.

La situation, celle du poëte, rêvé-je d'énoncer, ne laisse pas de découvrir quelque difficulté, ou du comique.

Un lamentable seigneur exilant son spectre de ruines lentes à l'ensevelir, en la légende et le mélodrame, c'est lui, dans l'ordre journalier [4] : lui, ce l'est, tout de même, à qui on fait remonter la présentation, en tant qu'explosif, d'un concept trop vierge [5], à la Société.

---

1. La première partie de *La Musique et les Lettres* (éd. Perrin, 1895) a pour titre « Déplacement avantageux ».   **2.** Un chargement de valeur, mais aussi de prix d'excellence !   **3.** Comprendre « les miennes ».   **4.** Très certainement, Mallarmé pense ici à Hamlet, personnage fantomatique auquel le poète s'identifie.   **5.** Celui du vers libre, forme d'anarchie à la lettre.

Des coupures d'articles un peu chuchotent ma part, oh ! pas assez modeste, au scandale que propage un tome, paraît-il, le premier d'un libelle obstiné à l'abattage des fronts principaux d'aujourd'hui presque partout ; et la fréquence des termes d'idiot et de fou rarement tempérés en imbécile ou dément, comme autant de pierres lancées à l'importunité hautaine d'une féodalité d'esprit qui menace apparemment l'Europe, ne serait pas de tout point pour déplaire ; eu égard à trop de bonne volonté, je n'ose la railler [1], chez les gens, à s'enthousiasmer en faveur de vacants symptômes, tant n'importe quoi veut se construire [2]. Le malheur, dans l'espèce, que la science s'en mêle [3] ; ou qu'on l'y mêle. *Dégénérescence*, le titre, *Entartung*, cela vient d'Allemagne, est l'ouvrage, soyons explicite, de M. Nordau [4] : je m'étais interdit, pour garder à des dires une généralité, de nommer personne et ne crois pas avoir, présentement, enfreint mon souci. Ce vulgarisateur a observé un fait. La nature n'engendre le génie immédiat et complet, il répondrait au type de l'homme et ne serait aucun ; mais pratiquement, occultement touche d'un pouce indemne, et presque l'abolit, telle faculté, chez celui, à qui elle propose une munificence contraire [5] : ce sont là des arts pieux ou de maternelles perpétrations conjurant une clairvoyance de critique et de juge exempte non de tendresse [6]. Suivez, que se passe-t-il ? Tirant une force de sa privation, croît, vers des intentions plénières, l'infirme élu [7], qui laisse, certes, après lui, comme un innombrable déchet, ses frères, cas étiquetés par la méde-

---

1. Incise.   2. L'emballement irréfléchi pour toute forme de nouveauté.   3. Le malheur, en l'occurrence, est que la science s'en mêle.   4. *Dégénérescence (Entartung)*, publié en langue allemande en 1892 et dû à Alfred Nordau, est traduit dès 1894 par Auguste Dietrich et publié en deux volumes aux éditions Alcan. C'est dans le second volume qu'il est question du « vide Mallarmé » (p. 231). 5. Le génie humain se paie toujours d'une tare secrète qu'impose la nature à sa « munificence ». Telle est, du moins, la thèse de Nordau, proche de celle du célèbre aliéniste italien Lombroso.   6. Ironie de Mallarmé : qui ne manque pas de tendresse.   7. « L'infirme élu » (le génie) est sujet postposé de « croît » (du verbe « croître »).

cine ou les bulletins d'un suffrage le vote fini. L'erreur
du pamphlétaire en question est d'avoir traité tout comme
un déchet. Ainsi il ne faut pas que des arcanes [1] subtils
de la physiologie, et de la destinée, s'égarent à des mains,
grosses pour les manier, de contremaître excellent ou de
probe ajusteur. Lequel s'arrête à mi-but et voyez ! pour
de la divination en sus, il aurait compris [2], sur un point,
de pauvres et sacrés procédés naturels et n'eût pas fait
son livre.

L'injure, opposée [3], bégaie en des journaux, faute de
hardiesse : un soupçon [4] prêt à poindre, pourquoi la réti-
cence ? Les engins, dont le bris illumine les parlements
d'une lueur sommaire [5], mais estropient, aussi à faire
grand'pitié, des badauds, je m'y intéresserais, en raison
de la lueur – sans la brièveté de son enseignement [6] qui
permet au législateur d'alléguer une définitive incompréhension ; mais j'y récuse l'adjonction de balles à tir et de
clous. Tel un avis ; et, incriminer de tout dommage ceci
uniquement qu'il y ait des écrivains [7] à l'écart tenant, ou
pas, pour le vers libre, me captive, surtout par de l'ingé-
niosité. Près, eux, se réservent, ou loin, comme pour une
occasion, ils offensent le fait divers : que dérobent-ils,
toujours jettent-ils ainsi du discrédit [8], moins qu'une
bombe, sur ce que de mieux, indisputablement et à grands
frais, fournit une capitale comme rédaction courante de

---

1. Sujet de « s'égarent ».   2. S'il avait un peu plus de jugeote,
pourrait-on dire, plus vulgairement.   3. À celle de Nordau. Tout ce
paragraphe, avec pour commencement « L'injure bégaie », sera repris,
sous le titre « Accusation », dans la partie « Grands faits divers » des
Divagations (1897).   4. Ce soupçon – on le verra – est celui qui
établit une connivence entre les artistes et les anarchistes.   5. Allusion à plusieurs attentats anarchistes à la bombe, dont celui d'Auguste
Vaillant, le 9 décembre 1893, à la Chambre des députés.   6. Mallarmé montre ainsi son ironie en appréciant l'illumination des bombes,
mais en contestant une leçon si brève.   7. Ceci [...] qu'il y ait des
écrivains [...].   8. Quel que soit ce qu'ils dérobent (le sens, en l'occasion), toujours est-il qu'ils jettent du discrédit [...].

ses apothéoses : à condition qu'elle ne le décrète pas dernier mot, ni le premier, relativement à certains éblouissements, aussi, que peut d'elle-même tirer la parole[1]. Je souhaiterais qu'on poussât un avis jusqu'à délaisser l'insinuation ; proclamant, salutaire, la retraite chaste de plusieurs. Il importe que dans tout concours de la multitude quelque part vers l'intérêt, l'amusement, ou la commodité, de rares amateurs, respectueux du motif commun en tant que façon d'y montrer de l'indifférence, instituent par cet air à côté, une minorité[2] ; attendu, quelle divergence que creuse le conflit furieux des citoyens[3], tous, sous l'œil souverain, font une unanimité – d'accord, au moins, que ce à propos de quoi on s'entre-dévore, compte : or, posé le besoin d'exception, comme de sel ! la vraie qui, indéfectiblement, fonctionne, gît[4] dans ce séjour de quelques esprits, je ne sais, à leur éloge, comment les désigner, gratuits, étrangers, peut-être vains – ou littéraires.

Nulle – la tentative d'égayer un ton, plutôt sévère, que prit l'entretien et sa pointe de dogmatisme, par quelque badinage envers l'incohérence dont la rue assaille quiconque, à part le profit[5], thésaurise les richesses extrêmes, ne les gâche : est-ce miasme ou que, certains sujets touchés, en persiste la vibration grave[6] ? mais il semble que ma pièce d'artifice, allumée par une concession ici inutile, a fait long feu.

Préférablement[7].

Sans feinte, il me devient loisible de terminer, avec impénitence ; gardant un étonnement que leur cas, à tels

---

1. Les éblouissements que provoque la parole l'emportent, bien entendu, sur les lueurs des bombes, objets des faits divers. **2.** Face au consensus, la singularité importe. **3.** Quelle que soit la divergence que creuse le conflit des citoyens. **4.** La véritable exception qui fonctionne gît... **5.** Mis à part le profit. **6.** Quand on a touché certains sujets, comme celui-là, la vibration en persiste (on ne peut donc faire rire à ce propos). **7.** Il en est mieux ainsi.

poëtes, ait été considéré, seulement, sous une équivoque pour y opposer inintelligence double[1].

Tandis que le regard intuitif se plaît à discerner la justice[2], dans une contradiction enjoignant parmi l'ébat, à maîtriser, des gloires en leur recul – que l'interprète, par gageure, ni même en virtuose, mais charitablement, aille comme matériaux pour rendre l'illusion, choisir les mots, les aptes mots, de l'école, du logis et du marché. Le vers va s'émouvoir de quelque balancement, terrible et suave, comme l'orchestre, aile tendue ; mais avec des serres enracinées à vous[3]. Là-bas, où que ce soit, nier l'indicible[4], qui ment.

Un humble[5], mon semblable, dont le verbe occupe les lèvres, peut, selon ce moyen médiocre, pas ! si consent à se joindre, en accompagnement, un écho inentendu[6], communiquer, dans le vocabulaire, à toute pompe et à toute lumière ; car, pour chaque, sied que la vérité se révèle, comme elle est, magnifique. Contribuable soumis, ensuite, il paie de son assentiment l'impôt conforme au trésor d'une patrie envers ses enfants[7].

Parce que, péremptoirement – je l'infère de cette célébration de la Poésie, dont nous avons parlé, sans l'invoquer presque une heure[8] en les attributs de Musique et de Lettres : appelez-la Mystère ou n'est-ce pas ? le contexte évolutif de l'Idée – je disais *parce que*..

---

1. L'incompréhension de leur texte et de leur rôle dans la société.
2. Ce que Mallarmé nomme « l'Esprit de litige » dans « Prose (pour des Esseintes) » (p. 183).   3. Les mots du poète s'envolent ; mais ils sont attachés également au quotidien de l'homme.   4. Nier qu'il y ait du non-nommable. « L'inexprimable n'existe pas », disait Gautier (propos rapporté par Baudelaire dans sa notice sur Théophile Gautier pour *Les Poètes français*, t. IV, 1862.   5. Un humble [...] peut [...] communiquer.   6. Le vocabulaire courant n'est pas un moyen médiocre, s'il est chargé d'une invention personnelle.   7. L'impôt sur la vérité s'exprime en termes de langue, « trésor d'une patrie ».
8. Le mot de « Poésie » n'intervient, en effet, qu'*in extremis* dans cette conférence.

Un grand dommage a été causé à l'association terrestre, séculairement, de lui indiquer le mirage brutal, la cité, ses gouvernements, le code, autrement que comme emblèmes ou, quant à notre état, ce que des nécropoles sont au paradis qu'elles évaporent[1] : un terre-plein, presque pas vil. Péage, élections, ce n'est ici-bas, où semble s'en résumer l'application, que se passent, augustement, les formalités édictant un culte populaire, comme représentatives – de la Loi[2], sise en toute transparence, nudité et merveille.

Minez ces substructions, quand l'obscurité en offense la perspective, non – alignez-y des lampions, pour voir[3] : il s'agit que vos pensées exigent du sol un simulacre.

Si, dans l'avenir, en France, ressurgit une religion[4], ce sera l'amplification à mille joies de l'instinct de ciel en chacun ; plutôt qu'une autre menace, réduire ce jet au niveau élémentaire de la politique. Voter, même pour soi, ne contente pas, en tant qu'expansion d'hymne avec trompettes intimant l'allégresse de n'émettre aucun nom[5] ; ni l'émeute, suffisamment, n'enveloppe de la tourmente nécessaire à ruisseler, se confondre, et renaître, héros[6].

Je m'interromps, d'abord en vue de n'élargir, outre mesure pour une fois, ce sujet où tout se rattache, l'art littéraire : et moi-même inhabile à la plaisanterie, voulant éviter, du moins, le ridicule à votre sens comme au mien (permettez-moi de dire cela tout un) qu'il y aurait, Messieurs, à vaticiner[7].

---

1. L'infrastructure sociale est emblématique d'un *plus haut* essentiel.   2. La Loi, en ce cas, est celle-là même du monde, de son ordre ou de son hasard.   3. Il ne s'agit pas de détruire l'État (anarchisme), mais de faire la lumière (même festive : « des lampions ») sur les institutions et de considérer avec lucidité le « semblant » expliquant la présence de l'homme au monde.   4. Proprement, « ce qui nous relie au ciel ». Le texte manuscrit porte : « une religion d'état, je la crois indispensable », puis « une religion d'art ».   5. Le vote élit un chef. La religion célèbre l'anonyme.   6. L'émeute ne permet pas de défaire l'homme ancien, puis de le refaire en héros.   7. Faire le prophète.

La transparence de pensée s'unifie, entre public et causeur, comme une glace, qui se fend, la voix tue[1] : on me
pardonnera si je collectionne, pour la lucidité, ici tels
débris au coupant vif, omissions, conséquences, ou les
regards inexprimés. Ce sera ces Notes.

PAGE 321 § 1

.. Comme partout ailleurs, d'espaces vagues.

Discontinuité en l'Italie, l'Espagne, du moins pour l'œil
de dehors, ébloui d'un Dante, un Cervantes ; l'Allemagne
même accepte des intervalles entre ses éclats. Je maintiens
le dire.

PAGE 322 § 5

.. La séparation.

Le vers par flèches jeté moins avec succession que
presque simultanément pour l'idée, réduit la durée à une
division spirituelle propre au sujet : diffère de la phrase ou
développement temporaire, dont la prose joue, le[2] dissimu-
lant, selon mille tours.

À l'un, sa pieuse majuscule ou clé allitérative, et la rime,
pour le régler : l'autre genre, d'un élan précipité et sensitif
tournoie et se case, au gré d'une ponctuation qui disposée
sur papier blanc, déjà y signifie.

Avec le vers libre (envers lui je ne me répéterai) ou
prose à coupe méditée, je ne sais pas d'autre emploi du
langage que ceux-ci redevenus parallèles[3] : excepté l'affiche, lapidaire, envahissant le journal – souvent elle me
fit songer comme devant un parler nouveau et l'originalité
de la Presse.

---

1. La transparence cesse, quand la voix ne porte plus le texte par
ses intonations.   2. Le vers.   3. Le vers et la prose.

Les articles, dits premier-Paris[1], admirables et la seule forme contemporaine parce que de toute éternité, sont des poèmes, voilà, plus ou moins bien simplement ; riches, nuls, en cloisonné ou sur fond à la colle[2].

On a le tort critique, selon moi, dans les salles de rédaction, d'y voir un genre à part.

PAGE 323 § 4

.. À l'entour d'un instrument surmené, est précieuse.

Tout à coup se clôt par la liberté, en dedans, de l'alexandrin, césure à volonté y compris l'hémistiche, la visée[3], où resta le Parnasse, si décrié : il instaura le vers énoncé seul sans participation d'un souffle préalable chez le lecteur ou mû par la vertu de la place et de la dimension des mots. Son retard, avec un mécanisme à peu près définitif, de n'en avoir précisé l'opération ou la poétique[4]. Que, l'agencement évoluât à vide depuis, selon des bruits perçus de volant et de courroie, trop immédiats, n'est pas le pis ; mais, à mon sens, la prétention d'enfermer, en l'expression, la matière des objets[5]. Le temps a parfait l'œuvre : et qui parle, entre nous, de scission ? Au vers impersonnel ou pur s'adaptera l'instinct qui dégage, du monde, un chant[6], pour en illuminer le rythme fondamental et rejette, vain, le résidu.

---

1. Articles de tête dans les journaux parisiens.   2. Mallarmé désigne là les divers espaces blancs, à partir desquels on a conçu l'articulation typographique d'un texte.   3. Se clôt [...] la visée [...].
4. Son retard (celui du Parnasse) fut, alors qu'il possédait le mécanisme presque définitif du vers, de ne pas en avoir précisé l'opération.
5. Le pire du Parnasse n'est pas tellement d'avoir méconnu le mécanisme du vers, mais de s'être cantonné dans l'illusion mimétique d'une poésie prétendument objective.   6. « L'instinct de ciel », comme dit Mallarmé dans sa causerie.

PAGE 323 § 4
.. Serait d'emploi intermittent.

Je ne blâme, ne dédaigne les périodes d'éclipse où l'art, instructif, a ceci que l'usure divulgue les pieuses manies de sa trame.

PAGE 327 § 4
.. En vue qu'une attirance supérieure...

Pyrotechnique non moins que métaphysique, ce point de vue ; mais un feu d'artifice, à la hauteur et à l'exemple de la pensée, épanouit la réjouissance idéale[1].

PAGE 330 § 4
.. Requiert la lucidité, du livre explicatif et familier.

La vérité si on s'ingénie aux tracés, ordonne Industrie aboutissant à Finance, comme Musique à Lettres, pour circonscrire un domaine de Fiction, parfait terme compréhensif.

La Musique sans les Lettres se présente comme très subtil nuage : seules, elles, une monnaie si courante[2].

Il convenait de ne pas disjoindre davantage. Le titre, proposé à l'issue d'une causerie, jadis, devant le messager oxonien, indiqua *Music and Letters*, moitié de sujet, intacte : sa contrepartie sociale omise. Nœud de la harangue, me voici fournir ce morceau, tout d'une pièce, aux auditeurs, sur fond de mise en scène ou de dramatisation spéculatives, entre les préliminaires cursifs et la détente de commérages ramenée au souci du jour[3] précisément en vue de combler le manque d'intérêt extra-esthé-

---

1. La comparaison faite par Mallarmé dans son texte relevait de l'art des artificiers. Mais cet art, loin d'être secondaire, épanouit vraiment l'homme dans son jaillissement vers un ciel. **2.** Les Lettres, par elles-mêmes, sont une forme d'échange, comme la monnaie. **3.** La détente en quoi consistent les on-dit, sur le vers libre, par exemple.

tique. – Tout se résume dans l'Esthétique et l'Économie politique[1].

Le motif traité d'ensemble (au lieu de scinder et offrir sciemment une fraction), j'eusse évité, encore, de gréciser avec le nom très haut de Platon ; sans intention, moi, que d'un moderne venu directement exprimer comme l'arcane léger, dont le vêt, en public, son habit noir[2].

PAGE 336 § 2
.. Un humble, mon semblable.

Mythe, l'éternel : la communion, par le livre. À chacun part totale.

PAGE 337 § 2
.. Exigent du sol un simulacre.

Un gouvernement mirera, pour valoir, celui de l'univers ; lequel, est-il monarchique, anarchique.. Aux conjectures[3].

La Cité, si je ne m'abuse en mon sens de citoyen, reconstruit un lieu abstrait, supérieur, nulle part situé, ici séjour pour l'homme. – Simple épure d'une grandiose aquarelle, ceci ne se lave[4], marginalement, en renvoi ou bas de page.

----

1. Mallarmé avait déjà écrit dans son article « Magie » (*The National Observer* du 28 janvier 1893) : « Comme il n'existe d'offert à l'investigation mentale que deux voies, et c'est tout, où bifurque notre besoin, à savoir l'esthétique d'une part et aussi l'économie politique. »   2. S'il avait traité l'ensemble du motif, il n'aurait pas fait référence à Platon par la mention de l'Idée, et se serait exprimé comme un moderne paré du mystère que lui confère son habit noir.   3. Marque d'humour. L'univers obéit-il à un monarque ou bien est-il sans gouvernement repérable ?   4. Au sens artistique du terme. Laver un dessin, c'est l'exécuter ou le rehausser au lavis, soit utiliser l'encre de Chine ou une couleur quelconque étendue d'eau.

Quel goût pour démontrer (personne, irrésistiblement, n'a tant à dire à autrui !) j'y succombai une dernière fois ou couronne, avec les Universités Anglaises, un passé[1] *que le destin fit professoral. Aussi ce langage un peu d'aplomb.. je m'énonçais, en notre langue, pas ici.*

La Conférence, cette fois lecture[2], *mieux Discours, me paraît un genre à déployer hors frontières. – Toi que voici chez nous, parle, est-il indiqué par hommage, on accède.*

La littérature, d'accord avec la faim, consiste à supprimer le Monsieur qui reste en l'écrivant[3], *celui-ci que vient-il faire, au vu des siens, quotidiennement ?*

Une somnolence reposant la cuiller en la soucoupe à thé, lu un article[4] *jusqu'à la fin dans quelque revue, vaut mieux*[5], *avec le coup d'œil clos que mitre la présence aux chenets de pantoufles*[6] *pour la journée ou le minuit. Mon avis, comme public ; et, explorateur revenu d'aucuns sables, pas curieux à regarder, si je cédais à parader dans mon milieu, le soin s'imposerait de prendre, en route, chez un fourreur, un tapis de jaguar ou de lion, pour l'étrangler, au début et ne me présenter qu'avec ce recul, dans un motif d'action, aux yeux de connaissance ou du monde*[7].

---

1. Ou je couronne [...] un passé [...].   **2.** Le mot est anglais et signifie « conférence ».   **3.** Autrement dit, l'auteur disparaît en tant qu'homme. C'est la « disparition élocutoire » qui prend, bien sûr, un tout autre sens à partir du moment où l'auteur lit son texte.   **4.** Une fois lu un article.   **5.** Au sens absolu du terme.   **6.** La somnolence est couronnée presque religieusement (mitrée) par les pantoufles près du feu.   **7.** L'objet « jaguar » ou « lion » donnerait quelque crédibilité aux propos de l'explorateur-conférencier. Mais lui n'a aucune preuve à présenter au public, sinon sa parole.

V

Deux textes des *Divagations*

CRISE DE VERS

En 1897, sort chez Fasquelle, dans la « Bibliothèque Charpentier », le volume des Divagations *regroupant maintes études de Mallarmé publiées en revue et ses poèmes en prose. Le livre comprend dix parties : « Anecdotes ou poèmes » (voir ici même p. 270-314), « Volumes sur le divan », « Quelques médaillons et portraits en pied », « Richard Wagner. Rêverie d'un poète français », « Crayonné au théâtre », « Crise de vers » (voir p. 347), « Quant au Livre », « Le Mystère dans les Lettres » (voir p. 364-371), « Offices », « Grands faits divers ». Le tout est accompagné d'une Bibliographie, où l'auteur précise que « plusieurs études en ce volume premier [...] ont été [...] distraites de leur publication ayant cours, accrues d'autres ou rejointoyées et refondues [...] ». C'est le cas pour « Crise de vers », à propos de quoi Mallarmé indique : « Étude au* National Observer *reprenant quelques passages de* Variations *omises : le fragment "Un désir indéniable à mon temps" s'isola dans* Pages. »*

« Crise de vers » combine, en fait, en les utilisant presque intégralement et en les modifiant sur certains points « Vers et Musique en France », publié dans le National Observer *du 26 mars 1892, et l'une des « Variations sur un sujet », donnée dans* La Revue blanche *: « Averses ou Critique » (1ᵉʳ septembre 1895). S'y ajoute, en dernière partie, presque intégralement cité, l'Avant-dire composé par Mallarmé pour le* Traité du Verbe *de René Ghil (Giraud, 1886). Quant à la disposition en paragraphes ou lignes de ce texte et de celui qui le suit dans notre volume (soit « Le Mystère dans les Lettres »), il est bon de rappeler ce que Mallarmé a pu en dire dans la Bibliographie de ses* Divagations *: « Les cassures du*

texte [...] observent de concorder ; avec sens et n'inscrivent d'espace nu que jusqu'à leurs points d'illumination : une forme, peut-être, en sort, actuelle, permettant, à ce qui fut longtemps le poème en prose et notre recherche, d'aboutir, en tant, si l'on joint mieux les mots, que poème critique. Mobiliser, autour d'une idée, les lueurs diverses de l'esprit, à distance voulue, par phrases : ou comme, vraiment, ces moules de la syntaxe même élargie, un très petit nombre les résume, chaque phrase, à se détacher en paragraphe gagne d'isoler un type rare avec plus de liberté qu'en le charroi par un courant de volubilité. »

La crise que remarque Mallarmé est implicitement liée par lui à la crise sociale ; mais il n'insiste pas ici sur ce point (souligné ailleurs dans La Musique et les Lettres*), et c'est en termes stylistiques (sa stylistique personnelle) qu'il s'exprime avant tout – cela, du reste, au nom d'une conception générale du langage (« les langues imparfaites »). S'il conçoit le rythme dont chacun doit marquer l'expression (« une prosodie neuve, participant de son souffle »), il prend aussi les mesures respectives de la Musique et du Vers, au nom du concept global de Mystère, dont l'une et l'autre procèdent. Sa réflexion atteint la plus forte densité lorsque est envisagée l'essence même de la littérature – mirage (approché) d'une « retrempe » du langage et programmation de l'œuvre pure et du Livre, « bible, comme la simulent des nations ».

CRISE DE VERS

Tout à l'heure[1], en abandon de geste, avec la lassitude que cause le mauvais temps désespérant une après l'autre après-midi[2], je fis retomber, sans une curiosité mais ce lui semble avoir lu tout voici vingt ans, l'effilé de multicolores perles[3] qui plaque la pluie, encore, au chatoiement des brochures dans la bibliothèque. Maint ouvrage, sous la verroterie du rideau, alignera sa propre scintillation : j'aime comme en le ciel mûr, contre la vitre, à suivre des lueurs d'orage[4].

Notre phase, récente, sinon se ferme, prend arrêt ou peut-être conscience : certaine attention dégage la créatrice et relativement sûre volonté.

Même la presse, dont l'information veut les vingt ans, s'occupe du sujet, tout à coup, à date exacte[5].

---

1. Cette première partie est empruntée, avec des modifications, au texte « Averses ou Critique », publié dans *La Revue blanche* du 1ᵉʳ septembre 1895. **2.** Complément d'objet direct de « désespérant ». **3.** Rideau de perles cachant les livres. Ces perles de verre rappellent les gouttes de l'averse. **4.** L'orage est aussi bien le moment de trouble pour la poésie, la crise. **5.** Voir l'enquête sur « l'évolution littéraire », menée par Jules Huret en 1891 pour *L'Écho de Paris*, et sa publication chez Charpentier la même année.

La littérature[1] ici subit une exquise crise, fonda-mentale.

Qui accorde à cette fonction une place ou la première, reconnaît, là, le fait d'actualité : on assiste, comme finale d'un siècle, pas ainsi que ce fut dans le dernier, à des bouleversements[2] ; mais, hors de la place publique, à une inquiétude du voile dans le temple[3] avec des plis significatifs et un peu sa déchirure.

Un lecteur français, ses habitudes interrompues à la mort de Victor Hugo[4], ne peut que se déconcerter. Hugo, dans sa tâche mystérieuse, rabattit toute la prose, philosophie, éloquence, histoire au vers, et, comme il était le vers personnellement, il confisqua chez qui pense, discourt ou narre, presque le droit à s'énoncer. Monument en ce désert, avec le silence, loin ; dans une crypte, la divinité ainsi d'une majestueuse idée inconsciente, à savoir que la formule appelée vers est simplement elle-même la littérature ; que vers il y a sitôt que s'accentue la diction, rythme dès que style. Le vers, je crois, avec respect attendit que le géant qui l'identifiait à sa main tenace et plus ferme toujours de forgeron, vînt à manquer ; pour, lui, se rompre. Toute la langue, ajustée à la métrique, y recouvrant[5] ses coupes vitales, s'évade, selon une libre disjonction aux mille éléments simples ; et, je l'indiquerai, pas

---

1. Ici commence un long passage emprunté, avec quelques modifications, à la première partie de « Vers et Musique en France », article publié dans le *National Observer* du 26 mars 1892.   2. Mallarmé pense évidemment à la Révolution française de 1789 dont on avait célébré le centenaire trois ans auparavant.   3. Métaphore biblique. Le voile du Temple de Jérusalem s'était fendu à la mort du Christ. Sur la fin du siècle, il y a révélation du secret de la poésie.   4. Hugo était mort le 22 mai 1885. Il avait imposé son vers à tous les genres : poésie, drame, réflexion philosophique, voire passages romanesques et surtout épopée.   5. Retrouvant.

sans similitude avec la multiplicité des cris d'une orchestration, qui reste verbale.

La variation date de là : quoique en dessous et d'avance inopinément préparée par Verlaine, si fluide, revenu à de primitives épellations[1].

Témoin de cette aventure, où l'on me voulut un rôle plus efficace quoiqu'il ne convient à personne, j'y dirigeai, au moins, mon fervent intérêt ; et il se fait temps d'en parler, préférablement à distance ainsi que ce fut presque anonyme.

Accordez que la poésie française, en raison de la primauté dans l'enchantement donnée à la rime, pendant l'évolution jusqu'à nous, s'atteste intermittente : elle brille un laps ; l'épuise et attend[2]. Extinction, plutôt usure à montrer la trame, redites. Le besoin de poétiser, par opposition à des circonstances variées, fait, maintenant, après un des orgiaques excès périodiques de presque un siècle[3] comparable à l'unique Renaissance, ou le tour s'imposant de l'ombre et du refroidissement, pas du tout ! que l'éclat diffère, continue[4] : la retrempe[5], d'ordinaire cachée, s'exerce publiquement, par le recours à de délicieux à-peu-près.

Je crois départager, sous un aspect triple, le traitement apporté au canon hiératique du vers ; en graduant.

---

1. Verlaine a préparé cette libération du vers dès ses *Romances sans paroles* (1874) et *Sagesse* (1880). **2.** Répétitions, cycles que Mallarmé semble percevoir dans l'histoire de la littérature. **3.** Mallarmé désigne par là le romantisme. **4.** Non pas du tout que l'éclat tarde ; au contraire, il continue. **5.** Ce mot poursuit la métaphore du poète forgeron.

Cette prosodie, règles si brèves, intraitable d'autant[1] : elle notifie tel acte de prudence, dont l'hémistiche, et statue du moindre effort pour simuler la versification, à la manière des codes selon quoi s'abstenir de voler est la condition par exemple de droiture. Juste ce qu'il n'importe d'apprendre ; comme ne pas l'avoir deviné par soi et d'abord, établit l'inutilité de s'y contraindre.

Les fidèles à l'alexandrin, notre hexamètre[2], desserrent intérieurement ce mécanisme rigide et puéril de sa mesure ; l'oreille, affranchie d'un compteur factice, connaît une jouissance à discerner, seule, toutes les combinaisons possibles, entre eux, de douze timbres.

Jugez le goût très moderne.

Un cas, aucunement le moins curieux, intermédiaire ; – que le suivant.

Le poète d'un tact aigu qui considère cet alexandrin toujours comme le joyau définitif, mais à ne sortir, épée, fleur, que peu et selon quelque motif prémédité, y touche comme pudiquement ou se joue à l'entour, il en octroie de voisins accords, avant de le donner superbe et nu : laissant son doigté défaillir contre la onzième syllabe ou se propager jusqu'à une treizième maintes fois. M. Henri de Régnier[3] excelle à ces accompagnements, de son invention, je sais, discrète et fière comme le génie qu'il instaura et révélatrice du trouble transitoire chez les exécutants devant l'instrument héréditaire. Autre chose ou

---

1. La prosodie française est formée de règles simples ; hémistiche, coupe, rejet, enjambement, césure, proscription de l'hiatus, rimes masculines et féminines, alternance, formes traditionnelles. Malherbe les avait fixées, Boileau perpétuées, Banville répétées dans son *Petit traité de versification française* (1872).   **2.** L'hexamètre est le vers latin ou grec de six mesures de deux ou trois syllabes chacune.   **3.** Henri de Régnier (1864-1936) : *Lendemains* (Vanier, 1885) ; *Sites* (Vanier, 1887) ; *Poèmes anciens et romanesques* (Librairie de l'Art indépendant, 1890) ; *Tel qu'en songe* (Librairie de l'Art indépendant, 1892).

simplement le contraire, se décèle une mutinerie [1], exprès, en la vacance du vieux moule fatigué, quand Jules Laforgue [2], pour le début, nous initia au charme certain du vers faux.

Jusqu'à présent, ou dans l'un et l'autre des modèles précités, rien, que réserve et abandon, à cause de la lassitude par abus de la cadence nationale ; dont l'emploi, ainsi que celui du drapeau, doit demeurer exceptionnel. Avec cette particularité toutefois amusante que des infractions volontaires ou de savantes dissonances en appellent à notre délicatesse au lieu que se fût, il y a quinze ans à peine, le pédant, que nous demeurions [3], exaspéré, comme devant quelque sacrilège [4] ignare ! Je dirai que la réminiscence du vers strict hante ces jeux à côté et leur confère un profit.

Toute la nouveauté s'installe, relativement au vers libre, pas tel que le XVIIᵉ siècle l'attribua à la fable ou l'opéra [5] (ce n'était qu'un agencement, sans la strophe, de mètres divers notoires) mais, nommons-le, comme il sied, « polymorphe » : et envisageons la dissolution maintenant du nombre officiel, en ce qu'on veut, à l'infini, pourvu qu'un plaisir s'y réitère. Tantôt une euphonie [6] fragmentée selon l'assentiment du lecteur intuitif, avec une ingénue et précieuse justesse – naguère M. Moréas [7] ; ou bien un geste, alangui, de songerie, sursautant, de passion, qui

---

1. Sujet postposé de « décèle ».   2. Jules Laforgue (1860-1887). *Les Complaintes* (Vanier, 1885) ; *L'Imitation de Notre-Dame-la-Lune* (1886) ; les *Derniers Vers* venaient d'être publiés par les soins de Teodor de Wyzewa et d'Édouard Dujardin.   3. Quinze ans avant, la réaction devant ces infractions aurait été celle d'un pédant exaspéré, soucieux de préserver les règles.   4. Le terme ici désigne un individu plutôt qu'une action.   5. Le vers libre classique rimant était utilisé dans les livrets d'opéra et les fables (voir La Fontaine). 6. Agencement agréable de sonorités.   7. Jean Moréas (Papadiamantopoulos, dit ; 1856-1910) : *Les Syrtes* (1884) ; *Les Cantilènes* (Vanier, 1886) ; *Le Pèlerin passionné* (Vanier, 1890).

scande – M. Vielé-Griffin [1] ; préalablement M. Kahn [2]
avec une très savante notation de la valeur tonale des
mots. Je ne donne de noms, il en est d'autres typiques,
ceux de MM. Charles Morice [3], Verhaeren [4], Dujardin [5],
Mockel [6] et tous, que comme preuve à mes dires ; afin
qu'on se reporte aux publications.

Le remarquable est que, pour la première fois, au cours
de l'histoire littéraire d'aucun peuple, concurremment aux
grandes orgues générales et séculaires, où s'exalte,
d'après un latent clavier, l'orthodoxie [7], quiconque avec
son jeu et son ouïe individuels se peut composer un
instrument, dès qu'il souffle, le frôle ou frappe avec
science [8] ; en user à part et le dédier à la Langue.

Une haute liberté d'acquise, la plus neuve : je ne vois,
et ce reste mon intense opinion, effacement de rien qui
ait été beau dans le passé, je demeure convaincu que dans
les occasions amples on obéira toujours à la tradition
solennelle [9], dont la prépondérance relève du génie clas-

---

1. Francis Vielé-Griffin (1864-1937) : *Cueille d'avril* (Vanier,
1886) ; *Les Cygnes* (Alcan-Lévy, 1887) ; *Les Cygnes, nouveaux
poèmes, 1890-1891* (Vanier, 1892).   **2.** Gustave Kahn (1859-1936),
Les Palais nomades (Tresse et Stock, 1887) ; *Chansons d'amant*
(Lacomblez, 1891) ; Kahn avait fondé en avril 1886 la revue *La Vogue*
et, la même année, en octobre, *Le Symboliste* (avec Moréas et Paul
Adam).   **3.** Charles Morice (1860-1919) est l'auteur de *La Littérature de tout à l'heure* (1889), le grand livre théorique du symbolisme.
4. Émile Verhaeren (1855-1916) : *Les Flamandes* (1883) ; *Les Moines*
(Lemerre, 1885) ; *Les Soirs* (1887) ; *Les Débâcles* (1888) ; *Les Flambeaux noirs* (1890-1891), ces trois derniers volumes publiés chez
Deman, à Bruxelles.   **5.** Édouard Dujardin (1861-1949) : *Les Han-
tises* (1886) ; *À la gloire d'Antonia* (1887) ; *Les lauriers sont coupés*,
roman (1888) ; *Antonia*, drame (1891) ; *Le Chevalier du passé*, drame
(1892).   **6.** Albert Mockel (1866-1945) : *Chantefable un peu naïve*
(Mercure de France, 1891). Mockel dirigeait la revue *La Wallonie* de
Liège.   **7.** Celle de l'alexandrin et de la poésie classique.   **8.** On
imagine par analogie certains instruments de musique à vent (la flûte
surtout) ou à cordes (lyre, viole, etc.).   **9.** Mallarmé ne se prononce
donc pas en faveur d'une séparation totale. L'alexandrin demeure
– comme le prouve sa poésie.

sique : seulement, quand n'y aura pas lieu, à cause d'une sentimentale bouffée ou pour un récit, de déranger les échos vénérables, on regardera à le faire. Toute âme est une mélodie, qu'il s'agit de renouer ; et pour cela, sont la flûte ou la viole de chacun.

Selon moi jaillit tard une condition vraie ou la possibilité, de s'exprimer non seulement, mais de se moduler, à son gré [1].

Les langues imparfaites [2] en cela que plusieurs, manque la suprême : penser étant écrire sans accessoires, ni chuchotement mais tacite encore l'immortelle parole [3], la diversité, sur terre, des idiomes empêche personne de proférer les mots qui, sinon se trouveraient, par une frappe unique, elle-même matériellement la vérité. Cette prohibition sévit expresse, dans la nature (on s'y bute avec un sourire) que ne vaille de raison pour se considérer Dieu [4] ; mais, sur l'heure, tourné à de l'esthétique, mon sens regrette que le discours défaille à exprimer les objets par des touches y répondant en coloris ou en allure, lesquelles existent dans l'instrument de la voix, parmi les langages et quelquefois chez un. À côté d'*ombre*, opaque, *ténèbres* se fonce peu ; quelle déception, devant la perversité conférant à *jour* comme à *nuit*, contradictoirement, des timbres obscur ici, là clair. Le souhait d'un terme de splendeur brillant, ou qu'il s'éteigne, inverse [5] ; quant à

---

1. « La possibilité non seulement de s'exprimer, mais [...] ». Avec cette phrase s'achève le premier emprunt au début de « Vers et Musique en France ». **2.** Avec cette phrase se lit, jusqu'à « Indice double conséquent » (p. 356, § 2) un nouvel emprunt à « Averses ou Critique », entièrement repris avec des modifications dans sa plus grande partie. **3.** Mais se tait encore la parole immortelle, celle qui serait définitive et absolue. **4.** Cet interdit empêche que l'on se considère Dieu. **5.** On a le souhait qu'il y ait un terme brillant de splendeur ou qu'à l'inverse il s'éteigne. Mallarmé fait part du vieux rêve exprimé dans le *Cratyle* de Platon, en vertu duquel les mots ne seraient pas arbitraires, mais naturels et en accord avec les choses qu'ils désignent.

des alternatives lumineuses simples – *Seulement*, sachons *n'existerait pas le vers* : lui, philosophiquement rémunère[1] le défaut des langues, complément supérieur.

Arcane étrange ; et, d'intentions pas moindres, a jailli la métrique aux temps incubatoires[2].

Qu'une moyenne étendue de mots, sous la compréhension du regard, se range en traits définitifs, avec quoi le silence.

Si, au cas français, invention privée ne surpasse le legs prosodique, le déplaisir éclaterait, cependant, qu'un chanteur ne sût à l'écart et au gré de pas dans l'infinité des fleurettes, partout où sa voix rencontre une notation, cueillir[3].. La tentative, tout à l'heure, eut lieu et, à part des recherches érudites en tel sens encore, accentuation, etc., annoncées[4], je connais qu'un jeu, séduisant, se mène avec les fragments de l'ancien vers reconnaissables, à l'éluder ou le découvrir, plutôt qu'une subite trouvaille[5], du tout au tout, étrangère. Le temps qu'on desserre les contraintes et rabatte le zèle, où se faussa l'école[6]. Très précieusement : mais, de cette libération à supputer davantage ou, pour de bon, que tout individu apporte une prosodie, neuve, participant de son souffle – aussi, certes, quelque orthographe – la plaisanterie rit haut[7] ou inspire le tréteau des préfaciers. Similitude entre les vers, et vieilles proportions, une régularité durera parce que l'acte poétique consiste à voir soudain qu'une idée se fractionne en un nombre de motifs égaux par valeur et à les grouper ;

---

1. Le texte « Averses ou Critique » portait : « lui, philosophiquement ou historiquement rémunère [...] ».   **2.** La métrique en ses débuts est venue d'intentions de cet ordre.   **3.** Ne sût [...] cueillir. Un chanteur : un poète. Le poète cueille des tournures spéciales, selon son génie propre.   **4.** Peut-être Mallarmé pense-t-il aux tentatives rénovatrices de Moréas ou à l'Instrumentisme abstrus de René Ghil. **5.** Un jeu [...] plutôt qu'une subite trouvaille [...].   **6.** Les poètes classiques et, plus récemment, les Parnassiens.   **7.** Mais, de cette libération [...] la plaisanterie rit haut [...].

ils riment : pour sceau extérieur, leur commune mesure qu'apparente le coup final.

Au traitement, si intéressant, par la versification subi, de repos et d'interrègne [1], gît, moins que dans nos circonstances mentales vierges, la crise.

Ouïr l'indiscutable rayon [2] – comme des traits dorent et déchirent un méandre de mélodies : ou la Musique rejoint le Vers pour former, depuis Wagner, la Poésie.

Pas que l'un ou l'autre élément ne s'écarte, avec avantage, vers une intégrité à part triomphant [3], en tant que concert muet s'il n'articule et le poème, énonciateur : de leurs communauté et retrempe, éclaire l'instrumentation jusqu'à l'évidence sous le voile, comme l'élocution descend au soir des sonorités [4]. Le moderne des météores, la symphonie, au gré ou à l'insu du musicien, approche la pensée ; qui ne se réclame plus seulement de l'expression courante.

Quelque explosion du Mystère à tous les cieux de son impersonnelle magnificence, où l'orchestre ne devait pas

---

1. Notion qui apparaît à maintes reprises sous la plume de Mallarmé : en 1885, dans la lettre « Autobiographie » (voir p. 93) : « Au fond je considère l'époque contemporaine comme un interrègne pour le poëte, qui n'a point à s'y mêler : elle est trop en désuétude et en effervescence préparatoire » ; en 1887, dans les « Notes sur le théâtre » de *La Revue indépendante* du 1er février (reprises dans « Le Genre ou des modernes », dans *Divagations*, 1897) : « Au cours de la façon d'interrègne pour l'Art, ce souverain, où s'attarde notre époque [...] » ; et en 1891, réponse à l'enquête sur « l'évolution littéraire » de Jules Huret : le vers libre, après le Parnasse, a « cet avantage de créer une sorte d'interrègne du grand vers harassé et qui demandait grâce ».   **2.** À dessein, Mallarmé combine audition et vision pour indiquer une condition nouvelle et l'importance de Wagner et de son théâtre total (*Gesamkunstwerk*). **3.** Leur disjonction (leur écart) ne leur est pas favorable.   **4.** Grâce à leur retrempe, l'instrumentation et l'élocution y gagnent.

ne pas influencer l'antique effort qui le prétendit longtemps traduire par la bouche seule de la race[1].

Indice double conséquent —

Décadente, Mystique, les Écoles[2] se déclarant ou éti-
quetées en hâte par notre presse d'information, adoptent,
comme rencontre, le point d'un Idéalisme qui (pareillement aux fugues, aux sonates) refuse les matériaux naturels et, comme brutale, une pensée exacte les ordonnant ;
pour ne garder de rien que la suggestion[3]. Instituer une
relation entre les images exacte, et que s'en détache un
tiers aspect fusible et clair présenté à la divination[4].. Abolie, la prétention, esthétiquement une erreur, quoiqu'elle
régît les chefs-d'œuvre[5], d'inclure au papier subtil du
volume autre chose que par exemple l'horreur de la forêt,
ou le tonnerre muet épars au feuillage ; non le bois intrinsèque et dense des arbres[6]. Quelques jets de l'intime
orgueil véridiquement trompetés éveillent l'architecture
du palais, le seul habitable[7] ; hors de toute pierre, sur quoi
les pages se refermeraient mal.

----

1. À l'expression du Mystère, d'abord traduit par l'élocution, devait
coopérer la Musique. Voir *La Musique et les Lettres*, p. 330 : « Je pose,
à mes risques esthétiquement, cette conclusion [...] que la Musique et
les Lettres sont la face alternative ici élargie vers l'obscur ; scintillante
là, avec certitude, d'un phénomène, le seul, je l'appelai l'Idée. »
2. Ici commence un nouvel emprunt (jusqu'à « qu'une joie allégée »,
p. 357) à l'article « Vers et Musique en France ». Le texte original de
l'article portait : « Symboliste, Décadente, ou Mystique ». À dessein,
Mallarmé a supprimé le premier terme. L'École décadente avait pris
date en 1886 par la création de deux revues, de courte durée : *Le
Décadent littéraire* d'Anatole Bajut et *La Décadence artistique et littéraire* de Léo d'Orfer et René Ghil. L'École mystique renvoie sans
doute aux Mages de l'époque, Stanislas de Guaita, Péladan, auteur
d'« éthopées » et fondateur en 1891 de la Rose-Croix esthétique.
3. Mot capital, dont le sens est développé au paragraphe suivant.
4. La lecture qui interprète.   5. C'est la prétention de la *mimèsis* qui
a pourtant régi les chefs-d'œuvre classiques.   6. Seul l'effet produit
par les choses peut se dire, non les choses elles-mêmes.   7. Cette
prétention justifie le palais de la fiction, qui n'est que mots.

« Les monuments, la mer, la face humaine, dans leur plénitude, natifs, conservant une vertu autrement attrayante que ne les voilera une description, évocation dites, *allusion* je sais, *suggestion*[1] : cette terminologie quelque peu de hasard atteste la tendance, une très décisive, peut-être, qu'ait subie l'art littéraire, elle le borne et l'exempte. Son sortilège, à lui[2], si ce n'est libérer, hors d'une poignée de poussière ou réalité sans l'enclore, au livre, même comme texte, la dispersion volatile soit[3] l'esprit, qui n'a que faire de rien outre la musicalité de tout[*]. »

Parler n'a trait à la réalité des choses que commercialement[4] : en littérature, cela se contente d'y faire une allusion ou de distraire leur qualité qu'incorporera quelque idée.

À cette condition s'élance le chant, qu'une joie allégée[5].

Cette visée, je la dis Transposition – Structure, une autre[6].

---

[*] *La Musique et les Lettres*, extrait. (*N.d.A.*)

---

1. Face à la description, il y a donc l'évocation, allusion ou suggestion.   **2.** Le sortilège de l'art consiste à [...].   **3.** C'est-à-dire. « L'esprit » de toute chose est à prendre ici au sens d'émanation quintessenciée – comme on dit « l'esprit de sel ».   **4.** Le langage vaut comme simple monnaie d'échange (voir plus bas, p. 360). **5.** « Qu'il soit la joie d'être allégé », indique la version originale de « Vers et Musique en France ».   **6.** Mallarmé résume abruptement un développement fait dans « Averses ou Critique », auquel il va emprunter de nouveau plusieurs paragraphes (la dernière partie de l'article). Le texte reprend plus précisément à « Une ordonnance du livre de vers poind [...] » (p. 358).

L'œuvre pure implique la disparition élocutoire du poëte, qui cède l'initiative aux mots, par le heurt de leur inégalité mobilisés ; ils s'allument de reflets réciproques comme une virtuelle traînée de feux sur des pierreries, remplaçant la respiration perceptible en l'ancien souffle lyrique ou la direction personnelle enthousiaste de la phrase [1].

Une ordonnance du livre de vers poind [2] innée ou partout, élimine le hasard ; encore la faut-il, pour omettre l'auteur : or, un sujet, fatal, implique, parmi les morceaux ensemble, tel accord quant à la place, dans le volume, qui correspond. Susceptibilité en raison que le cri possède un écho – des motifs de même jeu s'équilibreront, balancés, à distance [3], ni le sublime incohérent de la mise en page romantique ni cette unité artificielle, jadis, mesurée en bloc au livre. Tout devient suspens, disposition fragmentaire avec alternance et vis-à-vis, concourant au rythme total, lequel serait le poème tu, aux blancs [4] ; seulement traduit, en une manière, par chaque pendentif. Instinct, je veux, entrevu à des publications et, si le type supposé, ne reste pas exclusif de complémentaires, la jeunesse, pour cette fois, en poésie où s'impose une foudroyante et harmonieuse plénitude, bégaya le magique concept de l'Œuvre. Quelque symétrie, parallèlement, qui, de la situation des vers en la pièce se lie à l'authenticité de la pièce dans le volume, vole, outre le volume, à plusieurs [5] inscrivant, eux, sur l'espace spirituel, le paraphe amplifié du génie, anonyme et parfait comme une existence d'art.

---

1. Ce que faisaient les romantiques.   **2.** Du verbe « poindre » : jaillir, se manifester.   **3.** Ce phénomène implique la rime et, plus intimement, des réduplications de tous ordres.   **4.** C'est l'alliance du blanc et du texte qui indique la réalité du poème (en creux).   **5.** Plusieurs volumes. Toutes ces idées rejoignent celles qui, lacunairement exprimées à propos du *Coup de Dés*, devaient faire partie d'un ensemble en plusieurs volumes (voir p. 19).

Chimère, y avoir pensé atteste, au reflet de ses squames, combien le cycle présent, ou quart dernier de siècle, subit quelque éclair absolu [1] – dont l'échevèlement d'ondée à mes carreaux essuie le trouble ruisselant, jusqu'à illuminer ceci [2] – que, plus ou moins, tous les livres, contiennent la fusion de quelques redites comptées : même il n'en serait qu'un – au monde, sa loi – bible comme la simulent des nations. La différence, d'un ouvrage à l'autre, offrant autant de leçons [3] proposées dans un immense concours pour le texte véridique, entre les âges dits civilisés ou – lettrés [4].

Certainement [5], je ne m'assieds jamais aux gradins des concerts, sans percevoir parmi l'obscure sublimité telle ébauche de quelqu'un [6] des poèmes immanents à l'humanité ou leur originel état, d'autant plus compréhensible que tu et que pour en déterminer la vaste ligne le compositeur éprouva cette facilité de suspendre jusqu'à la tentation de s'expliquer [7]. Je me figure par un indéracinable sans doute préjugé d'écrivain, que rien ne demeurera sans être proféré ; que nous en sommes là, précisément, à rechercher, devant une brisure des grands rythmes littéraires (il en a été question plus haut) et leur éparpillement en frissons articulés proches de l'instrumentation, un art d'achever la transposition, au Livre, de la symphonie ou uniment de reprendre notre bien : car, ce n'est pas de sonorités élémentaires par les cuivres, les cordes, les bois, indéniablement mais de l'intellectuelle parole à son apogée que doit avec plénitude

---

1. Cette illusion, dont les écailles brillantes attestent un éclair absolu. 2. Jusqu'à produire cette idée lumineuse, à savoir que... 3. Au sens de « lectures » savantes. 4. Ici finit l'emprunt à la dernière partie d'« Averses ou Critique ». 5. Tout ce paragraphe reprend la dernière partie de « Vers et Musique en France ». 6. L'un des [...]. 7. Le compositeur n'a pas besoin de mots pour s'expliquer.

et évidence, résulter, en tant que l'ensemble des rapports existant dans tout, la Musique[1].

*

Un désir indéniable[2] à mon temps est de séparer comme en vue d'attributions différentes le double état de la parole, brut ou immédiat ici, là essentiel[3].

Narrer, enseigner, même décrire, cela va et encore qu'à chacun suffirait peut-être pour échanger la pensée humaine, de prendre ou de mettre dans la main d'autrui en silence une pièce de monnaie, l'emploi élémentaire du discours dessert[4] l'universel *reportage* dont, la littérature exceptée, participe tout entre les genres d'écrits contemporains.

À quoi bon la merveille de transposer un fait de nature en sa presque disparition vibratoire selon le jeu de la parole[5], cependant ; si ce n'est pour qu'en émane, sans la gêne d'un proche ou concret rappel, la notion pure.

Je dis : une fleur ! et, hors de l'oubli où ma voix relègue aucun contour, en tant que quelque chose d'autre

---

1. Mallarmé donne donc un sens particulier au mot Musique, comme il l'indique dans une lettre à Edmund Gosse (mardi 10 janvier 1893) : « Employez *Musique* dans le sens grec, au fond signifiant Idée ou rythme entre des rapports ; là, plus divine que dans son expression publique ou symphonique. »   **2.** Les six paragraphes suivants reprennent l'Avant-dire de Mallarmé au *Traité du Verbe* (Giraud, 1886) de René Ghil.   **3.** Le langage de communication immédiate et la Littérature.   **4.** Au sens de « faire un service de communication », comme un train dessert une ville.   **5.** C'est ce que l'on appellerait le « signifiant », c'est-à-dire le mot pris comme sonorité, à ceci près que le vers constitue une totalité supérieure au mot, et que c'est lui que Mallarmé prend en compte.

que les calices sus[1], musicalement se lève, idée même et suave, l'absente de tous bouquets.

Au contraire d'une fonction de numéraire facile et représentatif, comme le traite d'abord la foule, le dire[2], avant tout, rêve et chant, retrouve chez le Poëte, par nécessité constitutive d'un art consacré aux fictions, sa virtualité.

Le vers qui de plusieurs vocables refait un mot total, neuf, étranger à la langue et comme incantatoire, achève cet isolement de la parole : niant, d'un trait souverain, le hasard demeuré aux termes[3] malgré l'artifice de leur retrempe alternée en le sens et la sonorité, et vous cause cette surprise de n'avoir ouï jamais tel fragment ordinaire d'élocution, en même temps que la réminiscence de l'objet nommé baigne dans une neuve[4] atmosphère.

---

1. Les « calices sus » sont les fleurs en tant que réalité. Le mot (le signe), à la fois phonique et défini dans le lexique, existe *in absentia*. Mais la pensée mallarméenne du langage échappe à une stricte sémiologie de type saussurien. Dans l'Avant-dire, Mallarmé avait qualifié l'idée de « rieuse ou altière ».   **2.** Dans l'Avant-dire, Mallarmé avait écrit « le parler ».   **3.** Le vers, exercice de précision, abolit donc le hasard.   **4.** Dans l'Avant-dire, Mallarmé avait écrit « clairvoyante ».

LE MYSTÈRE DANS LES LETTRES

Le 15 juillet 1896, La Revue blanche *publie « Contre l'obscurité*[1] *», un texte d'un jeune auteur, Marcel Proust, qui engage une polémique contre les poètes de la « jeune école ». Il leur reproche les nouveaux lieux communs qu'ils exhibent, « vains coquillages, sonores et vides », l'inanité de leurs idées, leurs « froides allégories », alors qu'il les souhaiterait sensibles aux « affinités anciennes » des mots et à leur « musique latente ». Il dénonce aussi leurs poèmes rébus ou systèmes, non sans assurer que « la poésie demande un peu plus de mystère ». Récusant l'obscurité de l'expression qui cherche à écarter le vulgaire (or, selon lui, l'écrivain n'a pas à plaire, ni à déplaire à la foule), il pense surtout que la Nature doit permettre à chacun de dire clairement « les mystères les plus profonds de la vie et de la mort ».*

Conscient du caractère offensif de cet article qu'il consent toutefois à publier, Lucien Muhlfeld, le rédacteur en chef de La Revue blanche, *y réplique dans le même numéro, par un long texte, « Sur la clarté », qui suit immédiatement celui de Proust. Mallarmé lui-même ne tarde pas à réagir – ce qu'il annonce bientôt à son ami Léopold Dauphin : « Je vous enverrai si je le trouve passable un morceau sur l'obscurité ; où je secoue en poux mes agresseurs qui deviennent légion » (C, VIII, p. 214, lettre du 24 août 1896). Son texte paraît dans* La Revue blanche *du 1er septembre 1896, où il forme la dernière en date des* Variations sur un sujet *laissées en suspens depuis le 1er novembre 1895. Tout en assurant la néces-*

---

1. Article repris dans le volume de La Pléiade *Contre Sainte-Beuve,* précédé de *Pastiches et mélanges.*

saire « *couche d'intelligibilité* », *même pour le lecteur oisif, Mallarmé n'en attire pas moins l'attention sur le trésor que comporte la Littérature, et celui-ci, à ses yeux, n'est pas constitué de vaines ténèbres, mais se confond avec le mystère de l'Homme qui se tient, « abscons », au fond de chacun.*

« Le Mystère dans les Lettres » a été repris dans Divagations *en 1897.*

LE MYSTÈRE DANS LES LETTRES

De pures prérogatives [1] seraient, cette fois, à la merci des bas farceurs.

Tout écrit, extérieurement à son trésor, doit, par égard envers ceux dont il emprunte, après tout, pour un objet autre [2], le langage, présenter, avec les mots, un sens même indifférent : on gagne de détourner l'oisif, charmé que rien ne l'y concerne, à première vue [3].

Salut, exact, de part et d'autre [4] –

Si, tout de même, n'inquiétait je ne sais quel miroitement, en dessous, peu séparable de la surface concédée à la rétine [5] – il attire le soupçon : les malins, entre le public, réclamant de couper court, opinent, avec sérieux, que, juste, la teneur est inintelligible [6].

Malheur ridiculement à qui tombe sous le coup, il est enveloppé dans une plaisanterie immense et médiocre : ainsi toujours – pas tant, peut-être [7], que ne sévit avec ensemble et excès, maintenant, le fléau.

---

1. Avantages particuliers, privilèges attachés à certaines dignités. **2.** Un objet autre que ce trésor. **3.** L'oisif comprend ainsi nettement que cela n'offre pas d'intérêt pour lui. **4.** Le respect a lieu dans la communication même. **5.** Ce que révèle la lecture à première vue. **6.** C'est juste l'expression littérale qui est inintelligible. **7.** Il en a toujours été ainsi, pas autant que maintenant peut-être.

Il doit y avoir quelque chose d'occulte au fond de tous, je crois décidément à quelque chose d'abscons, signifiant[1] fermé et caché, qui habite le commun : car, sitôt cette masse jetée vers quelque trace que c'est une réalité[2], existant, par exemple, sur une feuille de papier, dans tel écrit – pas en soi – cela qui est obscur : elle s'agite, ouragan jaloux d'attribuer les ténèbres à quoi que ce soit, profusément, flagramment.

Sa crédulité vis-à-vis de plusieurs qui la soulagent, en faisant affaire, bondit à l'excès : et le suppôt d'Ombre, d'eux désigné[3], ne placera un mot, dorénavant, qu'avec un secouement que ç'ait été elle, l'énigme, elle ne tranche, par un coup d'éventail de ses jupes : « Comprends pas[4] ! » – l'innocent annonçât-il se moucher.

Or, suivant l'instinct de rythmes qui l'élit, le poète ne se défend de voir un manque de proportion entre le moyen déchaîné et le résultat.

Les individus, à son avis, ont tort, dans leur dessein avéré propre – parce qu'ils puisent à quelque encrier sans Nuit[5] la vaine couche suffisante d'intelligibilité que lui s'oblige, aussi, à observer, mais pas seule[6] – ils agissent peu délicatement, en précipitant à pareil accès[7] la Foule (où inclus le Génie) que de déverser, en un chahut, la vaste incompréhension humaine.

À propos de ce qui n'importait pas.

----

1. « Signifiant » est participe présent. Ce n'est évidemment pas encore le signifiant de Saussure, comme l'ont cru de trop enthousiastes structuralistes des années 1960. Comprendre donc qu'une part d'obscur habite chacun de nous.   2. C'est une réalité, cela qui est obscur.
3. Celui qui est désigné par eux comme un partisan de l'Ombre.
4. Elle (« la masse ») ne tranche, en disant : « Comprends pas ! »
5. Qui ne comporte pas l'obscurité nécessaire.   6. Pas seulement.
7. Un accès qui consiste à déverser l'incompréhension.

— Jouant la partie, gratuitement soit pour un intérêt mineur : exposant notre Dame et Patronne[1] à montrer sa déhiscence[2] ou sa lacune, à l'égard de quelques rêves, comme la mesure à quoi tout se réduit.

Je sais, de fait, qu'ils se poussent en scène et assument, à la parade, eux, la posture humiliante ; puisque arguer d'obscurité — ou, nul ne saisira s'ils ne saisissent et ils ne saisissent pas – implique un renoncement antérieur à juger[3].

Le scandale quoique représentatif, s'ensuit, hors rapport —

Quant à une entreprise, qui ne compte pas littérairement —

La leur —

D'exhiber les choses à un imperturbable premier plan[4], en camelots, activés par la pression de l'instant, d'accord — écrire, dans le cas, pourquoi, indûment, sauf pour étaler la banalité ; plutôt que tendre le nuage, précieux[5], flottant sur l'intime gouffre de chaque pensée, vu que vulgaire l'est ce à quoi on décerne, pas plus, un caractère immédiat. Si crûment — qu'en place du labyrinthe illuminé par des fleurs[6], où convie le loisir, ces ressasseurs, malgré que je me gare d'image pour les mettre, en personne « au pied du mur[7] », imitent, sur une route migrai-

---

1. La Littérature ou la Poésie ainsi considérées comme tutélaires. **2.** Le terme provient de la botanique : mode d'ouverture naturelle de certains organes arrivés à maturité.   **3.** Condamner au nom de l'obscurité revient à ne pas juger, sinon selon ses propres critères. **4.** Cette exhibition est celle de l'« universel reportage » et du langage réaliste.   **5.** Le « nuage, précieux » est celui qu'impliquent la suggestion ou la transposition.   **6.** Une forme d'expression complexe et enrichie de comparaisons.   **7.** Mallarmé va filer l'image de cette expression.

neuse, la résurrection en plâtras, debout, de l'interminable aveuglement, sans jet d'eau à l'abri ni verdures pointant par-dessus, que les culs de bouteille et les tessons ingrats[1].

Même la réclame[2] hésite à s'y inscrire.

— Dites, comme si une clarté, à jet continu ; ou qu'elle ne tire d'interruptions le caractère, momentané, de délivrance[3].

La Musique, à sa date[4], est venue balayer cela —

Au cours, seulement, du morceau, à travers des voiles feints[5], ceux encore quant à nous-mêmes, un sujet se dégage de leur successive stagnance amassée et dissoute avec art —

Disposition l'habituelle[6].

On peut, du reste, commencer d'un éclat[7] triomphal trop brusque pour durer ; invitant que se groupe, en retards, libérés par l'écho, la surprise.

L'inverse[8] : sont, en un reploiement noir soucieux d'attester l'état d'esprit sur un point, foulés et épaissis

---

1. Ce qu'écrivent ces ressasseurs ressemble à une allée entre deux murs aveugles couronnés de tessons de verre, et non pas à une promenade aux multiples détours.   **2.** Les affiches.   **3.** Cette insupportable clarté s'oppose à la riche obscurité, libre de ses inventions.   **4.** Au moment où est apparu Wagner.   **5.** Ces voiles de la musique renvoient au « voile » précieux de l'expression poétique.   **6.** C'est l'habituelle disposition.   **7.** À partir d'un éclat.   **8.** La formule inverse.

des doutes[1] pour que sorte une splendeur définitive simple.

Ce procédé, jumeau, intellectuel, notable dans les symphonies, qui le trouvèrent au répertoire de la nature et du ciel[2].

— Je sais, on veut à la Musique, limiter le Mystère[3] ; quand l'écrit y prétend.

Les déchirures suprêmes instrumentales, conséquence d'enroulements transitoires, éclatent plus véridiques, à même, en argumentation de lumière, qu'aucun raisonnement tenu jamais[4] ; on s'interroge, par quels termes du vocabulaire sinon dans l'idée[5], écoutant, les traduire, à cause de cette vertu incomparable. Une directe adaptation avec je ne sais, dans le contact, le sentiment glissé qu'un mot détonnerait, par intrusion[6].

L'écrit, envol tacite d'abstraction, reprend ses droits en face de la chute des sons nus : tous deux, Musique et lui, intimant une préalable disjonction, celle de la parole[7], certainement par effroi de fournir au bavardage.

Même aventure contradictoire, où ceci descend ; dont s'évade cela : mais non sans traîner les gazes d'origine[8].

Tout, à part, bas ou pour me recueillir. Je partis d'intentions, comme on demande du style — neutre l'imagine-t-on — que son expression ne se fonce par le plongeon

---

1. Des doutes sont foulés et épaissis...   **2.** La nature, les saisons offrent donc l'exemple dynamique à transposer.   **3.** On admet ce Mystère pour la seule Musique.   **4.** Plus véridiques [...] qu'aucun raisonnement [...].   **5.** Si ce n'est dans l'idée.   **6.** Le mot serait de trop.   **7.** La Musique et la Littérature impliquent une disjonction de la parole.   **8.** C'est la même aventure. L'écrit descend. La musique monte. Toutes deux portent les marques d'une même origine.

ni ne ruisselle d'éclaboussures jaillies : fermé à l'alternative qui est la loi[1].

Quel pivot, j'entends, dans ces contrastes, à l'intelligibilité ? il faut une garantie —

La Syntaxe —

Pas ses tours primesautiers, seuls, inclus aux facilités de la conversation ; quoique l'artifice excelle pour convaincre. Un parler, le français, retient une élégance à paraître en négligé et le passé témoigne de cette qualité, qui s'établit d'abord, comme don de race foncièrement exquis : mais notre littérature dépasse le « genre », correspondance ou mémoires[2]. Les abrupts, hauts jeux d'aile, se mireront, aussi[3] : qui les mène[4], perçoit une extraordinaire appropriation de la structure, limpide, aux primitives foudres de la logique[5]. Un balbutiement, que semble la phrase[6], ici refoulé dans l'emploi d'incidentes multiple, se compose et s'enlève en quelque équilibre supérieur, à balancement prévu d'inversions.

S'il plaît à un, que surprend l'envergure, d'incriminer.. ce sera la Langue[7], dont voici l'ébat.

— Les mots, d'eux-mêmes, s'exaltent à mainte facette[8] reconnue la plus rare ou valant pour l'esprit, centre

---

1. On demande au style que son expression soit égale, donc sans plongées ni envols, alors que cette alternative est la loi universelle.   2. Le français courant (celui que Malherbe appelait le langage des « crocheteurs du Port-au-Foin ») a sa précision, comme en témoignent certains « genres » intimes.   3. Les élans sublimes passent aussi dans la syntaxe.   4. Celui qui les pratique.   5. La structure de la phrase est appropriée aux développements logiques de l'Idée. 6. Que la phrase semble...   7. S'il plaît à quelqu'un d'en faire reproche, il faut qu'il blâme la langue elle-même.   8. Le mot est ainsi perçu comme un diamant, scintillant de ses qualités phoniques et symboliques.

de suspens vibratoire ; qui[1] les perçoit indépendamment de la suite ordinaire, projetés, en parois de grotte, tant que dure leur mobilité ou principe, étant ce qui ne se dit pas du discours[2] : prompts tous, avant extinction, à une réciprocité de feux distante ou présentée de biais comme contingence.

Le débat — que l'évidence moyenne nécessaire dévie en un détail, reste de grammairiens[3]. Même un infortuné se trompât-il à chaque occasion, la différence avec le gâchis en faveur couramment ne marque tant, qu'un besoin naisse de le distinguer de dénonciateurs[4] : il récuse l'injure d'obscurité — pourquoi pas, parmi le fonds commun, d'autres[5] d'incohérence, de rabâchage, de plagiat, sans recourir à quelque blâme spécial et préventif — ou encore une, de platitude ; mais, celle-ci[6], personnelle aux gens qui, pour décharger le public de comprendre, les premiers simulent l'embarras.

Je préfère, devant l'agression, rétorquer que des contemporains ne savent pas lire —

Sinon dans le journal ; il dispense, certes, l'avantage de n'interrompre le chœur de préoccupations[7].

Lire —

Cette pratique —

Appuyer, selon la page, au blanc, qui l'inaugure son ingénuité, à soi[8], oublieuse même du titre qui parlerait

---

1. L'esprit (les perçoit).   2. Le principe est aussi ce qui du discours ne se dit pas, mais ce qui est suggéré.   3. Cette affaire, que l'on considère trop comme un détail, regarde la grammaire. 4. Même celui qui se trompe dans sa lecture vaut mieux que ceux qui affirment d'entrée de jeu n'y rien comprendre.   5. D'autres injures. 6. Mais l'injure d'obscurité.   7. Les préoccupations journalières. 8. Appliquer son propre tempérament, son génie.

trop haut : et, quand s'aligna, dans une brisure, la moindre, disséminée, le hasard[1] vaincu mot par mot, indéfectiblement le blanc revient, tout à l'heure gratuit, certain maintenant, pour conclure que rien au-delà et authentiquer le silence[2] —

Virginité qui solitairement, devant une transparence du regard adéquat, elle-même s'est comme divisée en ses fragments de candeur, l'un et l'autre, preuves nuptiales de l'Idée[3].

L'air ou chant sous le texte, conduisant la divination d'ici là[4], y applique son motif en fleuron et cul-de-lampe invisibles.

---

1. « Quand s'aligna [...] le hasard ». On doit penser qu'à cette époque (1896) l'idée du *Coup de Dés* était déjà en place.   2. Le blanc est d'abord purement vierge, mais après la phrase ou le paragraphe, il vaut comme le retour du silence, après l'expression orale. 3. Le blanc initial et le blanc final prouvent que l'idée s'est tracée, a fait ses noces.   4. Le chant conduit la compréhension secrète d'un bord à l'autre.

VI

Dernières fictions

LES NOCES D'HÉRODIADE

À la fin de la « Recommandation » qu'il rédige la veille de sa mort, à l'intention de sa fille et de sa femme, Mallarmé écrit : « Ainsi, je ne laisse pas un papier inédit, excepté quelques bribes imprimées que vous trouverez puis le Coup de Dés *et* Hérodiade *terminé s'il plaît au sort », et il mentionne à la dernière ligne le titre définitif choisi : «* Les Noces d'Hérodiade. Mystère *».*

*On a vu que le projet d'*Hérodiade *remonte à 1865 et que l'« Ouverture ancienne » (voir p. 56) qui, malgré son titre, ne vient pas en premier lieu dans la chronologie de la rédaction du projet, témoigne d'une profonde transformation du style mallarméen. La partie publiée dans le second* Parnasse contemporain *en 1869-1871 (voir p. 151-163), qui correspond à la scène dialoguée, devait d'ores et déjà prendre place dans un ensemble plus considérable, dont l'« Ouverture », pleine de prémonition, envisageait de donner la tonalité essentielle.*

Après bien des années de suspens, Mallarmé décide progressivement de se pencher à nouveau sur ce vieux rêve. Le 29 septembre 1886, dans une lettre à Léo d'Orfer (C, III, p. 62), il dit son désir de compléter le texte existant et d'en faire une plaquette. Dans l'édition photolithographiée de ses Poésies *(1887) est annoncé dans la « Table des fascicules » : «* Hérodiade, *avec complément inédit, un fasc. de 12 p. » ; et lorsqu'il envisage l'édition de ses* Poésies *chez Deman, il programme bientôt, comme finale du livre, une* Hérodiade *plus développée (C, IV, p. 213) – ce que confirme la bibliographie manuscrite des* Poésies *donnée dès 1894 : «* HÉRODIADE, *ici fragment, où seule la partie dialoguée, comporte, outre le cantique de saint Jean et sa conclusion en un dernier*

*monologue, des Prélude et Finale qui seront ultérieure-
ment publiés ; et s'arrange en poème. »* S'il est question,
par ailleurs, d'une mise en scène d'Hérodiade *(voir lettre
de Lugné-Poe à Mallarmé, le 20 juillet 1895 : « Voulez-
vous me permettre de monter* Hérodiade *l'an prochain ? »*
[C, VII, p. 240], rôle qu'aurait interprété Marguerite
Moreno), on voit surtout Mallarmé s'activer pour finir ce
qu'il a prévu : *« mon dessein est d'achever cet été ou
l'automne* Hérodiade, *longs prélude et finale »* (lettre à
Deman du 21 avril 1896, C, VIII, p. 115). Il s'applique
d'autant plus à cette finition qu'Ambroise Vollard lui a
proposé d'en faire une édition luxueuse avec des illustrations de Vuillard – ce que confirment plusieurs lettres,
dont la suivante, particulièrement informative : *« Nous
causerons de l'opportunité de publier, selon mon habitude, en épreuves, dans une revue – ou pas – les additions
que je fais ; jamais, du reste, l'œuvre entière qui doit
paraître, telle, chez vous, d'abord, certainement. Je n'en
suis pas là, du reste : ces morceaux nouveaux, comme je
les vois, étant considérables ; à eux deux, prélude et
finale, allant jusqu'à plus que doubler le fragment qui
existe »* (lettre à Vollard du 19 septembre 1897, French
Studies, *janvier 1994, p. 35*).

   La rédaction, toutefois, semble avoir posé plus d'un
problème à Mallarmé, et il n'est pas dit qu'il aurait pu
venir à bout de ce rêve, fait pour rester absolument à
l'état de chimère. Réitérant dans ses prélude et finale ces
phrases infinies qui caractérisaient déjà l'« Ouverture
ancienne », il paraît, en l'occurrence, avoir joué avec
l'impossible du langage. Plus que la situation d'une fiction qui se pense, il faut voir ici un mystère, au sens
religieux du terme, tel qu'il fut repris par Vigny dans ses
poèmes « Eloa » et « Le Déluge ». La relation entre la
vierge intellectuelle et le prophète (image du poète)
implique aussi une étonnante défloration (imaginée), où
se disjoint, au-delà de tout platonisme, l'opposition entre
le corps et l'esprit.

Le texte, tel que nous le donnons[1], résulte de l'analyse des papiers retrouvés après la mort de Mallarmé et que Valéry, le 6 octobre 1898, eut le privilège de voir le premier, après Geneviève. On y distingue un prélude prémonitoire, où figure le « Cantique de saint Jean » (replacé, d'habitude, dans l'ensemble des Poésies *tel qu'il fut complété en 1913*), et plusieurs finales, l'un prononcé par Hérodiade, l'autre par la nourrice.

La difficulté du commentaire de ces vers (parfois inachevés ou incomplètement construits) nous a conduit à les présenter sans notes, excepté pour le « Cantique de saint Jean », complet de facture et de sens.

1. Voir *Les Noces d'Hérodiade. Mystère*, éd. Gardner Davies, Gallimard, 1959, et du même auteur, *Mallarmé et le rêve d'Hérodiade*, Corti, 1978, ainsi que la nouvelle lecture du manuscrit proposée par Bertrand Marchal (*OC*, I, p. 1079-1133).

LES NOCES D'HÉRODIADE

MYSTÈRE

HÉRODIADE.
LA NOURRICE.
LA TÊTE DE SAINT JEAN.

Préface

J'ai laissé le nom d'Hérodiade pour bien la différencier de la Salomé je dirai moderne ou exhumée avec son fait divers archaïque – la danse, etc., l'isoler comme l'ont fait des tableaux solitaires dans le fait même terrible, mystérieux – et faire miroiter ce qui probablement hanta – en apparue avec son attribut – le chef du saint – dût la demoiselle constituer un monstre aux amants vulgaires de la vie —

PRÉLUDE

[I]

Si...
        Génuflexion comme à l'éblouissant
Nimbe là-bas très glorieux arrondissant
En le manque du saint à la langue roidie
Son   et vacant incendie

5 Aussi peut-être hors la fusion entre eux
   Immobilisés par un choc malencontreux
   Des divers monstres nuls dont l'abandon délabre
   L'aiguière bossuée et le tors candélabre
   À jamais sans léguer de souvenir au soir
10 Que cette pièce héréditaire de dressoir
   Lourd métal usuel où l'équivoque range
   Avec anxiété   gloire étrange
   On ne sait quel masque âpre et farouche éclairci
   Triomphalement et péremptoirement si
15 La chimère au rebut d'une illustre vaisselle
   Maintenant mal éteinte   est celle
   Sous ses avares feux qui ne contiendra pas
   Le délice attendu du nuptial repas
   Ni que pour notre reine enfant et le convive
20   (ne) survive
   Comme une chère très délicate à foison
   Même quand l'âpre faim muée en pâmoison
   Les entrelace bouche à bouche puis les vautre
   Le mets supérieur qu'on goûte l'un à l'autre :
25 Alors, dis ô futur taciturne, pourquoi
   Ici demeure-t-il et s'éternise coi
   Selon peu de raison que le richissime orbe
   Opiniâtrement pour se parfaire absorbe
   Jusqu'à l'horizon mort en un dernier éclat
30 Cette vacuité louche et muette d'un plat ?

[II]

[Cantique de saint Jean]

     Le soleil que sa halte
     Surnaturelle [1] exalte
     Aussitôt redescend
4   Incandescent

---

1. Dans le calendrier chrétien, la Saint-Jean correspond au jour du solstice d'été.

Je sens comme aux vertèbres
S'éployer des ténèbres[1]
Toutes dans un frisson
8   À l'unisson

Et ma tête surgie
Solitaire vigie
Dans les vols triomphaux
12   De cette faux[2]

Comme rupture franche
Plutôt refoule ou tranche
Les anciens désaccords
16   Avec le corps[3]

Qu'elle[4] de jeûnes ivre
S'opiniâtre à suivre
En quelque bond hagard
20   Son pur regard

Là-haut où la froidure
Éternelle n'endure
Que vous le surpassiez
24   Tous ô glaciers[5]

Mais selon un baptême
Illuminée au même
Principe qui m'élut[6]
28   Penche un salut.

---

1. Saint Jean-Baptiste revoit sa mort.   **2.** L'instrument qui l'a décapité (ou son équivalent poétique).   **3.** Ainsi se résout (comme on tranche un nœud gordien) les contradictions entre le corps et l'esprit.   **4.** Le « Que » dépend de « plutôt » du quatrain précédent. On attendait avant « s'opiniâtre » un « ne » explétif.   **5.** L'endroit touché par le regard répand un froid plus intense que celui des glaciers.   **6.** Ce principe est le sacrement du baptême institué comme tel par le Christ, au moment où saint Jean l'ondoya.

[III]

À quel psaume de nul antique antiphonaire
Ouï planer ici comme un viril tonnerre
Du cachot fulguré pour s'ensevelir où ?
Sauf amplificatrice irruption au trou
5 Grand ouvert par un vol ébloui de vitrage
Bloc contre bloc jonchant le lugubre entourage,
Le Fantôme accoudé du pâle écho latent
Sous un voile debout ne dissimule tant
Supérieurement à de noirs plis Prophète
10 Toujours que de ne pas perpétuer du faîte
Divers rapprochements scintillés absolus :
Et,   , plus
Insoumis au joyau géant qui les attache
Ce crépusculaire et fatidique panache
15 De dentelles à flot torses sur le linon
Taciturne vacille en le signe que non,
Vains les nœuds éplorés, la nitidité fausse
Ensemble que l'agrafe avec ses feux rehausse,
Plus abominé mais placide ambassadeur
20 Le circonstanciel plat nu dans sa splendeur,
Toute ambiguïté par ce bord muet fuie,
Se fourbit, on dirait, s'époussette ou s'essuie
Aux dénégations très furieusement
Loin dans   frôlement
25 De l'Ombre avec ce soin encore ménagère :
Il   il exagère
Le sépulcral effroi de son contour livide ;
Du moins ce ponctuel décor assigne-t-il
Comme emblème sur une authentique nourrice,
30 Affres que jusqu'à leur lividité hérisse
Un révulsif ébat vieil horrifié droit
Selon la guimpe puis la coiffe par surcroît !
L'ordinaire abandon sans produire de trace
Hors des seins abolis vers l'infini vorace
35 Sursautant à la fois en maint épars filet
Jadis, d'un blanc,   et maléfique lait.

SCÈNE [1]

SCÈNE INTERMÉDIAIRE

Qui légitimement ne s'est point comme il sied
Vain secret ténébreux encore là sur pied
Évanoui comme un séculaire plumage
     s'endommage
5 Silencieusement mais demeure figé
Dans l'hésitation vaine à prendre congé
Tandis qu'autour de son sachet de vieille faille
Rôde, tourne   et défaille
Le message   de traits
10 Du fiancé que mal je connaîtrais

Va pour la peine
Dût son ombre marcher le long du corridor
Me présenter ce chef tranché dans un plat d'or

FINALE

I

Ô, désespérément sous l'aile échevelée
Obscure de la nuit future violée
Quand ton morne penser ne monta pas plus haut
Dur front pétrifié dont le captif sursaut
5 Tout à l'heure n'aura de peur de se dissoudre
Suivi   l'intérieure foudre
Heurtée à quelque choc de ses rêves déçus
Sans l'établir vivante et régner par-dessus
Comme une cime dans ses ténèbres hostile,
10 Il est   péristyle

---

1. Voir dans *Poésies*, p. 151.

Maints fruits   jardins
Neigeux   ambrés, incarnadins :
Mais aucun partagé pour savoir que je l'aime
Sinon l'espalier opulent de moi-même
15 Un selon de chers pressentiments inouï
Se sera tout à coup sans aide épanoui
Peut-être que cet[te] attirance du désastre ;
Dis, hésitation entre la chair et l'astre
Sur la gorge nouvelle, où ta cécité poind,
20 À cet arrêt surnaturel que ce n'est point
Hymen froid d'une enfance avec l'affreux génie
L'arrière volupté jusque dans l'agonie
Du regard révulsé par quelqu'un au néant.
Parle ou bien faut-il que l'arcane messéant
25 À dire excepté par une bouche défunte
                              emprunte
Par un   pire baiser
L'horreur   de préciser
Tien et précipité de quelque altier vertige
30 Ensuite pour couler tout le long de ma tige
Vers quelque ciel portant mes destins avilis
L'inexplicable sang déshonorant le lys
À jamais renversé de l'une ou l'autre jambe
                              flambe
35   assassin
Le métal commandé précieux du bassin
Naguère où reposât un trop inerte reste
Peut selon le suspens encore par mon geste
Changeant   en   nonchaloir
40 Verser son fardeau   avant de choir
Parmi j'ignore quelle étrangère tuerie
Soleil   qui m'a mûrie
Comme à défaut du lustre éclairant le ballet
Abstraite intrusion en ma vie, il fallait
45 La hantise soudain quelconque d'une face
Pour que je m'entr'ouvrisse et reine triomphasse.

II

Toute nubilité disjointe en la tunique
Le devint pour toujours selon l'approche unique
De quelqu'un n'étant pas qui passe le premier
Et sous l'aridité poudreuse du palmier
5 N'accorde comme dans la plus riche des couches
Au trivial époux que des prémices louches
                étrange   lu
Une enfant   de l'heure a voulu
Attentive au mystère éclairé de son être
10   connaître
Quel   sur elle étincela
                     celle-là
Sous les gouffres   pubère
                     libère
15 Sa   chair de s'offrir en festin
Pour avoir reconnu le seigneur clandestin

Elle s'arrête au seuil   solitaires noces
Selon   de ses   précoces
N'importe au
20 À
Tout à l'heure   si le tranchant lucide
Le glaive aida dans   suicide
La fulguration   assis
Où l'être se plongeait

25 Jaillie avec l'éclair ordonné par son geste
La fiancée   adorable et funeste
Dans sa gaine debout nulle de firmament
À peine la minute inoubliablement
Ici bas   crise
30 Goutte à goutte   thésaurise
Dresse sans regret et sans lui faire tort
À l'intrus   puisque mort
À l'intrus   que chaque   dénie
Une virginité   pour génie

BIBLIOGRAPHIE

Un fragment seul de ce poème avait été publié – de – à – ; il était précédé d'une ouverture que je remplace par une autre, en le même sens – et quant au monologue – au pourquoi de la crise indiquée par le morceau – j'avoue que je m'étais arrêté dans ma jeunesse. Je le donne, ce motif tel qu'apparu depuis, m'efforçant de traiter dans le même esprit.

UN COUP DE DÉS JAMAIS N'ABOLIRA LE HASARD

Comme l'ont remarqué la plupart des commentateurs lorsque fut publié, posthume, en 1925, Igitur, *une partie de ce conte, écrit en 1869-1870, s'intitule « Le Coup de Dés », preuve – semble-t-il – que certains éléments du poème de 1897 étaient déjà présents à l'esprit de Mallarmé dès cette époque. On peut lire, en effet, dans la partie « Le Coup de Dés », cette phrase, entre autres : « Bref dans un acte où le hazard [sic] est en jeu, c'est toujours le hazard qui accomplit sa propre Idée en s'affirmant ou se niant. Devant son existence la négation et l'affirmation viennent échouer. Il contient de l'Absurde – l'implique, mais à l'état latent et l'empêche d'exister ; ce qui permet à l'Infini d'être. » La singularité de la présentation du* Coup de Dés *final[1] laisse supposer, toutefois, que ses audaces typographiques ne furent conçues que tardivement, à une époque où Mallarmé avait déjà réfléchi sur « Le Livre, instrument spirituel » et le genre du « poème critique ». Dans* La Revue blanche *de juillet 1895, on peut lire cette remarque qui semble décrire à l'avance une partie du dispositif : « [...] un jet de grandeur, de pensée ou d'émoi, considérable, phrase poursuivie, en gros caractère, une ligne par page [...] autour, menus, des groupes, secondairement, d'après leur impor-*

---

1. On sera attentif aux commentaires de Robert Greer Cohn, *L'Œuvre de Mallarmé* : *« Un coup de dés »*, trad. R. Arnaud, Librairie Les Lettres, 1951, et de Gardner Davies, *Vers une explication rationnelle du « Coup de dés »*, Corti, 1953. Voir également, de Jean-Claude Lebensztejn, « Note relative au *Coup de dés* », *Critique*, nº 397-398, 1980, et, plus récemment, de Nikolaj d'Origny Lübecker, « Le sacrifice de la sirène », *Études romanes*, nº 13, Copenhague, 2003, et de Michel Murat, *Hors d'anciens calculs (Mallarmé de « Crise de vers » au « Coup de dés »)*, Belin, coll. « L'extrême contemporain », 2005.

*tance, explicatifs ou dérivés, – un semis de fioritures. »
Rien là, cependant, qui signale une formule de lecture se
déroulant sur la double page, ni – puisqu'il s'agit d'un
« poème » – l'abandon de la rime et surtout de l'alexandrin (la phrase-titre comporte treize syllabes !), vers pour
lequel Mallarmé montra toujours sa prédilection.*

*Bien que le motif puisse en être perçu dans certains
écrits antérieurs – Mallarmé concentrant là sa thématique : naufrage, sirène, aïeul, hoir (héritier), plume ham-
létienne, astres, etc. – la mobilisation des mots, la motilité
de la syntaxe, en un mot la prosodie de cette œuvre
n'étaient que peu prévisibles. Il y a là tout Mallarmé, et
plus.*

*C'est à l'occasion d'une demande faite par la revue
internationale* Cosmopolis, *dont le centre social était à
Londres, que Mallarmé s'est engagé dans la composition
de cet étonnant poème. Rien ne semble en avoir filtré
avant sa publication en revue le 4 mai 1897 (p. 417-428),
entre un texte d'Anatole France, « La Muiron », et une
lettre inédite de Tourgueniev. Un peu effrayé par l'audace du texte, la direction de* Cosmopolis *lui avait
demandé d'expliquer son intention dans une « note »
(devenue l'« Observation relative au poème ») qu'il ne
s'est pas refusé à rédiger. La direction crut bon d'y ajouter une « note de la rédaction », qui précise, entre
autres : « Une espèce de leitmotiv général qui se déroule
constitue l'unité du poème : des motifs accessoires viennent se grouper autour de lui. » Le Coup de Dés ainsi
présenté (il ne se développait pas alors sur la double
page) n'était, à dire vrai, qu'un coup d'essai.*

*Dès le printemps 1897, Ambroise Vollard, célèbre mar-
chand de tableaux, proposera à Mallarmé d'en faire une
édition monumentale qui devait être imprimée chez Firmin-Didot et illustrée de lithographies d'Odilon Redon*[1].
Tirage à 200 exemplaires. Coût du volume : 50 francs,

---

1. Voir « The Abortive Didot/Vollard Edition of *Un coup de dés* »,
de Danielle Mirham, *French Studies*, vol. 33, 1979.

somme considérable pour l'époque. Mallarmé, néan-
moins, ne vivra pas assez longtemps pour qu'elle se fasse.

Du Coup de Dés *restent un manuscrit, cahier de*
24 pages (25 cm x 33 cm), avec la précision : « Chaque
page / texte et blancs / est établie sur un chiffre de /
40 lignes », et les épreuves de l'édition en cours (au
moins cinq tirages différents), la double page mesurant
58 cm x 38 cm[1]*. Vollard ne parviendra pas davantage à*
publier le livre après la mort du poète, et il faudra
attendre 1914 pour que le docteur Bonniot, mari de
Geneviève, le confie aux éditions de la Nouvelle Revue
française, *qui n'en présenteront qu'une publication*
approchante.

Il ne saurait être question dans le cadre d'un livre de
poche de proposer une édition conforme aux exigences
strictes de Mallarmé. On comprendra, du moins, qu'il ne
fallait ni marquer la pagination, ni affecter les mots de
quelque chiffre de renvoi. Nos éléments de commentaire
se situent donc après le « poème » et sont indiqués pour
chaque double page d'après les premiers mots de la page
gauche. Exemple : « SOIT », « LE MAÎTRE », « ancestra-
lement », etc.

Soucieux d'éclairer les impressions premières causées
par son Coup de Dés, *Mallarmé a répondu à certains de*
ses lecteurs, André Gide ou Camille Mauclair – occasion
pour lui de donner quelques indications pour mieux lire
son audacieuse tentative : « La constellation y affectera
[dans l'édition Vollard prévue], d'après des lois exactes
et autant qu'il est permis à un texte imprimé, fatalement,
une allure de constellation. Le vaisseau y donne de la
bande, du haut d'une page au bas de l'autre, etc. : car,
et c'est là tout le point de vue [...] le rythme d'une phrase
au sujet d'un acte ou même d'un objet n'a de sens que

---

1. Sur le manuscrit et les premières épreuves, le titre est « Jamais
un coup de dés n'abolira le hasard ». On le voit nettement corrigé
avec l'adjonction de majuscules à « Un », « Dés » et « Hasard » sur la
reproduction de la première page de l'exemplaire complet corrigé des
premières épreuves, qui figure dans le catalogue *Livres du Cabinet de
Pierre Berès* (Musée Condé, Château de Chantilly, 2003, p. 124).

*s'il les imite et, figuré sur le papier, repris par la Lettre
à l'estampe originelle, en doit rendre malgré tout quelque
chose » (lettre à André Gide du 14 mai 1897, C, IX,
p. 171-172). Ce qu'il précise encore dans une lettre à
Camille Mauclair :* « Au fond, des estampes : je crois que
toute phrase ou pensée, si elle a un rythme, doit le mode-
ler sur l'objet qu'elle vise et reproduire, jetée à nu, immédiatement, comme jaillie en l'esprit, un peu de l'attitude
de cet objet quant à tout. La littérature fait ainsi *sa preuve* » *(septembre 1897, C, IX, p. 281).*

*Il est bien impossible, assurément, de résumer l'action,
le « drame », du* Coup de Dés. *Comme le dit Mallarmé
lui-même dans son « Observation », la fiction affleure,
puis se retire – ce qui place l'œuvre sous le signe strobos-
copique d'une présence différée. Des « motions » sont
lisibles, sensibles, dans le « spiritogramme » que projette
le texte, pensé par Mallarmé sous l'espèce du vers libre
ou du poème en prose – ce qui ne peut en rendre compte,
avouons-le, que par complaisance envers le lecteur le
moins averti. Un naufrage, un geste qui veut se faire, une
hésitation, un volettement de plume (instrument aussi de
l'écrivain), un retour au calme qui se confond peut-être
également avec l'ensevelissement du désir le plus idéal,
mais, dans le même temps, la projection astrale de ce
coup de dés, telles sont les évidences qui apparaissent à
la lecture, sans être rigoureusement démonstratives, puisqu'elles indiquent un nouvel* ordre *(pour reprendre un
terme pascalien) où l'artificielle tautologie « coup de
dés = hasard » répond ironiquement au « n'est que ce qui
est » qu'implique l'immanence de la nature.*

OBSERVATION RELATIVE AU POÈME
donnée dans *Cosmopolis* (4 mai 1897)

J'aimerais qu'on ne lût pas cette Note ou que parcourue, même on l'oubliât ; elle apprend, au Lecteur habile, peu de chose situé outre sa pénétration : mais, peut troubler l'ingénu devant appliquer un regard aux premiers mots du Poème pour que de suivants, disposés comme ils sont, l'amènent aux derniers, le tout sans nouveauté qu'un espacement de la lecture. Les « blancs », en effet, assument l'importance, frappent d'abord ; la versification en exigea, comme silence alentour, ordinairement, au point qu'un morceau, lyrique ou de peu de pieds, occupe, au milieu, le tiers environ du feuillet : je ne transgresse cette mesure, seulement la disperse. Le papier intervient chaque fois qu'une image, d'elle-même, cesse ou rentre, acceptant la succession d'autres et, comme il ne s'agit pas, ainsi que toujours, de traits sonores réguliers ou vers – plutôt, de subdivisions prismatiques de l'Idée, l'instant de paraître et que dure leur concours, dans quelque mise en scène spirituelle exacte, c'est à des places variables, près ou loin du fil conducteur latent, en raison de la vraisemblance, que s'impose le texte. L'avantage, si j'ai droit à le dire, littéraire, de cette distance copiée qui mentalement sépare des groupes de mots ou les mots entre eux, semble d'accélérer tantôt et de ralentir le mouvement, le scandant, l'intimant même selon une vision simultanée de la Page : celle-ci prise pour unité comme l'est autre part le Vers ou ligne parfaite. La fiction affleurera et se dissipera, vite, d'après la mobilité de l'écrit, autour des arrêts fragmentaires d'une phrase capitale dès le titre introduite et continuée. Tout se passe, par raccourci, en hypothèse ; on évite le récit. Ajouter que de cet emploi à nu de la

pensée avec retraits, prolongements, fuites, ou son dessin
même, résulte, pour qui veut lire à haute voix, une parti-
tion. La différence des caractères d'imprimerie entre le
motif prépondérant, un secondaire et d'adjacents, dicte
son importance à l'émission orale et la portée, moyenne,
en haut, en bas de page, notera que monte ou descend
l'intonation. Seules certaines directions très hardies, des
empiétements, etc., formant le contre-point de cette prosodie, demeurent dans une œuvre, qui manque de précédents, à l'état élémentaire : non que j'estime l'opportunité
d'essais timides ; mais il ne m'appartient pas, hormis une
pagination spéciale ou de volume à moi, dans un Périodique, même valeureux, gracieux et invitant qu'il se
montre aux belles libertés, d'agir par trop contrairement
à l'usage. J'aurai, toutefois, indiqué du Poème ci-joint,
mieux que l'esquisse, un « état » qui ne rompe pas de
tous points avec la tradition ; poussé sa présentation en
maint sens aussi avant qu'elle n'offusque personne : suffisamment, pour ouvrir des yeux. Aujourd'hui ou sans présumer de l'avenir qui sortira d'ici, rien ou presque un art,
reconnaissons aisément que la tentative participe, avec
imprévu, de poursuites particulières et chères à notre
temps, le vers libre et le poème en prose. Leur réunion
s'accomplit sous une influence, je sais, étrangère, celle de
la Musique entendue au concert ; on en retrouve plusieurs
moyens m'ayant semblé appartenir aux Lettres, je les
reprends. Le genre, que c'en devienne un comme la symphonie, peu à peu, à côté du chant personnel, laisse intact
l'antique vers, auquel je garde un culte et attribue l'empire de la passion et des rêveries ; tandis que ce serait le
cas de traiter, de préférence (ainsi qu'il suit) tels sujets
d'imagination pure et complexe ou intellect : que ne reste
aucune raison d'exclure de la Poésie – unique source.

POÈME

Un coup de Dés jamais n'abolira le Hasard

par

STÉPHANE MALLARMÉ

UN COUP DE DÉS

UN COUP DE DÉS

JAMAIS

QUAND BIEN MÊME LANCÉ DANS DES CIRCONSTANCES
ÉTERNELLES

DU FOND D'UN NAUFRAGE

SOIT
    que

        l'Abîme

blanchi
        étale
            furieux

                sous une inclinaison
                    plane désespérément

                            d'aile

                        la sienne

                                par

avance retombée d'un mal à dresser le vol
           et couvrant les jaillissements
                 coupant au ras les bonds

       très à l'intérieur résume

l'ombre enfouie dans la profondeur par cette voile alternative

                 jusqu'adapter
                    à l'envergure

       sa béante profondeur en tant que la coque

                 d'un bâtiment

           penché de l'un ou l'autre bord

LE MAÎTRE

surgi
    inférant

                                  de cette conflagration

                                          que se

                                 comme on menace

                             l'unique Nombre qui ne peut pas

                                              hésite
                                  cadavre par le bras

plutôt
       que de jouer
          en maniaque chenu
               la partie
              au nom des flots

                                              un

                                    naufrage cela

                    hors d'anciens calculs
              où la manœuvre avec l'âge oubliée

                         jadis il empoignait la barre

à ses pieds
            de l'horizon unanime

prépare
    s'agite et mêle
            au poing qui l'étreindrait
un destin et les vents

être un autre

                    Esprit
                          pour le jeter
                                    dans la tempête
                                    en reployer la division et passer fier

écarté du secret qu'il détient

envahit le chef
coule en barbe soumise

direct de l'homme

              sans nef
                      n'importe
                                  où vaine

ancestralement à n'ouvrir pas la main
                              crispée
                    par-delà l'inutile tête

          legs en la disparition

                    à quelqu'un
                              ambigu

               l'ultérieur démon immémorial

ayant
     de contrées nulles
                    induit
le vieillard vers cette conjonction suprême avec la probabilité

                              celui
                                   son ombre puérile
caressée et polie et rendue et lavée
                              assouplie par la vague et soustraite
               aux durs os perdus entre les ais

                                   né
                                        d'un ébat
la mer par l'aïeul tentant ou l'aïeul contre la mer
                    une chance oiseuse

                                             Fiançailles
dont
     le voile d'illusion rejailli leur hantise
     ainsi que le fantôme d'un geste

                    chancellera
                    s'affalera

                              folie

N'ABOLIRA

COMME SI

> *Une insinuation*
>
> *au silence*

> *dans quelque proche*
>
> *voltige*

simple

enroulée avec ironie
                          ou
                            le mystère
                                      précipité
                                              hurlé

tourbillon d'hilarité et d'horreur

autour du gouffre
                          sans le joncher
                                    ni fuir

                    et en berce le vierge indice

                                        COMME SI

plume solitaire éperdue

sauf

que la rencontre ou l'effleure une toque de minuit
et immobilise
au velours chiffonné par un esclaffement sombre

cette blancheur rigide

dérisoire
en opposition au ciel
trop
pour ne pas marquer
exigüment
quiconque

prince amer de l'écueil

s'en coiffe comme de l'héroïque
irrésistible mais contenu
par sa petite raison virile
en foudre

soucieux

  expiatoire et pubère

               muet

     La lucide et seigneuriale aigrette
        au front invisible
    scintille
      puis ombrage
   une stature mignonne ténébreuse
    en sa torsion de sirène

    par d'impatientes squames ultimes

rire

        que

            SI

de vertige

debout

    le temps
        de souffleter
bifurquées

        un roc

      faux manoir
          tout de suite
             évaporé en brumes

          qui imposa
             une borne à l'infini

C'ÉTAIT
issu stellaire

CE SERAIT
pire
            non
                        davantage ni moins

                                        indifféremment mais autant

LE NOMBRE

EXISTÂT-IL
autrement qu'hallucination éparse d'agonie

COMMENÇÂT-IL ET CESSÂT-IL
sourdant que nié et clos quand apparu
enfin
par quelque profusion répandue en rareté
SE CHIFFRÂT-IL

évidence de la somme pour peu qu'une

ILLUMINÂT-IL

LE HASARD

Choit
la plume
rythmique suspens du sinistre
s'ensevelir
aux écumes originelles
naguères d'où sursauta son délire jusqu'à une cime
flétrie
par la neutralité identique du gouffre

RIEN

de la mémorable crise
ou se fût
l'événement

accompli en vue de tout résultat nul
       humain

     N'AURA EU LIEU
   une élévation ordinaire verse l'absence

          QUE LE LIEU
inférieur clapotis quelconque comme pour disperser l'acte vide
     abruptement qui sinon
    par son mensonge
      eût fondé
      la perdition

dans ces parages
     du vague
        en quoi toute réalité se dissout

EXCEPTÉ
      à l'altitude
            PEUT-ÊTRE
                  aussi loin qu'un endroit

fusionne avec au-delà

hors l'intérêt
quant à lui signalé

en général
selon telle obliquité par telle déclivité

de feux

vers
ce doit être
le Septentrion aussi Nord

UNE CONSTELLATION

froide d'oubli et de désuétude
pas tant
qu'elle n'énumère
sur quelque surface vacante et supérieure
le heurt successif
sidéralement
d'un compte total en formation

veillant
doutant
roulant
brillant et méditant

avant de s'arrêter
à quelque point dernier qui le sacre

Toute Pensée émet un Coup de Dés

ÉLÉMENTS DE COMMENTAIRE

JAMAIS

« du fond d'un naufrage » : C'est le naufrage lisible dans
« À la nue accablante tu » (voir p. 235) dont la circons-
tance coïncide par certains côtés avec l'action du *Coup de
Dés*.

SOIT

Mallarmé expose comme géométriquement la circonstance. « Soit que » : mis pour « étant donné que ». La
double page forme aussi aile ou voile ou vague. Le livre
bouge alternativement, mais peut aussi s'aplanir. À l'intérieur, le naufragé ou naufrageant.

LE MAÎTRE

C'est la figure qui apparaît déjà dans le sonnet en -yx (voir
p. 211). Les anciens calculs peuvent être ceux de l'ancienne
prosodie. Le poing levé, comme pour une menace, il infère [...]
que se prépare [...] l'unique Nombre (le résultat du coup de
dés, additionnant les points des cubes : « en reployer la division »). Serait-ce le 12 de l'alexandrin ? Mais nous sommes
dans le moment d'hésitation. Jouer vraiment pour l'avenir ou
jouer « au nom des flots » (c'est-à-dire y disparaître) ?
« Un » (flot) le submerge.

ancestralement

« à n'ouvrir pas » dépend du verbe « hésite » à la page
précédente, pour faire un legs à l'« ultérieur démon immémorial », l'ombre puérile du vieillard. Au moment de cette
mort, il y a comme une naissance, venant de la circonstance (l'union du vieillard avec la mer), et se dessine le
fantôme d'un geste.

COMME SI

Les deux solutions du héros : ou se glisser dans la mer
(*sinus* : le pli, le golfe, en latin), ou bien les dés seront

précipités et le secret du nombre divulgué (hurlé). Ses deux possibilités voltigent autour de l'abîme : hilarité ou horreur. Pour l'instant, on ne sait ce qui va se produire : l'indice est vierge.

plume solitaire éperdue

La plume du « *COMME SI* » rencontre une toque sombre qui renvoie sans doute au personnage par excellence, Hamlet, représenté souvent avec cette toque de velours noir. L'héroïque plume peut être également celle de l'écrivain. Le prince amer de l'écueil (comme Hamlet à la pointe du château d'Elseneur) « s'en coiffe » à l'égal d'une virilité d'écriture.

soucieux

Les quatre épithètes de la partie gauche qualifient le « prince amer », replacé aussi sous le signe de l'humour. La « seigneuriale aigrette », instrument d'écriture, entre en contact avec l'idée ou notion (voir « À la nue accablante tu » : « le flanc enfant d'une sirène », et l'« idée aux coups de croupe sinueux », dans « Solitude », l'une des *Variations sur un sujet*). Le faux manoir est la demeure ancestrale. Elle ne peut rivaliser avec l'infini.

C'ÉTAIT

On imagine, en hypothèse, le coup joué. Mais n'était-ce pas l'hallucination d'un vieillard ? Ou le coup joué fut si bref qu'il n'est plus qu'un souvenir ? Cette somme unique a-t-elle eu valeur d'illumination ? Ce qui demeure insurpassable, c'est le hasard. La plume retombe dans la mer d'où elle avait tenté son geste. Elle rejoint le neutre.

RIEN

Il ne reste rien de la crise (penser à la « crise de vers » ou à l'interrègne). Ou le résultat est nul. Les vagues ont effacé l'acte hypothétique, la fiction.

EXCEPTÉ

Ou alors, sans utilité particulière, très au-delà des contingences humaines, la tentative fusionne. Une constellation, la Grande Ourse (le septentrion ou septuor du sonnet en -yx), répond à l'acte terrestre, visible peu à peu au ciel, et forme le point dernier : 4 et 3, le pair et l'impair.

CHRONOLOGIE

1842 *18 mars* : naissance au 12, rue Laferrière, à Paris (IIe arrondissement) d'Étienne, dit Stéphane, Mallarmé, fils de Numa Florent Mallarmé, sous-chef à l'administration de l'Enregistrement et des Domaines, et d'Élisabeth Félicie Desmolins.

1844 *25 mars* : naissance de Marie, dite Maria, Mallarmé, sœur du poète. Le *2 août*, Numa Mallarmé achète à Passy au 44, rue du Ranelagh, la propriété de Boulainvilliers, dite « Le Chalet ».

1847 *2 août* : mort, pour une cause inconnue, d'Élisabeth Mallarmé.

1848 Révolution de février. Élection de Louis-Napoléon Bonaparte à la présidence de la IIe République.

27 octobre : Numa se remarie à Dijon avec Anne, dite Anna, Mathieu, âgée de dix-neuf ans, dont il aura quatre enfants : Jeanne, Marguerite, Marthe et Pierre.

1850 Début octobre, Mallarmé entre dans une pension aristocratique d'Auteuil.

1851 *2 décembre* : coup d'État de Louis-Napoléon Bonaparte.

1852 En octobre, Mallarmé est pensionnaire en quatrième à l'École des Frères des Écoles chrétiennes de Passy.
10 décembre : proclamation du Second Empire.

1853 En *mars*, Numa Mallarmé est nommé conservateur des Hypothèques de Sens (Yonne). En *octobre*, Mallarmé redouble sa quatrième.

1854 En *octobre*, il entre en troisième.

1855 On se plaint de lui pour son caractère « insoumis et vain ». En *mars*, il est renvoyé et sans doute placé dans une autre pension.

1856 Le *15 avril*, Mallarmé est pensionnaire au Lycée impérial de Sens. Le *6 octobre*, il entre en troisième.

1857 *31 août* : mort de Maria, à Passy, chez les Desmolins, ses grands-parents maternels. – En *octobre*, Mallarmé entre en seconde au lycée de Sens.

1858 Il écrit une narration *Ce que disaient les trois cigognes*, qui rappelle, sous les traits de Déborah, le souvenir de Maria. – En *octobre*, débuts en classe de Rhétorique.

1859 Durant cette année, Mallarmé écrit la plupart des poèmes d'un recueil resté inédit de son vivant, *Entre quatre murs*. – En *octobre*, il est en Logique au lycée de Sens.

1860 Le *1er mars*, M. Desmolins, son grand-père maternel, prend sa retraite et s'installe à Versailles, non loin de la demeure du poète romantique Émile Deschamps, qu'il connaissait. Mallarmé entre en relation avec ce dernier. Cette année-là, dans trois cahiers de *Glanes*, il recopie des vers de poètes du xvie siècle, 29 poèmes des *Fleurs du Mal* et quelques essais de traductions de Poe. Il échoue au baccalauréat, qu'il n'obtiendra qu'à la deuxième session, le *8 novembre*. – En *décembre*, il est engagé comme surnuméraire chez un receveur de Sens.

1861. Publication de la deuxième édition des *Fleurs du Mal*. En *octobre*, Emmanuel des Essarts, jeune poète ami des Parnassiens, est nommé professeur au lycée de Sens. Mallarmé sympathise avec lui et lui confie des poèmes. Il fréquente une troupe théâtrale et, le *7 décembre*, publie, anonyme, dans *Le Sénonais*, sa première critique de théâtre.

1862. *17 janvier* : il annonce par lettre à son grand-père Desmolins qu'il veut préparer le professorat d'anglais. – Le *25 février*, *Le Papillon* publie son sonnet « Placet » et le *15 mars*, *L'Artiste* présente ses poèmes « Le Guignon » (réduit aux cinq premières strophes) et « Le Sonneur ». Il entre en correspondance avec Henri Cazalis, ami de des Essarts, et Eugène Lefébure, fervent de Poe. – Le *11 mai*, il fait la connaissance de Henri Cazalis, du jeune peintre Henri Regnault, des demoiselles Yapp et de Nina Gaillard (future

Nina de Villard). Le même mois, il rencontre à Sens Christina Maria Gerhard, une jeune Allemande née en 1835 à Camberg et préceptrice chez les Libéra des Presles. – Le *15 septembre* paraît dans *L'Artiste* sa première réflexion esthétique, « Hérésies artistiques. L'Art pour tous ». – Le *8 novembre*, il part pour Londres et Maria le suit. Il s'installe au 9, Panton Square.

1863 *9 janvier* : rupture. Maria revient en France, mais le *10 février*, elle retourne à Londres. Cependant, le *4 mars*, elle quitte Mallarmé de nouveau et s'installe à Bruxelles. – *Fin mars*, Mallarmé revient à Sens pour régler ses comptes de tutelle et passer devant le conseil de révision (il est réformé). – *12 avril*, mort de Numa Mallarmé. *Fin avril*, Mallarmé repart à Londres en passant par Bruxelles et persuade Marie de venir avec lui. Le *10 août*, il l'épouse dans la plus grande intimité à l'Oratoire de Brompton. *Fin août*, le jeune ménage quitte Londres. – Le *17 septembre*, Mallarmé est reçu aux épreuves du certificat d'aptitude à l'enseignement de l'anglais. À Paris, il fréquente le milieu de la nouvelle poésie. – Le *3 novembre*, il est nommé chargé de cours d'anglais au lycée de Tournon (Ardèche) et s'installe dans cette ville au 19, rue de Bourbon.

1864 Il correspond avec Lefébure et Cazalis, écrit des poèmes en vers et en prose (le *2 juillet*, paraissent dans *La Semaine de Cusset et de Vichy* « La Tête » et « L'Orgue de Barbarie », dédiés à Baudelaire). – Pendant les vacances, en *août*, il connaît lors d'un voyage à Avignon le groupe des félibres : Roumanille, Aubanel, Mistral. – En *septembre*, il vient à Sens, à Versailles, à Paris et donne un cahier de ses vers à Catulle Mendès. – En *octobre*, il se met à une pièce théâtrale, *Hérodiade*. – Le *19 novembre*, naît Geneviève Mallarmé.

1865 Le *1er février* paraît dans *L'Artiste* sa « Symphonie littéraire » (sur Banville, Gautier, Baudelaire). En *mai*, lui vient l'idée du *Faune*, « intermède héroïque ». – En *septembre*, il fait un séjour à Paris et à Versailles. *Le Faune*, lu au Théâtre-Français, est refusé. – Le *14 décembre*, mort d'André Desmolins. Mallarmé vient à Versailles, puis à Paris où il reste jusqu'aux vacances de Noël et passe le réveillon chez Leconte de Lisle.

1866 *Début mars* commencent à paraître les fascicules du *Parnasse contemporain*, anthologie de la nouvelle poésie. Du *29 mars* au *7 avril*, Mallarmé fait un séjour à Cannes dans la villa de son ami Lefébure. – Le *12 mai* sort la onzième livraison du *Parnasse*, qui contient dix de ses poèmes. – À la suite de cette publication, il est déplacé et nommé le *26 octobre* au lycée de Besançon.

1867 Période de découragement profond. – Le *14 mai*, il écrit à Cazalis : « Je viens de passer une année effrayante [...] je suis maintenant impersonnel, et non plus Stéphane que tu as connu. » – En *août*, vacances dans le Jura. Le *31* de ce mois, Baudelaire meurt à Paris. – Le *6 octobre*, Mallarmé est muté au lycée d'Avignon, où il va retrouver ses amis les félibres. – En fin d'année, certains de ses poèmes en prose paraissent dans la *Revue des Lettres et des Arts* de Villiers de l'Isle-Adam.

1868 Nouvelle période de crise. Le *20 avril*, il écrit à Coppée : « Arrivé à la vision horrible d'une Œuvre pure, j'ai presque perdu la raison et le sens des paroles les plus familières. » – En *mai*, il écrit le « Sonnet allégorique de lui-même », plus connu sous la désignation de « Sonnet en —yx ». – *14 août-fin septembre*, il passe en famille ses vacances à Bandol.

1869 La crise métaphysique qu'il subit empire. Il se met à lire Descartes. – La grand-mère Desmolins meurt le *6 mai*. – Le mois d'*août*, il passe ses vacances aux Lecques, non loin de Bandol. – Le *14 novembre*, il a sur le métier un conte par lequel il veut « terrasser le vieux monstre de l'Impuissance [...] ». – Le *5 décembre*, il a le projet de préparer une licence ès lettres.

1870 Toute cette année, il cherche à se procurer des ouvrages de linguistique et de science. – Le *20 janvier*, mis en congé sur sa demande, il ouvre un cours privé d'anglais. – En mai, il annonce à Mendès qu'il veut préparer une thèse à la mémoire de Baudelaire et de Poe. – Le *19 juillet*, la France du Second Empire déclare la guerre à la Prusse. – Le *6 août*, venus à Avignon, Mendès, Judith Gautier et Villiers de l'Isle-Adam écoutent Mallarmé leur lire le conte d'*Igitur*. – Le *4 septembre*, le désastre de Sedan marque la fin du Second Empire et voit l'avènement de la IIIe République. Mallarmé demande une nouvelle année de congé.

1871 Le *3 mars*, Mallarmé confie à Cazalis qu'il a une idée précise de son œuvre à venir : contes, poésie et critique. – Le *29 mai*, il quitte Avignon pour Sens et Paris. Marie reste à Sens où, le *16 juillet*, elle accouche d'un fils, Anatole. En *juin*, paraît le onzième fascicule du *Parnasse contemporain* (seconde série), avec le « Fragment d'une étude scénique ancienne d'un poème de Hérodiade », de Mallarmé. – En *août*, Mallarmé vient à Londres pour rendre compte de l'Exposition internationale qui s'y tient. Il publie (sous pseudonyme) ses articles dans *Le National*. – Le *25 octobre*, il est nommé délégué en classe de troisième au lycée Fontanes (Condorcet). Il habite à cette époque au 29, rue de Moscou.

1872. Mallarmé fréquente les dîners des Vilains Bonshommes où il rencontre Rimbaud. Régulièrement paraissent dans *La Renaissance littéraire et artistique* ses traductions des poèmes de Poe. – En *juillet*, il est à Londres pour l'Exposition internationale. – *23 octobre* : mort de Théophile Gautier.

1873 Mallarmé fréquente les Mendès, les Banville, le critique d'art Burty, et on le voit dans le salon de Nina de Villard, où il rencontre Édouard Manet, qui va devenir son grand ami pendant une dizaine d'années. – Du *1ᵉʳ août* au *29 septembre*, il est en vacances à Douarnenez chez Heredia, puis seul, au Conquet, à l'extrême pointe du Finistère. – En *octobre* paraît le volume collectif *Le Tombeau de Théophile Gautier* avec son poème d'hommage « Toast funèbre ».

1874 Mallarmé fréquente Manet et le défend le *12 avril* dans « Le Jury de peinture et M. Manet ». – Au *printemps*, il découvre à Valvins une maison près de la Seine, dont il va louer une partie jusqu'à la fin de sa vie et qui sera sa maison de vacances. – À partir de *septembre* est publiée la luxueuse revue *La Dernière Mode* dont il assure à lui seul, sous divers pseudonymes féminins, la rédaction (huit livraisons, jusqu'en janvier 1875).

1875 Son « Improvisation d'un faune » est refusée par le comité de lecture du troisième *Parnasse contemporain*. – Le *2 juin* est publiée chez R. Lesclide une luxueuse plaquette illustrée par Manet : *Le Corbeau* d'Edgar Poe, traduit par Mallarmé. – En *août*, alors que sa famille est à Camberg, il finit *Les Mots anglais. Petite philologie*, puis se rend à Londres où il entre en relation avec O'Shaughnessy. – En *septembre*,

vacances à Equihen, près de Boulogne. – En *novembre*, création de *La République des Lettres* dont il a été l'inspirateur.

1876 Ses « *gossips* » (potins) paraissent régulièrement dans
l'*Athenaeum* de Londres. Il entre en relation avec Sara
Sigourney Rice et participe au *Memorial Volume* en l'honneur de Poe. – En *avril* est publié chez Derenne *L'Après-midi
d'vn favne*, illustré par Manet. Cette année-là, sans doute, il
fait la connaissance chez Manet de Méry Laurent, maîtresse
du dentiste américain Thomas Evans. Une amitié tendre naît
entre eux. – Au mois de *mai* paraît chez A. Labitte une réédition du *Vathek* de Beckford, préfacée par Mallarmé. – En
août, il passe seul ses vacances au Portel, près de Boulogne,
puis en *septembre* à Valvins, avec Marie et les enfants. Son
étude *The Impressionists and Edouard Manet* paraît, en
anglais, dans l'*Art Monthly Review*. Manet peint son portrait.
– En *décembre*, publication du *Memorial Volume* sur Poe
avec son sonnet « Le tombeau d'Edgar Poe ».

1877 Il a des projets de théâtre. – Il passe l'été à Valvins. – En
décembre semblent débuter les fameux mardis du 87, puis 89
(changement des numéros de la rue), rue de Rome, dans le
quartier de l'Europe.

1878 *Les Mots anglais* paraissent chez Truchy. Mallarmé va
parfois chez Victor Hugo. Il fréquente Robert de Montesquiou, futur modèle du des Esseintes de Huysmans.

1879 Anatole tombe malade et meurt, le *8 octobre*, d'une endo-
cardite. – Fin *décembre* sont publiés, adaptés de Cox, *Les
Dieux antiques* chez Rothschild.

1880 Mallarmé entre dans une période de silence, mais toute
cette année prend des notes pour un « tombeau d'Anatole ».

1881 Mallarmé reste « blotti dans un gros travail de plusieurs
années ». – Durant l'*été*, il encourage de petites représentations théâtrales que donnent Geneviève et ses cousins Paul et
Victor Margueritte, aux habitants de Valvins et des environs.

1882 À Valvins, l'*été*, nouvelle période du petit théâtre. Huysmans fait part à Mallarmé d'un projet de « nouvelle » et lui
demande quelques-uns de ses poèmes.

1883 *13 février* : mort de Wagner à Venise. – *30 avril* : mort
de Manet. – Le *22 août*, Verlaine demande à Mallarmé des

poèmes, car il veut parler de lui dans le cadre de ses *Poètes maudits*, qui paraissent dans la jeune revue *Lutèce*. Ses trois articles seront publiés dans les livraisons des 17-24 novembre, 24-30 novembre 1883 et 29 décembre 1883-5 janvier 1884).

1884 En *mai*, publication d'*À rebours* de Huysmans, où le chapitre XIV cite abondamment Mallarmé. – En *octobre*, Mallarmé est nommé professeur à Janson-de-Sailly.

1885 « Prose (pour des Esseintes) » paraît en janvier dans *La Revue indépendante* d'Édouard Dujardin. – Du *16 mars* au *30 juin*, Mallarmé obtient un congé qu'il passe en partie à Valvins. – *22 mai* : mort de Victor Hugo. – Le *8 août*, *La Revue wagnérienne* publie « Richard Wagner. Rêverie d'un poète français », écrit par Mallarmé à la demande d'Édouard Dujardin. – En *octobre*, Mallarmé est nommé professeur au collège Ledru-Rollin (actuellement Jacques-Decour). – Le *16 novembre*, il rédige pour Verlaine une longue lettre dite « Autobiographie ».

1886 *La Revue wagnérienne* publie dans son numéro d'hommage à Wagner le sonnet « Hommage » de Mallarmé. – Les mardis sont fréquentés par la nouvelle génération : Kahn, Régnier, Vielé-Griffin, Herold, Darzens, etc. – Mallarmé compose un « Avant-dire » pour le *Traité du Verbe* de René Ghil. – Le *18 septembre*, le supplément littéraire du *Figaro* présente le « Manifeste du Symbolisme » écrit par Jean Moréas. – À partir de *novembre*, sur l'invitation de Dujardin, Mallarmé donne dans *La Revue indépendante* des « Notes sur le théâtre ».

1887 Pour son numéro de début d'année, *La Revue indépendante* présente quatre sonnets de Mallarmé : le triptyque des « poèmes de la chambre vide » et « Mes bouquins refermés sur le nom de Paphos ». Les chroniques des « Notes sur le théâtre » paraissent jusqu'en *juillet*. Les *Écrits pour l'art* de René Ghil consacrent à Mallarmé une de leurs livraisons et le n° 296 des *Hommes d'aujourd'hui* lui est également consacré. *Les Poésies de Stéphane Mallarmé* sortent aux éditions de *La Revue indépendante* (47 exemplaires avec un ex-libris de F. Rops). – *Fin décembre* sort en Belgique, édité par Albert de Nocée, un petit fascicule anthologique de Mallarmé, *Album de vers & de prose*.

1888 *8 janvier* : première rencontre avec le peintre américain Whistler. – Verhaeren met en relation Mallarmé avec son éditeur Edmond Deman. – Mallarmé traduit le *Ten O'Clock* de Whistler, qui paraît le *1er mai* aux éditions de *La Revue indépendante*.

1889 *19 août* : mort de Villiers de l'Isle-Adam. – La passion de Mallarmé pour Méry entre dans une phase critique et semble exiger des distances et des atermoiements.

1890 Invité en Belgique, Mallarmé fait une tournée de conférences du *11* au *18 février*, où il évoque Villiers et son œuvre. – Nombreux dîners en ville (Mirbeau, les Rodenbach, les Daudet, Berthe Morisot avec Degas, Renoir et Monet). – *9 juin* : première visite de Pierre Louÿs aux mardis. – *20 octobre* : première lettre de Valéry à Mallarmé.

1891 Banquet du *Pèlerin passionné* autour de Moréas. – Gide commence à venir aux mardis. Gauguin fait la célèbre eau-forte « au corbeau » représentant Mallarmé. – *13 mars* : mort de Théodore de Banville. – En *mars* : réponse de Mallarmé à l'enquête de Jules Huret sur « l'évolution littéraire » dans *L'Écho de Paris*. – *Mai* : publication de *Pages*, à Bruxelles, chez Deman. – Du *1er avril* au *1er juillet*, congé prolongé de Mallarmé. – *10 octobre* : Mallarmé reçoit pour la première fois Valéry.

1892 Pendant deux ans, Mallarmé publie dans le *National Observer* de Londres une chronique d'actualité. – Vacances à Valvins, comme chaque année, avec un séjour à Honfleur chez une amie, Mme Ponsot, du *28 juillet* au *24 août*. – *Octobre* : publication chez Lacomblez, à Bruxelles, de *Les Miens / I / Villiers de l'Isle-Adam*. – *Novembre* : *Vers et prose*, chez Perrin, daté de 1893.

1893 Mallarmé poursuit sa chronique dans le *National Observer*. – Le *12 mai*, il assiste à la *Walkyrie* de Wagner et le *17*, à l'unique représentation du *Pelléas et Mélisande* de Maeterlinck. – Vacances à Valvins où Berthe Morisot et sa fille Julie séjournent du *24 août* au *4 septembre*. Pendant l'été, Mallarmé travaille aux *Contes indiens traduits*, d'après les *Contes et légendes de l'Inde ancienne* de Mary Summer, une commande que lui a faite le docteur Fournier, ami de Méry. – *4 novembre* : il est admis à la retraite. – *9 décembre* : attentat anarchiste de Vaillant à la Chambre des députés.

Interrogé par un journaliste, Mallarmé répond : « Il n'y a d'autre explosion qu'un beau livre. »

1894 Du *24 février* au *6 mars*, Mallarmé, invité en Angleterre, fait des lectures publiques, l'une à Oxford, le *1er mars*, l'autre à Cambridge, le *2 mars*, sur « la Musique et les Lettres ». – Du *28 juin* à la *fin juillet*, il passe des vacances à Honfleur, chez Mme Ponsot. – *8 août* : il vient à Paris témoigner au procès des Trente (anarchistes) en faveur de Félix Fénéon, rédacteur en chef de *La Revue blanche*. – *17 août* : *Le Figaro* publie son article sur « Le Fonds littéraire », idée d'une taxe perçue sur les ouvrages classiques pour venir en aide à la création littéraire. – *8 septembre* : il accepte de présider le Comité Baudelaire. – *15 décembre* : le *Chap Book*, de Chicago, publie ses « Loisirs de la Poste » (27 quatrains-adresses). – *22 décembre* : il assiste, salle d'Harcourt, à la première audition du *Prélude à l'après-midi d'un faune* de Debussy, un habitué des mardis.

1895 « Le Tombeau de Charles Baudelaire » paraît dans *La Plume* du *1er janvier*. – Toute l'année, Mallarmé donne dans *La Revue blanche* des frères Natanson des « Variations sur un sujet ». – *2 mars* : mort de Berthe Morisot. – D'*avril* à *octobre*, Mallarmé est à Valvins. – Le *22 novembre*, Mallarmé reçoit une proposition pour une tournée de conférences en Hollande.

1896 *8 janvier* : mort de Verlaine. Le *27 janvier*, Mallarmé est élu « Prince des Poètes ». – Du *5* au *21 mars*, exposition Berthe Morisot chez Durand-Ruel. Mallarmé a rédigé la préface du catalogue. – *15 mars* : le numéro de *La Plume* lui est en partie consacré. – *28 novembre* : Mallarmé réplique dans *La Revue blanche* par son texte « Le Mystère dans les Lettres » à l'article « Contre l'obscurité » que le jeune Marcel Proust avait dirigé en partie contre lui dans *La Revue blanche* du 15 juillet. – Durant l'été, les Natanson vivent auprès de Mallarmé dans la proche maison des « Grangettes » qu'ils ont achetée.

1897 *Janvier* : *Divagations* paraît chez Fasquelle (« Bibliothèque Charpentier »). – Mallarmé travaille sur les épreuves du *Coup de Dés*. – Du *24 avril* au *2 mai*, il fait un premier séjour à Valvins. Le *4 mai*, paraît *Un coup de Dés jamais n'abolira le Hasard* dans la revue internationale *Cosmopolis*.

– *14 septembre* : Vollard évoque le projet d'une édition d'*Hérodiade* illustrée par Vuillard. Valéry, puis Whistler, viennent voir Mallarmé à Valvins.

1898 *13 janvier* : Mallarmé félicite Zola pour son article « J'accuse » publié dans *L'Aurore* à propos de l'affaire Dreyfus. – Le *22 avril*, il s'installe à Valvins où il se met à *Hérodiade* qu'il veut compléter. – Le *30 mai*, il va voir le *Balzac* de Rodin refusé par la Société des Gens de Lettres. – *19 juin* : il félicite Camille Mauclair qui a fait de lui, sous le nom de Calixte Armel, le héros de son roman *Le Soleil des morts*. – *9 septembre* : mort de Mallarmé, à Valvins, d'une crise d'étouffement. La veille, il avait rédigé une « Recommandation quant à mes papiers ».

BIBLIOGRAPHIE

I. ŒUVRE DE MALLARMÉ PUBLIÉES DE SON VIVANT

Le Corbeau – The Raven, poème d'Edgar Poe traduit par Mallarmé, illustré par Édouard Manet, Richard Lesclide éd., 1875.

L'Après-midi d'vn favne, églogve, illustré par Manet, A. Derenne, 1876.

Le / VATHEK / de / Beckford, Préface par S. Mallarmé, A. Labitte, 1876.

Les Mots anglais. Petite philologie à l'usage des classes et du monde, Truchy-Leroy, 1877.

Les Dieux antiques. Nouvelle mythologie illustrée d'après W. Cox, J. Rothschild, 1880.

Les Poésies de Stéphane Mallarmé, éd. photolithographiée, frontispice de Félicien Rops, en 9 cahiers (47 exemplaires), éd. de *La Revue indépendante*, 1887.

Album de vers & de prose, (16 p.) Librairie nouvelle-Bruxelles, 1887.

Les Poëmes d'Edgar Poe, traduits par S. Mallarmé, illustrés par Manet, éd. Deman, Bruxelles, 1888.

Le Ten O'Clock de M. Whistler, traduit par S. Mallarmé, Londres, Paris, 1888.

Villiers de l'Isle-Adam, conférence, Librairie de l'Art indépendant, 1890.

Pages, avec un frontispice de Renoir, éd. Deman, Bruxelles, 1891.

Vers et prose, morceaux choisis, avec un portrait par Whistler, Librairie académique Didier, Perrin et Cie, 1893.

La Musique et les Lettres, Librairie académique Didier, Perrin et Cie, 1895.

Berthe Morisot, catalogue de l'exposition Durand-Ruel, 1896.

Divagations, Fasquelle, « Bibliothèque Charpentier », 1897.

II. PUBLICATIONS POSTHUMES

Les Poésies de S. Mallarmé, avec un frontispice de F. Rops, éd. Deman, Bruxelles, 1899.

Poésies, éd. de la *NRF*, 1913 (éd. complétée).

Un coup de Dés jamais n'abolira le Hasard, éd. de la *NRF*, 1914.

Vers de circonstance, éd. de la *NRF*, 1920.

Igitur, ou la Folie d'Elbehnon, éd. de la *NRF*, 1925.

Le « Livre » de Mallarmé, fragments et brouillons édités et présentés par Jacques Scherer, Gallimard, 1957.

Les Noces d'Hérodiade. Mystère, Brouillons et esquisses publiés par Gardner Davies, Gallimard, 1959.

Pour un Tombeau d'Anatole, esquisses éditées et présentées par Jean-Pierre Richard, éd. du Seuil, coll. « Pierres vives », 1961.

À cet ensemble[1], réparti désormais dans les deux volumes des *Œuvres complètes* de Mallarmé présentées et établies par Bertrand Marchal aux éditions Gallimard, « Bibliothèque de La Pléiade », I (1998) et II (2003), s'ajoutent la *Correspondance* [abrégée *C*] publiée en onze volumes, chez Gallimard également (de 1962 à 1985), établie par Henri Mondor, Jean-Pierre Richard et Lloyd James Austin, et les *Documents Stéphane Mallarmé* (sept volumes de 1968 à 1980), Nizet, que continuent, chez le même éditeur, les volumes d'une nouvelle série.

À signaler également : *Correspondance. Lettres sur la poésie*, Préface d'Yves Bonnefoy, établissement du texte par Bertrand Marchal, Gallimard, coll. « Folio », 1994 [abrégée *C* « Folio »].

III. BIOGRAPHIES

MILLAN (Charles Gordon), *Mallarmé. A Throw of the Dice*, Londres, Secker & Warburg, 1994.

MONDOR (Henri), *Vie de Mallarmé*, Gallimard, 1941.

---

1. Parmi les éditions modernes, on pourra se reporter également aux *Œuvres*, éd. Yves-Alain Favre, Garnier, 1985, et au tome I (*Poésies*) (seul paru) des *Œuvres complètes*, éd. C. P. Barbier et C. G. Millan, Flammarion, 1983.

—, *Mallarmé plus intime*, Gallimard, 1944.

—, *Mallarmé lycéen*, Gallimard, 1954.

—, *Autres précisions sur Mallarmé*, Gallimard, 1961.

STEINMETZ (Jean-Luc), *Stéphane Mallarmé. L'absolu au jour le jour*, Fayard, 1998.

IV. OUVRAGES CRITIQUES

ABASTADO (Claude), *Expérience et théorie de la création poétique chez Mallarmé*, Minard, « Lettres modernes », 1970.

AUSTIN (Lloyd James), *Essais sur Mallarmé*, Manchester University Press, 1995.

BÉNICHOU (Paul), *Selon Mallarmé*, Gallimard, « Bibliothèque des Idées », 1995.

BLANCHOT (Maurice), chapitres dans *Faux pas* (Gallimard, 1943) ; *La Part du feu* (Gallimard, 1949) ; *L'Espace littéraire* (Gallimard, coll. « Idées », 1955) ; *Le Livre à venir* (Gallimard, coll. « Idées », 1959).

BONNEFOY (Yves), Préfaces aux éditions des *Divagations* (Gallimard, « Poésie », 1976), des *Poésies* (Gallimard, « Poésie », 1992) et de la *Correspondance* (citée *supra*).

BOWIE (Malcolm), *Mallarmé and the Art of Being Difficult*, Cambridge University Press, 1978.

CHADWICK (Charles), *Mallarmé, sa pensée dans sa poésie*, Corti, 1962.

COHN (Robert Greer), *L'Œuvre de Mallarmé : « Un coup de dés »*, Librairie Les Lettres, 1951.

—, *Mallarmé's Prose Poems. A Critical Study*, Cambridge University Press, 1987.

—, *Mallarmé's Divagations. A Guide and Commentary*, New York, Peter Lang, 1990.

—, *Vues sur Mallarmé*, Préface de Michel Deguy, Nizet, 1991.

CORNULIER (Benoît de), *Théorie du vers, Rimbaud, Verlaine, Mallarmé*, éd. du Seuil, 1982.

DAVIES (Gardner), *Les Tombeaux de Mallarmé*, Corti, 1950.

—, *Vers une explication rationnelle du « Coup de dés »*, Corti, 1953.

—, *Mallarmé et le drame solaire*, Corti, 1959.

—, *Mallarmé et le rêve d'Hérodiade*, Corti, 1978.

—, *Mallarmé et « la couche suffisante d'intelligibilité »*, Corti, 1988.

DERRIDA (Jacques), *La Dissémination*, éd. du Seuil, coll. « Tel Quel », 1972.

DURAND (Pascal), *Poésies de Mallarmé*, Gallimard, « Folio-thèque », 1998.

—, *Crises*, Louvain, Peeters, 1998.

JOHNSON (Barbara), *Défigurations du langage poétique*, Flammarion, 1979.

KRISTEVA (Julia), *La Révolution du langage poétique*, éd. du Seuil, coll. « Tel Quel », 1974.

LUND (Hans Peter), *L'Itinéraire de Mallarmé*, *Revue romane*, numéro spécial 3, Copenhague, 1969.

MARCHAL (Bertrand), *Lecture de Mallarmé*, Corti, 1985.

—, *La Religion de Mallarmé*, Corti, 1988.

MAURON (Charles), *Introduction à la psychanalyse de Mallarmé*, Neuchâtel, La Baconnière, 1950.

—, *Mallarmé par lui-même*, éd. du Seuil, 1964.

—, *Mallarmé l'obscur*, Corti, 1968.

MEITINGER (Serge), *Stéphane Mallarmé*, Hachette, « Portraits littéraires », 1995.

MESCHONNIC (Henri), Préface aux *Écrits sur le Livre* de Stéphane Mallarmé, éd. de l'Éclat, 1986.

MICHAUD (Guy), *Mallarmé*, Hatier, 1957 ; nouv. éd., 1971.

NECTOUX (Jean-Michel), *Mallarmé. « Un clair regard dans les ténèbres » : poésie, peinture, musique*, Adam Biro, 1998.

NOULET (Émilie), *L'Œuvre poétique de Stéphane Mallarmé*, Bruxelles, J. Antoine, 1974 (1re éd., Droz, 1940).

—, *Vingt poèmes de Stéphane Mallarmé*, Paris-Genève, Droz-Minard, 1972.

OSTER (Daniel), *Stéphane*, P.O.L., 1991.

—, *La Gloire*, P.O.L., 1997.

PAXTON (Norman), *The Development of Mallarmé's Prose Style*, Genève, Droz, 1968.

RANCIÈRE (Jacques), *Mallarmé. La Politique de la sirène*, Hachette, 1986.

RICHARD (Jean-Pierre), *L'Univers imaginaire de Mallarmé*, éd. du Seuil, coll. « Pierres vives », 1961.

ROBB (Graham), *Unlocking Mallarmé*, New Haven et Londres, Yale University Press, 1996.

SARTRE (Jean-Paul), *Mallarmé. La lucidité et sa face d'ombre*, Gallimard, coll. « Arcades », 1986.

SCHERER (Jacques), *L'Expression littéraire dans l'œuvre de Mallarmé*, Nizet, 1947.

—, *Grammaire de Mallarmé*, Nizet, 1977.

Thibaudet (Albert), *La Poésie de Stéphane Mallarmé*, Galli-mard, 1912.

Valéry (Paul), *Écrits sur Mallarmé*, dans *Œuvres*, « Biblio-thèque de La Pléiade », I, 1957, p. 619-710.

Verdin (Simonne), *Stéphane Mallarmé le presque contradic-toire*, Nizet, 1975.

Wais (Kurt), *Mallarmé : Ein Dichter des Jahrhundert-Endes*, Munich, Beck, 1938.

Walzer (Pierre-Olivier), *Mallarmé*, Seghers, 1963.

V. NUMÉROS DE REVUES CONSACRÉS À MALLARMÉ

La Nouvelle Revue française, 1er novembre 1926 (avec, notamment, des textes de Paul Claudel, T. S. Eliot, Unga-retti et Francis Ponge).

Le Point, février-avril 1944.

Les Lettres, n° 9-10-11, 1948.

Europe, avril-mai 1976.

Yale French Studies, n° 54, 1977.

Lendemains, n° 40, 1985 ; n° 73, 1994.

Australian Journal of French Studies, janvier-avril 1994.

Yearbook of Comparative and General Literature, n° 42, 1994, sous la direction de Rosemary Lloyd.

Europe, janvier-février 1998.

La Licorne, « Mallarmé et la prose », Poitiers, 1998.

Mallarmé, Actes du colloque de la Sorbonne, édités par A. Guyaux, Paris-Sorbonne, 1998.

Magazine littéraire, n° 368, septembre 1998.

Mallarmé, ou l'Obscurité lumineuse, Actes du colloque de Cerisy de 1997, dirigé par B. Marchal et J.-L. Steinmetz, Hermann, 1999.

Australian Divagations. Mallarmé and the xxe Century, éd. Jill Anderson, New York, Peter Lang, 2002.

On consultera aussi *Mallarmé, 1842-1898. Un destin d'écri-ture*, catalogue de l'exposition du Musée d'Orsay sous la direc-tion d'Yves Peyré (Gallimard / Réunion des musées nationaux, 1998), et le *Mallarmé*, « Mémoires de la critique », présenté et commenté par Bertrand Marchal, Paris-Sorbonne, 1998.

Table

II. – POÉSIES (1899)

Table 437

III. – ANECDOTES OU POÈMES

IV. – LA MUSIQUE ET LES LETTRES

Table 439

Le Livre de Poche s'engage pour
l'environnement en réduisant
l'empreinte carbone de ses livres.
Celle de cet exemplaire est de :
450 g éq. CO_2
Rendez-vous sur
www.livredepoche-durable.fr

PAPIER À BASE DE
FIBRES CERTIFIÉES

Composition réalisée par NORD COMPO

Achevé d'imprimer en avril 2016, en France sur Presse Offset par
Maury Imprimeur – 45330 Malesherbes
N° d'imprimeur : 208452
Dépôt légal 1re publication : mars 2005
Édition 07 – avril 2016
LIBRAIRIE GÉNÉRALE FRANÇAISE – 31, rue de Fleurus – 75278 Paris Cedex 06